CHARLOTTE McGREGOR

HIGHLAND Hope

EINE DESTILLERIE FÜR KIRKBY

ROMAN

WILHELM HEYNE VERLAG
MÜNCHEN

Penguin Random House Verlagsgruppe FSC® N001967

Originalausgabe 10/2021
Copyright © 2021 by Charlotte McGregor.
Dieses Werk wurde vermittelt durch die
literarische Agentur Michael Gaeb
Copyright © 2021 dieser Ausgabe
by Wilhelm Heyne Verlag, München,
in der Penguin Verlagsgruppe Random House GmbH,
Neumarkter Str. 28, 81673 München
Redaktion: Julia Funcke
Printed in Germany
Umschlaggestaltung: ZERO Werbeagentur
unter Verwendung von © FinePic®, München,
Getty Images/fotoVoyager
Satz: KompetenzCenter, Mönchengladbach
Druck und Bindung: GGP Media GmbH, Pößneck
ISBN: 978-3-453-42511-8

www.heyne.de

Für Sabine
»Ein Duft von Sommer«

INHALT

GRANDIOSER ERSTER EINDRUCK

»GOTTES SEGEN FÜR BRENNMEISTERIN Shona Fraser, ihr Maskottchen und Kirkbys neue Destillerie. Slàinte!«

»Slàinte!« Shona hob ihr Glas und nickte Pfarrer Jack McTavish zu, der auf der anderen Seite des letzten frisch abgefüllten Fasses von ihrem ersten selbst gebrannten Whisky stand. Dann streichelte sie ihrem dunkelgrauen Alpaka Nessie den wolligen Kopf und wandte sich an die zahlreichen Besucher, die vor der improvisierten kleinen Bühne im Brennraum standen: »Vielen Dank, dass ihr alle gekommen seid. Lasst uns auf den ersten Jahrgang des ›Kirkby Alpaca Golden‹ trinken – standesgemäß mit meinem bisherigen Lieblingswhisky von der *Gordon Gibbs Distillery*! Slàinte!« Sie prostete ihren Gästen zu und nahm einen Schluck. Die goldene Flüssigkeit rann ihre Kehle hinab und entfachte eine Wärme in ihr, wie es nur die besten Tropfen vermochten.

Sie hatte es tatsächlich geschafft! Ihre eigene Destillerie war offiziell eröffnet, die erste Charge abgefüllt – die letzten zehn kleinen Quarter Casks vorhin live vor Publikum. Die würden nachher noch in eine Auktion gehen: Die Käufer durften ihr Fass eindeutig markieren und bestimmen, wie lange ihr persönlicher Single Malt reifen sollte.

Heute Vormittag war Shona zusammen mit Pfarrer Jack, ihrem Vater Marlin und ihrem Mentor und Ausbilder Kieran Gibbs durch die Lagerhalle gelaufen. Was war das für ein unglaubliches Gefühl gewesen, die ordentlich in ihren Regalen aufgereihten Fässer zu sehen, an deren Fronten ihr wunderbares Logo prangte! Schade nur, dass es mindestens drei Jahre dauern würde, bis sie den ersten Schluck von ihrem eigenen Tropfen probieren und ihn verkaufen konnte, und noch viel länger, bis ihr Whisky so schmecken würde, wie sie es sich vorstellte. Doch das war der normale Lauf der Dinge – Ungeduld vertrug sich nicht mit der Kunst der Whiskyherstellung. Außerdem hatte sie Zeit. Mit siebenundzwanzig hatte sie hoffentlich viele Jahre und Jahrzehnte vor sich, in denen sie am Geschmack des Kirkby Alpaca Golden arbeiten und sich daran erfreuen konnte.

Ein weiterer Schluck von dem zwanzig Jahre alten Gordon Gibbs betäubte ein wenig die Angst, die ihr diese Riesenverantwortung insgeheim machte. Ja, es war ihr Traum gewesen – war es immer noch! –, als eine der jüngsten Brennmeisterinnen des Landes eine eigene Destillerie zu gründen. Ihr war aber auch klar, dass dieser Traum ganz schnell zu einem Albtraum werden konnte. Heutzutage schlossen die Traditionshäuser reihenweise, weil sich der Aufwand nicht mehr lohnte, oder wurden von internationalen Investoren aufgekauft. Etliche Highland-Destillerien produzierten nur noch für den asiatischen Raum. Doch sie hatte sich in den Kopf gesetzt, einen anderen Weg einzuschlagen. Sie hatte ihren gut bezahlten Job als Whisky-

Sommelière und Markenbotschafterin der Gordon Gibbs Distillery in London aufgegeben, um in ihrem kleinen, verschnarchten Heimatdorf Kirkby wieder ganz traditionell Whisky zu brennen.

»Alles klar, Schätzchen?«, fragte Pfarrer Jack leise, als der Applaus des Publikums abebbte.

Shona räusperte sich und versuchte, die Panik, die in ihr aufstieg, zu unterdrücken. Jetzt war definitiv nicht der richtige Zeitpunkt dafür! Das hätte sie sich deutlich früher überlegen müssen. Sie schloss kurz die Augen. Das Gefühl des Überwältigtseins war vermutlich normal und würde abklingen, sobald der Alltag einkehrte. Aber jetzt musste sie sich dringend zusammenreißen und etwas sagen. Ganz bestimmt sogar. »Ist das nicht ein wundervoller Tropfen?«, fragte sie in die Runde und hielt ihr Glas hoch, das immer noch halb gefüllt war. »Wenn mein Alpaca Golden irgendwann auf diesem Niveau ankommt, habe ich alles richtig gemacht.«

»Wenn du dir gut hundertsiebzig Jahre Zeit nimmst, dann klappt das bestimmt«, rief Kieran Gibbs aus der ersten Reihe, und das Publikum lachte.

»Da ich ja den besten Lehrmeister hatte, den man sich vorstellen kann«, nahm sie den Einwurf auf und deutete auf Kieran, »wird es bei mir hoffentlich nicht ganz so lange dauern. Aber um die Zeit zu überbrücken, habe ich zusammen mit meiner Schwester Isla einen Gin kreiert! Er heißt ›Alpaca Thistle‹, und ihr könnt ihn draußen im Hof probieren. Dazu gibt's ein kleines Barbecue von unserem Dorfpub und ein Fingerfood-Buffet, das Isla mit ihrer Küchencrew gezaubert hat und das die Gin-Aromen auf geniale Weise unterstützt. Guten Appetit!«

Erneut brandete Applaus auf, und der Brennraum, in dem es verdammt warm war, leerte sich zügig. Shona seufzte erleichtert und drückte ihrem Alpaka einen kleinen Kuss auf den Wuschelkopf. »Das hätten wir schon mal geschafft«, murmelte sie.

»Nichts bringt eine Party so schnell zum Brodeln wie die Aussicht auf Freigetränke und Essen«, bemerkte Jack amüsiert, als er sah, wie sich die Besucher durch die Tür ins Freie drängelten.

»Saunatemperaturen in geschlossenen Räumen helfen auch«, entgegnete Shona mit einem leichten Lächeln.

»Du hast dich wacker geschlagen, Kleine«, sagte der alte Mann und klopfte ihr väterlich auf die Schulter. »Stimmt's, Marlin?«

»Ich bin wahnsinnig stolz auf dich, Prinzessin.« Marlin stand mit ausgebreiteten Armen an der Seite der kleinen Bühne und strahlte seine Tochter an. »Du hast das toll gemacht, und jetzt komm her und lass dich von deinem alten Herrn in die Arme nehmen, ehe du dich wieder der Meute stellst.«

»Danke, Daddy.« Shona lief die wenigen Schritte zu ihrem Vater und genoss es, sich in seinen Armen für einen Augenblick sicher und geborgen zu fühlen. Er war schon immer ihr Anker gewesen, die einzige Konstante in ihrem Leben – und wenn er jetzt an sie glaubte, dann würde es auch gut werden. »Danke für alles«, sagte sie noch mal.

»Immer, meine Kleine. Aber du hast das alles gut im

Griff. Ich weiß zwar nicht, warum du so viele Leute eingeladen hast – noch dazu so viel Presse und diese … wie heißen sie … Social-Media-Jünger?«

»Das sind Influencer und Blogger, Daddy. Und die sind wichtig. Ich bin jung und will meine Generation ansprechen. Jugend und Tradition, das ist eine tolle Kombination – das sieht man an meinem Instagram-Account für die Destillerie. Da habe ich schon mehr als zehntausend Follower, obwohl ich den Kanal erst vor sechs Wochen aufgemacht habe. Das sind neue Zeiten, Daddy«, fügte sie noch hinzu, als er verständnislos brummte. Sie kannte ihren Vater. Er war ihr Fels in der Brandung, ihr Unterstützer, ihr Held – aber er war auch wahnsinnig ignorant und hasste es, wenn zu viele fremde Menschen nach Kirkby kamen. Ginge es nach Marlin Fraser, bliebe man in Kirkby einfach unter sich. Shona konnte seine Haltung überhaupt nicht nachvollziehen, denn ohne Touristen und Tagesgäste wäre der Ort gar nicht in der Lage zu existieren. Ihr ältester Bruder Alex hatte aus *The Cosy Thistle*, dem Bed & Breakfast, das die Familie schon seit Jahrzehnten betrieb, ein exklusives Boutique-Hotel gemacht, und ihre Schwester Isla führte das Sternerestaurant *The Scottish Thistle*. Beide waren vom Tourismus abhängig, aber Marlin gefiel sich in der Rolle des Eigenbrötlers. Shona wusste jedoch, dass die vor allem Show war, und ignorierte seine Vorbehalte.

»Wer auch immer diese Leute sind, du solltest dich besser um sie kümmern. Ich werde mir mit Jack ein ruhiges Eckchen suchen.« Marlin drückte Shona noch einmal an sich, dann scheuchte er sie hinaus.

Als sie den geschmückten Hof betrat, musste sie unwillkürlich lächeln. Es war einfach nur perfekt! Die Augustsonne strahlte, als sei dem schottischen Wettergott klar, dass er an diesem Sonntag für Shona alles geben musste. Alte Fässer dienten als Stehtische, um die jetzt schon zahllose fröhliche Menschen gruppiert waren, die Islas Köstlichkeiten probierten und gut gelaunt plauderten. Vor der Lagerhalle war eine weitere Bühne aufgebaut, auf der sich gerade die Band bereit machte – kein wie auch immer geartetes Ereignis in Kirkby ohne Party mit Musik und Tanz! Zwischendurch würde die Versteigerung der zehn kleinen Fässer stattfinden. Shona war gespannt, wer alles mitmachen würde. Sie tippte auf ihre Familie, auf Bürgermeister Collum McDonald und natürlich auf Jon Grant, den Wirt des Pubs *The Wise Pelican*. Doch Jon gehörte ja auch fast schon zur Familie: Shona rechnete fest mit einer baldigen Hochzeit von ihm und Isla. Gerade standen die beiden hinter dem Buffet, und Isla winkte sie energisch zu sich.

Es dauerte jedoch ein Weilchen, bis sie sich zwischen den vielen Gratulanten durchgekämpft hatte. Schließlich erreichte sie das Buffet, das schon ziemlich geplündert aussah. »Wow, ich schätze, die Leute hatten Hunger«, sagte sie überrascht.

»Keine Sorge, Nachschub ist unterwegs«, entgegnete Isla. »Wir haben genug vorbereitet. Ich muss mich nur gleich verabschieden, denn mein Abendgeschäft beginnt in zwei Stunden.«

»Aber wir müssen doch noch den Gin präsentieren!«, rief Shona. »Das ist genauso deiner wie meiner, da kannst du dich nicht aus dem Staub machen.« Das stimmte. Ohne Isla hätte sie es niemals geschafft, in der kurzen Zeit zwischen ihrer – im wahrsten Sinne des Wortes – Schnapsidee, zusätzlich zum Whisky auch noch Gin zu brennen, und der heutigen Eröffnung ein fertiges Produkt hinzubekommen. Tatsächlich hatte sie den Alpaca Thistle erst vorgestern in Flaschen abgefüllt. Isla war nicht nur eine Spitzenköchin, sondern auch eine absolute Kräuterhexe, und sie hatte es geschafft, dem Gin ein unverwechselbares Aroma zu verpassen, das an blühende Disteln, Heidekraut und Highland-Nebel erinnerte. So hatte Shona den Geschmack jedenfalls für ihre Follower beschrieben.

»Ich will mich auch nicht aus dem Staub machen, ich wollte nur sagen, dass wir die Gin-Bar jetzt eröffnen sollten.«

»Okay, das kriegen wir hin.« Shona ließ ihren Blick über die Menge schweifen. »Komm mit«, bat sie ihre Schwester und zerrte sie im nächsten Moment schon hinter sich her in Richtung Bühne. Unterwegs schnappte sie sich den Dudelsackbläser, der eigentlich erst später zum Einsatz kommen sollte.

Fünf Minuten später war ihr die volle Aufmerksamkeit der Gästeschar sicher. Der durchdringende Ruf des Dudelsacks hatte jedes Gespräch schlagartig verstummen lassen.

»Beginnt die Versteigerung schon jetzt?«, rief ein Reporter alarmiert und versuchte, seinen vollgepackten Teller irgendwo abzustellen und seine Fotokamera in Position zu bringen.

»Nein, keine Sorge«, sprach Shona ins Mikrofon. »Auktionsbeginn ist erst in zwei Stunden. Aber ein weiteres Highlight muss ich vorziehen, weil meine Schwester Isla sonst nicht mehr dabei sein kann. Ich habe während meiner Ausbildung alles darüber gelernt, wie man tollen Whisky macht, und ich weiß auch, wie man einen ordentlichen Gin herstellt. Aber ›ordentlich‹ reicht mir nicht. Deshalb habe ich Isla um Hilfe gebeten, die nicht nur eine grandiose Köchin ist, sondern mehr Ahnung von natürlichen Aromen hat als alle anderen Menschen. Und dank ihr ist unser Alpaca Thistle nun kein ordentlicher, sondern ein phäno-menaler und außergewöhnlicher Gin geworden.«

»Vielen Dank«, übernahm Isla, als der Applaus und das vereinzelte Gelächter abgeklungen waren. »Es ist gerade ein paar Wochen her, dass mir meine kleine Schwester ihre Idee von einem Distel-Gin ins Ohr gesetzt hat. Die Distel ist ja nicht nur die Wappenblume Schottlands, sondern kommt auch im Namen meines Restaurants und in dem vom Bed & Breakfast unseres Bruders vor. Shona sagte wörtlich: ›Ich will einen Gin, der eher an die Schönheit von Disteln erinnert als an ihren Geschmack.‹ Und ja, ich habe genauso irritiert geschaut wie ihr, denn wie um alles in der Welt schmecken Disteln? Ich habe übrigens schon etliche probiert, aber das ist nichts, was man zwingend in seinem Drink haben muss. Um es abzukürzen: Ich habe expe-rimentiert und getestet, und irgendwann hatte ich das Rezept. Shona findet, dass unser Gin nun nach Disteln, Heide und Highland-Nebel duftet. Wie er schmeckt ...«

Sie zögerte und sah Shona an.

»Wie er schmeckt, könnt ihr jetzt selbst ausprobieren.

Die Gin-Bar ist eröffnet!«, rief Shona, umarmte ihre ältere Schwester und posierte lächelnd mit ihr vor den Kameras, ehe sich die Meute geschlossen in Richtung Barwagen verzog.

»Ich schätze mal, der Tag ist ein voller Erfolg«, stellte Isla mit einem Grinsen fest und deutete kopfschüttelnd in Richtung des mobilen Tresens, hinter dem drei von Jons hübschen Pubjungs standen und Gin Tonics an die Gäste verteilten. »In zwei Stunden sind die hier alle volltrunken.«

»Na, so schlimm wird's nicht werden, aber die Stimmung sollte für die Versteigerung schon gut werden. Ich bin gespannt, wie viel die Leute bieten.«

»Für die Charity-Fässer bestimmt eine Menge«, mutmaßte Isla und sah wieder auf die Uhr. »Süße, ich muss wirklich los. Ich kann Tom und Grace nicht alles allein vorbereiten lassen. Erst recht nicht, nachdem ich sie beim Mittagessen schon vor dem Dessert ihrem Schicksal überlassen habe.«

»Ach, die beiden schaffen das. Aber ich versteh schon, dass du in dein Restaurant musst. Danke, dass du dir überhaupt die Zeit genommen hast.« Shona drückte ihrer Schwester einen Kuss auf die Wange.

»Für meine Lieblingsschwester immer«, entgegnete Isla und sprang von der Bühne. »Viel Spaß noch!«

● ● ●

Was für ein fantastischer Sommertag, dachte Kendrick McIntosh und bedauerte, dass er mit einem Transporter unterwegs war und nicht mit einem Cabrio. Das würde jetzt noch mehr Spaß machen. Mit einem kleinen alten, offenen MG durch die Highlands zu cruisen … Er lachte laut bei diesem Gedanken. Wie oft war das Wetter in Schottland schon schön genug, dass sich ein Cabrio, noch dazu ein Oldtimer, lohnen würde? Außerdem würden ihn die Bauern der Region kein bisschen ernst nehmen, wenn er damit auf ihren Höfen aufkreuzte. Nein, so ein Spaß-mobil war leider keine Option. Seinen Sprinter hatte er als Jahreswagen kaufen können und ihn zu einer mobilen Tierarztpraxis umbauen lassen. So hatte er alles nötige Material dabei, um auch vor Ort Eingriffe vorzunehmen, sodass die Besitzer nicht gezwungen waren, immer gleich zur Tierklinik zu fahren.

Kendrick freute sich auf die neue Herausforderung – und auf sein eigenes Haus in Kirkby. Er kannte das High-land-Dorf schon lange, schließlich betreute er seit fast fünf Jahren die Region am Westufer des Loch Ness. Bisher hatte er immer von Inverness aus zu seinen Hausbesuchen aufbrechen müssen, was gerade im Frühjahr, in der Läm-mer-, Kälber- und Fohlenzeit, oft zu endlosen Touren mit-ten in der Nacht geführt hatte. Und manchmal war er auch zu spät gekommen. Wie oft hatten er und seine Schwestern schon gehört, dass es doch viel besser wäre, einen Tierarzt in der Nähe zu haben?

In seinem Fall war es einmal zu oft gewesen. Ja, er hatte die Arbeit in der Tierklinik genossen, die er mit seinen drei Schwestern und seinen Eltern in Inverness betrieb. Sie hat-ten viel investiert und waren fast so gut ausgestattet wie die Uniklinik in Edinburgh. Seine Schwester Finola hatte sich auf Augenheilkunde spezialisiert und galt als die Topexpertin im Land. Er selbst war eher ein Generalist und behandelte alle Tiere und Krankheiten gleichermaßen gern, hatte seinen Schwerpunkt in den letzten Jahren aber vor allem auf Pferde und Farmtiere gelegt – einfach weil die Mädels weniger Lust verspürten, nachts zu einsamen Highland-Bauernhöfen zu fahren. So hatte sich die Aufteilung ergeben, und er wollte sich nicht beklagen. Er arbeitete gerne allein und genoss die Ruhe auf dem Land. Und als ihm vor ein paar Wochen Collum McDonald, der Bürgermeister von Kirkby, ein schönes Cottage am Ortsrand angeboten hatte, war die Entscheidung für einen Umzug nur noch Formsache gewesen.

Das Cottage hatte einem älteren Ehepaar gehört, das zu Sohn und Enkelkindern nach Südengland ziehen wollte und dankbar gewesen war, einen Käufer zu finden. Das Haus war tadellos in Schuss, hatte einen wunderschönen Garten und einen großen Anbau, in dem der Vorbesitzer seine drei Oldtimer untergebracht hatte. Kendrick wollte da eine Kleintierpraxis einrichten, falls er im Winter dazu kam – und wieder genügend Geld in der Kasse hatte. Sein Budget war nach dem Hauskauf und dem Umbau des Transporters erst einmal ausgeschöpft. Doch das würde sich sicher alles finden.

Nur noch fünf Meilen bis zu seinem neuen Zuhause. Vorfreude und auch eine Spur von Nervosität machten sich in ihm breit. Wie würde es sein, zum ersten Mal allein zu leben? Er verdrehte die Augen. Wie lächerlich klang das bitte schön? Er war zweiunddreißig, da sollte ein Mann

doch Erfahrung mit dem Alleinsein haben, oder? Aber tatsächlich hatte er immer mit irgendwelchen Familienmitgliedern zusammengewohnt. Meist mit mehreren. Selbst
zu Unizeiten hatte er sich eine Wohnung mit drei Kommi-
litonen geteilt – eine davon war seine Zwillingsschwester
Kyleen gewesen. Die McIntosh-Tierklinik am östlichen
Stadtrand von Inverness lag direkt neben seinem Elternhaus, und in den letzten Jahren hatte er in einer Wohnung
über den OP-Räumen gewohnt. Zusammen mit seiner
Freundin Glenna, die natürlich ebenfalls Tierärztin war
und die Chirurgie leitete.

Ex-Freundin, korrigierte er sich in Gedanken. Glenna
und er waren seit dem ersten Semester ein Paar gewesen,
und er liebte sie immer noch – aber schon lange nicht mehr
wie eine Partnerin, sondern wie seine Schwestern. Ihr ging
es genauso, und dieser Transformationsprozess hatte wohl
schon vor Jahren angefangen. Schmerzhaft war nur der
Moment gewesen, als sie sich hatten eingestehen müssen,
dass sie zwar immer noch gute Kollegen und Freunde
waren, aber längst kein Liebespaar mehr. Und der Moment
vor drei Monaten, als Glenna ihm mitgeteilt hatte, dass sie
sich in Davina verliebt hatte, die hauseigene Kardiologin –
und seine ältere Schwester. Das nagte nach wie vor an ihm.
Hätte er in zehn Jahren Beziehung nicht merken müssen,
dass seine Freundin in Wahrheit auf Frauen stand? Hätte
Glenna selbst das nicht merken müssen? Und was sagte das
alles über ihn als Mann aus?

Nein, so richtig große Lust darüber nachzudenken, hatte
er nicht mehr. Er würde jetzt ein neues Leben beginnen –

weit genug entfernt von dem Hühnerhaufen, zu dem die Tierklinik inzwischen mutiert war. Mit einer Frauenquote von fünfundachtzig Prozent konnten sonst nur Kindergärten und Grundschulen aufwarten. Er hatte ganz bestimmt nichts gegen Frauen, aber ein Leben als einsamer Wolf in der Wildnis klang verdammt verlockend. Vielleicht würde er sich einen Hund zulegen, der ihm Gesellschaft leistete. Schweigende Gesellschaft. Ja, das hörte sich nach einem ziemlich guten Plan an.

Er lächelte zufrieden und fuhr in gemächlichem Tempo auf Kirkby zu. Rechts der Straße erstreckten sich die Koppeln von Rupert Frasers Stall, und Kendrick sah einige der prächtigen Clydesdales zufrieden grasen. Kurz danach passierte er die Zufahrtsstraße zum Bed & Breakfast und zu Isla Frasers Restaurant. Einige Schafe standen wie malerisch hingetupft auf den Wiesen herum. Alles Patienten von ihm, aber anscheinend alle in guter Verfassung.

Der Dorfplatz wirkte wie ausgestorben, was ihn an einem Sonntagnachmittag nicht weiter verwunderte, aber selbst beim Pub war nichts los. Durch das geöffnete Autofenster hörte er jedoch Musik, die ihm direkt in die Beine fuhr. Eine seiner größten Leidenschaften neben dem Job, vielleicht sogar seine einzige, war das Tanzen. Was er vermutlich auch seinen Schwestern zu verdanken hatte, die ihn schon als Kind zu ihrem Highland-Dance-Training mitgeschleppt hatten. Ob er anhalten sollte? Dunkel erinnerte er sich daran, dass Collum erwähnt hatte, die Destillerie würde ihre Neueröffnung feiern, aber das Datum hatte er sich nicht gemerkt. Und er wusste auch nicht genau, wo die

Destillerie lag. Irgendwo in der Nähe der alten Schule wahrscheinlich, denn der Dudelsacksound wurde immer lauter. Kendrick drehte sich zur Seite, um einen Blick zu erhaschen, als er im Augenwinkel einen dunklen Schatten wahrnahm, der direkt auf ihn zusteuerte. Reflexartig trat er auf die Bremse, konnte jedoch nicht verhindern, dass etwas dumpf gegen seinen linken Kotflügel prallte.

Im nächsten Moment sprang er aus dem Wagen. Daneben lag ein dunkles Alpaka auf der Straße und bewegte sich nicht mehr.

»Fuck!«, fluchte er herzhaft und hastete zu dem reglosen Wesen. Das konnte ja wohl nicht wahr sein, dass er als erste Amtshandlung in seinem neuen Heimatort ein Tier tötete.

Nein, tot war es glücklicherweise nicht, und zu bluten schien es auch nicht – was aber nichts heißen musste, denn es konnte innere Verletzungen haben… Kendrick tastete nach dem Puls, der stark und gleichmäßig war.

»Was machen Sie da?«, unterbrach eine Stimme schräg hinter ihm seine ersten Untersuchungen.

Was für eine blöde Frage. Wonach sah es denn bitte schön aus? Er antwortete nicht, sondern prüfte vorsichtig alle Gliedmaßen des Tiers auf Brüche.

»Das ist doch Nessie!«, rief die Stimme und klang schockiert. Diesmal drehte er sich um und fand sich einer rothaarigen Frau gegenüber, die ihm bekannt vorkam.

»Ist das Ihr Alpaka?«, fragte er.

»Nein. Es gehört meiner Schwester. Ich fass es nicht, dass Sie Nessie überfahren haben.«

»Ich habe niemanden überfahren. Das Alpaka ist mir vor den Kotflügel gesprungen«, erklärte er so ruhig wie möglich und ahnte, dass es sich wie eine lahme Ausrede anhörte. »Vielleicht hätte Ihre Schwester besser auf ihr Tier aufpassen sollen?«, konterte er genervt. Langsam sickerte eine unangenehme Erkenntnis bei ihm durch. Er kannte dieses Tier, und er wusste, wer die rothaarige Frau war. Vor ein paar Wochen hatte er die junge Alpakastute zum ersten Mal untersucht. Da war sie gerade vor dem Ertrinken im Loch Ness gerettet worden – von just jener Rothaarigen, die, wie ihm nun ebenfalls einfiel, Isla Fraser war. Tochter von Marlin Fraser, um dessen Schafe er sich kümmerte, Nichte von Rupert Fraser, dessen Pferde er behandelte, und Lebensgefährtin des Pubbesitzers Jon Grant, dessen Hund er auch schon zweimal untersucht und geimpft hatte. Spitzenklasse! »Sorry, das kam jetzt blöder rüber, als ich es gemeint habe«, ruderte er zerknirscht zurück. »Ich bin einfach sehr erschrocken, als mir Nessie vors Auto gelaufen ist. Glücklicherweise war ich sehr langsam. Ich glaube nicht, dass sie schwer verletzt ist.«

»Hm«, brummte Isla nur und zückte ihr Handy. »Egal, was du gerade machst, komm sofort zur Dorfstraße, Höhe alte Schule!«, rief sie ins Telefon. »Nessie ist verletzt!« Und dann fügte sie auch noch hinzu: »Der Tierarzt ist bereits da. Der hat sie nämlich überfahren!«

Okay, offenbar wusste sie auch, wer er war. »Ich hab sie nicht überfahren«, beharrte er. »Und mein Name ist übrigens Kendrick McIntosh«, stellte er sich vor.

»Was du nicht sagst.« Sie funkelte ihn mit einem rätselhaften Blick an. Feindselig? Amüsiert? Genervt? »Wir sind uns schon begegnet. Außerdem kann ich lesen.« Sie deutete auf seinen Transporter, an dessen Seite der Schriftzug »Mobile Vet – Kendrick McIntosh« prangte.

»Kannst du bitte aufpassen, dass sie nicht wegläuft?«, bat er, statt auf ihre Worte zu reagieren. »Dann hole ich meine Notfalltasche. Ich habe auch ein mobiles Röntgengerät und Ultraschall, falls wir das brauchen.«

Sie nickte und kniete sich neben das Tier, während er rasch seine Tasche aus dem Wagen holte. Herz und Lunge hörten sich gut an, auch die Bauchgeräusche klangen unauffällig. Das war schon mal positiv. Er glaubte nicht, dass das Alpaka eine Thoraxverletzung oder innere Blutungen hatte. Doch warum war es dann immer noch bewusstlos? Alpakas waren Fluchttiere, und die mobilisierten in der Regel auch dann noch letzte Kräfte, um vor ihren Angreifern zu fliehen, wenn sie schon halb tot waren. Vielleicht hatte es eine Gehirnerschütterung?

»Wir müssen sie auf die andere Seite legen«, bestimmte er und bedeutete Isla, die Hinterbeine zu nehmen, während er sich um den vorderen Bereich kümmerte. Es war fast keine Körperspannung in dem Tier, was wirklich verdammt ungewöhnlich war. Vorsichtig betteten sie Nessie um, und er betastete nun ihre linke Seite. An der Schulter konnte er eine leichte Schwellung fühlen. Das war wohl die Stelle, an der sie gegen seinen Kotflügel geknallt war. Er hoffte, dass es nur eine Prellung und kein Bruch war, aber das ließ sich nur durch ein Röntgenbild feststellen, oder wenn er sie laufen sah. Während er noch überlegte, was er als Nächstes tun sollte, kam ein Pulk von Menschen angerannt – angeführt von einer schwarzhaarigen Furie.

»Nessie?!«, schrie die junge Frau. »Ist sie tot?«

Okay, »Pulk« war vielleicht etwas übertrieben. Außer der Schwarzhaarigen – offenbar die Besitzerin des Tiers – waren nur noch Marlin Fraser und Bürgermeister Collum McDonald mit von der Partie.

»Sie ist nicht tot«, beteuerte Kendrick mit ruhiger Stimme. »Aber ich weiß im Moment auch nicht, warum sie immer noch bewusstlos ist.«

Isla stand auf und überließ den Platz neben Nessie ihrer Schwester, die sich mit Tränen in den Augen über das Tier beugte und ihm alberne Koseworte ins Ohr säuselte.

»Grandioser Einstieg für unseren neuen Tierarzt«, kommentierte Collum und schien mit sich zu ringen, ob er amüsiert oder empört sein sollte.

»Ich glaube nicht, dass er es absichtlich gemacht hat«, knurrte Marlin in Richtung Collum, und Kendrick wunderte sich, dass ihm der alte Fraser beisprang. Er kam gut mit ihm aus, das schon, aber er hatte nun mal zweifellos das Alpaka seiner Tochter angefahren – ob absichtlich oder nicht. Insofern hatte Collum schon recht mit seiner Aussage.

»Ein Tierarzt, der Tiere umfährt, sollte seine Zulassung verlieren, und seinen Führerschein am besten gleich dazu!«, kreischte die Schwarzhaarige, an deren Namen er sich nicht erinnern konnte. Erstaunlicherweise sorgte der Klang ihrer Stimme dafür, dass sich in dem Alpaka die Lebensgeister regten. Nessie hob den Kopf und klappte ihre großen

dunklen Augen auf. »Du lebst!« Das aufgebrachte Krei-
schen wich einem Jubeln, das sich in Kendricks Ohren aber
kaum weniger unangenehm anhörte. Überhaupt kamen
ihm die Reaktionen der Leute etwas seltsam vor, so als
wären sie …

Er betastete Nessies Kopf, schaute ihr in die Augen und
schnupperte an ihrem Maul. Das konnte ja wohl nicht
wahr sein. »Das Tier ist betrunken!«, rief er.

»Was? Das kann nicht sein«, behauptete die Besitzerin.

»Ich schätze schon, Shona«, mischte sich der Bürgermeister ein und fing haltlos zu kichern an. Ganz nüchtern
war er wohl auch nicht mehr. »Ich hab gesehen, wie sie die
Reste aus einigen Gläsern geleckt hat.«

»Aus den Gin- oder den Whisky-Gläsern?«, erkundigte
sich Isla – als ob das einen Unterschied machte.

»Beides. Aber ich glaube, die Gin-Gläser fand sie interessanter. Da war ja noch Grünzeug drin.« Der Bürgermeister fand das offenbar wahnsinnig komisch. Kendrick nicht.

»Ich müsste euch alle wegen Tierquälerei anzeigen!«,
brauste er auf. »Ein Tier betrunken zu machen ist wirklich
das Letzte!«

»Ich glaube nicht, dass jemand das Alpaka absichtlich
betrunken gemacht hat«, versuchte Marlin die Wogen zu
glätten, doch auch in seinen Mundwinkeln zuckte es verdächtig. »Genauso wenig, wie ich glaube, dass du es absichtlich angefahren hast. Nessie scheint einfach einen
guten Geschmack zu haben und hat sich von der Party-
stimmung anstecken lassen.«

Kendrick schüttelte den Kopf. Inzwischen waren noch

mehr Leute gekommen, die das Geschehen interessiert beobachteten, kommentierten und mit ihren Handys Fotos knipsten. Das konnte er ja prima gebrauchen … »Es ist und bleibt verantwortungslos. Als Halter hat man eine Aufsichtspflicht und muss sich so um sein Tier kümmern, dass ihm kein Schaden zugefügt werden kann«, sagte er ernst zu Shona.

»Hört euch diesen Klugscheißer an«, blaffte sie. »Das war ein Versehen. Ich konnte doch nicht ahnen, dass Nessie eine kleine Schnapsdrossel ist! Wenn du sie nicht umgemäht hättest, wäre ihr nichts passiert.«

»Dann hätte sie vielleicht jemand anders erwischt, der nicht im Schneckentempo durch den Ort gefahren wäre. Und dann wäre sie jetzt tot.«

Für Nessies Ohren war das offensichtlich eine Todesankündigung zu viel. Sie sprang auf und stand taumelnd zwar, aber eindeutig auf allen vier Beinen.

»Vielleicht sollten wir uns jetzt alle mal wieder beruhigen«, schlug Isla vor. »Lassen wir den Doktor Nessie fertig untersuchen, und dann geht jeder seiner Wege. Ja?« Sie schaute auf die Uhr. »So gern ich weiter Schiedsrichter spielen würde, ich muss mich verabschieden.« Sie hob die Hand zum Gruß und lief rasch die Straße hinunter. Kendrick beneidete sie. Er hatte leider keine Fluchtoption.

»Ihr habt unsere Küchenfee gehört«, rief Collum in Richtung der neugierigen Meute. »Ab zurück zur Party, und feiert weiter. Hier gibt's nichts mehr zu sehen.«

»Das gilt auch für dich«, sagte Marlin zum Bürgermeister, als sich der Trupp langsam verzog. »Und du kannst dich auch wieder um deine Gäste kümmern«, wandte er sich an seine Tochter. »Ich nehme Nessie mit nach Hause und sorge dafür, dass sie ausnüchtert.«

»Aber …«, protestierte Shona, doch Marlin ging wieder dazwischen.

»Glaub mir, Schatz, das wird am besten sein. Und du hast ja noch einiges vor heute. Das ist wichtig.«

Shona warf ihrem Vater einen skeptischen und Kendrick einen feindseligen Blick zu, dann klopfte sie den Staub aus ihrem hübschen weißen Sommerkleid und der Tartan-schärpe, die sie darüber trug, und drückte dem Alpaka einen Kuss auf den Kopf. »Gute Besserung, mein armer Schatz«, raunte sie ihm ins Ohr, leider nicht leise genug, sodass Kendrick auch die nächsten Sätze verstehen konnte. »Mama hat dich lieb und holt dich morgen früh wieder ab. Lass dir von dem bösen Mann bloß nicht mehr wehtun.« Dann riss sie sich los und hakte sich bei Collum unter, der ritterlich auf sie gewartet hatte.

»Mama hat dich lieb«, äffte Kendrick sie nach, als sie außer Hörweite war, und verdrehte die Augen. »Ehrlich, Marlin, ich will dir wirklich nicht zu nahe treten, aber das …« Er beendete den Satz nicht, sondern schüttelte den Kopf.

»Tu nicht so, als wäre sie die erste Tierbesitzerin, die so redet«, entgegnete Marlin mit einem gutmütigen Lächeln. »Shona ist vernarrt in das Biest und kümmert sich wirklich gut um Nessie. Aber heute ist die Eröffnung ihrer Destille-rie, da hat sie sie einfach nicht die ganze Zeit im Auge be-halten können.«

»Warum nimmt sie ein Alpaka überhaupt zu so einer Geschichte mit?«

»Weil es ihr Haustier ist. Nessie folgt ihr überallhin, wie ein Hund.«

Kendrick atmete einmal tief durch. Ihm würden zahllose Kommentare dazu einfallen, doch er sparte sie sich. Stattdessen tastete er noch einmal Nessies Gliedmaßen ab und führte das Alpaka ein paar Schritte auf und ab, um zu sehen, ob es auch den linken Vorderlauf belastete. »Okay, es ist definitiv nichts gebrochen«, befand er. »Auch die Schulter nicht. Da hat sie wohl eine dicke Prellung. Aber sie ist sternhagelvoll und sollte wirklich unter Beobachtung bleiben. Ich habe keine Ahnung, wie der Organismus von Kleinkamelen auf Alkohol reagiert. Wenn sie seltsam reagiert, ruf mich bitte sofort an«, bat er Marlin.

»Mach ich«, versprach der. »Willkommen in Kirkby.«

»Danke.« Kendrick musste lachen, er konnte nicht anders. »So habe ich mir meinen ersten Tag nicht vorgestellt.«

»Immerhin hast du für einen bemerkenswerten Auftritt gesorgt.« Marlin klopfte ihm auf die Schulter. »Das wird in den Kanon der Dorflegenden aufgenommen.«

»Juhu«, entgegnete er schwach, dann straffte er die Schultern. Ändern konnte er an der Sache nun auch nichts mehr. »Soll ich euch nach Hause fahren?«

»Nein, danke. Die paar Schritte schaffen wir schon. Dann können wir beide unsere benebelten Köpfe auslüften.« Marlin grinste und verstrubbelte Nessies wolligen Schopf. »Kann man dir was helfen?«

Kendrick schüttelte den Kopf. »Alles gut. Meine Sachen

kommen morgen mit der Spedition, und die paar neuen Möbel, die ich gekauft habe, wurden schon letzte Woche geliefert. Ich bin also versorgt. Und ab übermorgen offiziell im Dienst. Aber wenn vorher was ist, nicht nur mit dem Alpaka, dann kannst du mich jederzeit anrufen.«

SELTSAME VÖGEL

ALS SHONA AM NÄCHSTEN Morgen aufwachte, war es erstaunlich still. Kein Mucks war zu hören – weder im Haus noch auf der Straße. War die Welt untergegangen, während sie geträumt hatte? Es dauerte einen Moment, bis ihr einfiel, dass sie gar nicht mehr im pulsierenden London lebte, sondern im beschaulichen Kirkby, wo selbst die Rushhour am Montagmorgen nicht das eifrige Gezwitscher der Vögel übertönen konnte.

Puh, da hatte sie gestern wohl ein paar Schlucke Gin und Whisky zu viel erwischt, wenn sie so einen Aussetzer hatte, dass sie sich in ihre Londoner Zeit zurückversetzt fühlte. Das war ihr seit Monaten nicht mehr passiert.

Sie streckte sich und gähnte kräftig, und langsam kehrten die Erinnerungen an den gestrigen Tag zurück. Die *Golden Alpaca Distillery* war nun offiziell eröffnet! Ihr Lebenswerk, wie Pfarrer Jack McTavish in seiner kleinen Rede ebenso treffend wie schockierend festgestellt hatte. Ein Lebenswerk mit deutlich unter dreißig! Bei dem Gedanken überlief sie wieder eine Gänsehaut. Das war eine verdammt endgültige Festlegung auf ihren weiteren Lebensweg. Vor einem Jahr hatte sich bei ihr alles um eine bunte Reihe von Tinder-Dates und einen hippen Job als Whisky-Sommelière gedreht. Die verbindlichste Verpflichtung in ihrem Leben hatte darin bestanden, pünktlich zur Arbeit zu kommen. War das so schlecht gewesen?

Welcher Teufel hatte sie bloß geritten, ihr fröhliches, unkompliziertes Leben in einer Millionenmetropole gegen diese neue, furchtbar anstrengende Existenz in der schottischen Einöde einzutauschen? Hier gab es plötzlich Mitarbeiter, die von ihr abhängig waren, Erwartungen, die sie erfüllen musste, und verdammt wenig Privatleben. Das war keine gesunde Kombination. Oder?

Wenn sie ehrlich war, kannte sie ihre Beweggründe sehr wohl. Vor allem war es Sehnsucht gewesen – Sehnsucht, Heimweh und der unwiderstehliche Drang, etwas Bleibendes zu schaffen. Offiziell würde sie das natürlich nicht zugeben, denn es war fürchterlich uncool, und in ihrer Londoner Clique hatte man auch nur verständnislos den Kopf geschüttelt, als sie letztes Jahr vor Weihnachten ihre Sachen gepackt und ihren Job gekündigt hatte, um wieder nach Hause zu ziehen. Damals hatte sie noch nicht einmal geahnt, dass es mit einer eigenen Destillerie wirklich klappen könnte. Doch dann war sie an dem alten, seit Jahrzehnten verrammelten Gebäude in Kirkby vorbeigelaufen und hatte dieses Gefühl bekommen. Dieses Gefühl, dass das Gemäuer nur auf sie gewartet hatte, wie die verwunschene Prinzessin im Märchen, die von einem Prinzen erlöst werden musste. Nur dass in diesem Fall Shona selbst der Prinz war.

Sie hatte mit ihren Cousinen darüber gesprochen, die hatten es Collum gesteckt, und der Bürgermeister war sofort Feuer und Flamme gewesen und hatte ihr jede Form von Hilfestellung zugesagt, die er auftreiben konnte. Und Collum war sehr findig! Erstaunlicherweise war auch ihr Vater von der Idee begeistert gewesen und unterstützte sein jüngstes Kind nach Kräften. Und so war sie in die ganze Sache irgendwie hineingestolpert. Nein, das war zu kurz gedacht. Vermutlich war ein gar nicht so unerheblicher Teil von ihr schon immer so zielstrebig gewesen. Der Teil, der bereits während der Schulzeit ein Praktikum in einer Destillerie in der Nähe gemacht hatte. Der Teil, der nach dem Schulabschluss die Ausbildung bei Gordon Gibbs auf der Isle of Skye durchgezogen hatte. Der Teil, der die jüngste Brennmeisterin Schottlands aller Zeiten war. Der Teil, der im Grunde ein lupenreiner Nerd war und den sie deshalb sorgfältig hinter der schillernden Kulisse des immer gut gelaunten Partymädchens versteckt hielt. Kein Wunder, dass sie so überwältigt war und sich im Moment auch ziemlich überfordert fühlte.

Lebenswerk! Warum hatte Jack dieses schreckliche Wort so oft benutzen müssen? Sie war viel zu jung für ein Lebenswerk, maximal hatte sie ein Fundament dafür gelegt. Aber selbst ein Fundament war eine verdammt verbindliche Angelegenheit. Nach Lage der Dinge würde sie nie wieder dauerhaft aus Kirkby weggehen.

Sie schluckte und sah auf die Uhr. Es war kurz nach sieben. Schnell unter die Dusche und dann rasch zu ihrem Dad und Nessie abholen. Sie war so froh, dass dem Alpaka anscheinend nichts Schlimmeres passiert war. Eine Prellung – und ein Schwips. Das hätte auch ganz anders ausgehen können. Sie schämte sich ein bisschen dafür, dass sie Nessie gestern nicht besser im Auge gehabt hatte, aber es war so viel los gewesen – und wer hatte schon ahnen können, dass Alpakas auf Gin standen? Dass sich dieser Tierarzt derart aufgeplustert hatte, nachdem er ihren armen Schatz über den Haufen gefahren hatte, war auch ein starkes Stück. Shona hatte große Lust, sich diesen unverschämten Typen bei Gelegenheit ordentlich vorzuknöpfen. Sie als unverantwortliche Tierhalterin zu bezeichnen – der hatte sie wohl nicht alle! Doch während ihr das heiße Wasser auf Kopf und Schultern prasselte, ebbte der Ärger etwas ab, und sie entspannte sich. Sollte dieser Ken-Typ doch denken, was er wollte.

»Na, Prinzessin, hast du einen Kater?«, wollte ihr älterer Bruder Alex wissen, als sie um kurz vor acht Harriswood House betrat. Ihr Elternhaus, in dem ihr Dad mit ihrem Bruder, dessen Sohn Aidan und seiner Verlobten Colleen zusammenwohnte, beherbergte außerdem die Rezeption, den Frühstücksraum und die Bibliothek des Bed & Breakfast. Alex stand gerade am Empfang und tippte etwas in den Computer.

»Ich, einen Kater? Wovon träumst du nachts?«, fragte sie und zwinkerte ihm verschmitzt zu. »Du etwa?« Alex sah tatsächlich etwas zerknittert aus. Er hatte gestern Abend erstaunlich viel Sitzfleisch bewiesen – auch weil er sein ersteigertes Fass hatte feiern müssen.

»Hmpf«, brummte er nur. »Magst du Frühstück? Dann schau in der Küche vorbei.«

»Nein, keine Zeit. Ich wollte nur Nessie abholen. Ich hoffe, ihr geht's wieder gut.«

»Sie ist mit Dad im Garten, und ich schätze, sie hat ihr gestriges Abenteuer gut überstanden.«

»Besser als du deins, wie mir scheint.« Sie konnte es nicht lassen, ihren großen Bruder zu ärgern. »Ich versteh einfach nicht, warum du dich immer von Collum herausfordern lässt«, kicherte sie. »Es gibt niemanden hier in Kirkby, der so trinkfest ist wie unser Bürgermeister.«

»Und du steckst mit Colleen unter einer Decke.«

»Tu ich nicht. Aber wenn sie das auch festgestellt hat, dann zeugt das nur von ihrer guten Beobachtungsgabe. Wobei, so viel Talent braucht man dafür nicht. Es ist ziemlich offensichtlich. Aber gräm dich nicht, ich bin dir jedenfalls sehr dankbar, dass du das Charity-Fass zugunsten unserer Gemeinde ersteigert hast. Das war sehr nobel von dir.« Sie stellte sich auf die Zehenspitzen und drückte ihrem Bruder einen kleinen Kuss auf die Wange. Dann ging sie in die Küche, wo ihre Tante Alice und ihre Cousine Hailey herumwirbelten. Das Frühstück der Hotelgäste war noch voll im Gange.

»Frühstück, Schätzchen?«, fragte Alice.

»Nein danke. Ich will nur Nessie abholen.« Shona schnupperte. Die Duftmischung aus frisch gebackenen Muffins und kross gebratenem Speck war unwiderstehlich, doch sie hatte wirklich keine Zeit. Sie würde sich gleich ein süßes Teilchen aus der *Old Bakery* holen, der alten Bäckerei, die ihre Cousine Kristie vor ein paar Wochen eröffnet hatte, und dann musste sie in die Destillerie.

Sie schlüpfte durch die Hintertür hinaus auf eine kleine, geschützte Terrasse, die nur von der Familie, nicht von den Hotelgästen benutzt wurde, und trat gleich darauf in den verwilderten Garten. In früheren Zeiten musste er wunderschön und gepflegt gewesen sein, das wusste sie aus Erzählungen. Ihre Mutter hatte angeblich einen grünen Daumen gehabt und ein wahres Paradies angelegt. Shona hatte ihre Mum nie kennengelernt, denn sie war zwei Monate nach ihrer Geburt an Krebs gestorben. Der Garten hieß trotzdem immer noch »Bonnies Garden«, auch wenn Isla gelegentlich sarkastisch bemerkte, dass Bonnie wohl ziemlich entsetzt wäre, wenn sie sehen könnte, was aus ihrem Lieblingsort geworden war. Shona liebte die grüne Hölle gerade wegen ihrer Wildheit. Da war nichts Akkurates und Gepflegtes mehr, sondern ungezähmt blühende Natur – und ihr Vater, der Zeitung lesend in einem verwitterten Gartensessel saß, mit Aidans Jack Russell Terrier Tito zu seinen Füßen und Nessie, die zufrieden am Klee naschte, in seiner Nähe.

»Guten Morgen, Daddy«, begrüßte sie Marlin, der gleich seine Zeitung zusammenfaltete und sein jüngstes Kind anstrahlte. »Geht's euch gut?«

»Blendend«, bestätigte ihr Vater. »Was man von deinem Bruder nicht gerade behaupten kann.«

»Ich weiß, ich hab ihn eben schon gesehen«, entgegnete Shona kichernd. »Außerdem war ich gestern dabei, als Collum ihn zu einer Art Wetttrinken provoziert hat. Aus lauter Dankbarkeit, weil Alex das Fass zugunsten von Kirkby ersteigert hat. Das muss ein Männerding sein, ich meine, ein ›Danke‹ hätte doch auch gereicht, oder?« Sie schüttelte den Kopf.

»Hey, ruinier nicht dein Geschäftsmodell. Du bist doch abhängig davon, dass deine Kunden gerne trinken.«

»Whisky ist ein Genussmittel!«, betonte sie. »Sonst kann man ja gleich Wodka trinken.«

»Wenn du das sagst…« Marlin schmunzelte in seinen Bart. »Ich bin jedenfalls froh, dass Nessie mir gestern die perfekte Ausrede dafür geliefert hat, deine Party zu verlassen. Deshalb geht's mir heute blendend. Der Kleinen übrigens auch. Sie hat die Nacht mit meinen Schafen verbracht.«

»Nessie war draußen?«, rief Shona schockiert. »Aber du solltest sie doch im Auge behalten!«

»Hab ich ja. Ehe ich ins Bett gegangen bin, habe ich mich noch einmal davon überzeugt, dass bei ihr alles okay war, und heute früh ist sie fröhlich angetrabt, als ich zur Weide gekommen bin.«

»Aber sie ist es doch gar nicht gewohnt, draußen zu schlafen!« Shona konnte es nicht fassen, dass ihr Vater so gedankenlos sein konnte.

»Hätte ich etwa draußen kampieren sollen?«

»Nein, du hättest sie ins Haus bringen müssen!«

»Vielleicht als Bettvorleger in meinem Schlafzimmer?« Marlin hob eine Braue und lachte.

»Natürlich!«, beharrte Shona störrisch. »Nessie ist ein Haustier. Das kann man nicht einfach zu den Schafen auf die Weide stellen. Was, wenn ein Wolf gekommen wäre?«

»Schätzchen, hier gibt es keine Wölfe. Und selbst wenn,

hätte Nessie sicher weniger zu fürchten gehabt als meine Schafe. Du weißt doch, dass Alpakas sehr wehrhaft sind und in anderen Ländern sogar zur Wolfsabwehr bei Schafherden eingesetzt werden.«

Shona funkelte ihren Vater wütend an. Sie brauchte keinen Vortrag, sondern Verständnis. »Noch einmal: Nessie ist ein Haustier! Du würdest Tito doch auch nicht draußen in der Wildnis schlafen lassen.« Sie kraulte den kleinen Hund, der sie freundlich begrüßt hatte.

»Ich schätze, wir haben ein grundlegend unterschiedliches Verständnis davon, was Haus- und was Nutztiere sind, aber ich bin mir sicher, dass Nessie ihr gestriges Abenteuer gut überstanden hat. Sowohl ihren Rausch als auch ihre Nacht in der Wildnis.« Marlin lachte gutmütig.

»Du nimmst mich einfach nicht ernst«, knurrte sie verärgert. Sie hasste es, wenn ihr Vater so gönnerhaft mit ihr umging. Ihre Geschwister behaupteten zwar ständig, dass sie sein absoluter Liebling sei und er ihr keinen Wunsch abschlagen könne, und ja, das stimmte auch, aber andererseits behandelte er sie oft genug auch wie ein naives kleines Mädchen. Das sie nicht war! »Komm, Nessie, wir gehen zur Arbeit!« Sie drehte sich auf dem Absatz um, lief in Richtung Gartentor und stellte zufrieden fest, dass ihr das Alpaka tatsächlich wie ein Hund folgte. Von wegen Nutztier und kein Haustier!

Einträchtig wanderten sie die Straße in Richtung Dorfmitte entlang, und Shona genoss den milden Sommermorgen. Das Wetter war auch heute noch schön. Seit fast einer Woche hatten sie eine stabile Sonnenphase, die sie ungeheuer genoss, auch wenn einige vermuteten, dass es sich um eine Folge des Klimawandels handelte. So wunderschön es in den Highlands war, das Wetter empfand Shona oft genug als herausfordernd. Auch wenn sie es offiziell niemals zugeben würde – denn das würde in den Augen ihrer schottischen Mitbürger schon fast an Hochverrat grenzen –, war sie ein Sonnenkind und blühte bei blauem Himmel und Wärme auf. Klar, der Klimawandel war scheiße, aber diese spezielle Nebenwirkung konnte sie genauso gut mitnehmen. Und so betrat sie wenige Minuten später gut gelaunt die *Old Bakery*, in der das Morgengeschäft nur so brummte.

»Guten Morgen«, rief sie fröhlich in den Raum. Hinter der gläsernen Verkaufstheke sauste ihre Cousine Kristie mit geröteten Wangen herum und versorgte die Laufkundschaft mit ihren Köstlichkeiten sowie Kaffee und Tee zum Mitnehmen. Auch die fünf kleinen Tischchen im Café-Bereich waren besetzt und wurden von einer neuen Aushilfe versorgt, die Shona noch nicht kannte. Ganz hinten in der Ecke saß Anna und winkte ihr zu. Die junge Landärztin wohnte direkt nebenan und frühstückte seit Eröffnung der Bäckerei jeden Tag bei Kristie. Und zwar immer in Begleitung ihres gigantischen Maine-Coon-Katers Elvis, der auch heute neben ihr auf einem Sessel thronte und das Geschehen mit seinen bernsteingelben Augen verfolgte.

»Also das geht jetzt wirklich zu weit!«, erklang die aufgeregte Stimme einer Frau, die mit ihrem Mann am Tisch neben Anna saß und an ihrem Reiseführer klar als Touristin zu erkennen war. »Miss! Miss!!« Sie winkte die Kellnerin energisch zu sich.

»Ma'am?«, fragte das Mädchen nervös.

»In diesem kleinen Laden befinden sich gerade zwei Hunde, eine Katze und jetzt auch noch ein Lama!«, rief die Touristin empört. »Das ist eklig und unhygienisch. Sorgen Sie dafür, dass dieses Biest sofort wieder geht!«

»Aber ...« Die Kellnerin war eindeutig überfordert mit der Situation.

»Es ist ein Alpaka und kein Lama«, sagte Shona kühl zu der Frau, die sich Beifall heischend umgesehen, aber nur Stirnrunzeln von den anderen Gästen und Kunden geerntet hatte.

»Was spielt das für eine Rolle?«, blaffte die Frau. »Ich fühle mich belästigt.«

»Wir sind ein tierfreundliches Café«, piepste die Kellnerin, die sich offenbar an das Schild erinnerte, das im Schaufenster hing.

»Und eine tierfreundliche Gemeinde«, sprang ihr Collum bei, der gerade die Bäckerei betreten und den letzten Satz gehört hatte. »Gibt es ein Problem?«

»Hunde sind ja eine Sache, aber dass auch Katzen und dieses ... ähm ... Alpaka hier rumlaufen, geht eindeutig zu weit!« Die Frau plusterte sich immer mehr auf. Ihrem Ehemann war das offensichtlich unangenehm, denn er legte beruhigend eine Hand auf ihren Arm, doch das schien sie eher noch zu befeuern. Sie schlug seine Hand weg und stand so vehement auf, dass ihr Stuhl polternd umfiel.

»Ich werde mich beschweren. Bei der Polizei oder im Rathaus oder beim örtlichen Gesundheitsamt!«

»Wussten Sie, dass Alpakas spucken, wenn sie sich bedroht fühlen?«, fragte Shona und konnte nur mit größter Mühe einen Lachflash zurückhalten. Erstens würde Nessie das niemals tun, und zweitens freute sie sich schon auf das, was zweifellos gleich kommen würde.

»Gemeingefährlich!«, schrie die Frau. »Ich gehe auf der Stelle ins Rathaus. Dieser Laden muss geschlossen werden.«

»Den Weg können Sie sich sparen«, entgegnete Collum mit freundlichem Lächeln, und Shona wunderte sich insgeheim, dass er so frisch aussah – nach dem anstrengenden Whisky-Gelage gestern Abend. »Ich bin der Bürgermeister von Kirkby, und ich kann Ihnen versichern, dass hier alles ordnungsgemäß abläuft. Von den Tieren in unserem Ort geht keine Gefahr aus.«

»Aber … das können Sie doch gar nicht sagen. Die Gesundheitsbehörde sieht das sicher anders.

»Ich bin zwar nicht das Gesundheitsamt«, mischte sich nun Anna in die Diskussion ein. »Aber als Ärztin von Kirkby kann auch ich Ihnen versichern, dass Sie sich wirklich keine Sorgen machen müssen.«

»Sie sind Ärztin?«

»Bin ich. Im Übrigen kann jeder Gastronomiebetreiber selbst bestimmen, ob er Tiere in seinem Gastraum zulässt oder nicht – solange die Speisen in hygienisch einwandfreier Umgebung zubereitet werden.« Die blond gelockte Anna lächelte engelsgleich.

»Das wäre bei uns in den Staaten nicht erlaubt«, begehrte die Frau erneut auf.

»Da mein Café aber in den schottischen Highlands liegt,

darf ich das entscheiden«, sagte nun Kristie, die in den Gastraum gekommen war. »Wir Schotten lieben unsere Tiere, sie sind Teil unseres Lebens – und daher sind sie mir ebenso willkommen wie meine menschlichen Gäste. Es tut mir leid, wenn Sie sich nicht wohlfühlen, aber Sie verstehen sicher auch, dass ich wegen Tagesgästen nicht meine Regeln ändern werde. Trinken Sie in Ruhe Ihren Kaffee aus, danach wünsche ich Ihnen weiterhin einen schönen Urlaub. Ihre Bestellung geht aufs Haus.« Sie nickte der Querulantin kurz zu und kehrte dann hinter ihren Verkaufstresen zurück.

Shona war beeindruckt. So selbstbewusst hatte sie ihre schüchterne Cousine noch nie erlebt. Einige Kunden, die die absurde Szene mit wachsender Verwunderung beobachtet hatten, spendeten spontan Applaus, was dazu führte, dass die aufgebrachte Frau aus der Bäckerei stürmte und ihrem Mann herrisch bedeutete, ihr zu folgen. Der murmelte verlegen eine Entschuldigung und lief seiner Frau hinterher.

»Puh«, entfuhr es Shona, als die Tür hinter ihm ins Schloss fiel. »Polizei und Gesundheitsamt? Manche Menschen haben doch wirklich ein Schräubchen locker.«

»Die werden garantiert eine miese Bewertung auf sämtlichen Internetportalen hinterlassen«, sagte Kristie und wirkte mit einem Mal reichlich niedergeschlagen.

»Und selbst wenn, ein Kommentar à la ›Katzen und Kamele zum Kaffee‹ wird viele andere Leute erst zu dir in den Laden locken«, tröstete Shona.

»Deine Stammkunden sind dir ohnehin sicher«, behauptete Anna, die sich mit einem bedauernden Lächeln erhob. »Ich muss leider gehen und meine Praxis aufsperren. Sehen wir uns heute Abend beim Singen?«

Kristie nickte, und ihr Lächeln kehrte zurück.

»Wir sind auch Touristen und finden Ihre Bäckerei ganz zauberhaft«, schaltete sich eine ältere Dame ein, die geduldig in der Schlange stand und darauf wartete, an die Reihe zu kommen. »Von uns kriegen Sie eine tolle Bewertung! Aber sagen Sie, Miss, gibt es in Kirkby auch eine Destillerie?«

»Das ist sehr nett von Ihnen, vielen Dank«, freute sich Kristie. »Und ja, es gibt eine Destillerie. Sie wurde gestern eröffnet. Ob man sie heute besichtigen kann, weiß ich nicht.« Kristie zwinkerte Shona zu.

»So nette Besucher wie Sie dürfen das natürlich!« Sie ging auf die Frau zu und reichte ihr die Hand. »Ich bin Shona Fraser von der *Golden Alpaca Distillery* – und wenn Sie Lust haben, freue ich mich nachher auf Ihren Besuch.«

• • •

Kendrick saß ein wenig ratlos auf der Holzbank vor seinem Cottage und genoss die warme Spätnachmittagssonne. Bis vor einer halben Stunde war er gut beschäftigt gewesen: Bereits um acht Uhr morgens war der Speditions-Lkw angekommen, und die Möbelpacker-Jungs hatten innerhalb von nur einer Stunde sein ganzes Hab und Gut in sein neues Häuschen getragen. Er hatte Kisten ausgepackt und Lampen montiert, bis er gegen zwei Uhr mit allem fertig gewesen war – so üppig war sein Hausstand nicht. Das meiste war bei Glenna geblieben. Danach war er mit dem Auto nach Inverness gefahren, um in einem großen Supermarkt Lebensmittel für die Woche zu kaufen.

Dort war er prompt seiner Zwillingsschwester Kyleen in die Arme gelaufen, die sich amüsiert erkundigt hatte, ob er denn schon nach einem Tag auf der Flucht sei. Grinsend hatte sie ihm ihr Handy unter die Nase gehalten, auf dessen Display der neueste Beitrag irgendeines Highland-Blogs zu lesen war. Es ging um die Eröffnung der Destillerie in Kirkby und den »heimtückischen Mordanschlag« auf deren Maskottchen. Ernsthaft! So hatte dieser Hobbyreporter das geschrieben. Garniert mit einem wenig schmeichelhaften Foto, auf dem Kendrick und sein neuer Transporter eindeutig zu erkennen waren. Ganz wunderbar.

Kendrick wusste nicht, was ihn mehr nervte: dass er damit mal wieder im Fokus des Spotts seiner Familie stand oder dass er gestern ja tatsächlich einen etwas unglücklichen Einstand gehabt hatte. Vermutlich war es eine Mischung aus beidem. Er rechnete zwar nicht damit, dass ihm die Tierbesitzer aus der Region ernsthaft einen Strick aus der Aktion drehen würden, schließlich kannten ihn die meisten schon seit Jahren, doch richtig cool war es nicht. Und leider war er zurzeit längst nicht so tiefenentspannt, wie es seinem Naturell eigentlich entsprach. Genau genommen war er sogar ausgesprochen dünnhäutig.

Seine Gedanken schweiften wieder zu Glenna und seiner Schwester Davina ab – und er musste sich mit aller Macht von diesem dunklen Ort losreißen. Dahin wollte er sich gerade überhaupt nicht begeben. Schließlich war er vor allem deshalb nach Kirkby gezogen – um Abstand zu gewinnen, auch wenn er offiziell immer die bessere lokale tierärztliche Versorgung als Grund angab. An manchen Tagen glaubte er das sogar selbst, an anderen, an den meisten … eher nicht. Verdammter Mist!

Und jetzt saß er hier, mutterseelenallein, und hatte nicht mal was zu tun. Grandios. Heute früh hatte er sich gleich bei Marlin erkundigt, wie es dem Alpaka ging. Offensichtlich hatte Nessie den Zusammenstoß weitgehend unbeschadet überstanden, was ein großes Glück war. Kendrick mochte sich gar nicht ausmalen, was hier los wäre, hätte das Tier den Crash nicht überlebt. Wahrscheinlich sollte er demnächst auch persönlich bei Shona Fraser vorbeischauen und sich bei ihr entschuldigen. Besonders charmant war er gestern nicht zu ihr gewesen, auch wenn er seine Kritik in der Sache immer noch berechtigt fand. Sie hätte auf ihr Tier aufpassen müssen oder, besser noch, es gar nicht erst zu dieser Veranstaltung mitnehmen sollen.

»Jemand zu Hause?«, hörte er plötzlich eine Stimme, die aus der Richtung seines Gartentors kam. Noch ehe er aufstehen oder sonst wie reagieren konnte, flitzte ein hübscher junger Neufundländer auf ihn zu und begrüßte ihn stürmisch.

Einen Augenblick später folgten die dazugehörigen Menschen, der Pubwirt Jon Grant und Isla Fraser. »Stören wir?«, wollte Jon wissen.

»Nein, überhaupt nicht. Herzlich willkommen.« Kendrick lachte, als Polly – so hieß die Hündin – versuchte, ihre Schnauze in seine Hosentasche zu bohren.

»Polly, lass das!«, schimpfte Jon halbherzig, doch Kendrick winkte ab.

»Lass sie«, sagte er. »Ich freu mich immer, wenn meine Patienten mich noch mögen, auch wenn ich ihnen schon mal wehtun musste. Kann ich euch etwas anbieten? Kaffee? Wasser? Bier?«

»Das ist normalerweise mein Sprüchlein«, entgegnete Jon lachend. »Wir wollten nur mal schauen, wie es dir geht. Ob du dich schon gut eingelebt hast und ob du Hilfe brauchst.«

»Und ob du dich von dem Zusammenstoß gestern erholt hast«, fügte Isla mit einem frechen Augenzwinkern hinzu.

»Der Umzug ist geschafft«, erwiderte er und zögerte dann. »Was alles andere betrifft ...«

»Hast du für reichlich Wirbel gesorgt«, ergänzte Jon grinsend. »›Der Kamel-Killer von Kirkby‹ ist mein Lieblingsslogan zum gestrigen Event. Du hast in den sozialen Medien mehr Aufmerksamkeit bekommen als die Destillerie.«

Kendrick verzog das Gesicht. Er hatte es bislang vermieden, im Internet zu surfen. Der Blogpost, den Kyleen ihm vorhin gezeigt hatte, war schon grässlich genug gewesen.

»Ach komm schon, es gibt keine schlechte Werbung«, tröstete Jon und schien sich über all das unfassbar zu amüsieren.

»In diesem Punkt kannst du ihm vertrauen«, pflichtete ihm Isla bei. »Jon war schließlich mal ein berühmter Werber, ehe er in die Niederungen der Gastronomie hinabgestiegen ist.«

»Vielleicht kommt der Moment, in dem ich drüber lachen kann«, seufzte Kendrick düster. »Im Augenblick ist es noch nicht so weit.«

»Es kann sich nur um Tage handeln, bis in Kirkby die nächste Sau durchs Dorf getrieben wird, dann bist du völlig uninteressant. Es sei denn, du rettest der Sau das Leben. Dann bist du ein Held.« Isla schien ihren flachen Witz ziemlich originell zu finden.

»Dann weiß ich ja, worauf ich mich freuen kann.« Der spontane Besuch hatte Kendrick wirklich aufgemuntert, doch nun fragte er sich, wie lange seine Gäste noch bleiben wollten. Gleichzeitig ärgerte er sich über sich selbst und sein humorloses Verhalten. Das war untypisch für ihn, denn normalerweise konnte er sehr gut über sich und seine Missgeschicke lachen. Selbstironie war in seiner Familie so etwas wie eine überlebensnotwendige Fähigkeit. Jedenfalls, wenn man ein Mann war. Er rieb sich mit dem Handrücken über den Dreitagebart. »Sorry, ich benehme mich wie der letzte Idiot.«

»Tust du nicht«, beteuerte Isla. Der Schalk war aus ihren Augen gewichen, stattdessen taxierte sie ihn mit einem Blick, in dem sich Mitgefühl und Bedauern spiegelten. Was die Sache für Kendrick nicht unbedingt besser machte. »Wir müssen uns entschuldigen. Das gestern muss wirklich blöd für dich gewesen sein, und unsere Sprüche waren alles andere als hilfreich. Wir wollten dich auch eigentlich fragen, ob du gerne singst.«

»Ob ich gerne singe?«, gab er verblüfft zurück.

»Ja, am Montag probt immer der Kirchenchor – und

keine Sorge, das ist längst nicht so dröge und feierlich, wie es sich anhört.«

»Wenn du das sagst ...« Er und singen? Nicht in diesem Leben! Er liebte Musik und Tanz, aber die Töne, die seiner Kehle bei Gesangsversuchen entwichen ... »Laut meinen Schwestern sollte meine Singstimme unter die Genfer Waffenkonvention fallen. Ich muss also passen.«

Jon lachte laut los. »Willkommen im Club! Isla versucht mich schon seit Wochen vergeblich zum Singen zu bewegen. Ihrer Meinung nach kann jeder Mensch singen.«

»Oh, ich kann singen. Es will nur keiner hören.« Kendrick grinste.

»Männer!«, murmelte Isla und verdrehte die Augen. »Okay, dann Plan B. Wenn ihr schon nicht singen wollt, wie wäre es dann mit einem gemeinsamen Abendessen? Wir könnten rausfahren. Vielleicht irgendwohin, wo man draußen sitzen kann.«

»Oder wir grillen bei mir«, schlug Kendrick zu seiner eigenen Überraschung vor. »Ich war vorhin im Supermarkt und habe viel zu viel für mich allein eingekauft.«

Isla und Jon warfen sich einen kurzen Blick zu, der eine ganze Konversation enthielt. Kendrick war gleichermaßen fasziniert und abgestoßen von dieser Form der Vertrautheit, die bei manchen Paaren herrschte. Er und Glenna hatten das auch gehabt – doch vor dem größten Missverständnis in ihrem Leben hatte es sie nicht geschützt. Von seinen Schwestern kannte er dieses Phänomen ebenfalls, vor allem mit Kyleen verstand er sich fast wortlos. Doch wie würde das »Gespräch« zwischen seinen beiden Gästen ausgehen?

Er rechnete schon mit einer höflichen Absage, da überraschte ihn Isla mit einem fröhlichen »Sehr gern!« und fing prompt an, Gläser und Plastikboxen aus ihrem Rucksack zu ziehen. »Da trifft es sich ja gut, dass wir auf dem Weg hierher Blaubeeren, ein paar Pilze und Kräuter gesammelt haben. Die können wir gleich verarbeiten.«

Kendrick starrte sie sprachlos an – zu verblüfft, um etwas zu sagen. Hatten sie sich am Ende schon auf ein Essen bei ihm vorbereitet?

»Ich weiß, wie es aussehen muss«, erklärte Jon, »aber Isla bricht zu jedem Spaziergang mit einer mittleren Expeditionsausrüstung auf und sammelt Essbares. Meistens ist es auch lecker«, fügte er hinzu und kassierte von seiner Freundin einen Stoß mit dem Ellbogen in die Seite.

»Na dann …« Kendrick lächelte schwach und stand auf.

Als Isla, Jon und Polly gegen zehn Uhr abends wieder gingen, fühlte sich Kendrick deutlich besser. Es war ein wirklich schöner Abend gewesen, mit einem sagenhaften Essen. Er hatte keine Ahnung gehabt, dass gegrillte Steaks und in der Glut gegarte Kartoffeln so köstlich sein konnten. Dabei hatte sich Isla beim Grillen selbst gar nicht eingemischt, sondern nur einen Salat gemacht, gebratene Pilze darübergestreut und einen leckeren Dip aus ihren Wildkräutern gemixt. Aber vermutlich war es nicht das leckere Essen gewesen, das seine Stimmung so verbessert hatte, sondern die Gesellschaft. Sie hatten sich gut unterhalten – über Gott und die Welt und Kirkby. Jon hatte von seiner ersten Zeit hier erzählt. Er war auch erst seit März hier, schien sich aber schon völlig heimisch zu fühlen und schwärmte von den Menschen und dem Zusammenhalt im Ort.

Kendrick fand es sehr interessant, etwas über Jons Vorgeschichte zu hören. Ihm war nicht klar gewesen, dass der scheinbar immer so gut gelaunte Pubwirt eine tiefe persönliche Krise hinter sich hatte – Burn-out und Beziehungsende inklusive. Insofern unterschied er sich gar nicht so sehr von Kendrick selbst. Der war einen Augenblick versucht gewesen, Jon und Isla von den wahren Beweggründen für seinen Umzug zu erzählen, doch irgendwie hatte er es nicht über sich gebracht, von Glenna und Davina zu berichten. Er wusste, dass es nicht seine Schuld war. Dass niemand etwas dafür konnte. Aber er ahnte, dass er für diese Geschichte vor allem Mitgefühl ernten würde, und das war etwas, worauf er im Moment verdammt allergisch reagierte. Wer Mitleid verdiente, war schwach, und Schwäche war das Letzte, was er sich aktuell eingestehen wollte. Vermutlich war das eine ziemlich dämliche Einstellung, und er ahnte, dass ihn dieses Geheimnis irgendwann einholen und ihn dann umso härter treffen würde. Doch jetzt gerade wollte er sich einfach nur normal fühlen. Also hatte er seine übliche offizielle Erklärung abgegeben, dass es besser für die Flächenversorgung sei, wenn ein Tierarzt vor Ort lebte, und nur kurz erwähnt, dass er auch froh war, dem »Hühnerhaufen« zu Hause zu entfliehen.

Jon und Isla hatten das akzeptiert, ohne weiter nachzubohren, und schienen sich aufrichtig darüber zu freuen, dass er nun in Kirkby lebte. Womöglich war das schlichtes Wunschdenken, trotzdem fühlte sich Kendrick heute

Abend zum ersten Mal seit etlichen Wochen wieder wohl in seiner Haut. Er hatte ein neues Zuhause, und es gab Menschen, die vielleicht seine Freunde werden konnten. Es war also nicht alles schlecht.

JUNGE PFERDE, NEUER GIN

MIT DIESEM WOHLIGEN GEFÜHL war Kendrick schlafen gegangen – nur um wenige Stunden später, gegen zwei Uhr
morgens, vom penetranten Klingeln seines Handys wieder
aufgeweckt zu werden. Am anderen Ende der Leitung war
Rupert Fraser. Eine Stute hatte massive Schwierigkeiten
bei der Geburt. Der sonst so coole Pferdeexperte klang
wirklich besorgt, und so saß Kendrick schon fünf Minuten
später hellwach in seinem Wagen.

»Artemis?«, fragte er, als er das etwas heller erleuchtete
Ende des ansonsten dämmrigen Mutterstutenstalls betrat.
Er war alle Möglichkeiten durchgegangen. Die Clydesdales, die Rupert züchtete, hatten ihre Fohlen alle schon
zwischen März und Mai bekommen – ohne Komplikationen. Kendrick hatte jeweils nur die fitten Neuankömmlinge
begutachtet. Doch Artemis war ein berühmtes Springpferd,
das seit einem guten Jahr bei Rupert untergebracht war –
um sich vom Turnieralltag zu erholen und um ein erstes
Fohlen zu bekommen. Kendrick selbst hatte die Stute vor
einem knappen Jahr mit dem gefrorenen Sperma eines
irischen Wunderhengstes beglückt und seitdem regelmäßig
die Trächtigkeit überprüft. Bislang war alles unkompliziert
und nach Plan gelaufen.

»Sie hat seit Stunden heftige Wehen, aber die Geburt kommt nicht richtig in Gang«, berichtete Rupert mit ruhiger Stimme, aber ganz konnte er seine Sorge nicht verbergen. Was kein Wunder war, denn bis zum Frühjahr letzten Jahres hatte Artemis als das beste Springpferd des Landes gegolten. Ihr Wert hatte im siebenstelligen Bereich gelegen, bis sie sich aus unerfindlichen Gründen von einem Tag auf den anderen geweigert hatte, über einen Parcours zu gehen. Das hatte auch die Karriere des jungen Reitstars Cameron Sinclair abrupt gestoppt – und die Buchmacher des Landes zur Verzweiflung gebracht. Schließlich waren Cameron und sein Pferd zu Rupert gekommen, der als der beste und einfühlsamste Pferdeflüsterer Schottlands galt. Doch auch die Wochen in den Highlands hatten Artemis' Verhalten nicht geändert. Die Stute ließ sich nach wie vor gut reiten und sprang bei Ausritten auch bereitwillig über natürliche Hindernisse, aber sie verweigerte sich nach wie vor jedem künstlichen Parcours.

Nachdem sie alle anderen Gründe hatten ausschließen können, waren Rupert und Cameron davon ausgegangen, dass Artemis schlicht keine Lust mehr auf den Turnierzirkus hatte und eine Auszeit brauchte. Glücklicherweise hatten das auch die Eigner des Pferdes eingesehen, und so durfte die Stute auf Ruperts Hof bleiben und ihr erstes Fohlen bekommen. Danach würde man ausprobieren, ob sie doch wieder in den Sport zurückkehren wollte. Aber dafür musste sie jetzt zunächst die Geburt erfolgreich überstehen.

Kendrick begann methodisch, die nervöse und schon

ziemlich erschöpfte Stute zu untersuchen. Dabei sprach er leise und beruhigend auf sie ein. Erstgebärende taten sich häufig schwerer. Manche gerieten sogar regelrecht in Panik, weil sie nicht verstanden, was der Grund für die Schmerzen war, und sich daher unnötig verkrampften. Die dabei ausgeschütteten Stresshormone verlangsamten den Prozess nur noch weiter. Die Herztöne des Fohlens waren kräftig, seine Lage im Geburtskanal war bilderbuchmäßig, und eigentlich hätte alles Weitere ganz natürlich und spontan passieren sollen. Rätselhaft.

»So etwas habe ich noch nie erlebt«, sprach Rupert aus, was Kendrick dachte. Und Rupert Fraser hatte in seinem Leben mit Sicherheit schon viel mehr Pferdegeburten erlebt als er selbst. »Alles sieht gut aus, aber das Fohlen will nicht kommen.«

Kendrick streichelte der Stute die bebenden Nüstern und dachte nach. »Ich glaube nicht, dass es am Fohlen liegt«, sagte er leise und wie zu sich selbst. »Vielleicht fühlt sie sich in dieser Box einfach nicht wohl?« Er sah sich um. Die Boxen im Stutenstall waren alle ein ganzes Stück größer als die ohnehin schon recht üppig dimensionierten im Reitstall, und Artemis stand sogar in der besonders präparierten Abfohlbox. Die befand sich am hinteren Ende des Stalls, war deutlich von den übrigen Boxen abgetrennt, groß und mit reichlich weicher Einstreu ausgekleidet. Alles, damit sich die werdenden Mütter entspannen konnten. Doch Artemis tickte in vielerlei Hinsicht anders als andere Pferde, und vielleicht war es auch in dieser Ausnahmesituation so.

»Bisher waren meine Mädels immer ganz happy hier«, brummte Rupert.

»Deine ›Mädels‹ bekommen ihre Fohlen meist heimlich und allein in ihren normalen Boxen oder auf der Weide«, entgegnete Kendrick amüsiert. »Aber Artemis ist anders als deine Damen. Sie ist keine tiefenentspannte Clydesdale-Stute, sondern ein sensibles Sportpferd. Vielleicht braucht sie etwas mehr Bewegung. Lass sie uns raus in einen Paddock bringen oder in die Reithalle. Ich könnte mir vorstellen, dass sie sich beengt fühlt.« Das war ein Schuss ins Blaue, das wusste Kendrick selbst, aber einen Versuch war es allemal wert.

»Das ist aber keine sichere Umgebung. Weißt du, was alles in dem Vertrag drinsteht, den mir die Anwälte ihrer Eigner für ihren Aufenthalt hier aufgezwungen haben? Da sind alle möglichen Eventualitäten aufgelistet.«

»Ich sehe da akut kein größeres Risiko als hier in der Box. Wenn sie sich draußen auch nicht besser entspannt, müssen wir sie ohnehin wieder reinbringen und uns etwas anderes einfallen lassen. Außerdem schlagen ärztliche Verordnungen alle Paragrafen.« Kendrick wunderte sich ein bisschen über Rupert. Normalerweise war der erfahrene Pferdeprofi cooler, aber diesmal schienen die Sorge um das wertvolle Tier und die Angst vor möglichen Konsequenzen seine Urteilsfähigkeit etwas einzutrüben.

»Du hast recht. Versuchen wir es.« Rupert streichelte den verschwitzten Hals der Stute und befestigte einen Führstrick an ihrem Halfter. »Komm, meine Hübsche, lass uns ein bisschen frische Luft schnappen.«

Sie führten das Pferd zu einem der massiv umzäunten Paddocks neben den Reitplätzen, weil man den notfalls auch beleuchten konnte. Am klaren Nachthimmel hing jedoch ein fast voller Mond und spendete für den Moment genug Helligkeit. Artemis' Bewegungen, die in der Stallgasse noch verkrampft und verhalten gewesen waren, wurden flüssiger. »Ich glaube, sie braucht wirklich mehr Raum«, stellte Rupert fest, als die Stute deutlich am Führstrick zog. Er öffnete den Karabinerhaken und ging mit Kendrick langsam ein Stück zurück in Richtung Zaun.

Eine ganze Weile sprachen die Männer kein Wort miteinander, sondern beobachteten nur das Pferd, das in den Wehenpausen langsam umherschritt. Bei jeder Schmerzwelle blieb Artemis stehen, doch selbst dabei signalisierte sie mit ihrer Körpersprache, dass sie ruhiger, weniger ängstlich wurde. »Erstaunlich. Es scheint wirklich zu funktionieren«, sagte Rupert nach einer Weile leise.

»Ja, scheint so«, entgegnete Kendrick. Er war auch nach so vielen Jahren immer noch fasziniert von den Wundern der Natur. Das war auch der Hauptgrund dafür gewesen, dass er Tierarzt geworden war. Natürlich gab es da diese starke familiäre Motivation, aber er war sich sicher, dass seine Eltern ihn auch auf jedem anderen Weg unterstützt hätten. Doch er hatte nie etwas anderes werden wollen. Er war keine fünf Jahre alt gewesen, als sein Dad ihn und Kyleen zu einem Highland-Bauernhof mitgenommen hatte. An dem Tag hatten eigentlich nur Impfungen und Klauenkontrolle bei den Schafen auf dem Plan gestanden, doch während sie vor Ort gewesen waren, hatte eine Shetland-Stute mit dem Fohlen begonnen. Kendrick erinnerte sich noch genau an die Empfindungen, die er als kleiner Junge gehabt hatte – sie unterschieden sich kein bisschen von denen, die er heute hatte. Eine Mischung aus Ehrfurcht, Neugier und ganz viel Respekt. Dieses Gefühl nutzte sich tatsächlich nie ab – genau wie die Freude, wenn der neue Erdenbürger dann sicher geboren war. Bis dahin würde es bei Artemis noch dauern, aber sein Instinkt und seine Erfahrung sagten ihm, dass alles gut gehen würde.

»Kaffee oder Tee?«, fragte Rupert. Er war offensichtlich ebenfalls zu dem Schluss gekommen, dass sie hier noch länger warten mussten.

Kendrick sah auf die Uhr. Es ging auf halb vier zu, und etwas Warmes, Aufmunterndes im Bauch konnte nicht schaden. »Sehr gerne. Kaffee oder Tee, ist mir beides recht.« Rupert ging zu seinem Haus, und Kendrick holte sich eine dicke Jacke aus seinem Wagen. Um diese Zeit wurde es doch recht kühl in den Highlands – selbst in einem so milden Hochsommer wie diesem. Er schlug den Kragen hoch und vergrub seine Hände tief in den Taschen. Artemis wirkte immer entspannter. Sie hatte sogar begonnen, am Rand des Sandplatzes ein paar Grasbüschel von der angrenzenden Koppel zu fressen. Auch das war kein ungewöhnlicher Verlauf. Manchmal verlangsamte sich die Wehentätigkeit kurz vor der eigentlichen Austriebsphase, sodass die Mutter noch einmal Kräfte sammeln konnte.

Wenige Minuten später war Rupert wieder zurück – zwei dampfende Thermobecher voll heißem Tee in den Händen und mit der Ankündigung, dass seine Frau Alice gleich mit einem Snack zur Stärkung herauskommen würde.

»Du hättest sie nicht extra wecken müssen«, murmelte Kendrick und nahm dankbar die Teetasse entgegen.

»Ach, sie hat sowieso nicht gut geschlafen. Das tut sie nie, wenn ich nicht neben ihr liege. Dann hat sie dein Auto entdeckt, und ihr war klar, dass es womöglich Komplikationen gibt.«

»Damit rechne ich jetzt nicht mehr«, entgegnete Kendrick und trank einen Schluck. »Sieh nur, wie entspannt sie im Moment ist.«

»Die Ruhe vor dem Sturm. Lang wird's nicht mehr dauern.«

Sie tranken ihren Tee in einträchtigem Schweigen, dann ergriff Rupert erneut das Wort: »Ich bin übrigens sehr froh, dass du jetzt hier vor Ort lebst, und ich kann dir versichern, dass es nicht nur mir so geht. Alle Bauern und Tierbesitzer in der Region wissen es zu schätzen, dass du oder eine deiner Schwestern nicht jedes Mal erst aus Inverness angefahren kommt.«

»Ich bin auch froh. Auch wenn es in diesem Fall keinen Unterschied gemacht hätte.«

»Da wäre ich mir nicht so sicher. Artemis hat sich in eine ziemliche Hysterie hineingesteigert, und ich weiß nicht, ob ich sie aus eigenem Antrieb rausgebracht hätte.«

»Ich wäre eine halbe oder Dreiviertelstunde später gekommen. Das wäre schon noch gut gegangen. Aber so ist es wirklich besser, und die kurze Anfahrt war deutlich angenehmer. Schau mal, ich glaube, jetzt tut sich was.« Tatsächlich hatte Artemis ihr entspanntes Grasen abrupt beendet. Stattdessen stand sie nun merkwürdig breitbeinig da und hob den abgebundenen Schweif, sodass selbst auf die Entfernung und im Dämmerlicht die Schemen von zarten, kleinen Hufen zu erkennen waren, die aus dem Geburtskanal herausragten. Artemis sah erschrocken zu ihrem Hinterteil, als verstörte es sie zutiefst, was da passierte, dann wieherte sie aufgeregt. Das war eine heikle Phase. Kendrick hatte schon – sehr selten zwar, aber immerhin einige Male – erlebt, wie ein Muttertier in Panik geraten war und sein neugeborenes Kind totgetrampelt hatte. Auch Rupert neben ihm spannte sich an, legte Kendrick aber beruhigend eine Hand auf die Schulter. Offenbar hatte er unwillkürlich gezuckt und sich sprungbereit gemacht, um notfalls einzugreifen.

»Sie schafft das!«, sagte der alte Mann. Es klang beschwörend, als wollte er das Schicksal mit aller Macht gefügig machen.

Artemis schnaufte nun heftig, doch der panische Blick war aus ihren Augen verschwunden. Sie schwankte ein wenig, und Kendrick ahnte, dass sie den intensiven Impuls verspürte, sich hinzulegen. Für das Fohlen wäre es wohl angenehmer, wenn sie lag, für die Stute besser, wenn sie stand. Dann nämlich konnte die Schwerkraft ihre Wirkung entfalten. Die nächste Wehe schob das Fohlen noch weiter heraus, nun waren auch die Nüstern zu sehen. Von diesem Zeitpunkt an lief alles bilderbuchmäßig ab: Als das Fohlen halb geboren war, legte sich Artemis doch noch so rechtzeitig hin, dass ihr Kind nicht aus voller Höhe herabstürzte, sondern sanft auf den Boden glitt. Sie verschnaufte ein paar Minuten lang, stand dann aber wieder auf und begann, das Fohlen sauber zu lecken – so souverän, als hätte sie das schon etliche Male erlebt.

»Die Natur ist schon sehr besonders«, sagte Rupert mit rauer Stimme, und Kendrick ahnte, dass der alte, erfahrene Mann genauso gerührt war wie er selbst.

»Allerdings«, krächzte er und räusperte sich. »Sobald die Nachgeburt draußen ist, lass uns zu ihnen gehen und sehen, wie sie sich verhält. Vielleicht lässt sie sich in den Stall führen? Ich würde dann das Kleine tragen und dort versorgen.«

Wenige Minuten später war es so weit, eine letzte Wehe erschütterte die Stute, die jedoch stoisch weiter ihr Kind trocken leckte. Kendrick und Rupert näherten sich langsam, und Artemis war zwar aufmerksam, blieb aber gelassen.

»Feines Mädchen«, lobte Rupert und streichelte die Stute. Das Fohlen versuchte bereits aufzustehen. »Da ist aber jemand flott.«

»Allerdings«, entgegnete Kendrick. »Ich tippe auf eine junge Dame. Die Mädels sind immer fixer als die Jungs.«

»Das ist doch Quatsch«, behauptete Rupert mit einem Grinsen. »Das kann ich aus meiner Erfahrung heraus nicht bestätigen.«

»Wollen wir wetten?«

»Ernsthaft, Männer?«, mischte sich Alice ein, die gerade nach draußen gekommen war. »Da hat sich eben ein Wunder ereignet, und ihr wollt wetten? Habt ihr keine andere

Möglichkeit, mit euren Gefühlen umzugehen?« Sie schüttelte den Kopf, lächelte aber dabei.

Kendrick fühlte sich ertappt. Da war einiges an Wahrheit in Alice Frasers Worten. »Du hast recht«, gab er zu. »Aber trotzdem bin ich mir sicher, dass Artemis' Fohlen eine kleine Stute ist. Doch egal, welches Geschlecht, wir sollten die beiden jetzt nach drinnen bringen. Alice, kannst du bitte meine Tasche tragen?« Damit ging er in die Hocke und hob das junge Tier hoch, das schon verdammt schwer war. Er schätzte es auf mindestens fünfundvierzig, eher fünfzig Kilo, aber er hatte schon schwerere Lasten geschleppt. Ein bisschen ächzte er bis er stand, dann ging er mit sicheren Schritten und einem festen Griff um den zarten Fohlenkörper in Richtung Stall. Als sie sicher in der Abfohlbox angekommen waren, keuchte er heftig und fühlte, wie ihm der Schweiß den Rücken hinunterrann. Er legte das Neugeborene in das duftende Stroh, wo es sofort zappelnd den nächsten Versuch unternahm, aufzustehen. Artemis stupste es aufmunternd an, und wenige Minuten später stand die neue Erdenbürgerin – Kendrick hatte recht behalten – zum ersten Mal auf ihren eigenen vier Beinen. Zumindest einige Sekunden lang, dann fiel sie wieder ins dicke Strohbett.

Kendrick untersuchte derweil Artemis, die die Geburt jedoch gut überstanden hatte.

»Das ist immer wieder schön«, schwärmte Alice, die lächelnd die unermüdlichen Versuche des Fohlens beobachtete. »Ich hol eben frischen Tee und die Sandwiches.«

Gesättigt und mit dem guten Gefühl, etwas wirklich

Sinnvolles geleistet zu haben, stieg Kendrick eine Stunde später in sein Auto und fuhr nach Hause. Die junge Dame war kerngesund und hatte es inzwischen schon geschafft, an die mütterliche Milchbar zu gelangen. Die frühe Sommersonne schien und tauchte das langsam aufwachende Kirkby in weiches Licht. Ein perfekter Start in den Tag.

● ● ●

»Ich kann nicht glauben, dass ich fünf Tage nach der Eröffnung meiner Destillerie schon über einen Strategiewechsel nachdenken muss«, sagte Shona und stieß einen tiefen Seufzer aus. Sie saß mit ihrem Mentor Kieran Gibbs, ihrem Vater, dem Bürgermeister und Sarah von VisitScotland in dem Raum, der mal Probierstube und Shop ihrer Destillerie werden sollte. Aktuell stand darin nur ein großer Tisch vor kahlen Wänden, und für Außenstehende musste es schwierig sein, sich ein einladendes, gemütliches Ambiente vorzustellen. Nicht jedoch für Shona, die vor ihrem inneren Auge alles klar und fantastisch ausgestattet vor sich sah.

»Eigentlich ist es doch kein Strategiewechsel, sondern ein etwas solideres Geschäftsmodell«, wandte Sarah lebhaft ein. »Und eine wirklich tolle Möglichkeit.« Sie tippte auf den Stapel Papiere vor sich, den sie vorhin schon ausführlich durchgegangen waren, holte dann ihr Tablet hervor und rief eine Suchmaschine auf.

Shona wusste, mit welchen Argumenten die Tourismusfrau gleich kommen würde. Sie hatte die Berichte über ihre Eröffnungsfeier selbst gelesen. Vor allem in den sozialen Medien war sie ein Hit, aber auch mehrere Zeitungen und einflussreiche Blogger hatten darüber berichtet. Genauer gesagt hatten die meisten fast ausschließlich über ihren Gin geschrieben, denn den Whisky hatte ja noch keiner testen können. Der Tenor war überall der gleiche: »Die neue Gin-Sensation aus den Highlands!« Eigentlich war die Idee mit dem Gin nur eine Verlegenheits- und Übergangslösung gewesen, eine Möglichkeit, tatsächlich schon ein eigenes Produkt anzubieten und zu verkaufen, bis ihr Whisky trink-reif war. Mit so einer Resonanz hatte sie nicht gerechnet. Sie hatten tausend Flaschen Alpaca Thistle abgefüllt – und bis auf einen minimalen Restbestand von Flaschen im Pub, in Islas Restaurant und im Bed & Breakfast ihres Bruders war er komplett ausverkauft. Nach wenigen Tagen.

»Shona, das ist doch genial. Es gibt jetzt ein Produkt, das eindeutig mit Kirkby verknüpft ist, das Besucher direkt mit-nehmen können und das eine enorme Nachfrage hat. Mit deinem Gin ist unser Ort buchstäblich in aller Munde – und das ist nicht nur gut für dich, sondern auch gut für Kirkby und die ganze Region.« Dieser Einwand kam natür-lich vom Bürgermeister, der mit vor Begeisterung geröteten Wangen dasaß und fast wirkte, als hätte er persönlich einen großen Coup gelandet.

»Es fällt mir schwer, aber zumindest in einem Punkt muss ich Collum recht geben«, schaltete sich nun auch noch Shonas Dad ein – und sie riss schockiert die Augen auf. Dass sich Marlin Fraser auf die Seite des Bürgermeis-ters schlug, mit dem ihn seit Jahren eine herzliche Fehde verband, musste man rot im Kalender markieren. Sie ahnte auch, auf welchen Aspekt ihr Vater abzielte.

»Ich weiß«, sagte sie niedergeschlagen. »Ich könnte mit dem Gin eine Menge Geld verdienen und meine Schulden tilgen, viel schneller als ursprünglich geplant.«

»Es geht doch nicht um Schulden«, widersprach Marlin. »Du weißt genau, dass ich für die Bankkredite geradestehe, egal, wie es läuft. Es geht um Unabhängigkeit und deinen persönlichen Erfolg. Der Whisky ist ein verdammt langfristiges Projekt, bei dem du Wetten auf die Zukunft abschließt. Ich bin absolut überzeugt davon, dass er ganz wunderbar wird, aber machen wir uns nichts vor: Es wird Jahre, wenn nicht Jahrzehnte dauern, bis man erkennen kann, wie gut und erfolgreich der Alpaca Golden wirklich sein wird. Das ist ein verdammt langfristiger Erwartungshorizont für einen so jungen Menschen wie dich. Schätzchen, dir ist jetzt ein weiteres Geschäftsmodell praktisch in den Schoß gefallen, mit dem du schon kurz- und mittelfristig nennenswerte Umsätze machen kannst. Diese Gelegenheit solltest du dir nicht entgehen lassen.«

»Aber ...«, fing Shona an und klappte den Mund dann wieder zu. Ihre Gedanken ratterten, und sie hatte einige Mühe, alles auf die Reihe zu bekommen. Dass Sarah vom Tourismusverband und Collum ganz scharf auf etwas Vermarktbares waren, war klar, aber dass ihr Vater in die gleiche Kerbe schlug, irritierte sie. Überhaupt fand sie es erstaunlich, nein befremdlich, wie geschäftstüchtig er wirkte. Daddy arbeitete als Hufschmied und hatte eine kleine Schafherde. Außerdem gehörten ihm Harriswood House und die Ländereien der Familie. Viel Vermögen steckte in alldem sicher nicht. Trotzdem hatte Marlin seine Kinder großzügig bei ihren diversen Unternehmungen unterstützt, und manchmal hatte Shona den Eindruck, als verfüge er über fast unendliche finanzielle Ressourcen. Woher das Geld kam, wusste sie allerdings nicht, genauso wenig wie ihre Geschwister.

Wirklich intensiv nachgefragt hatte auch keiner von ihnen, aber laut Alex hatte es eine Phase in Marlins Leben gegeben, in der er über Jahre hinweg nur sporadisch zu Hause gewesen war. Was er in dieser Zeit getrieben hatte, darüber wurde abenteuerlich spekuliert. Alex hatte mal erzählt, dass er sich immer vorgestellt hatte, ihr Dad sei ein Geheimagent – aber damit verdiente man wohl kaum so viel Geld. Wahrscheinlicher erschien ihr die Theorie, dass er einige lukrative Jahre als Investmentbanker hinter sich hatte und seitdem tun konnte, wonach ihm der Sinn stand: Pferde beschlagen, Schafe züchten, die Renovierung historischer Gebäude in Kirkby finanzieren oder eben Geld in die Geschäfte seiner Kinder stecken. Was sie an seiner letzten Aussage aber am meisten irritiert hatte, war etwas anderes.

»Hast du gedacht, du finanzierst mit der Whisky-Destillerie nur eine Spinnerei von mir? Dass ich nicht ernsthaft am Ball bleiben werde, sondern dass das nur eine Phase ist, bis etwas anderes kommt?«, rief sie empört. »Und dass ich meinen Traum in dem Moment über Bord werfe, wo sich eine schnelle, unkomplizierte Geschäftsmöglichkeit aufdrängt?«

»Schätzchen, das habe ich weder gesagt noch gemeint«, erwiderte Marlin mit ruhiger Stimme. »Du weißt ganz genau, dass ich nur in Projekte investiere, von denen ich mir

Erfolg verspreche.« Er fixierte sie mit seinen stechenden blaugrauen Augen, aber ganz ließ sich Shona noch nicht überzeugen.

Zwar sprach dieses Argument absolut für die Investmentbanker-Theorie – und Marlin war in diesem Punkt wirklich konsequent. Er hatte auch Alex und Isla bei ihren Unternehmen unterstützt, Lennox dagegen, seinem kreativen, aber unsteten und eigensinnigen Sohn, hatte er komplett den Geldhahn zugedreht. Aber trotzdem blieb ein unangenehmer Restzweifel. Sie wusste, dass sie Daddys heimlicher Liebling war und dass er bei ihr mit Regeln und Forderungen nicht ganz so streng war wie bei seinen anderen Kindern …

»Shona, was ist dein Problem?«, schaltete sich nun Kieran Gibbs ein. »Ich weiß zufällig ganz genau, dass du ein absolutes Naturtalent für Whisky bist, schließlich habe ich dich ausgebildet. Dein Alpaca Golden wird ein Erfolg werden, gar keine Frage. Aber ich weiß auch, wie schwierig der Markt ist und was für Probleme selbst alteingesessene Destillerien haben können. Du hast jetzt die Möglichkeit, zweigleisig zu fahren, und bekommst dadurch sogar die Chance, ein noch klareres Profil für deinen Whisky zu etablieren.«

Sie sah ihren Mentor und Ausbilder zweifelnd an. »Vor allem ist es doch so, dass ich die Produktion von Whisky zurückfahren muss, wenn ich mehr Gin herstellen will. Ich habe nur begrenzte Lagermöglichkeiten – vor allem, wenn ich über eine eigene Abfüllanlage nachdenke, die für Gin wirklich Sinn machen würde.«

»Ja, aber diese Verknappung kann deine große Chance werden. Dann kannst du nämlich genau so weitermachen wie ursprünglich geplant: Du verarbeitest nur und ausschließlich Biogerste aus Kirkby für deinen Whisky. Das ist ein Alleinstellungsmerkmal, auf das du setzen kannst. Und glaub mir, die Bioschiene wird in den nächsten Jahren noch erheblich breiter gefahren als heutzutage.«

»Aber Biogerste aus Kirkby ist ein verdammt rares Gut. Aus der diesjährigen Ernte kann ich höchstens noch zwei Chargen rausholen. Vermutlich nur noch eine, weil es in der Mälzerei ja auch immer noch ein bisschen Schwund gibt. Und dann muss ich bis nächstes Jahr warten, bis die neue Ernte eingefahren ist. Das ist doch absurd! Eigentlich wollte ich andere Gerste dazukaufen, auch weil in meinem Businessplan ...«

»Genau«, unterbrach Kieran sie. »Vergiss deinen Businessplan! Dann gibt es in deinem ersten Jahrgang eben nur zwei Chargen. Was glaubst du, wie wertvoll die mal sein werden? Du solltest jetzt mit den Bauern reden, damit sie nächstes Jahr mehr Gerste anbauen – exklusiv für dich! Vielleicht steigen einige sogar nur wegen dir und deiner Destillerie auf Bioanbau um? Das wäre nicht nur für dich gut, sondern für die gesamte Region. Du könntest ihnen auch richtig gute Preise anbieten. Denk mal drüber nach, welche Möglichkeiten du dadurch bekommst. Und in der Zwischenzeit brennst du deinen phänomenalen Gin und verdienst ernsthaftes Geld damit. Ich brauche dir nicht zu erzählen, dass die Gin-Herstellung auch viel weniger personalintensiv ist – noch ein Pluspunkt.«

Shona sackte auf ihrem Stuhl zusammen und streichelte gedankenverloren Nessie, die neben ihr lag und gemütlich wiederkäute. Sie fühlte sich überrumpelt, nein, sogar über- fahren. Hatten sich die vier gegen sie verschworen? Doch andererseits waren die Argumente nicht schlecht. Gin war viel weniger aufwendig als Whisky. Sie hätte dadurch mehr Zeit, die sie anderweitig nutzen könnte. Beispielsweise da- für, den Shop hier fertig einzurichten. Oder sich für nächs- tes Jahr einige außergewöhnliche Fässer zur Lagerung ihres Whiskys zu besorgen. Oder ein wenig Spaß zu haben und vielleicht mal wieder ein paar Jungs zu daten ... Trotzdem, mit ihren Plänen und ihrem Selbstverständnis als Whisky- Prinzessin vertrug sich dieser Strategiewechsel nicht wirk- lich.

»Komm schon, Shona, was ist dein Problem?«, unter- brach Collum ihre Gedanken. »Du kannst nur gewinnen. Wir alle können nur gewinnen.«

Sie seufzte, denn ihr war noch etwas eingefallen. »Stimmt. Wir alle können gewinnen – und ganz besonders auch Isla.«

»Warum das denn?«, wollte Marlin wissen.

»Weil sich meine geschäftstüchtige große Schwester fünfzig Prozent Gewinnbeteiligung dafür ausbedungen hat, dass sie den perfekten Gin kreiert«, entgegnete sie düster.

»Tja, dann hat Isla schon vor uns allen das richtige Näs- chen gehabt.« Sarah lachte.

»Nimm es sportlich – ohne ihr Rezept säßen wir ver- mutlich nicht hier.« Marlin grinste in seinen Bart. Offen- sichtlich war er ziemlich angetan von seinen Töchtern.

»Vielleicht kommst du ja noch auf eine eigene Kreation, es steht nirgendwo geschrieben, dass du nur eine Variante herstellen darfst.«

»Sehe ich genauso«, behauptete Collum und schaute auf die Uhr. »Wenn ihr mich jetzt entschuldigen würdet, ich hab gleich einen Termin mit Colleen, bei der alten Schule. Sie hat ein großes Event für September geplant, und dafür treffen wir jetzt einige potenzielle Mitstreiter.«

»Ein großes Event?« Marlin runzelte die Stirn. Davon hatte er offensichtlich noch nichts gehört, und das schien ihn zu stören.

»Ihr erfahrt es noch früh genug. Aber es wäre sicher kein Fehler, bis dahin genügend Gin vorrätig zu haben.« Collum stand auf und winkte in die Runde, ehe er mit einem sehr zufriedenen Lächeln den Raum verließ.

Sarah verabschiedete sich kurz danach, nur Kieran und Marlin blieben noch ein paar Minuten, um mit Shona darüber zu sprechen, ob sie schon jetzt Whisky-Tastings anbieten konnte – mit einer Auswahl von der Gordon Gibbs Distillery. Immerhin hatte sie an diesen Erzeugnissen einige Jahre lang mitgewirkt. Als sie sich einig waren, zogen die beiden Männer gut gelaunt in Richtung Pub ab, wo sie gemeinsam zu Mittag essen wollten. Shona blieb mit ihrem Alpaka allein zurück und hing ihren Gedanken nach. War es die richtige Entscheidung? War es überhaupt ihre Entscheidung, oder hatten sie nur mehr oder minder wohlmeinende Menschen dazu gedrängt? Darüber musste sie noch ein bisschen nachdenken, aber vor allem musste sie dringend mit ihrer Schwester reden. Ob sie überhaupt genug Zutaten für eine Großproduktion des Alpaka Thistle auftreiben konnten? Wenn nicht, wäre dieses Projekt von vornherein zum Scheitern verurteilt.

LITTLE MISS SUNSHINE

SHONA SPAZIERTE MIT NESSIE im Schlepptau gemütlich durch Kirkby, in Richtung von Islas Restaurant. Als sie an der alten Schule vorbeikam, erspähte sie Collum und Colleen inmitten einiger Menschen, die sie nicht kannte. Alle lachten, also schien man sich wegen des geheimnisvollen Events geeinigt zu haben. Shona war gespannt, worum es ging. Sie hoffte auf eine große Party, die auch etliche auswärtige Besucher anlocken würde, einfach weil sie gern mal wieder ein paar neue Gesichter sehen würde, ohne dafür mindestens bis Inverness fahren zu müssen.

Als sie die Straße in Richtung Dorfplatz überqueren wollte, hupte es, und sie blieb erschrocken stehen und hielt Nessie zurück. Sie war so in Gedanken gewesen, dass sie fast über die Straße gelaufen wäre, ohne zu schauen. Sie sah zu dem Fahrzeug, das an ihnen vorbeifuhr. Es war der Tierarzt mit seiner mobilen Praxis. Kopfschüttelnd saß er hinter dem Steuer und lenkte den Wagen weiter in Richtung Inverness. Selbstgerechter Idiot, dachte sie ärgerlich. Schließlich gab's hier kaum Verkehr, da konnte man schon mal unkonzentriert sein.

Sie war immer noch ein bisschen grummelig, als sie den Küchengarten ihrer Schwester Isla betrat, wo sie enthusiastisch von Polly begrüßt wurde, die im Schatten gedöst hatte. Die Neufundländer-Hündin liebte Nessie, seit sie das Alpaka vor drei Monaten aus dem Loch Ness gerettet hatte. Auch wenn sich Nessie inzwischen einigermaßen an die vielen Hunde in Kirkby gewöhnt hatte und nicht mehr völlig in Panik geriet, wenn sie einen sah, war sie immer noch ein bisschen misstrauisch und warf der aufgeweckten Hündin einen skeptischen Blick zu. »Jetzt stell dich doch nicht so an, Süße«, sagte Shona zu ihrem Tier. »Polly ist doch wirklich lieb.« Sie tätschelte den schwarzen Hund und ging dann zum Haus.

Durch das große Panoramafenster hatte sie einen erst-klassigen Blick in die Küche, wo Isla und ihre beiden Mit-arbeiter mit den Vorbereitungen für das heutige Abend-essen beschäftigt waren. Shona winkte, als Grace, die Jungköchin, sie entdeckte. Einen Augenblick später trat Isla durch die Tür und grinste Shona an. »Ich hab mir schon gedacht, dass du hier aufkreuzt.«

»Auch hallo«, entgegnete Shona leicht pikiert. Doch warum wunderte sie sich? Die Entscheidung, dass die *Golden Alpaca Distillery* ab sofort im großen Stil Gin produzie-ren würde, war ja schon fast eine Stunde alt – zumindest aus der Sicht ihrer Gönner und Geldgeber. Natürlich war das bereits zu Isla durchgesickert. »Wer hat's dir gesteckt? Collum oder Dad?«

Isla lachte. »Keiner von beiden. Sarah hat hier vorhin kurz haltgemacht. Herzlichen Glückwunsch, Schwester-herz, zu diesem durchschlagenden Erfolg.«

»Danke, gleichfalls«, brummte Shona. Sie liebte ihre

Schwester von ganzem Herzen, wie den Rest ihrer Familie, aber es ging ihr verdammt gegen den Strich, dass der bisher größte berufliche Erfolg in ihrem Leben nicht ihr ureigenes Ding war, sondern nur dank Isla hatte passieren können. Sie wusste, dass diese Einstellung blöd war, aber sie konnte nicht aus ihrer Haut.

»Hey, Kleine, jetzt sei nicht eingeschnappt. Der Alpaca Thistle ist dein Baby! Es war deine Idee, und die war genial. Ohne dich und deine Überredungskünste hätte es ihn nie gegeben. Ich freue mich wirklich, dass der Gin so eingeschlagen hat, und ich bin stolz, dass ich einen Teil dazu beitragen durfte.« Isla klang aufrichtig und schien ihre Worte ernst zu meinen.

Vielleicht sollte sie mal aufhören, die gekränkte Prinzessin zu geben? Ihre innere Stimme hatte vermutlich recht, genau wie auch die äußeren Stimmen recht hatten – Dad, Kieran, Collum, Sarah und nun auch Isla. »Okay, es war meine Idee«, gab Shona zu. »Aber ohne dein geniales Händchen für Aromen wäre das Ergebnis niemals so gut geworden.«

»Das ist bestimmt so, doch trotzdem bist du die Urheberin. Ich sehe mich da eher als Dienstleisterin.« Isla zwinkerte ihr zu. »Eine Dienstleisterin, die fünfzig Prozent vom Gewinn bekommt.«

Shona verdrehte die Augen, musste dann aber auch lachen. »Und wir alle wissen, dass ich mit dem Deal noch gut gefahren bin. Aber jetzt mal im Ernst: Dad und Collum wollen, dass ich die Gin-Produktion ganz groß aufziehe, und dafür …«

»Dad und Collum in einem Satz? In einem Atemzug? Und mit gleicher Meinung?«, unterbrach Isla mit ungläubig aufgerissenen Augen.

»Ja, ich glaube, das konnten die beiden selbst nicht fassen. Vermutlich ist dadurch das göttliche Gleichgewicht zerstört worden, und wir alle können uns demnächst auf Seuchen, Elend und Weltuntergang einstellen. Aber das ist nicht mein Problem.«

»Nicht?«

»Nein. Denn wenn Seuchen, Elend und Weltuntergang nicht in den nächsten paar Tagen eintreffen, muss ich wohl im großen Stil Gin produzieren – und dafür brauche ich, ebenfalls im großen Stil, die Zutaten für dein geheimnisvolles Rezept.«

»Verstehe.«

»Und?«

»Was und?«

»Jetzt lass dich doch nicht so bitten! Haben wir da eine Chance, oder hast du eine Handvoll Wildkräuter reingeschmissen, die nur in einer einzigen Vollmondnacht im Jahr wachsen?« Shona ärgerte sich ein bisschen, weil sie so verzweifelt klang. Dabei war ihre Vermutung nicht völlig aus der Luft gegriffen, denn Isla war bekannt für solche Stunts.

Ihre Schwester runzelte die Stirn. »Hältst du mich wirklich für einen derartigen Amateur?«

»Nicht für einen Amateur. Eher für eine durchgeknallte Kräuterhexe, der absolut alles zuzutrauen ist.«

»Ich mag eine durchgeknallte Kräuterhexe sein, aber ich

bin nicht doof. Und mir war klar, dass unser Gin ein Hit werden könnte. Deshalb habe ich nur Zutaten verwendet, die problemlos und in ausreichender Menge verfügbar sind.« Isla verschränkte die Arme vor der Brust und musterte ihre jüngere Schwester mit einem herausfordernden Blick.

»Auch die Kräuter und die Disteln? Und alles in Bioqualität?«

»Sag mal, willst du mich provozieren oder meine Fähigkeiten in Abrede stellen?«, fragte Isla mit hochgezogener Braue. »Alle Zutaten sind hier aus der Gegend. Entweder Wildwuchs oder aus Biolandwirtschaft. Warum sollte ich bei dem Gin, der meine Handschrift trägt, andere Qualitätskriterien anlegen als in meiner Küche? Und um deinen nächsten Fragen vorzugreifen: Ich habe sämtliche Kräuter gefriergetrocknet, ehe ich sie für die Mazeration zum Alkohol gegeben habe. Natürlich hätte ich das auch mit frischen Kräutern machen können, aber dann könnten wir das Rezept nicht einfach reproduzieren. Außerdem war ich so frei und habe schon einen gewissen Vorrat angelegt, aber wie gesagt, es sind alles Pflanzen, die hier in rauen Mengen und noch bis in den späten Herbst hinein wachsen. Wir haben also eine ausgedehnte Erntesaison, und du wirst genug Rohstoffe haben, um über den Winter zu kommen. Zufrieden?«

Heilige Scheiße, ihre große Schwester war wirklich eine Hexe. Mit ihren flammend roten Haaren sah sie auch wie eine aus. Shona gab es ungern zu, aber sie war tatsächlich beeindruckt. »Danke, Sis!«, murmelte sie.

»Nichts zu danken«, entgegnete Isla und lächelte wieder herzlich und liebevoll, doch ihre blaugrauen Augen, die sie von Marlin geerbt hatte, blitzten verräterisch. »Du kannst mir meinen Anteil gerne monatlich oder quartalsweise auszahlen. Ganz, wie es dir am liebsten ist. Oder ich steige als Investorin mit in die Destillerie ein.«

Shona lachte. »Ich bewundere deinen Geschäftssinn. Lass uns noch mal ernsthaft drüber nachdenken, wie wir das im Einzelnen lösen. Für den Moment bin ich jedenfalls sehr froh, dass es überhaupt eine solide Grundlage für die Gin-Produktion gibt.« Sie sah zu den Tieren im Garten. Polly hatte sich wieder in den Schatten unter einen Strauch gelegt, und Nessie zupfte ein wenig am Gras herum.

»Ja, das müssen wir alles noch nicht heute entscheiden. Magst du einen Kaffee? Ich habe auch noch ein paar von Kristies Mini-Heidelbeer-Hefeschnecken.«

Shona nickte, und ein paar Minuten später saß sie mit ihrer Schwester auf der Holzbank vor dem großen Küchenfenster und genoss die süßen Köstlichkeiten.

»Kristie hat's echt drauf«, schmatzte sie. »Wenn sie sich ein bisschen was von deiner Geschäftstüchtigkeit abschauen würde, hätte sie im Handumdrehen ein Imperium.«

»Kristie wird ihren Weg schon machen«, entgegnete Isla und streckte die Beine aus. »Genau wie du.«

»Und wie du. Immerhin bist du bald auch offiziell die beste Köchin von Großbritannien und Irland.« Shona spielte auf den großen Kochwettbewerb an, an dem Isla mit ihrem Restaurant teilnahm. Im Juli hatte sie die Schottland-Vorentscheidung gewonnen, im September stand das

Finale an. Da würde sie gegen die Gewinnerrestaurants aus Irland und England antreten.

»Wir werden sehen«, erwiderte Isla und machte eine wegwerfende Handbewegung. »Klar wäre das eine schöne Auszeichnung, aber eigentlich sagt so etwas doch gar nichts aus. Entscheidend ist immer, dass man seine Arbeit aus Leidenschaft und Überzeugung macht, dabei aber das Leben nicht vergisst.«

Das waren vergleichsweise neue Töne aus dem Mund ihrer ehrgeizigen Schwester, die bislang immer größten Wert auf Auszeichnungen aller Art gelegt hatte. Allen voran auf ihren Michelin-Stern. Aber seit sie sich in Jon verliebt hatte, war sie deutlich weicher geworden. Zumindest in manchen Bereichen – augenscheinlich nicht, wenn es um Gin ging. Trotzdem schien die Liebe da eine ganz besondere Macht zu entfalten. »Vorhin hätte uns dieser blöde Tierarzt fast wieder umgenietet«, platzte Shona heraus, und sie hatte keine Ahnung, warum ihr das in diesem fragwürdigen gedanklichen Zusammenhang in den Kopf geschossen war.

»Ha, der gute Kendrick hat es wohl auf euch abgesehen.« Isla schmunzelte. »Der arme Kerl hat ja ganz schön viel Häme abbekommen. Hast du die Berichte und Postings gelesen?«

»Er hat es nicht besser verdient.«

»Es ist einfach blöd für ihn gelaufen, und ich bin mir sicher, dass er es nicht absichtlich gemacht hat. Eigentlich ist er ein ziemlich netter Typ – und er sieht klasse aus.«

»Er ist ein humorloser, mörderischer Vollpfosten! Mag

sein, dass er Nessie nicht absichtlich angefahren hat, aber es war absolut unnötig, mir einen Vortrag darüber zu halten, wie ich mit meinem Alpaka umzugehen habe. Nessie ist ein sehr glückliches Tier.«

»Zweifellos«, entgegnete Isla und verengte die Augen zu Schlitzen. »Aber wenn sie noch einmal an meinem Thai-basilikum nascht, bekommt sie Ärger mit mir.« Sie stieß einen kleinen Pfiff aus, der Nessie völlig unbeeindruckt ließ, dafür aber die Neufundländerin aus ihrem Schlummer riss. Polly sprang auf, schüttelte sich und sah, was das Alpaka tat. Der Hund hatte vor einigen Monaten sehr gründlich gelernt, dass Islas Exotenbeet tabu war, und verteidigte es seitdem mit erstaunlichem Nachdruck. Polly lief zum Beet und knurrte Nessie an, die prompt erschrocken zurückwich. »Brave Maus«, rief Isla und warf dem Hund ein Lecker-chen zu, das sie aus ihrer Hosentasche gezogen hatte.

»Dass du inzwischen so gut mit ihr kannst, ist ein mitt-leres Wunder«, sagte Shona beeindruckt, obwohl sie sich eigentlich in Nessies Namen beschweren wollte. Doch das Alpaka hatte sich sofort wieder beruhigt und sein Grasen an einer weniger verfänglichen Stelle fortgesetzt. »War Polly nicht eigentlich Jons Hund?«

»Ist sie immer noch, aber es ist nicht meine Schuld, dass sie tagsüber lieber bei mir als bei ihm ist, oder?« Isla stand auf und streckte sich. »So gern ich mit dir weiterplaudern würde, ich muss jetzt wieder arbeiten. Was hast du heute noch vor?«

»Keine Ahnung«, entgegnete Shona wahrheitsgemäß. »Vielleicht fahre ich heute Abend mal wieder nach Inverness und gehe auf die Piste. Mal sehen, ob Hailey und Kristie Zeit und Lust haben.«

»Ich glaube, die sind beschäftigt. Heute wollten Cameron und Lila kommen.«

»Wer?«

»Na, Cameron Sinclair, der berühmte Springreiter, und seine Freundin. Seine Stute hat am Dienstag ihr Fohlen bekommen. Erinnerst du dich nicht an die beiden? Die waren im letzten Sommer doch das Ortsgespräch schlechthin.«

»Im letzten Sommer war ich noch in London«, erinnerte sie Shona.

»Stimmt. Na ja, ist ja auch egal. Aber ich schätze, dass Kristie und Hailey deswegen keine Zeit haben werden. Was auch immer du tust, viel Spaß dabei.« Damit nahm Isla ihre Schwester kurz in den Arm und verschwand dann wieder in ihre Küche.

Shona überlegte einen Moment und entschloss sich, einfach mal zum Stall zu spazieren und sich persönlich ein Bild von der Lage zu machen.

● ● ●

»O mein Gott, ich fass es nicht, wie hübsch sie ist«, quiekte Lila Harper verzückt. So albern Kendrick das aufgeregte Herumgehüpfe von Cameron Sinclairs Freundin auch fand, insgeheim musste er ihr recht geben.

Artemis stand mit ihrem drei Tage alten Fohlen auf der Weide, und er musste zugeben, dass es ein wirklich bewegendes Bild war. Die schöne braune Stute und das neugierige und schon ziemlich ungestüme, fast kohlschwarze Fohlen boten einen herzerwärmenden Anblick.

»Ich bin froh, dass wir das durchgezogen haben«, stellte Cameron fest und strahlte so glücklich, als sei er selbst der Vater. »Toll, wie Artemis das macht.«

»Ich hab dir doch gesagt, dass sie sich ein Baby gewünscht hat«, erinnerte ihn Lila mit nach wie vor unnatürlich hoher Stimme. Was war das bloß für ein Phänomen bei Frauen, dass sie beim Anblick von Babys – ob menschlichen oder tierischen – plötzlich zu quietschen begannen?

»Und mir scheint, du hattest recht«, entgegnete Cameron und drückte Lila einen Kuss auf die Wange.

»Artemis ist wirklich souverän«, bestätigte Kendrick, der extra zum Stall gekommen war, um Cameron persönlich über alles zu informieren. »Bei der Geburt war sie zwischenzeitlich sehr nervös, und wir waren ein bisschen besorgt, dass sie panisch reagieren könnte, aber dann hat sie sich rasch beruhigt und ist seitdem eine mustergültige Mutter. Und die Kleine entwickelt sich prächtig. Sie ist sehr aktiv und kerngesund. Habt ihr euch schon für einen Namen entschieden? Oder übernehmen das die Eigner?«

»Nein, das ist meine Sache. Ich habe ja ein vertraglich festgelegtes Vorkaufsrecht auf Artemis' erstes Fohlen, und das werde ich definitiv wahrnehmen«, sagte Cameron mit stolzgeschwellter Brust. »Der Vater heißt Luther, deswegen brauchen wir einen Namen, der mit L beginnt.«

»Wie wäre es mit ›Lila‹?«, schlug Hailey vor, die gerade mit Kristie dazugestoßen war und den letzten Satz gehört hatte.

»Nein, das wäre doch total seltsam, wenn du das süße Tier nach mir benennst«, wehrte Lila mit flammend roten Wangen ab.

Kendrick musste ihr insgeheim recht geben. Was, wenn die Beziehung irgendwann zu Bruch gehen sollte? Dann hätte Cameron ein Pferd, das ihn immer an seine Ex erinnerte. Ihm selbst wäre das ausgesprochen unangenehm. Es erinnerte ihn ohnehin viel zu viel an seine Ex ...

»Ich finde die Idee eigentlich ganz süß«, sagte Cameron, der verliebte Narr, und schaute seine Freundin mit Augen an, in denen selbst Kendrick die Herzchen erkennen konnte.

»Nein, auf keinen Fall!«, entschied Lila. »Aber ich hätte einen Vorschlag. Was hältst du von ›Little Miss Sunshine‹?«

Bei diesem Namen fingen Hailey und Kristie vor Verzückung im Duett zu quietschen an, und ein Blick auf Cameron verriet Kendrick, dass der Name beschlossene Sache war. Gut, vermutlich fände Cameron auch den abstrusesten Namen toll, solange er aus dem Mund seiner Liebsten kam, aber »Little Miss Sunshine« war tatsächlich ganz niedlich.

»Das ist ein sehr hübscher Name«, sagte Kendrick und hörte sich schon für sich selbst wie der Spielverderber an, als der er sich gleich entlarven würde. »Man sollte aber vielleicht zwei Überlegungen nicht ganz aus den Augen verlieren: Erstens wird sie dank ihrer Eltern mit ziemlicher Sicherheit sehr groß werden, und zweitens hat sie genetisch das Potenzial, ein talentiertes Springpferd zu werden. Und jetzt stellt euch mal ein Pferd vor, das als ›Little Miss Sunshine‹ beim Turnier um eine olympische Medaille antritt.«

»Ich kann mir das erstklassig vorstellen«, warf Shona ein, die, von Kendrick unbemerkt, ebenfalls zur Gruppe gestoßen war.

»Ich auch«, bestätigten Lila, Hailey und Kristie unisono.

»Und ich weiß auch nicht, inwiefern das problematisch sein sollte.« Shona funkelte ihn an, als sei er der letzte Abschaum. »Warum sollte Little Miss Sunshine keine Olympiasiegerin werden? Oder gibt es ein Gesetz, das für Sportpferde martialische Namen vorschreibt? Das ist doch nur wieder so ein blödes Macho-Ding.«

Macho-Ding? Kendrick war in seinem Leben schon einiges vorgeworfen worden, aber noch nie, dass er »Macho-Dinge« in die Welt setzte. Er sollte diesen Spruch einfach ignorieren – genau wie die Tatsache, dass das Alpaka heute ein rosafarbenes Glitzerhalfter trug –, doch irgendwas an dieser Frau provozierte ihn derart, dass er nicht an sich halten konnte. »Es geht nicht um Macho-Dinge, sondern lediglich darum, dass Namen eine gewisse Botschaft transportieren. Der Name Artemis, nach der griechischen Jagdgöttin, flößt schon eine gewisse Ehrfurcht ein. Das hat dann den psychologischen Effekt, dass alle etwas Besonderes von ihr erwarten ...« Er verstummte, als er sich haltlosem Gekicher aus drei Frauenkehlen gegenübersah. Nur die vierte Frau lachte nicht, sondern verdrehte die Augen.

»Ein göttliches Wunder?«, fragte Shona, die Stimme triefend von Ironie, und schüttelte den Kopf. Dann drehte sie sich von ihm weg und wandte sich den anderen zu. »Sorry wegen der Störung. Ich bin übrigens Shona – Haileys und Kristies Cousine –, und ihr müsst Cameron und

Lila sein.« Sie strahlte die beiden an und streckte ihre Hand aus.

»Hi, schön, dich kennenzulernen«, entgegnete Lila fröhlich. »Ist das ein Alpaka? Darf ich es mal streicheln?«

»Ja, das ist Nessie, und natürlich darfst du sie streicheln.« Während Lila das weiche Fell des kleinen Kamels kraulte, schien es in Cameron zu arbeiten, doch plötzlich hellte sich sein Gesicht auf, und er lachte laut auf. »Kann es sein, dass du die Destillerie-Chefin bist?«, fragte er Shona und fuhr dann an Kendrick gewandt fort: »Und dass du der Tierarzt bist, der das Alpaka überfahren hat?«

»Hast du von der irren Geschichte gehört?«, rief Hailey vergnügt. »Die stand doch nur in der Lokalzeitung.«

»In mehreren Dutzend Blogs und in unzähligen Social-Media-Posts wurde es auch erwähnt«, fiel Shona ein.

»Meine Mutter hat mir zuerst davon erzählt«, berichtete Cameron grinsend. »Meine Eltern leben ja auch in Kirkby und haben das am Rande mitbekommen. Und dann habe ich es natürlich nachgelesen. Witzige Story, aber gut, dass dem Tier nicht wirklich was passiert ist.«

»Es ist nicht alles immer so, wie es in den Medien dargestellt wird«, brummte Kendrick und verkniff sich mit einiger Mühe eine Rechtfertigung, deren Basis der Alkoholisierungsgrad des Alpakas gewesen wäre. Er ahnte, dass das entweder für noch mehr Gelächter sorgen oder die Sympathien endgültig in Shonas Richtung verschieben würde.

»Stimmt, meistens ist es sogar schlimmer«, giftete Shona, die offenbar von keinerlei Skrupeln belastet war.

»Scheint mir ein heißes Minenfeld zu sein«, sagte Cameron amüsiert. »Zurück zum Namen für das Fohlen. Ich mag ›Little Miss Sunshine‹ sehr. Ich gebe Kendrick zwar in dem Punkt recht, dass Namen ganz spezifische Bilder im Kopf erzeugen und dadurch Erwartungshaltungen schüren können, aber damit kann ich leben. Sollte die Kleine tatsächlich das Talent ihrer Eltern geerbt haben, wird sie auch ein putziger Name nicht davon abhalten, es zu zeigen.«

»Dann heißt sie also ab sofort Little Miss Sunshine?«, fragte Lila.

»Ja. So werden wir das in ihren Papieren eintragen lassen«, bestätigte Cameron.

»Aber denkst du nicht, dass wir dafür eine kleine Feier machen sollten? Eine richtige Taufe mit anschließendem Umtrunk?«

»Ich finde, das sollten wir unbedingt tun«, schaltete sich Hailey ein. »Wie lange bleibt ihr denn?«

»Nur bis morgen leider«, sagte Cameron bedauernd. »Ich habe am Sonntag ein Turnier.«

»Gut, dann machen wir heute eine kleine Grillparty hier auf dem Hof. Dabei wird die Kleine getauft, und wir haben Zeit zum Quatschen.«

»Klingt toll«, rief Lila begeistert. »Wir können ja auch ein paar Leute einladen. Deine Eltern, meine Tante und meinen Onkel – und ihr müsst natürlich auch kommen«, wandte sie sich an Kendrick und Shona.

Kendrick warf Shona einen verstohlenen Blick zu. Hatte er Lust, noch mehr Zeit mit dieser schrecklichen Nervensäge zu verbringen? Andererseits war ein einsamer Abend allein zu Hause auch nicht so ungeheuer reizvoll. »Ich komme sehr gern«, antwortete er daher lächelnd.

»Ich …« Shona zögerte. »Ich wollte heute Abend eigentlich nach Inverness, aber …'.«

»Wir können auch morgen auf die Piste gehen«, unterbrach sie Hailey. »Natürlich bist du dabei!«

UNKLARE BEDÜRFNISLAGE

NACHDEM KENDRICK SICH VERABSCHIEDET hatte und Cameron und Lila zu ihrem Quartier in Monroe Manor aufgebrochen waren, machten sich auch Shona, Hailey und Kristie auf den Heimweg. Die drei Cousinen wohnten seit Anfang des Jahres zusammen in einem kleinen Cottage mitten im Ort, das seitdem als Partyzentrale von Kirkby galt. Was nicht viel heißen wollte – zumindest nicht nach Shonas Maßstäben. Aber sie hatte das Angebot, bei den beiden einzuziehen, gerne angenommen, als sie von London in die Highlands zurückgekehrt war. Allemal besser, als wieder ihr altes Kinderzimmer zu bewohnen, das sie mit achtzehn Jahren verlassen hatte. Sie verstand sich super mit den beiden und fühlte sich in der Frauen-WG, die ihr Dad despektierlich »den Hühnerstall« nannte, sehr wohl. Auch Nessie hatte es gut getroffen, denn Hailey und Kristie waren fast so versessen auf das Alpaka wie Shona und verwöhnten es nach Kräften. Im Garten hatten sie einen kleinen Unterstand für das Tier errichtet, doch bei schlechtem Wetter schlief Nessie meist im Wohnzimmer – auch wenn sie leider nicht vollständig stubenrein war ...

Nun standen sie zu dritt in der Küche und bereiteten die Zutaten für die improvisierte Grillparty vor.

»Ich find's schön, dass Cameron und Lila immer noch so glücklich miteinander sind«, schwärmte Kristie, während sie den Brötchenteig knetete.

»Ja, sie sind wirklich süß. Ich hätte nicht gedacht, dass es so lange hält.« Hailey schnippelte das Gemüse für einen Salat in einer Geschwindigkeit, die fast mit Islas mithalten konnte.

Shona war dazu abgestellt worden, weitere Gäste einzuladen und die Getränke zu organisieren. Ersteres hatte sie mit einigen schnellen Textnachrichten erledigt, für Letzteres bei Jon im Pub angerufen und ihrem Schwager in spe das Versprechen abgerungen, Bier, Softdrinks, Eiswürfel und zwei der letzten Flaschen Gin bis sieben Uhr zu Ruperts Hof zu karren. Für die Taufe hatte sie einen Whisky vorgesehen und zum Anstoßen zwei Flaschen Champagner kalt gestellt, die sie mal geschenkt bekommen hatte. Schon seltsam, dass so viele ihrer Dates der Meinung gewesen waren, es sei eine schlaue Idee, einer Whisky-Kennerin Champagner zu schenken. Egal, jetzt kamen die Vorräte gerade recht.

»Warum hast du nicht geglaubt, dass die beiden zusammenbleiben?«, fragte sie neugierig nach und schnappte sich ein Stückchen Paprika.

»Weil Cameron eine ziemlich krasse Dating-Karriere hinter sich hatte. Hast du dir mal seine Social-Media-Profile angesehen und dich durch die letzten Jahre geklickt? Der hatte in den letzten fünf Jahren mindestens fünfzehn Frauen an seiner Seite. Und das waren auch nur die, die er für erwähnenswert gehalten hat.« Hailey fuchtelte mit dem Messer herum, als sich Shona noch ein Stück klauen wollte.

»Ähm, nein, hab ich nicht. Warum sollte ich ihn online stalken?«

»Ich habe ihn auch nicht gestalkt, ich war nur interessiert«, behauptete Hailey. »Außerdem …«

»Außerdem war sie doch früher mal mit ihm zusammen, und er hat ihr das Herz gebrochen.«

»Echt? Daran kann ich mich überhaupt nicht erinnern.« Shona machte große Augen. »Ich kann mich auch nicht daran erinnern, dass Cameron mal in Kirkby gewohnt hat.«

»Damals lagst du noch fast in den Windeln«, sagte Hailey mit einer wegwerfenden Handbewegung. Shona war fünf Jahre jünger als ihre Cousine und dachte nun angestrengt zurück. Doch Fehlanzeige, ihr fiel kein solches Herzschmerzdrama ein. Das war aber auch egal, denn Hailey sprach weiter: »Als er dann letzten Sommer hierher zurückkam, habe ich halt mal geschaut, was er so treibt. Also, außer Springreiten.«

»Du warst wie besessen«, kam es wieder von Kristie.

»Ist ja auch schnurz. Cameron ist Vergangenheit. Inzwischen verstehen wir uns wieder gut, und ich freue mich, dass er immer noch mit Lila zusammen ist, die nämlich wirklich sehr nett ist.«

»Und entfernt mit uns verwandt, oder?«

»Na ja, nicht so richtig. Sie ist die Nichte oder Großcousine von Onkel George – also nur angeheiratet und nicht blutsverwandt.«

»Hat sie eine Zwillingsschwester? Ich meine mich an ein großes Fest in Monroe Manor zu erinnern. Ein runder Geburtstag von Georges Tante oder so. Damals war ich acht oder neun, und es waren zwei blonde Mädchen in meinem Alter da.« Shona runzelte die Stirn.

»Ja, kann sein. Aber fällt euch eigentlich auf, dass wir schon genauso sind wie unsere Eltern und die anderen Leute im Dorf? Wir diskutieren über Verwandtschaftsverhältnisse. Dabei gibt es so viel wichtigere Themen zu besprechen.« Hailey hatte das stakkatoartige Gemüseschneiden beendet und ließ den Blick herausfordernd zwischen Schwester und Cousine hin- und herschweifen.

»Ich weiß, dass ich die Frage bereuen werde«, seufzte Kristie. »Aber wovon genau redest du?«

»Die Frage sollte eher lauten: Von wem? Und darauf gibt es natürlich nur eine Antwort: Von unserem neuen Tierarzt!«

»O neee…«, stöhnte Shona. Darauf hatte sie wirklich nicht die geringste Lust, doch sie ahnte, worauf ihre Cousine aus war. Objektiv betrachtet sah Kendrick McIntosh gut aus. Verdammt gut, wenn sie es genau nahm. Ein großer, breitschultriger Fels in der Brandung, den nichts umzuhauen schien. Mittelbraune Haare, braune Augen und ein kantiges Kinn. Doch andererseits war sie nicht objektiv und wollte es auch nicht sein. Kendrick McIntosh war ein selbstgerechter, humorloser Idiot und ein potenzieller Alpakamörder, und sie wollte nicht das Geringste mit ihm zu tun haben.

»Was denn? Ich finde ihn superheiß, und Single scheint er auch zu sein«, schwärmte Hailey.

»Du findest jeden neuen Kerl superheiß, der hier im Ort einzieht«, entgegnete Kristie leicht pikiert.

»Ja und? Vielleicht beruht es ja mal auf Gegenseitigkeit. Dann muss ich nicht immer nach Inverness fahren.«

Kristie verdrehte die Augen, antwortete jedoch nicht mehr. Stattdessen formte sie den fertigen Teig zu kleinen Fladen und legte sie auf ein vorbereitetes Backblech.

»Ich würde ihn nicht mit der Grillzange anfassen – selbst wenn er der letzte Mann auf der Welt wäre«, behauptete Shona großspurig.

»Haha, und das aus deinem Mund«, lachte Hailey. »Du hast doch eine ähnliche Dating-Historie wie Cameron Sinclair!«

»Das stimmt doch gar nicht. Seit ich wieder in Kirkby bin, hatte ich keine ernsthafte Beziehung.«

»Ernsthafte Beziehung? Wir reden nicht von ernsthaften Beziehungen. Wir sprechen von heißen und erfreulichen Affären. Mir jedenfalls würde das schon reichen.«

Shona zuckte mit den Schultern. Sie war tatsächlich keine Expertin, was die Kategorie »ernsthaft« betraf. Ihre längste Beziehung hatte sechs Monate gehalten – brutto. Denn netto war ihr Freund, ein Investmentbanker, die Hälfte der Zeit über irgendwo in der Weltgeschichte unterwegs gewesen. Immerhin war sie ihm während der gesamten Zeit treu geblieben, insofern durfte man wohl die komplette Dauer zählen.

Vermisste sie etwas? Eigentlich nicht. Sie hatte immer schon lieber unverbindlichen Spaß gehabt, als sich um Kompromisse bemühen zu müssen. Kompromiss – allein das Wort klang schon so fürchterlich anstrengend. Sperrig, mühsam, und am Ende verloren alle Parteien. Nein, dann lieber ein fröhliches Singleleben mit gelegentlichen Flirts und Dates. Dank Apps wie Tinder war es ja heutzutage selbst in den abgelegenen Highlands kein Problem, einen willigen Partner für ein kleines Abenteuer zu finden.

Wenn sie sah, wie glücklich ihre Schwester Isla mit Jon war oder ihr Bruder Alex mit seiner Colleen, dann gab ihr das ab und an schon einen kleinen Stich. Denn diese Beziehungen machten nicht den Eindruck, als wären sie anstrengend, sperrig, mühsam und würden von Verlierern geführt werden. Ganz im Gegenteil, beide Paare wirkten innig verbunden und glücklich. Und erwachsen! Shona glaubte, dass darin das Problem lag: Sie hatte keine Lust, auch privat erwachsen zu sein. Sie musste in ihrem Alltag so viele wichtige Entscheidungen fällen – Himmel, sie hatte mit der Destillerie doch bereits mehr oder weniger eine Entscheidung getroffen, die ihr ganzes Leben beeinflussen würde. Da wollte sie wenigstens ihr Privatleben entspannt und ohne Verpflichtungen haben.

»Wenn du ihn so heiß findest, dann kannst du ja einen Versuch wagen«, sagte Kristie zu ihrer Schwester.

»Ich weiß ja nicht«, brummte Shona. »Die Vorstellung, dass ich ihn hier im Bad oder in der Küche treffen muss, finde ich total abtörnend. Da müsste ich mir eine andere Bleibe suchen. Vor allem, weil er sich garantiert aufregen würde, wenn Nessie vorm Kamin schläft. Dieser humorlose und ignorante Tölpel.«

»Ich will ihn ja nicht gleich heiraten«, lachte Hailey kopfschüttelnd. »Ihr seid jedenfalls echte Spielverderberinnen.«

»Bist du überhaupt sicher, dass er Single ist?«, fragte

Kristie. »Solche gut aussehenden Männer sind doch eigentlich immer vergeben.«

»Soweit ich weiß, war er lange mit einer Kollegin aus der Tierklinik zusammen. Aber die Tatsache, dass er jetzt allein in Kirkby lebt, spricht doch eigentlich Bände, oder?« Hailey mixte nun das Dressing für ihren Salat.

»Können wir vielleicht mal wieder über etwas anderes reden? Ich habe vor ein paar Tagen einen Artikel gelesen, in dem sich Feministinnen darüber ausgelassen haben, dass in den allermeisten Blockbuster-Filmen so gut wie keine relevanten Szenen vorkommen, in denen sich Frauen über was anderes als irgendwelche Kerle unterhalten. Ich hab mich da echt total drüber aufgeregt, aber jetzt muss ich feststellen, dass es wohl schlicht der Realität entspricht.« Shona sah ihre beiden Cousinen herausfordernd an, die ihren Blick mit ungläubigen Mienen erwiderten.

»Ernsthaft? Seit wann findet man dich im Feministinnenlager?«, platzte es schließlich aus Kristie heraus. »Du ersparst uns doch sonst keine Details zu deiner jeweils neusten Eroberung. Aber meinetwegen können wir uns sehr gerne über andere Dinge austauschen. Themen gäbe es ja genug: meine Bäckerei, deine Destillerie, das ominöse Dorffest, von dem ich bisher nur Gerüchte gehört habe, Haileys Karriere …«

»Welche Karriere?«, wollte Shona wissen.

»Genau das meinte ich! Die interessante Frage, ob Hailey langsam ernsthaft in Daddys Fußstapfen tritt oder lieber weiter für Alex' Gäste die Cottages putzt und Eier brät. Das fände ich alles spannender als die ewigen Männergeschichten, die ihr mir immer reindrückt. Du übrigens noch mehr als Hailey.«

»Hey, kein Grund zur Aufregung.« Shona starrte Kristie verblüfft an. Mit einem derartigen Ausbruch hatte sie nicht gerechnet, als sie in aller Unschuld das Thema hatte wechseln wollen. »Eigentlich wollte ich nur fragen, ob ihr schon wisst, was ihr nachher anzieht.«

»Warum sollten wir etwas anderes anziehen?«, fragte Kristie herausfordernd. »Weil ihr irgendeinen Kerl beeindrucken wollt? Echt, das geht mir so auf die Nerven!« Mit diesen Worten stürmte sie aus der Küche und knallte die Tür hinter sich zu.

»Was war das denn?« Shona sah ihr verblüfft hinterher.

»Ich würde ja sagen, sie ist untervögelt, aber das wäre wohl wieder feministisch unkorrekt.« Haileys Spruch klang nicht halb so trocken, wie er wohl gedacht war. Auch sie wirkte einigermaßen überrascht vom Verhalten ihrer jüngeren Schwester.

»Meinst du, sie ist verknallt? Am Ende in den Tierarzt?«

»Unwahrscheinlich …« Hailey schien kein gesteigertes Interesse daran zu haben, das Thema weiterzuverfolgen. »Und komm bloß nicht auf die Idee, mich nach meiner ›Karriere‹ zu fragen«, fügte sie noch hinzu, als Shona den Mund öffnete, um genau das zu tun.

»Na schön, dann nicht. Ich hab zwar keine Ahnung, was hier gerade schiefgelaufen ist, aber lass uns trotzdem Spaß haben, okay? Vielleicht wird es ja tatsächlich ein netter Abend.«

»Hiermit taufe ich dich auf den Namen Little Miss Sun-shine«, verkündete Pfarrer Jack McTavish feierlich und tupfte dem kleinen Pferdemädchen mit Whisky ein Kreuz auf die Stirn. »Auf ein langes, glückliches und gesundes Leben.« Dann hob er sein Glas und prostete den umstehenden Gästen zu. »Slàinte!«

»Slàinte!«, kam es vielstimmig zurück.

»Auf die kleine Highlanderin«, rief Rupert.

»Möge sie dereinst bei Olympia siegen!« Shonas feierlicher Wunsch wurde von der Runde mit wohlwollenden Äußerungen bedacht, nur der Tierarzt stand schmallippig dabei und sagte nichts, sondern schaute sie nur mit einem schwer lesbaren Blick an.

Weitere Segenswünsche folgten, doch Shona nahm sie kaum noch wahr. Aus irgendeinem Grund war sie völlig von Kendrick abgelenkt. Er strahlte in diesem Moment der Freude eine derart intensive Traurigkeit, ja fast Verzweiflung aus, dass sie nicht umhinkonnte, sich zu fragen, was wohl dahintersteckte. Was war in den wenigen Stunden zwischen heute Nachmittag und jetzt passiert? War ein Tier gestorben? Hatte er eine schlimme Nachricht erhalten? Was immer es war, es rührte sie tief im Herzen, obwohl sie sich eigentlich vorgenommen hatte, keinen weiteren Gedanken an ihn zu verschwenden. Mit seiner latenten Feindseligkeit ihr gegenüber konnte sie jedenfalls besser umgehen, denn die war deutlich leichter zu ignorieren – oder zu kontern. Doch das jetzt? Ein völlig irrationaler Impuls drängte sie dazu, ihm tröstend eine Hand auf die Schulter zu legen. Ihn zu fragen, was los sei. Ihn zu küssen.

Ihn küssen? Wo kam das jetzt bitte schön her? Erschro-cken riss sie sich los – von ihren Gedanken und von der Gruppe – und hastete zu der mobilen Bar, die sie vorhin mit Jon aufgebaut hatte. Sie nahm eine Flasche Champag-ner aus dem Eis und öffnete sie mit zitternden Fingern. Dann füllte sie die auf einem Tablett bereitstehenden Glä-ser. Als sie das Tablett anheben wollte, klirrten die Sekt-flöten verdächtig.

»Alles klar, Kleine?«, fragte Alex, der in unmittelbarer Nähe stand und sie offensichtlich beobachtet hatte.

»Ähm ...« Shona stellte das Tablett vorsichtig wieder ab.

»Du siehst aus, als wäre dir ein Geist begegnet«, befand ihr großer Bruder stirnrunzelnd.

»So ähnlich«, krächzte sie. Da sie aber keine Lust hatte, mit Alex – oder irgendwem – über ihren inneren Tumult zu sprechen, räusperte sie sich vernehmlich und sagte dann betont munter: »Aber der hat sich schon wieder verpisst. Alles gut.«

»Soll ich vielleicht trotzdem ...?« Er deutete fragend auf das Gläsertablett, und Shona überließ es ihm dankbar, froh, dass er nicht weiterbohrte.

Die Segenswünsche waren gesprochen, und Artemis und Little Miss Sunshine liefen bereits wieder zu den anderen Pferden auf die Weide. »Champagner!«, rief Shona mit einem fröhlichen Lächeln, das sich für sie wie eine Fratze anfühlte. Aber erfahrungsgemäß synchronisierten sich ge-spielte und echte Emotionen nach einer Weile – was gut war, sonst hätte sie ihren früheren Job als Whisky-Som-melière nicht so lange und so gut durchziehen können.

Selbst aus einem gequälten und genervten Lächeln wurde irgendwann gute Laune, wenn man es nur intensiv genug aufrechterhielt. Das war vielleicht nicht unbedingt die gesündeste Art, mit betrunkenen oder sonst irgendwie unangenehmen Zeitgenossen umzugehen, aber auf jeden Fall die sozialverträglichste.

Tatsächlich klappte es auch diesmal. Als die Party in Schwung kam, konnte sich Shona auf andere Dinge konzentrieren als auf den traurigen Blick des Tierarztes. Sie verdrängte ihre eigene Reaktion darauf. Verdrängte sie, nicht: vergaß sie. Leider.

• • •

Kendrick überlegte, wann er sich wohl von der Taufparty verabschieden konnte, ohne einen schlechten Eindruck zu hinterlassen. Jetzt, direkt nach den Whisky- und Champagner-Umtrünken, war es sicher zu früh, auch wenn er sich am liebsten in sein Haus zurückziehen würde. Andererseits wäre er da allein – allein mit seinen Gedanken und der ungeheuerlichen Forderung, die Glenna ihm vorhin am Telefon unterbreitet hatte. So ganz nebenbei, als wäre es eine unwichtige Belanglosigkeit und keine lebensverändernde Entscheidung. Er hatte in der Tierklinik angerufen, weil er einen alten Befund gebraucht hatte, und zufällig war seine Ex am Apparat gewesen. Nachdem sie die Datei aufgerufen und ihm geschickt hatte, war sie plötzlich damit um die Ecke gekommen.

Er schüttelte den Kopf, um den Gedanken loszuwerden. Er konnte und wollte jetzt nicht darüber nachdenken, dazu würde er noch reichlich Gelegenheit haben. Kurz nach dem Telefonat mit ihr hatte sich nämlich noch seine Schwester Davina gemeldet und ihn zu einem Familientreffen morgen Nachmittag gebeten. Wobei »gebeten« zu harmlos formuliert war, »zitiert« traf es eher. Er verspürte keine gesteigerte Lust auf diese Veranstaltung und glaubte auch nicht, dass sich seine Einstellung zu der Sache bis morgen ändern würde – oder jemals. Doch da sie jetzt nun mal im Raum stand, musste er sich ihr wohl stellen.

»Na, so grüblerisch heute Abend?«, sprach ihn in diesem Moment Hailey an, mit einem kessen Augenaufschlag. Die kurvige, rotblonde Schönheit, die er im Umgang mit den Tieren ihres Vaters als zupackend, pragmatisch und konzentriert kennengelernt hatte, wirkte heute in ihrem luftigen Sommerkleid ausgesprochen feminin und betont verführerisch. Zu weiblich und zu verführerisch für seinen Geschmack. Oder nein, nicht für seinen Geschmack, nur für seine aktuelle Stimmung.

»Nur ein Arbeitsding«, log er daher.

»Aber es ist doch Freitagabend«, schnurrte sie. »Das Wochenende beginnt.« Sie verzog die rot geschminkten Lippen zu einem Schmollmund.

»Als Landtierarzt hat man nie frei«, murmelte er und sah sich hektisch nach einer Fluchtmöglichkeit um. Er entdeckte sie in Gestalt von Marlin, der sich gerade mit seinem Sohn und dem Pfarrer unterhielt. »Würdest du mich entschuldigen?«

Es war klar, dass Hailey enttäuscht war, doch glücklicherweise unternahm sie keine weiteren Versuche, ihn in einen Flirt zu verwickeln – für den Moment jedenfalls –, und ließ ihn ziehen.

»Na, alles klar mit den Schafen, Marlin?«, fragte Kendrick platt, als er sich der Männergruppe näherte. Nicht sehr elegant, das wusste er selbst, konnte aber auch nicht an sich halten. »Soll ich mir die Klauen mal wieder anschauen? Nicht, dass es zu Entzündungen kommt.« Kaum hatte er es ausgesprochen, hätte er sich schon dafür ohrfeigen können. Wie dämlich ging es bitte schön noch? Erstens hatte er die Füße der Tiere erst vor Kurzem begutachtet, zweitens war Marlin ein verantwortungsbewusster Halter, und drittens ...

»Hast du eine Ausrede gebraucht, um vor meiner Nichte zu fliehen?«, erkundigte sich Marlin amüsiert.

»Ja, und ich habe eine selten dämliche gefunden«, brummte Kendrick mit einem verlegenen Lächeln. »Tut mir leid, ich wollte euer Gespräch nicht crashen.«

»Nein, nein, schon gut. Genau genommen haben wir tatsächlich über Tiere gesprochen. Über die Mäuse, die sich zurzeit wieder vermehrt in der Kirche einnisten.«

»Ach?«

»Ich hab ja nichts gegen Mäuse«, erklärte Pfarrer Jack. »Aber wenn es bei jedem Gottesdienst zu Kreischattacken kommt, weil ein Mäuschen einem Gläubigen über den Fuß gehuscht ist, dann nervt das irgendwann.«

»Und deine Katzen?«, erkundigte sich Kendrick. Er wusste von Impfterminen, dass der Pfarrer mindestens zwei Katzen hatte.

»Die beiden sind inzwischen so fett und faul, dass sie

nicht mehr im Ansatz daran denken, auf Mäusejagd zu gehen.«

Kendrick musste lachen. »Aber da ließe sich doch Abhilfe schaffen: Gib ihnen nichts mehr zu fressen, dann nehmen sie ab und gehen wieder auf die Jagd.«

»Wenn es so einfach wäre …« Jack fuhr sich versonnen über seinen eigenen, üppig gerundeten Bauch. »Sie tun mir halt leid, wenn sie traurig maunzen, weil sie Hunger haben. Außerdem sind sie ja auch nicht mehr die Jüngsten.«

Kendrick kannte all die Ausreden von Tierbesitzern – und eigentlich fand er es auch schön, wenn sich Menschen liebevoll um ihre Fellnasen kümmerten. Solange es noch irgendwie artgerecht war jedenfalls. »Dann sehe ich nur noch zwei Alternativen: Mausefallen oder ein paar jüngere Jäger.« Er grinste.

»Das haben wir ihm auch schon vorgeschlagen, aber er ist nicht überzeugt«, fiel Alex ein. »Gegen Mausefallen wehren sich etliche Gemeindemitglieder. Die wollen zwar nicht, dass ihnen die Mäuse beim Gottesdienst über die Füße laufen, aber plattgemacht werden sollen sie auch nicht.«

»Verstehe. Und was ist mit weiteren Katzen?«

»Machen wir uns doch nichts vor«, sagte Jack seufzend. »Die würden im Handumdrehen den Lebensstil von Stan und Ollie übernehmen und auch nur auf meinem Sofa herumlungern.«

»Ein echtes Dilemma also.« Kendrick merkte, wie ihn dieses normale, ziemlich sinnentleerte Gespräch beruhigte, ihn von seinem Gedankenkarussell und den weiblichen Avancen ablenkte. »Vielleicht sollten wir den Bürgermeister mit ins Boot holen und eine Mäuse-Taskforce bilden?«, schlug er vor. Dann kam ihm eine Idee. »Ich weiß, das klang jetzt albern, aber wir könnten tatsächlich versuchen, bessere Nistbedingungen für Mäusejäger zu bieten. Eulen, Käuze, Falken und Bussarde sind alle exzellente Räuber. Vielleicht könnte man den Kirchturm so gestalten, dass Falken wieder Lust haben, darin zu nisten? Und alte, abgestorbene Bäume rund ums Dorf sollten stehen bleiben dürfen. Solche Sachen könnten dabei helfen, die Vögel anzulocken. Es gibt ja jede Menge Raubvögel in den Highlands, aber hier in Kirkby habe ich nur wenige gesehen.«

»Stimmt. Weil hier immer alles so aufgeräumt und ordentlich sein muss, wenn es nach unserem ambitionierten Bürgermeister geht.« Marlin runzelte die Stirn.

»Ehe du jetzt wieder zu einer verbalen Prügelei gegen Collum ansetzt, solltest du daran denken, dass du vor ein paar Jahren selbst den Dachstuhl unseres Hauses vogelsicher hast machen lassen und außerdem alles Totholz von den Ländereien entfernt hast«, gab Alex zu bedenken. »Und was die Kirche betrifft ...« Sein Blick fiel auf den Pfarrer.

»Schon gut, schon gut«, winkte Jack ab. »Das ist auf meinem Mist gewachsen. Es war aber auch nicht schön, wie die Eulen und Falken den ganzen Glockenturm ... nun ja ... zugeschissen haben.«

»Kann ich verstehen, aber einen Tod muss man immer sterben. Entweder eine Mäuseplage in der Kirche oder Vogelexkremente im Turm.« Kendrick bemühte sich um ein Pokerface, obwohl er angesichts der beredten Mienen der beiden alten Männer am liebsten laut losgelacht hätte.

Es schien gewaltig in ihnen zu arbeiten. Er warf einen verstohlenen Blick zu Alex, der sich offenbar ebenfalls ein Grinsen verkneifen musste.

»Kann man das nicht irgendwie rückgängig machen?«, fragte Marlin nach einer Weile. »Vielleicht mit Nistkästen, damit die Viecher nicht alles ruinieren?«

»Da gibt es Möglichkeiten. Wenn es euch interessiert, kann ich bei Gelegenheit mal einen befreundeten Vogelschützer einladen, der sich auf solche Um- und Einbauten spezialisiert hat.«

»Ich finde, das hört sich wirklich nach einer Sache an, die man größer aufhängen sollte«, sagte Alex, der tatsächlich recht angetan zu sein schien von dem Projekt, wie Kendrick interessiert feststellte.

»Was willst du größer aufhängen?«, wollte nun Colleen wissen, Alex' Verlobte. Sie war mit einem Glas Limonade in der einen und einem Sandwich in der anderen Hand aufgetaucht und schmiegte sich an ihren Liebsten.

»Kendrick hat ein Raubvogel-Wiederansiedelungsprojekt vorgeschlagen«, erklärte Alex. »Und ich finde eigentlich, dass das eine Gemeindesache ist. Wenn wir Collum unterbreiten, dass Kirkby die neue Eulenmetropole der Highlands werden könnte, wird er bestimmt Himmel und Hölle in Bewegung setzen.«

»Zweifellos«, stimmte Colleen lächelnd zu. »Aber wie seid ihr denn auf diese Idee gekommen?«

»Schuld daran ist Hailey«, brummte Marlin.

»Was?« Colleen sah ihren zukünftigen Schwiegervater verwirrt an.

»Hailey hat Kendrick angebaggert, er wusste sich nicht anders zu helfen, als zu uns zu flüchten und mich in ein Gespräch über meine Schafe zu verwickeln. Weil wir ihm helfen wollten, haben wir so getan, als hätten wir uns gerade über Jacks Mäuseproblem unterhalten, und zack – prompt haben wir wieder eine nervtötende Aktion am Bein, die erstens Geld kosten und zweitens Collum zu neuen Höchstleistungen anspornen wird«, fasste Marlin die letzten Minuten zusammen.

Colleen musste so sehr lachen, dass sie sich an dem Stück Brot verschluckte, das sie gerade gekaut hatte.

»Wenn jetzt noch ein medizinischer Notfall dazukommt, kann meine Nichte wirklich was erleben.« Marlin seufzte.

Kendrick wusste nicht so recht, ob er über den trockenen Humor und die feine Beobachtungsgabe des alten Mannes lachen sollte oder… »Dann habt ihr also gar nicht über Mäuse geredet?« Na toll, etwas Schlaueres fiel ihm auch nicht ein.

»Doch, aber damit waren wir schon durch. Wir waren gerade bei Shonas Expansionsplänen mit ihrer Destillerie, aber…« Marlin unterbrach sich und bedachte Kendrick mit einem seltsam prüfenden Blick. »Ich hatte irgendwie den Eindruck, dass ein unverfänglicheres Thema besser wäre. Aber jetzt haben wir den Salat mit einer weiteren Dorfoptimierung.«

Colleen hatte sich von ihrer Kombination aus Husten- und Lachanfall glücklicherweise wieder erholt. »Gott, ich liebe Kirkby! Ich lebe jetzt erst seit zehn Monaten hier, aber in dieser Zeit sind aufregendere, beklopptere, schönere, abstrusere Dinge passiert, als gefühlt in meinem ganzen Leben vorher.« Sie strahlte die umstehenden Männer an und fügte dann an Alex gewandt hinzu: »Und speziell dank dir ist alles einfach nur ganz wunderbar geworden.«

Alex küsste seine Freundin und legte eine Hand auf ihren leicht gerundeten Bauch. Kendrick spürte einen kleinen Stich im Herzen. War es Neid, Eifersucht, Trauer? Vermutlich eine Mischung aus allem. Es war offensichtlich, dass Colleen in den wenigen Monaten in Kirkby schon einiges erlebt hatte, und er freute sich von Herzen, dass sie und Alex so glücklich zu sein schienen. So musste es doch sein, oder? Ein Mann und eine Frau verliebten sich ineinander, beschlossen, für immer zusammen zu sein, und gründeten eine Familie. In Gedanken ohrfeigte er sich selbst für diese reaktionären Ideen. Es war eine sehr traditionelle Vorstellung, eine, die rein zufällig seinem persönlichen Ideal entsprach, aber er musste es tolerieren, wenn andere Lebensentwürfe anders aussahen. Wenn zwei Männer oder zwei Frauen sich liebten und den Wunsch nach einer Familie hatten. Theoretisch war das auch total okay für ihn. Nur nicht, wenn es ihn so unmittelbar selbst betraf. Und wie um alles in der Welt war er gerade wieder auf seinem inneren Minenfeld gelandet, das er vorhin noch so elegant umschifft hatte?

»Also, die Sache mit dem Vögeln, äh, ich meine natürlich, mit den Vögeln«, fing er an und merkte, wie seine Wangen heiß wurden. Dass er rot wurde, war ihm auch schon lange nicht mehr passiert. Mannomann. »Also, die Nisthilfen für eine Wiederansiedlung von Raubvögeln. Ich kann gerne

meinen Kumpel anrufen und einen Termin mit ihm ver-
einbaren.«

»Ich rede am Montag mal mit Collum«, versprach Colleen. »Ich bin mir sicher, er wird Feuer und Flamme für die
Idee sein und gleich eine eigene Kommission dafür ein-
setzen. Ich sag dann Bescheid, ja?« Sie lächelte ihn freundlich an, als hätte sie seinen Lapsus vorher gar nicht wahrgenommen.

Wider Erwarten war der Abend dann tatsächlich noch
sehr nett und glücklicherweise frei von weiteren thema-
tischen Hexenkesseln. Kendrick unterhielt sich vorwiegend
mit Cameron Sinclair über dessen Reitkarriere ohne Artemis und mit George Stewart über seine beiden Airedale-
Terrier-Hündinnen. Er schaffte es auch, Hailey und Shona
aus dem Weg zu gehen, was sicher sowohl für sein inneres
Gleichgewicht als auch für sein Image besser war. Allerdings schweiften seine Gedanken immer wieder zu dem
kurzen Moment während der eigentlichen Taufzeremonie
ab, als Shona dem Fohlen Olympiasiege prophezeit hatte.
Sie hatte da ganz bewusst in seine Richtung geschaut, mit
einem herausfordernden, provozierenden Blick, der sich
aber rasch gewandelt hatte. Mit einem Mal hatte er Mitgefühl in ihren Augen gesehen und etwas, das ihm wie
Erkennen vorgekommen war. Er fragte sich nur, was sie
erkannt hatte und warum es ganz offensichtlich ein Echo
in ihr gefunden hatte.

Shona Fraser war so ziemlich der letzte Mensch, mit
dem er seine Seelennöte teilen wollte, so überspannt und
durchgeknallt, wie sie ihm zu sein schien. Und doch er-

tappte er sich den ganzen Abend über dabei, wie er immer mal wieder verstohlen in ihre Richtung spähte. Sie sah ganz anders aus als Alex und Isla Fraser, die beide rote Haare hatten und recht groß gewachsen waren. Shona dagegen war deutlich kleiner als ihre ältere Schwester, erheblich kurviger und mit ihren langen schwarzen Haaren, den sturmgrauen Augen und dem sinnlichen Mund – wie er fand – auch viel hübscher. Geradezu sexy, wenn man auf Schneewittchentypen stand. Was er definitiv tat. Wenn auch eher auf introvertierte, zurückhaltende Vertreterinnen dieses Typs – und dazu gehörte Shona nun gar nicht. Sie war laut, fröhlich, meinungsstark und … ganz bestimmt nichts für ihn!

Es sei denn, sie hätte die gleichen Bedürfnisse wie er: ein aufregendes erotisches Abenteuer ohne Verpflichtungen und vor allem ohne emotionale Bindung. Gott, er war ausgehungert nach Sex! Seit der Trennung von Glenna hatte er mit keiner Frau geschlafen – und davor auch lange nicht. Zwischen ihm und ihr war ja nichts mehr gelaufen, schon ewig nicht mehr. Er war einfach nicht ihr Typ, dachte er voller Bitterkeit. Doch was war mit ihm? Mit seinen Bedürfnissen? Wann genau hatte er das letzte Mal Sex gehabt? Er konnte sich nicht daran erinnern, aber eins war klar: An seinem gegenwärtigen Zustand musste er dringend etwas ändern.

Er trank einen letzten Schluck Bier. »Viel Erfolg bei deinem Turnier am Sonntag!«, wünschte er Cameron. Dann verabschiedete er sich mit einem knappen Winken von der restlichen Gästeschar und machte sich rasch auf den Heimweg.

TINDERN IST AUCH KEINE LÖSUNG

»SEID IHR SICHER, DASS ihr nicht mitkommen wollt?« Shona sah ihre beiden Cousinen an, die am Küchentisch saßen und, ihren lässigen Outfits nach zu urteilen, keine Ambitionen hegten, an diesem Samstagabend mit ihr auszugehen.

»Ganz sicher«, bekräftigte Kristie. »Colleen hat mir vorhin ein altes, handschriftliches Rezeptbuch vorbeigebracht, das jemand im Tauschladen abgegeben hat. Da stehen die tollsten Kuchenrezepte drin, und die will ich unbedingt ausprobieren.«

»Ich werde noch einen Ausritt machen, und dann wollte Dad mit mir über einen neuen Kunden sprechen, der demnächst mit seinen Pferden kommt. Keine Ahnung, worum es geht, aber er hat es recht spannend gemacht.«

»Mädels, es ist Samstagabend! Wir sind jung, da muss man was erleben und nicht Kuchen backen oder reiten. Nicht, dass ich etwas gegen Reiten hätte – genau genommen entspricht das exakt meinem Plan für heute. Aber sicher nicht auf einem Pferd ...«

»Ernsthaft? Hast du wirklich kein anderes Thema als Sex?«, fragte Kristie mit gequältem Gesichtsausdruck.

»Doch. Jede Menge sogar, wie du weißt. Aber heute ist

mir nach Spaß, nach Tanzen, nach Flirten, nach Knutschen, und wenn es passt, auch nach einer heißen Nummer. Ich hätte nämlich mal wieder Lust auf einen Orgasmus, für den ich nicht selbst sorgen muss.« Shona funkelte Kristie provozierend an, doch die winkte nur ab, stand auf und verzog sich mit ihrem Rezeptbuch ins Wohnzimmer. Mit einem Rezeptbuch! Das musste man sich mal vorstellen …

»Klingt nach einem tollen Plan«, bestätigte dagegen Hailey und schien ihre eigene Abendplanung noch einmal zu überdenken. »Das fände ich alles auch ganz geil, aber ich hab Daddy versprochen, noch bei ihm vorbeizuschauen. Mal sehen, vielleicht kann ich unseren heißen Tierarzt ja in den Stall locken und dann auf dem Heuboden einen Notfall simulieren.« Sie grinste.

»Ich schätze, den hast du gestern nachhaltig verschreckt«, kicherte Shona. »Es war ziemlich lustig zu beobachten, wie er immer davongelaufen ist, sobald du dich genähert hast.«

»Ach, der ist nur ein bisschen verklemmt. Aber solche Jungs sind in Wirklichkeit die allerwildesten, wenn man sie erst einmal geknackt hat.«

»Na dann, Waidmannsheil!«

»Ebenso. Und pass auf dich auf«, bat Hailey, plötzlich mit deutlich ernsterem Gesichtsausdruck.

»Na klar. Mach dir keine Sorgen. Ich bin allein in London klargekommen, da werde ich mit den Jungs aus Inverness wohl problemlos fertigwerden.«

»Wenn du das sagst. Hast du schon ein Date?«

»Nein, kein Frischfleisch auf Tinder. Ich werde es wohl auf die herkömmliche Art probieren müssen.« Shona warf sich ihre lange schwarze Mähne über die Schulter, streckte die Brust raus und machte einen Schmollmund.

»Sollte funktionieren – jedenfalls dann, wenn du es nicht auf einen verklemmten Tierarzt abgesehen hast.«

»Ganz bestimmt nicht. Also, dir viel Spaß und bis morgen.« Shona winkte ihrer Cousine zu, schnappte sich dann ihre Handtasche und war schon fast zur Tür raus, als ihr noch etwas einfiel: »Nessie ist übrigens im Garten. Kannst du nachher noch einmal nach ihr schauen, falls sie was braucht?«

»Logo.«

»Danke, bist ein Schatz!« Damit verließ sie endgültig das Haus und setzte sich in ihr Auto. Unruhe und Jagdtrieb ließen sie innerlich erbeben. Ein Gefühl, das sie gut kannte und das sie in London auch ausgiebig ausgelebt und genossen hatte. Hier in Kirkby war sie viel zahmer geworden – was vor allem an dem Mangel an Möglichkeiten lag. Die Singlemänner des Dorfs waren alle nicht ihre Kragenweite – vor allem nachdem Isla sich den letzten heißen Kandidaten Jon geschnappt hatte. Womöglich war das aber auch gar nicht schlecht. Unverbindliche Flirts und Affären waren in so einer kleinen Gemeinde sowieso viel zu problematisch, jedenfalls dann, wenn das Gegenüber andere Pläne hatte als man selbst. Vom Dorftratsch mal ganz zu schweigen. Der war ihr zwar egal, denn die Leute zerrissen sich über ihre Mädels-WG ohnehin das Maul, aber sie musste das Gerede ja nicht noch weiter befeuern.

Blieben die Touristen oder gelegentliche Ausflüge nach Inverness. Die Hauptstadt der Highlands war im Vergleich zu London zwar ebenfalls ein Dorf, aber unter den rund fünfzigtausend Einwohnern gab es wenigstens ein bisschen Auswahl, zumal etliche Studenten darunter waren. Blöd an diesem Konzept war jedoch die Fahrerei. Die rund zwanzig Meilen waren an sich kein Problem, wenn man wach und nüchtern war, aber exzessive Partymarathons fielen dadurch automatisch flach.

Shona trank nicht viel Alkohol, was angesichts ihres Berufs verwundern mochte, doch Whisky oder Gin waren für sie tatsächlich reine Genussmittel. Niemals würde sie diese wunderbaren Getränke dazu missbrauchen, sich ab-zuschießen. Rausch hatte für sie nichts mit Alkohol zu tun, sondern mit Gefühlen, Bedürfnissen, mit Tanzen, Flirten und, ja, mit Trieben. Trotzdem war es natürlich irgendwie blöd, einen Abend nur mit Wasser und Cola, höchstens mit einem Bier oder einem Gläschen Wein zu gestalten. In London war sie danach in die U-Bahn oder in ein Taxi gestiegen, aber hier musste sie immer noch Auto fahren. Oder bei dem jeweiligen Typen übernachten – was auch nicht immer die Toplösung war.

Doch streng genommen gab es weitaus schlimmere Schicksale als ihres, dachte sie grinsend. Sie brauchte kei-nen Alkohol, um Spaß zu haben. Ganz im Gegenteil, Sex war ohne Betäubung und völligen Kontrollverlust sowieso besser – auch wenn die gängige Meinung eine andere war. Ihr Plan sah vor, erst in einen belebten und beliebten Pub mit buntem Publikum zu gehen. Da gab's eigentlich immer Livemusik, zu der auch getanzt wurde. Tanzen war ihre zweite große Leidenschaft neben Whisky, oder eigentlich war es ihre erste. Schon als kleines Mädchen war sie mit ihren Cousinen in einen Highland-Dancing-Kurs gegangen und hatte es geliebt. Auf der Highschool war sie ebenfalls in einer Tanzgruppe gewesen und hatte jahrelang auch als Solistin getanzt. Ihre Londoner Freunde fanden das vor allem witzig und hatten es als folkloristische Spinnerei abgetan, aber sie liebte es sehr.

Doch sie war nicht festgelegt. Sie zappelte genauso gern in der Disko oder tanzte klassisch Walzer, Foxtrott und Co. Richtig heiß fand sie auch Salsa und Tango. Ein Kerl, der sich zu diesen Rhythmen gut bewegen konnte, war in ihrem Universum absolut unwiderstehlich. Schließlich hatten gute Tänzer auch ansonsten ziemlich heiße Moves drauf.

Falls der Pubbesuch nicht zum gewünschten Ergebnis führen würde, wollte sie noch einen Club besuchen, der vor allem bei Studenten beliebt war. Meist spielten sie da auch gute Musik, aber der Nachteil war, dass die Gäste oft schon ziemlich angetrunken waren. Nun ja, darüber würde sie sich den Kopf zerbrechen, wenn es so weit war.

● ● ●

»Denk noch mal drüber nach, mein Junge«, sagte Kendricks Mutter, als er sich mit eisiger Miene von ihr verabschiedete. Sie war ihm hinterhergelaufen, als er wütend und mit der Tür knallend das elterliche Wohnzimmer verlassen hatte. »Für Davina und Glenna wäre das wunderbar und letztlich auch für die ganze Familie. Auch für dich.«

»Auch für mich?«, blaffte er sie fassungslos an.

»Denk noch mal in Ruhe über alles nach«, wiederholte

sie ruhig und streichelte ihm mit der Hand über die Wange. »Lass es sacken, schlaf ein, zwei Nächte drüber. Dann wirst du unsere Einstellung ganz bestimmt teilen können.«

»Vielleicht denkt ihr einfach mal in Ruhe darüber nach, was ihr von mir verlangt!«, brüllte er aufgebracht. Mit seiner Beherrschung war es endgültig vorbei. Er machte auf dem Absatz kehrt und hastete zu seinem Wagen. Bloß weg von hier!

Er war wütend, verzweifelt, fühlte sich verwirrt, in die Enge getrieben und irgendwie auch seines männlichen Selbstverständnisses beraubt, auch wenn dieses Argument von den Frauen seiner Familie nur mit einem höhnischen Lachen quittiert worden war. Sein Vater hatte wenigstens für einen Moment mitfühlend gewirkt, sich nach einem warnenden Blick seiner ältesten Tochter Davina aber wieder auf ihre Seite geschlagen.

Kendrick hatte keine Ahnung, was er jetzt tun sollte. Zurück nach Kirkby fahren und sich, allein in seinem Haus, wieder den endlosen Grübeleien ergeben? Nein, darauf konnte er hervorragend verzichten. Kurz entschlossen stellte er seinen Wagen in einem Parkhaus ab und ging durch die belebte Innenstadt. Mitte August waren verdammt viele Touristen unterwegs. Normalerweise mochte er den Trubel nicht, aber heute war er ihm ganz recht. In der Menge fühlte er sich anonymer, unsichtbarer, nicht mehr so im Fokus wie während der letzten, qualvollen Stunden in seinem Elternhaus.

Spontan betrat er einen schon gut gefüllten Pub und suchte sich einen Platz in einer vergleichsweise ruhigen

Nische. Dort hatte er einen guten Überblick über das Geschehen. Bei der fröhlichen Kellnerin, die ihm mitteilte, dass in einer Stunde ein »Cèilidh« – ein traditioneller schottischer Tanzabend – beginnen würde, bestellte er eine Portion Fish and Chips und ein Bier. Ein Cèilidh war vermutlich genau das Richtige für seine angekratzte Seele. Fröhliche Menschen, mitreißende Musik und Tänze, bei denen jeder mitmachen konnte, waren die perfekte Therapie gegen schlechte Laune und Herzschmerz.

Von beidem hatte er im Moment reichlich. Die Unverfrorenheit, mit der ihm Glenna schon gestern am Telefon von ihren großen Plänen berichtet hatte, und die breite Unterstützung dafür in der Familie raubten ihm nach wie vor bei jedem Atemzug den lebenswichtigen Sauerstoff.

Auf einer abstrakten Ebene sollte er sich wohl freuen, dass sich mit Glenna und Davina zwei Menschen gefunden hatten, die sich aufrichtig liebten und wild entschlossen waren, sich ein gemeinsames Leben aufzubauen und eine Familie zu gründen. Natürlich gönnte er seiner Schwester ihr Liebesglück, und auch die Frau, mit der er rund zehn Jahre seines Lebens verbracht hatte, lag ihm immer noch genug am Herzen, um auch ihr alles Gute zu wünschen. Leider war die Situation aber nicht abstrakt, sondern verdammt konkret und unfassbar persönlich! Zwei der wichtigsten Frauen in seinem Leben hatten ihn verarscht, betrogen, verletzt und verlassen – das war eine unleugbare Tatsache, die sich für ihn auch dadurch nicht besser anfühlte, dass die beiden einander wirklich liebten und ein fürchterlich schlechtes Gewissen ihm gegenüber hatten.

Oder vielmehr gehabt hatten, denn offensichtlich war der für Reue vorgesehene Zeitraum bereits zu Ende.

Glenna und Davina, die beiden pragmatischen Ärztinnen, waren schon in die nächste Phase eingetreten: Familienplanung! Sie wünschten sich mindestens zwei Kinder und wollten so schnell wie möglich damit anfangen, und er sollte der biologische Vater sein, im weiteren Verlauf aber nur die Onkelrolle übernehmen. Ernsthaft. Die beiden waren tatsächlich verwundert gewesen, dass er nicht schon gestern jubelnd zugesagt hatte, doch auch die Verstärkung in Gestalt seiner Eltern und der beiden anderen Schwestern heute hatte ihn nicht umstimmen können. Ja, er wollte gerne Vater werden, zusammen mit einer Frau, die er liebte und die ihn liebte und die sich mit ihm zusammen auf das Kind freuen könnte. Wäre es nach ihm gegangen, hätten er und Glenna schon längst Kinder – aber sie hatte immer auf Zeit gespielt und ihn hingehalten. Was für eine Ironie des Schicksals, dass sie jetzt plötzlich ganz scharf auf ihn und seinen Schwanz war. Wobei nein, sie wollte natürlich weder ihn noch seinen Penis, sondern nur sein Sperma – am liebsten unter Laborbedingungen abgefüllt.

Er hatte das Gefühl, dass ihm gleich eine Ader platzen würde, doch dann servierte ihm die Kellnerin sein Essen und sein Bier. Essen half ein wenig, und auch das Bier, das ihm kühl die Kehle hinunterfloss, entspannte ihn ein bisschen. Die rohe Wut ebbte etwas ab – was blieb, war eine verstörende Mischung aus Fassungslosigkeit und Geilheit. Ein Psychologe hätte das bestimmt vortrefflich erklären können, er selbst blieb lieber bei simpler Biologie, was die zweite Komponente seines seltsamen Gefühlsmixes betraf. Er hatte seit ewigen Zeiten keinen richtigen Sex mehr gehabt. So simpel war das.

Sein Blick fiel auf sein Handy. Heute Vormittag hatte er zum ersten Mal die Tinder-App darauf installiert. An sich fand er diese Form der Anbahnung grässlich. Als er noch auf dem Dating-Markt aktiv gewesen war – zuletzt vor mehr als zehn Jahren –, hatte man es häufig mit Flirten in freier Wildbahn versucht, doch dieses Konzept war offensichtlich out. Und das wohl aus guten Gründen, wenn er an Haileys gestrige Attacke dachte. Nun ja, schaden konnte es wohl nicht, sich mit den aktuellen Gepflogenheiten vertraut zu machen.

Nachdem er den letzten Bissen hinuntergeschluckt hatte, öffnete Kendrick die App und vervollständigte die Daten. Fotos von sich hatte er schon vorher eingefügt, zusammen mit ein paar lahmen Sprüchen. Da bestand ganz sicher Verbesserungsbedarf, aber das hatte Zeit. Er wollte sein potenzielles »Match« des Abends ja nicht mit seinem Wortwitz bezaubern, sondern lieber durch profanere, körperlichere Argumente. Er gab noch einen Entfernungsradius ein, in dem sich seine mögliche Gespielin befinden sollte, und wartete auf Ergebnisse. Tatsächlich poppte ein Bild nach dem anderen auf, das er entweder nach rechts »swipen« musste, um sein grundsätzliches Interesse zu signalisieren, oder nach links, um den Vorschlag zu verwerfen.

Allein dieser an sich so simple Akt forderte ihn schon heraus. Konnte er eine Frau aufgrund eines ersten flüchtigen Eindrucks einfach aus dem Rennen nehmen? War das

114

nicht schrecklich oberflächlich? Vielleicht waren diese Frauen sogar die allerspannendsten? Umgekehrt galt das natürlich genauso: Nur weil ein Bild ein hübsches Geschöpf versprach, hieß das ja noch lange nicht, dass es auch passte, oder? Wahrscheinlich ging er viel zu verkopft an die Sache ran! Er hatte schließlich ein klar umrissenes Ziel vor Augen. Also swipte er relativ wahllos nach links oder nach rechts und erstarrte, als er plötzlich ein bekanntes Gesicht vor sich hatte: Shona Fraser!

Im ersten Schock fiel ihm das Telefon polternd aus der Hand. Er dachte an den seltsam intimen Moment während der Taufe gestern zurück, als sie ihn so voll Mitgefühl und tiefem Verständnis angeblickt hatte. Das war das erste Mal gewesen, dass sie ihn auf angenehme Art berührt hatte, statt ihn wie sonst bestenfalls zu irritieren oder sogar mörderisch zu nerven. Doch trotzdem – was hatte sie auf Tinder zu suchen? Also, auf seinem Tinder, das er auf einen Mini-Radius hier in Inverness eingestellt hatte? Sollte sie nicht in sicherer Entfernung in Kirkby sitzen?

Er nahm sein Handy wieder in die Hand. Besser, sie gleich wegzuwischen. Er starrte noch einen Moment ihr Profilbild an. Die vollen roten Lippen, das glänzende schwarze Haar, der geheimnisvolle Blick … Dann legte die Band los, und er swipte nach rechts.

● ● ●

Shona konnte ihr Glück kaum fassen, als sie den Pub betrat. Heute Abend gab es nicht nur Livemusik, es fand sogar ein Cèilidh statt. Bei diesen Events waren zumindest

Spaß und Tanz gesetzte Größen – und es spielte nicht die geringste Rolle, wenn man zunächst niemanden kannte. Das änderte sich im Laufe eines Abends selbst für die introvertiertesten Zeitgenossen. Sie bahnte sich einen Weg zum Tresen, wo sie einen Barhocker ergatterte und sich eine Portion Pommes und einen Cider bestellte.

Die Band baute gerade auf, und der Pub füllte sich mit immer mehr Menschen. Das könnte tatsächlich ein lustiger Abend werden, dachte sie, während sie an ihren knusprigen Fritten herumkaute. Ein paar gut aussehende Jungs hatte sie auch schon entdeckt. Mal schauen, unter Umständen ging da ja was. Sie kramte in ihrer kleinen Umhängetasche nach dem Handy und öffnete die Tinder-App. Womöglich tummelten sich da doch ein paar neue Jungs? Studenten vielleicht oder Touristen. Oder sie könnte einem ihrer früheren Dates schreiben. Ein richtiger Kracher war zwar nicht dabei gewesen, aber der eine oder andere nette Kerl, der eine zweite Chance verdient haben könnte.

Huch! Irritiert hielt sie inne, als ein bekanntes Gesicht auf dem Display auftauchte. Das war ja hochinteressant – der spröde Tierarzt war auf Tinder! Sie hätte ihn fast nicht erkannt, weil er auf dem Foto so herzlich lächelte, ein Anblick, der ihr im wahren Leben noch nicht vergönnt gewesen war. Kurz dachte sie an den gestrigen Abend, als seine tieftraurigen Augen sie in ihren Grundfesten erschüttert hatten. Doch dieses Lächeln stand ihm gut. Sehr gut sogar. Und er musste heute auch in Inverness sein, denn ihr Matching-Radius war recht eng eingestellt. Pech für Hailey, die sich einen Heuboden-Notfall heute wohl gepflegt an den Hut stecken konnte. Ob er sie, Shona, auch schon in der App entdeckt hatte, überlegte sie, als die Band loslegte. Hm, sollte sie sich den Spaß erlauben und ihn liken? Oder wäre es für alle Beteiligten besser, wenn sie ihn einfach ignorierte? Doch da das auch im wahren Leben nur mehr schlecht als recht funktionierte, wischte sie beherzt nach rechts. Es war ein Match! Puh. Und jetzt?

Sie kam nicht dazu, groß darüber nachzugrübeln, denn der Cèilidh-Master rief den ersten Tanz des Abends auf, und Shona zog es auf die Tanzfläche. In lockerer Kreisformation wirbelte sie mit den anderen Teilnehmern herum und wechselte nach fast jeder Drehung den Partner. Leichtfüßig und voller Begeisterung tänzelte sie durch die Figuren und lachte herzlich über die Neulinge, die sich in der Richtung irrten. Das war das Schöne am Cèilidh – es ging nicht um Leistung, sondern nur um gemeinsamen Spaß. Nach drei eher tollpatschigen Tanzpartnern fand sie sich nach einer weiteren Drehung plötzlich in den Armen eines sehr versierten Tänzers wieder. Das allein war schon eine mittlere Sensation, doch als sie den Blick hob, um ihn in Augenschein zu nehmen, kam sie für einen Moment völlig aus dem Tritt. Der talentierte Tänzer war niemand anders als ihr brandneues Tinder-Match – der unverschämte und griesgrämige Tierarzt Kendrick McIntosh! Und er lächelte genau so wie auf dem Foto.

Ehe sie irgendwie reagieren konnte, stand bereits der nächste Partnerwechsel an, und der fröhliche Reigen ging weiter. Shona war jedoch nicht mehr richtig bei der Sache. Kendrick war hier! In diesem Pub. Bei dieser Tanzveranstaltung. Er konnte lächeln. Und tanzen. Und er war auf Tinder. Das ließ eigentlich nur einen Schluss zu, oder? Er war aus dem gleichen Grund hier wie sie. Und dieser Grund war nicht unbedingt Tanzen ...

Ihren rasenden Herzschlag hatte sie sicher vor allem den rasanten Rhythmen zu verdanken, aber zu einem kleinen Teil waren dafür die brandneuen Möglichkeiten verantwortlich, die sich plötzlich boten. Ein Flirt oder mehr mit Kendrick, das hatte den Hauch des Verwegenen, ja beinahe Verbotenen an sich. Das war natürlich vollkommen albern, weil es faktisch weder verwegen noch verboten wäre, sich auf ihn einzulassen. Maximal eine verdammt schlechte Idee – das sogar ganz sicher. Sie konnte ihn schließlich nicht leiden. Und außerdem hatte Hailey ein Auge auf ihn geworfen. Aber abgesehen davon ... Er war wirklich heiß in seiner knackigen Jeans und dem weißen Hemd mit den aufgekrempelten Ärmeln. Dieses unspektakuläre Outfit, das eher nach Familienbesuch oder Brunch mit Freunden aussah als nach einem Clubabend, stand ihm verdammt gut. Gerade konnte sie einen ziemlich guten Blick auf ihn erhaschen. Auf sein breites Kreuz, die schmalen Hüften, den wohlgeformten Hintern ...

Ihre Synapsen funkten eine eindeutige Choreografie, und ihre Hormone sorgten dafür, dass ihr noch heißer wurde. Regional sogar viel heißer. Und viel feuchter. Nur nicht in ihrem Hals, der fühlte sich trocken an wie nach einem Wüstensturm. Sie schluckte hart und nutzte nach dem ersten Tanz die Gelegenheit, ein paar weitere Schlucke von ihrem Cider zu trinken. Doch dann lockte die Musik sie sofort zurück auf die Tanzfläche. Es folgte eine Reihe traditioneller Tänze, die mal in Gruppen, mal mit einem Partner getanzt wurden. Kendrick war ebenfalls immer auf der Tanzfläche, und mehr als einmal spürte sie seinen Blick auf ihrer Haut. Doch es ergab sich nicht, dass sie gemeinsam tanzten, bis die Band schließlich eine Pause einlegte und der DJ für Beschallung sorgte.

● ● ●

Kendrick redete sich ein, dass es die generelle positive Wirkung des Tanzens war, die ihm guttat. Das und die Tatsache, dass er eindeutig zu den besten Tänzern des Abends gehörte – was ihn zum begehrten Partner zahlreicher hübscher Frauen machte. Er hatte das Gefühl, sich den ganzen aufgestauten Frust von der Seele tanzen zu können. Glennas und Davinas ungeheure Forderung wanderte in den Hintergrund, auch die vorwurfsvolle Verständnislosigkeit seiner übrigen Familie. Jetzt war er hier und hatte Spaß. Er fühlte sich wohl in seiner Haut und war absolut in seinem Element. Und außerdem war sie da! Sein überraschendes erstes Tinder-Match überhaupt – die verwöhnte Whisky-Prinzessin, Nesthäkchen der Frasers und völlig verantwortungslose Alpakabesitzerin. Die Frau, die gestern mit einem Blick in sein Innerstes gesehen hatte: Shona!

Er hatte sie viel früher entdeckt als sie ihn, und es war lustig gewesen, wie sie erschrocken aus dem Tritt gekommen war, als sie ihn erkannt hatte. Doch die Blicke, die sie ihm in der Folge zugeworfen hatte, waren alles andere als erschrocken gewesen. Eher abschätzend, aber auf gute, fragende Art. Später waren sie wissend gewesen, wenn auch anders als gestern. So, als hätte sie die Antwort auf eine Frage bekommen – und in den letzten Minuten waren ihre Blicke eindeutig verführerisch geworden. Es war mehr als offensichtlich, dass Shona Fraser genau die gleichen Ziele für diesen Abend verfolgte wie er. Und es war absolut indiskutabel, diesem Impuls zu folgen. Ganz egal, wie aufreizend sie die Hüften schwang und wie sehr ihm die Vorstellung gefiel, sie an eine Wand zu drücken, den weit schwingenden roten Rock hochzuschieben und tief in ihr zu versinken …

Es war sicher gut, dass der Zufall verhinderte, dass sie ein weiteres Mal miteinander tanzten. Die Band machte Pause und kündigte an, dass der DJ für ein Weilchen übernehmen würde. Die meisten Leute verließen die Tanzfläche, um zu ihren Getränken zurückzukehren. Auch er war unterwegs zu seinem Tisch, als heiße Salsa-Rhythmen aus den Lautsprechern wummerten. Hastig trank er einen Schluck von seinem inzwischen reichlich schal gewordenen Bier und drehte dann wieder um. Einer Salsa konnte er nicht widerstehen. Wie magnetisch angezogen steuerte er auf Shona zu, die sich gerade mit einem übermotivierten Hänfling abmühte. Ihre Blicke trafen sich, und Kendricks Verstand verabschiedete sich endgültig. Stattdessen übernahm ein instinktgetriebenes Raubtier, das über zehn Jahre lang in der Winterstarre verharrt hatte. »Sorry, Kumpel, aber das ist mein Tanz und mein Mädel«, sagte er mit rauer Stimme und schubste den Typen zur Seite. Dann zog er Shona unnötig eng an sich.

»Soso – dein Tanz und dein Mädel also? Dann zeig mir mal, was du draufhast.« Sie schlang die Arme um seinen Hals und presste sich aufreizend gegen seine Mitte – ohne aus dem Rhythmus zu kommen. Es war ihm schon die ganze Zeit aufgefallen, wie gut sie sich bewegen konnte.

Er führte sie durch eine Reihe von Figuren, und sie folgte ihm geschmeidig wie Quecksilber und war immer bemüht, möglichst viel Kontakt zu ihm zu wahren. Das hier war kaum noch ein Tanz, sondern ein sinnliches, loderndes Vorspiel, das ohne jeden Zweifel nur ein Ziel kannte. Kendrick blendete fast alles andere aus – die anderen Tänzer, die Pubatmosphäre – und fokussierte sich ausschließlich auf die sich schlangengleich bewegende Frau in seinen Armen und das lodernde Feuer zwischen ihnen. Wenn sie sich weiter so an ihm rieb, würde er hier und jetzt, mitten auf der Tanzfläche, in seiner Hose kommen.

Vielleicht hatte ihn sein Blick verraten, oder Shona konnte Gedanken lesen, denn mit einem Mal packte sie seine Hand und lotste ihn in Richtung der Toiletten. Das konnte doch wohl nicht ihr Ernst sein, oder? Aber das rationale Denken hatte ihn längst verlassen, in der Hülle des netten Tierarztes hauste jetzt nur noch ein primitiver Urmensch, der seinen Instinkten folgte. Und Shona, die sich hier offenbar bestens auskannte. Sie schob ihn nicht etwa in eine der Toiletten, sondern in eine dunkle Nische, die von einem schweren, muffig riechenden Vorhang abgetrennt war. Dort küsste sie ihn, wie er noch nie von einer Frau geküsst worden war: hungrig, fordernd und zielstrebig.

Als sie sich kurz voneinander trennten, um nach Luft zu

japsen, kramte sie in ihrem kleinen Umhängetäschchen und zog ein Kondom hervor. Bei der schummrigen Beleuchtung konnte er kaum etwas erkennen, doch das Verlangen, das sich in ihren Augen spiegelte, war identisch mit seinem. Offenbar ging es ihr zu langsam, denn sie begann bereits, seinen Gürtel zu lösen und ihm die Hose zu öffnen, und als sich ihre Hand um seinen zum Bersten gespannten Schwanz legte, stellte er das Denken vollständig ein.

Wie auf Autopilot fummelte er das Kondom aus der Packung und streifte es sich über. Dann drückte er Shona an die Wand – genau so, wie er es sich vorhin ausgemalt hatte. Er presste seine Lippen erneut auf ihren Mund und ließ eine Hand zwischen ihre Beine gleiten. Ihr winziges Höschen war komplett durchnässt. Er schob es zur Seite und strich mit einem Finger zwischen ihren glitschig-feuchten, geschwollenen Schamlippen hindurch. Sie schien genauso erregt zu sein wie er und keuchte lustvoll auf. Dann schlang sie ein Bein um ihn, und mehr Aufforderung brauchte er nicht. Er umfasste seinen Penis, rieb mit der Spitze kurz über ihre Spalte und drang dann mit einem Stoß tief in sie ein. Wieder entfuhr ihr ein gutturales Stöhnen, das er mit seinen Küssen dämpfte. Er packte sie am Po, und sie verschränkte die Beine hinter seinem Rücken, dann stieß er erneut in sie. Weiße Lichtpunkte tanzten um sie herum, das Blut rauschte in seinen Ohren – und er konnte nicht mehr verhindern, dass er kam. Und wie er kam! Der Orgasmus schüttelte ihn heftig, und um ein Haar wären ihm die Knie weggesackt.

Shona japste überrascht auf – und in seine Euphorie

122

mischte sich schlagartig Scham. Scham darüber, dass er wie ein Besessener über sie hergefallen war und dann wie lange durchgehalten hatte? Zwei Sekunden? Er wusste nicht, was er tun sollte. »Ich …«, begann er mit abgehacktem Atem zu stammeln. »Ich weiß … es tut … o Gott …«

Sie löste ihre Beine von ihm und stolperte leicht, als sie die Füße wieder auf den Boden brachte. »Shit happens«, murmelte sie und war schneller aus der Nische draußen, als er reagieren konnte.

»Fuck!«, entfuhr es ihm leise. Er wollte ihr hinterherlaufen, aber erst musste er sich noch um die Entsorgung des Gummis kümmern und … Scheiße, war das ein Fiasko! Nachdem er sich wieder ordnungsgemäß verpackt hatte, spähte er am Vorhang vorbei nach draußen. Die Luft war rein. Er schlüpfte in die benachbarte Herrentoilette, warf das verknotete Kondom weg und wusch sich die Hände. Sein Spiegelbild erschreckte ihn zutiefst. Sein Gesicht hatte etwas Wildes an sich, das er nicht kannte, doch in seinen Augen blitzte die Erkenntnis auf, dass er ein gottverdammter Versager war, der es nicht schaffte, eine Frau zu befriedigen. Kein Wunder, dass Glenna die Fronten gewechselt hatte.

Als zwei Typen das Klo betraten und sich an die Pissoirs stellten, verließ er hastig den Raum. Vielleicht war ja doch noch was zu retten? Es lief noch immer Musik vom Band, und die feierwütige Meute tanzte begeistert dazu, doch von Shona war keine Spur zu sehen. Seinen Tisch hatten inzwischen andere Gäste besetzt, also stellte er sich an den Tresen und orderte eine Cola. Ein Whisky wäre ihm zwar lieber gewesen, aber er hatte mindestens noch eine längere Heimfahrt vor sich, womöglich auch noch ein peinliches Zusammentreffen mit Shona. Er trank die süße Brause mit großen Schlucken und scannte den Raum. Shona war nicht mehr da.

Er blieb noch eine Viertelstunde lang und verließ dann ebenfalls die Kneipe. Die Lust aufs Tanzen war ihm vergangen.

JETSET-WAFFEN-GRAF

SELBST DIE SCHLIMMSTE SCHMACH ebbte irgendwann ab. Kendrick hätte das nicht für möglich gehalten, aber es stimmte. Shona schien niemandem in Kirkby etwas von dem peinlichen Abend vor anderthalb Wochen erzählt zu haben, denn hätte sie etwas verraten, wäre es unter Garantie schon bei ihm angekommen. Sei es in Gestalt von mitleidigen oder abschätzigen Blicken oder von deutlichen Worten. Doch die Leute behandelten ihn ganz normal, und langsam benahm er sich auch wieder normal. Zumindest äußerlich. Er ging seiner Arbeit nach und Shona aus dem Weg. Letzteres war vermutlich keine Dauerlösung, aber für den Augenblick funktionierte es. Er hatte auch keine Ahnung, was er zu ihr sagen sollte, wenn er sie das nächste Mal sah. *Tut mir leid, dass du nicht gekommen bist. Sorry, dass ich so ein Versager war. Kann ich es irgendwie wiedergutmachen?* Nein, das konnte es alles nicht sein. Vielleicht war es das Beste, auf Zeit zu spielen und zu hoffen, dass sie den Abend einfach vergaß.

Ihm würde das ganz sicher nicht gelingen, denn er hatte so etwas noch nie erlebt. Mit Glenna sowieso nicht, aber auch mit keiner seiner früheren Freundinnen. Mit seiner ersten Liebe hatte er es mal im Auto getrieben und zweimal auch im Wald, aber das war schon das Abenteuerlichste an Sexerfahrung, womit er mit seinen zweiunddreißig Jahren aufwarten konnte. Immerhin konnte er jetzt auch noch den ersten One-Night-Stand zu seiner Liste hinzufügen. Wobei die Bezeichnung »Zehn-Sekunden-Nummer« wohl eher zutraf – oder »Abstellkammer-Fick«. Er schämte sich immer noch zutiefst, und gleichzeitig erregte ihn die Erinnerung an diesen Abend wie wenig anderes. Der gemeinsame Tanz, die hungrigen Küsse und Shonas offensichtliche Gier nach ihm – so etwas hatte er noch nicht erlebt. Sie hatte ihn so sehr gewollt in diesem Moment. Ihn, dem es in den letzten zehn Jahren kaum geglückt war, seine Partnerin ... Nein, das war eine ganz andere Geschichte. Und der Gedanke an Glenna ernüchterte ihn sofort wieder.

Die Handyanrufe seiner Familie ignorierte er inzwischen vollständig und ging nur noch ans Telefon, wenn die Kliniknummer auf seinem Display erschien, schließlich mussten sie nach wie vor bei einigen Fällen zusammenarbeiten. Doch auch da legte er sofort auf, wenn jemand auf »die Sache« zu sprechen kam. Er hatte seine Meinung nicht geändert, und er zweifelte stark daran, dass es jemals geschehen würde. Wenn Glenna und Davina Kinder haben wollten, dann sollten sie sich einen anderen Samenspender suchen. Er war da raus.

Kendrick behandelte gerade eine lahmende junge Highland-Kuh, als sein Handy klingelte. Er tätschelte dem Tier die wollige Kruppe und zog das Telefon aus der Brusttasche seiner Arbeitslatzhose. Glücklicherweise war es niemand aus seiner Familie, der etwas von ihm wollte, sondern Rupert Fraser. »Hallo, Rupert. Was kann ich für dich tun?«

Er hörte sich an, was der Pferdemann zu sagen hatte, und versprach, am nächsten Tag vorbeizuschauen. Das klang nach einem nicht ganz unspannenden Fall.

»Sie wird noch ein paar Tage lahmen, aber dann sollte es sich gegeben haben«, erklärte er dem Bauern, der das Rind festhielt. »Ich schätze, sie ist in ein Loch getreten und hat sich das Bein verstaucht oder einen Muskel gezerrt. Gebrochen ist jedenfalls nichts, und einen Bänderriss würde ich auch ausschließen, denn dann gäbe es stärkere Schwellungen. In ihrem Fall würde ich auch nur ungern ein Schmerzmittel spritzen. Du weißt ja, wie die jungen Tiere sind. Wenn ihnen nichts wehtut, werden sie wieder übermütig, und dann könnte sie sich richtig verletzen.«

»Soll ich sie in den Stall stellen?«, fragte der Bauer.

»Nein, lass sie ruhig draußen. Die Schmerzen im Bein werden sie daran erinnern, dass sie es nicht übertreiben sollte. Ruf mich an, wenn das Humpeln in drei Tagen immer noch so schlimm ist. Ich rechne aber damit, dass es morgen schon deutlich besser ist.« Er streichelte seine Patientin noch einmal und folgte dem Bauern dann ins Haus, wo er sich die Hände wusch.

Bis zu seinem nächsten Termin hatte er noch zwei Stunden Zeit, also beschloss er, in den Pub zu gehen und sich ein Mittagessen zu gönnen. Vielleicht wusste da schon jemand etwas über Ruperts neuen Fall. Außerdem war er inzwischen absolut süchtig nach dem hervorragenden Chicken Tikka Masala, das Jon servierte.

»Das Übliche?«, rief der ihm schon entgegen, als Kendrick den Pub betrat und sich an einen freien Tisch setzte.

Er nickte nur und freute sich, als ihm der Wirt wenige Minuten später ein alkoholfreies Bier und das dampfende Hühnchengericht mit Basmatireis servierte.

»Guten Appetit«, wünschte Jon und fügte hinzu: »Hast du schon von dem Jetset-Earl gehört?«

Jetset-Earl? So schnell hatte man hier im Dorf also einen Spitznamen weg. »Nur ganz kurz von Rupert. Ich soll mir morgen bei ihm drei Rennpferde anschauen.« Kendrick unterdrückte ein Grinsen. Seine Taktik war ja voll aufgegangen. Er schob sich ein Stück Hühnchen in den Mund und bedeutete Jon, Platz zu nehmen.

»Gesehen habe ich ihn auch noch nicht, aber ich weiß, dass er vorgestern Abend mit seinen Pferden und seiner Entourage angekommen ist. Heute Abend haben sie eine Reservierung bei Isla im Restaurant.«

»Entourage? Wow.«

»Na ja, das ist vielleicht übertrieben. Der eine Typ ist wohl sein persönlicher Assistent, der andere ein Tierarzt. Jedenfalls haben sie zwei Cottages bei Alex gemietet. Für zwei Monate! Colleen hat mir erzählt, dass die Reservierung schon lange steht, aber unter einem anderen Namen. Es ist auch schon alles bezahlt und so. Jedenfalls waren sie gestern verdammt erstaunt, als plötzlich statt der Familien Miller und Smith der lächerlich ausstaffierte Earl of Penningcard und seine beiden Lakaien vor ihnen standen.«

»Ist ja schräg. Rupert hat doch häufig adelige Kunden, die bei Alex absteigen. Warum so ein seltsames Inkognito-

Schauspiel?«, entgegnete Kendrick stirnrunzelnd. »Und ich frage mich, was die für zwei Monate hier wollen.« Irgendwas sagte ihm der Name, doch er kam nicht drauf.

»Vielleicht sind die Gäule völlig verkorkst und brauchen so eine lange Therapiezeit?«

»Gäule? Vermutlich steht da ein beträchtliches Vermögen in Ruperts Stall.«

»Mag sein, aber Pferde waren mir schon immer suspekt, und ich verstehe nicht ...« Jon winkte ab. »Ist ja auch völlig egal. Viel spannender ist die Frage, ob sich der Earl und sein Anhang am Dorfleben beteiligen werden. Ich meine, zwei Monate können schon verdammt lang werden. Und Colleen hat ihn natürlich gegoogelt. Offenbar handelt es sich bei diesem Earl um einen weltweit berühmt-berüchtigten Playboy, der seinen Titel erst vor ein paar Jahren geerbt hat. Seine Mutter stammt aus einer milliardenschweren amerikanischen Familie, die ihr Geld in der Rüstungsbranche verdient. Er selbst arbeitet wohl auch für diese Firma. Wobei ›arbeiten‹ da relativ ist. Er hängt mit irgendwelchen arabischen Prinzen, russischen Oligarchen und anderen charmanten Zeitgenossen herum und taucht mit seinen Skandalen ständig in Klatschmagazinen auf. Wenn das bekannt wird, haben wir am Ende noch eine Paparazzischwemme in Kirkby und ...«

»... und dein zukünftiger Schwiegervater Marlin rastet aus«, beendete Kendrick grinsend den Satz für Jon. Marlin Frasers Medienscheu hatte sich längst bis zu ihm herumgesprochen.

»Genau. Colleen befürchtet, dass er zudem für Unruhe

bei den Singlefrauen sorgen wird, denn angeblich sieht er absolut blendend aus und ...« Jon verstummte abrupt und stand dann hektisch auf.

»Alles klar?«, erkundigte sich Kendrick halb irritiert, halb amüsiert.

»Ich bin jetzt ziemlich genau ein halbes Jahr in Kirkby und stelle eben fest, dass ich mich zum schlimmsten Tratschweib des Dorfes entwickelt habe.« Er wirkte ehrlich erschrocken über diese Erkenntnis und schleuderte sich das Geschirrtuch, das er in der Hand hatte, schwungvoll über die Schulter.

»Gehört das nicht zur Jobbeschreibung eines Pubbetreibers? Genau wegen dieser Qualität von dir bin ich ja heute hergekommen.«

»Mach mich nicht fertig.« Jon schüttelte den Kopf. »Außerdem dachte ich, dass du wegen unseres Hühnchens hier bist.«

»Das natürlich sowieso, aber es ist immer gut, eine Stelle für frische Informationen zu haben, wenn man sie braucht.« Kendrick schob sich den letzten Bissen in den Mund und tunkte mit einem Stück Fladenbrot die Soße auf.

»Dafür ist der Tauschladen ein noch besserer Ort. Collum, seine Gemeindesekretärin Leslie und Colleen wissen wirklich alles, was in Kirkby passiert. Vor diesen dreien bleibt kein Geheimnis verborgen. Dagegen bin ich ein Waisenknabe. Magst du noch einen Kaffee?«

»Gern. Aber eine Frage habe ich noch: Weißt du, was es mit der Party im September auf sich hat, von der überall gemunkelt wird?«

»Die in der alten Schule stattfinden soll?« Kendrick nickte. »Ich habe nicht die leiseste Ahnung. Da halten die drei aus dem Rathaus eisern den Deckel drauf. Aber ich schätze, dass sie früher oder später mit der Sprache rausrücken müssen, denn wenn es tatsächlich eine große Party werden soll, dann muss es ja auch was zu essen und zu trinken geben, und ich kann mir nicht vorstellen, dass sie einen anderen Cateringservice beauftragen als den von Isla und mir.«

»Verstehe«, sagte Kendrick und überlegte insgeheim, ob er wirklich Lust auf ein derartiges Event hatte. Eigentlich ja schon – vor allem, wenn es eine Veranstaltung mit Musik und Tanz war. Aber da würden garantiert auch Menschen anwesend sein, denen er aktuell lieber aus dem Weg ging …

»Ich glaube ja, dass Shona etwas weiß«, verriet Jon mit gesenkter Stimme. »Sie hat gestern sehr geheimnisvoll getan, als die Rede darauf gekommen ist. Wahrscheinlich steckt sie inzwischen mit drin. Womöglich wird es also doch eine Whiskymesse werden.«

»Ist ja auch egal, ich werde mich einfach überraschen lassen.« Kendrick sah auf sein Handy und entdeckte, dass schon wieder drei Anrufe von seiner Familie eingetrudelt waren – Anrufe von ihren Handynummern ließ er automatisch auf seine Mailbox umleiten, damit er sie noch besser ignorieren konnte. »Habt ihr eigentlich noch diese sensationellen Blaubeer-Scones? So einen würde ich dann auch noch zum Kaffee nehmen. Mit viel Clotted Cream.«

»Gerne. Harter Tag?«

»Auch. Vor allem schmecken sie aber so toll. Und nachher muss ich noch rausfahren, um bei den MacMillans die jungen Ziegen- und Schafböcke zu kastrieren und bei der ganzen Herde die Klauen zu kontrollieren.«

»Das klingt nach einem amüsanten Nachmittag«, erwiderte Jon grinsend und verschwand hinter seinem Tresen, um den Kaffee zuzubereiten und einen Scone aus der Vitrine zu nehmen.

● ● ●

»Du musst unbedingt mit mir zum Stall kommen!« Hailey hatte sich vor Shona aufgebaut, die gerade in ihrem zukünftigen Tasting-Room und Shop die Wände strich.

»Ich arbeite.«

»Mach schon, die Wände können warten. Wir haben einen knackigen jungen Earl zu Besuch, und der wird heute den ganzen Nachmittag vor Ort sein und Dad und mir seine drei Sorgenkinder vorstellen.« Hailey hibbelte aufgeregt auf und ab.

»Ich dachte, das ist gestern schon passiert«, entgegnete Shona gelangweilt. Sie hatte ein ähnliches Gespräch mit ihrer Cousine bereits am Vortag hinter sich gebracht. Doch da hatte sie keine Zeit gehabt, weil sie den gesamten Nachmittag und Abend in einer Glasbläserei in der Region verbracht hatte. Diese Manufaktur hatte sie sich ursprünglich als Hersteller für ihre Whiskyflaschen ausgesucht, aber nun brauchte sie dringend Flaschen für die Gin-Produktion. Und zwar in deutlich größerem Stil. Sie war so spät nach Hause gekommen, dass sie Hailey und Kristie nicht mehr wach angetroffen hatte – was ihr nicht so unrecht gewesen war. Seit dem seltsamen Abend in Inverness vor anderthalb

Wochen vermied sie es nach Kräften, sich länger mit Hailey zu unterhalten. Sie hatte es nicht über sich gebracht, ihr von ihrer ... ähm ... Begegnung mit Kendrick zu erzählen. Ganz schien ihre Cousine die Schwärmerei für den Tierarzt nämlich noch nicht aufgegeben zu haben. Leider. Denn Shona sehnte sich heftig nach jemandem, mit dem sie das alles ausführlich bequatschen konnte.

So etwas hatte sie schließlich auch noch nicht erlebt. Es durchfuhr sie jedes Mal aufs Neue heiß, wenn sie nur an den Abend dachte. Sie mochte Männer und hatte gerne Sex mit ihnen, aber dass sie so schnell derart lichterloh gebrannt hatte, und das ausgerechnet bei Kendrick, den sie doch eigentlich überhaupt nicht leiden konnte, war verdammt überraschend gewesen. Allein das Tanzen mit ihm war reiner Sex gewesen. Kein Wunder, dass er so schnell gekommen war. Sie selbst war so kurz davor gewesen, hätte vielleicht noch zwei, drei Stöße mehr gebraucht, um über die Klippe zu springen, oder wenigstens noch seinen Daumen an ihrer Perle. Es hatte sich so unfassbar gut angefühlt – im besten Sinne animalisch. Sein Orgasmus hätte sie beinahe mitgerissen, doch dann hatte der Idiot hilflos herumgestammelt und sie mit einem so seltsamen Blick angesehen, dass sie nur noch hatte flüchten können.

Scham und Abscheu hatte sie in seinen Augen erkannt – und sie verstand bis heute nicht, warum. Weil sie diejenige gewesen war, die das Ruder übernommen und ihn in die Nische gelotst hatte? Weil sie ein Kondom dabeigehabt hatte? Vermutlich hielt er sie für eine Schlampe und verachtete sie dafür, dass sie ihn verführt hatte. Und seine

Scham galt zweifellos ihm selbst, weil er sich hatte verführen lassen. Manche Männer waren wirklich solche Idioten! Dabei hatte sie schon auf der Tanzfläche das Gefühl gehabt, dass etwas Besonderes, etwas Aufregendes zwischen ihnen war. So hatte sie noch mit keinem Mann getanzt und ... ach, warum verschwendete sie überhaupt noch einen Gedanken an ihn? Sie sollte ihrer Cousine erzählen, was für ein Schlappschwanz Kendrick McIntosh war, und dann hätte sich die Sache ein für alle Mal erledigt. Und doch hielt sie die Klappe, auch jetzt wieder.

»Dad hat dem Earl gesagt, dass sich seine Pferde erst ein bisschen akklimatisieren sollen, ehe er sie sich näher anschaut«, nahm Hailey den Gesprächsfaden wieder auf. »Ich habe ihn also auch noch nicht gesehen. Aber alles über ihn nachgelesen.«

»Aha«, brummte Shona wenig enthusiastisch.

»Lord Jonah Garbert-Smithe ist nicht nur der heißeste Blaublüter seit dem sexy Duke aus *Bridgerton*, sondern auch ein scheißreicher Geschäftsmann mit Wohnsitzen in Dubai, New York und Monaco. Seine Rennpferde gelten als die besten der Welt. In den letzten Jahren hat er der Queen regelmäßig das Royal Ascot versaut, weil seine Pferde ihre besiegt haben. Dabei sind die Pferde für ihn nur ein nettes Hobby.«

»Aha«, entgegnete Shona erneut.

»Sag mal, was ist eigentlich los mit dir?« Hailey stemmte ihre Hände in die Hüften und starrte Shona prüfend an. »Ist dir eine Laus über die Leber gelaufen, oder was stimmt nicht? Normalerweise wärst du Feuer und Flamme. Schau dir mal dieses Foto an!« Sie hielt ihrer Cousine ihr Smartphone unter die Nase, dessen Display den adeligen Schwerenöter zeigte.

»Hübscher Kerl«, gab Shona mit etwas mehr Interesse zu. Der Typ sah wirklich fantastisch aus mit seinen schwarzen Haaren und den dunklen Glutaugen. Ganz anders, als man sich einen englischen Earl vorstellen würde. Durchaus ihr Typ. Doch vor ihr inneres Auge schoben sich direkt wieder die breiten Schultern des Tierarztes und seine großen, kräftigen Hände, die sie erst souverän durch die Tanzfiguren geführt und sich dann in ihren Po gekrallt hatten. Ärgerlich schüttelte sie den Kopf, wie um eine lästige Fliege zu vertreiben, eine Geste, die Hailey prompt wieder falsch verstand.

»Du musst ihn ja nicht gleich heiraten«, bemerkte sie augenrollend.

»Wen?«

»Den Earl! Sag mal, hast du zu viel von den Farbdämpfen inhaliert? Ich könnte mir jedenfalls vorstellen, dass man mit Jonah ein wenig Spaß haben könnte. Er hat außerdem zwei Begleiter dabei, die laut Colleen auch nicht schlecht aussehen.«

»Toll. Na schön, ich werde ihn mir anschauen. Aber nicht heute. Ich will endlich die Wände fertig bekommen. Colleen hat mir erzählt, dass sie einige vielversprechende Möbel im Tauschladen hat, die für den Vintagestyle, den ich plane, gut passen könnten. Der Tresen und die Regale für Flaschen und Gläser werden Anfang nächster Woche eingebaut. Bis dahin will ich hier so weit sein.«

»Okay, dann beschwer dich aber nicht, wenn Jonah sich nicht für dich interessiert.«

»Werde ich nicht«, gab Shona im Brustton der Überzeugung zurück. Ihr hätte es kaum gleichgültiger sein können, ob sich ein südenglischer Adeliger für sie interessierte oder nicht. Auch wenn er vielleicht die perfekte Ablenkung wäre. Ein Mann, der sicher nicht die Absicht hatte, mit einem schottischen Mädchen ernsthaft etwas anzufangen. Der bald wieder aus ihrem Leben verschwinden würde und dem sie nicht um jeden Preis aus dem Weg gehen müsste, was hier in Kirkby echt schwierig war. So gesehen wäre es vielleicht doch eine Überlegung wert. Sie zögerte.

»Ha, wusste ich's doch!«, rief Hailey triumphierend. »Du überlegst es dir anders.«

Shona ließ ihren Blick über die halb fertig gestrichenen Wände gleiten und betrachtete dann ihre farbverkleckerten Hände. Heute Morgen hatte sie aufs Haarewaschen verzichtet, weil das vor dem Malern ohnehin witzlos gewesen wäre. Sie müsste hier also auf der Stelle alles stehen und liegen lassen, nach Hause flitzen, unter die Dusche springen – nur um einen reichen Schnösel am Pferdestall zu treffen? Nö, so wild war sie dann doch nicht auf den Schönling. Kendrick hätte bestimmt kein Problem mit ihr, wenn sie verschwitzt und voller Farbspritzer war. Und woher kam jetzt schon wieder dieser verdammte Gedanke? »Ich überlege mir gar nichts anders«, sagte sie und klang dabei genervter als beabsichtigt, was nicht an Hailey lag, sondern nur an ihren verstörenden Tierarzt-Fantasien. »Ich mache hier meinen Kram fertig. Kann sein, dass ich dann morgen mal im Stall vorbeischaue. Seine Hoheit wird ja sicher täglich seine Hottehüs besuchen.«

»Wie du meinst.« Hailey zuckte mit den Schultern und gab endgültig auf. »Wir sehen uns nachher zu Hause. Also vielleicht. Es sei denn, Jonah hat andere Pläne.« Damit verschwand sie und ließ eine erleichtert seufzende Shona zurück.

Am frühen Abend war sie fertig mit der Arbeit und blickte sich zufrieden um. Der Raum war wirklich schön geworden, und sie konnte sich schon regelrecht vorstellen, wie gemütlich er sein würde, wenn er erst vollständig eingerichtet war. Vermutlich war es albern, dass sie hier unbedingt allein renovieren wollte – sonst hatte sie ja auch dankbar professionelle Unterstützung und die Hilfe von Freunden und Nachbarn in Anspruch genommen. Aber aus irgendeinem Grund war es ihr wichtig, hier ihre ganz eigene Duftmarke zu setzen. Der Probierraum würde das öffentliche Herzstück ihrer Destillerie sein und sie und ihre Philosophie widerspiegeln. Da machte es doch Sinn, dass sie auch dafür persönlich verantwortlich zeichnen wollte, oder? Sie ging in den Brennraum, in dem neben den beiden Whisky-Brennblasen seit ein paar Tagen auch ein großer, nagelneuer Brennkessel für den Gin stand. Eine erste Charge hatte sie schon am Montag zusammen mit Isla gebrannt. Das Ergebnis lagerte für den Moment in großen Edelstahlcontainern, denn auch Gin schadete es nicht, wenn er vor der Abfüllung einige Zeit ruhen konnte.

Sie hatte sich inzwischen auch dazu entschlossen, eine

eigene Abfüllanlage im ehemaligen Malzhaus einzurichten. Daddy hatte ein wenig recherchiert und sich die Option auf eine Anlage gesichert, die aus einer kürzlich stillgelegten Brennerei in der Nähe von Stirling stammte. Am Wochenende würde Shona mit ihm dorthin fahren und sie persönlich in Augenschein nehmen. Wenn alles klappte, war sie in spätestens zwei Wochen perfekt ausgestattet und eingerichtet. Ihr wurde allerdings immer noch schwindlig, wenn sie an die Kosten für alles dachte. Das meiste Geld hatte ihr Vater ihr zwar als zinsfreies Darlehen zur Verfügung gestellt, aber einige Bankkredite musste sie trotzdem bedienen.

Das alles war ziemlich überwältigend, und trotzdem fühlte es sich gut an. Shona war stolz darauf, ihren Traum durchzuziehen. Sie hatte insgeheim die Sorge gehabt, dass sie nach ihrer Rückkehr aus London wieder in alte Muster verfallen würde: in die Rolle des niedlichen Nesthäkchens, das seiner Mutter wie ein Abziehbild glich. Der Mutter, die während der Schwangerschaft mit Shona eine Krebsdiagnose bekommen und sich, vor eine harte Wahl gestellt, für das Leben der ungeborenen Tochter entschieden hatte. Wenige Monate nach Shonas Geburt war Bonnie gestorben. Es war also Shonas Schuld, dass ihre Geschwister ohne Mutter aufgewachsen waren und ihr Vater ohne Frau hatte weiterleben müssen.

»Ich hätte lieber eine Mom als eine doofe kleine Schwester!« Diesen Satz hatte ihr damals achtjähriger Bruder Lennox einmal gebrüllt, verzweifelt und wütend. An diesem Tag waren ihr die Zusammenhänge zum ersten Mal so richtig bewusst geworden, und es gab Nächte, da verfolgte sie die Szene immer noch in ihren Albträumen. Natürlich hatte ihr kein anderer jemals einen Vorwurf gemacht, auch Lennox nicht mehr. Und doch hatte sie bis heute das Gefühl, dass niemand sie selbst sah. Es war eine vielschichtige Rolle, die sie auszufüllen hatte: Die einen erlebten sie als sorgloses Küken, andere betrachteten sie als Bonnies Vermächtnis und verglichen sie ständig mit der unbekannten und unerreichbaren Mutter. Vielleicht war das auch der Grund, warum sie oft selbst nicht so genau wusste, wer sie eigentlich war, und daher jede ernsthafte Beziehung scheute?

Nun ja, eine ernsthafte Verpflichtung war sie inzwischen eingegangen: Die Destillerie war ihr Baby! Ein erster Schritt dahin, Anerkennung zu bekommen, die ausschließlich mit ihr zu tun hatte – selbst wenn das Geld von Daddy und das Rezept für den Gin von Isla stammte. Das war ihr Ding, und sie war verdammt stolz darauf!

Sie ging nach draußen. Neben dem alten Malzboden gab es noch eine leer stehende Scheune, in der früher die Gerste gelagert worden war. Was sie damit zukünftig anstellen würde, wusste Shona noch nicht. Vielleicht würde sie einen Teil als Flaschenlager nutzen. Fürs Erste konnte es aber so bleiben, wie es war. Außerdem gehörte noch eine große Weide zum Grundstück. Ihr Vater hatte sie mit einem Elektrozaun umgeben und einige seiner Schafe zum Rasenmähen hergebracht. Im Moment leistete ihnen auch Nessie Gesellschaft. Das Alpaka schien sich bei den Schafen wohlzufühlen, freute sich aber sichtlich, als Shona es abholte.

»Na, meine Süße«, flötete sie dem dunkelgrauen Tier ins flauschige Ohr. »Hattest du einen schönen Tag bei den Schäfchen?«

Nessie hielt sich mit verbalen Kommentaren erwartungsgemäß zurück, aber sie stupste ihre liebste Menschenfreundin zärtlich an und wanderte eifrig neben ihr her in Richtung Heimat. Als sie die Dorfstraße erreichten, blieb Shona pflichtbewusst stehen. Seit dem Beinahezusammenstoß mit Kendricks mobiler Praxis neulich achtete sie deutlich besser auf den Verkehr. Nicht, dass es davon viel gab, aber lieber nichts mehr riskieren. Auf dem Dorfplatz entdeckte sie prompt das Fahrzeug des Tierarztes, das vor dem Pub parkte, und als sie mit Nessie daran vorbeihuschen wollte, lief sie geradewegs Kendrick in die Arme, der in diesem Moment aus dem Frachtraum stieg.

Er schien genauso überrascht und erschrocken zu sein wie sie selbst, denn er riss die Augen auf und murmelte nur: »Oh!«

»Ähm ... hi«, entgegnete Shona ebenso wenig originell. Sie wollte gerade eigentlich nur heim, duschen, sich die Haare waschen, etwas Gemütliches anziehen und dann mit einer Pizza vor den Fernseher. Ein Gespräch mit dem Tierarzt lag auf ihrer persönlichen Skala heiß ersehnter Dinge deutlich im Gefrierbereich. Außerdem sah er ziemlich wüst aus. Seine grüne Arbeitslatzhose war komplett verdreckt, ebenso sein graues Langarmshirt. Und der Gestank, den er ausdünstete ... »Hast du mit einem Ziegenbock gekämpft?«, fragte sie neugierig, ehe sie sich davon abhalten konnte. Klappehalten funktionierte irgendwie nicht.

»So ungefähr«, brummte er und fühlte sich in ihrer Gegenwart sichtlich unwohl. »Es waren drei Ziegenböcke und acht Schafböcke, die ich kastriert habe.«

»Klingt nach einem erfüllten Nachmittag«, gab sie zurück und konnte ein Glucksen nicht verhindern. »Ich nehme an, die jungen Herren haben sich gewehrt?«

»Hm.« Zu einer substanzielleren Erwiderung wollte er sich offenbar nicht hinreißen lassen.

»Und du willst in diesem Aufzug und mit diesem Aroma in den Pub gehen? Da werden die Gäste sicher begeistert sein.« Sie rümpfte die Nase und fragte sich, warum sie immer noch hier stand und nicht längst abgezogen war. Sie wollte nicht mit Kendrick reden. Weder über kastrierte Böcke noch über den Abend in Inverness. Schon gar nicht darüber! Doch warum zur Hölle haute sie dann nicht ab?

»Ich muss Jon nur ein bisschen Käse von den MacMillans geben – für Isla, zum Testen«, erklärte er, und dann hellte sich seine düstere Miene plötzlich auf. »Das könntest du doch schnell machen.« Er hielt ihr ein in Papier gewickeltes Paket hin.

»Ich?« Sie schüttelte vehement den Kopf. »Ich bin auch nicht gerade präsentabel.«

»Aber du riechst besser.« Er hatte tatsächlich den Nerv, an ihr zu schnuppern.

Sie wich zurück – hauptsächlich deshalb, weil er so stank, aber ein irrationaler Teil von ihr wünschte sich gleichzeitig, dass er sie wieder in seine Arme riss und … »Sorry, ich muss jetzt wirklich gehen«, sagte sie hastig und ließ ihn stehen. Mit raschen Schritten überquerte sie den Dorfplatz, dann gewann ihre Neugier die Oberhand, und sie drehte sich noch einmal kurz um.

Kendrick stand immer noch an seinem Wagen, das Käsepaket in der Hand, und starrte ihr hinterher.

● ● ●

»Was ist denn hier los?«, fragte Kendrick am nächsten Nachmittag verwundert. Er war vereinbarungsgemäß zu Ruperts Stall gekommen und hatte reichlich irritiert festgestellt, dass der Parkplatz beinahe voll war. Stall und Reitplätze glichen einem Taubenschlag. Alle Pferdebesitzer und Reiter aus der Region schienen sich dazu verabredet zu haben, ausgerechnet zu dieser Stunde ihre Tiere zu bewegen. Wobei, nein, er musste sich korrigieren: Es waren vorwiegend Besitzerinnen und Reiterinnen! Ein gutes Dutzend Frauen aller Alters- und Gewichtsklassen lungerte auf dem Gelände herum, die meisten von ihnen ausgesprochen sorgfältig zurechtgemacht.

»Frag nicht«, entgegnete Rupert und klang leicht genervt. »Die sind wegen unseres prominenten Gastes hier.«

»Also genau wie ich.« Kendrick konnte sich ein Grinsen nicht verkneifen. Nach Jons Tratschgeschichten hatte er gestern Abend selbst noch ein wenig recherchiert und einiges über den Earl of Penningcard herausgefunden – das wenigste davon war wirklich schmeichelhaft, zumindest nach seinen eigenen Maßstäben. Er fand es einfach abstoßend, wenn reiche Männer mit ihrem Wohlstand protzten und den Anschein erweckten, sich alles kaufen zu können: Luxusartikel, Aufmerksamkeit und Gefühle. Wobei es vermutlich eine recht naive Annahme war, dass es dem jungen Adeligen um wahre Gefühle ging, wenn er sich mit den hübschesten Frauen umgab. Wahrscheinlich war es ein simples Geschäftsmodell: Die Damen erfüllten einige seiner grundlegenden Bedürfnisse, er bezahlte sie dafür mit Schmuck, Designerklamotten und kurzzeitiger Präsenz in den Medien. Vielleicht war das sogar ein fairer Deal, auch wenn Kendrick die Frauen nicht verstand, die sich darauf einließen. Doch andererseits: Dass er nichts von Frauen verstand, hatte er ja ohnehin hinlänglich bewiesen. Trotzdem stieß es ihn ab, dass auch die eigentlich so bodenständigen Highland-Frauen nichts Besseres zu tun hatten, als die Nähe des Waffen-Grafen zu suchen, wie Kendrick ihn heimlich getauft hatte.

»Nein, du bist wegen der Pferde des prominenten Gastes hier«, korrigierte ihn Rupert und lotste ihn mit grimmigem Gesichtsausdruck durch eine aufgeregt schnatternde Gruppe von Frauen, die sich vor dem Eingang des Gästestalls versammelt hatte. Als sich die Stalltür hinter ihnen schloss, atmete er hörbar auf.

»So viel Trubel habe ich hier noch nicht erlebt. Nicht wegen Cameron Sinclair und nicht einmal wegen dem Paradepferd der Queen vor zwei Jahren.« Kendrick war tatsächlich milde beeindruckt.

»Ich auch nicht«, gab Rupert zu. »Und ich hätte auf diese Erfahrung auch sehr gut verzichten können.«

»Worum genau geht es? Welche Probleme haben die Tiere, und was kann ich tun?«, wollte Kendrick wissen.

»Der Earl hat drei seiner besten Pferde dabei. Bei einem

ist angeblich von einem Tag auf den anderen die Leistung massiv eingebrochen. Das zweite Tier zeigt plötzlich Angstattacken in der Startmaschine, und das dritte soll kaum noch reitbar sein und jeden abwerfen.«

»Hm. Klingt nicht zwangsläufig nach medizinischen Problemen.«

»Auszuschließen ist das nicht. Ich glaube aber auch nicht daran. Trotzdem möchte ich, dass du alle Tiere gründlich durchcheckst und vor allem Bluttests machst.«

»Doping?« Kendrick hob eine Braue.

»Wäre nicht das erste und sicher nicht das letzte Mal. Auch wenn wir kein Sportgericht sind, will ich wissen, womit ich es zu tun habe. Der Tierarzt des Earls ist natürlich dagegen, dass du die Pferde untersuchst, aber ich habe das zur Bedingung für die Aufnahme gemacht.« Er seufzte.

»Du erwartest Ärger?«

»Ich fürchte ja. Es geht um viel Prestige in der Rennbranche. Jahrelang gehörten die Pferde des Earls zur weltweiten Elite, aber in dieser Saison hat er noch kein einziges wichtiges Rennen gewonnen. Das finden Männer seiner Preisklasse eher nicht so gut. Mein persönlicher Verdacht ist, dass die Tiere völlig überlastet sind und deshalb Verhaltensauffälligkeiten zeigen. Genau kann ich das erst in ein paar Tagen sagen. Aber ich will auf jeden Fall körperliche Probleme ausschließen.«

»Mach ich. Hast du schon mit den Tieren gearbeitet?«

»Nicht wirklich. Gestern haben Hailey und ich sie im Paddock beobachtet. Da wirkten sie völlig normal. Sie lassen sich auch vergleichsweise unkompliziert handeln – also, wenn man nervöse Vollblüter als Maßstab heranzieht. Keine Spur von Aggressivität oder Ablehnung. Vorgestern habe ich sie für ein paar Stunden auf die Koppel gestellt, und da waren sie zunächst viel aufgeregter. Ich schätze mal, das kennen sie nicht. Aber nach einer halben Stunde nervöser Zappelei haben sie sich entspannt und angefangen zu grasen. Der Earl und sein Tierarzt haben mir gestern haarklein alle ›Probleme‹ geschildert, aber wie es genau aussieht, werde ich erst wissen, wenn ich mir selbst ein Bild gemacht habe. Seine Lordschaft will in etwa zehn Minuten hier aufkreuzen, und dann besprechen wir das weitere Vorgehen.«

»Hast du die Gesundheitsakten der drei?«, wollte Kendrick wissen. Inzwischen waren sie bei den Boxen angekommen, in denen die Pferde standen. Wirklich wunderschöne, elegante Tiere, wie er zugeben musste.

»Die wollte dir der Kollege selbst geben. Aber wie gesagt, mir ist deine Einschätzung wichtiger, denn die Akten können frisiert sein. Es würde mich sogar wundern, wenn sie es nicht wären.«

»Möglich. Aber du weißt auch, dass viele leistungssteigernde Substanzen gar nicht mehr nachgewiesen werden können, wenn genug Zeit vergangen ist.«

»Ist mir klar, aber ich muss es trotzdem wissen. Und natürlich die sonstigen üblichen Verdächtigen – punktuelle Narben, die auf physische Qualen hinweisen können, solche Sachen. Ich selbst habe auf den ersten Blick nichts entdeckt, aber das will nichts heißen. Du kommst den Tieren bei deinen Untersuchungen viel näher als ich.« Rupert seufzte, und Kendrick wurde den Verdacht nicht los, dass der alte Pferdeflüsterer so überhaupt keine Lust auf diesen Auftrag hatte.

»Warum hast du dich überhaupt bereit erklärt, dir diese Pferde anzusehen?«, fragte er daher rundheraus. »Normalerweise bist du doch sehr wählerisch.«

»Wegen Hailey«, entgegnete Rupert schlicht.

»Das musst du mir erklären.«

»Hailey wird früher oder später meine Arbeit weiterführen. Sie ist sehr gut. In manchen Bereichen sogar besser als ich. Sie kann beispielsweise sehr viel besser reiten und kommt da wirklich mit jedem Tier zurecht. Das ist eine ihrer großen Stärken. Bei anderen Aspekten hat sie aber noch einige Defizite. Sie lässt sich immer noch von großen Namen blenden. Als die Anfrage kam, habe ich mich mit ihr zusammengesetzt und beraten, ob wir den Job übernehmen sollen oder nicht. Erwartungsgemäß war sie dafür. Nun ja, und jetzt müssen wir damit klarkommen.« Rupert lächelte schwach.

»Hm, was ich aber nicht verstehe, ist, dass der Earl sich schon lange im Voraus bei Alex eingemietet hat. Jon hat mir gestern erzählt, dass die beiden Cottages schon vor Wochen reserviert und für zwei Monate angemietet wurden. Das widerspricht ja der These mit den angeblich so plötzlich aufgetretenen Problemen bei den Pferden. Und wann kam die Anfrage bei dir an?«

Rupert starrte ihn verblüfft an und rieb sich über den wirren rotgrauen Bart. »Vor knapp zwei Wochen erst. Stimmt, das mit der Hotelreservierung ist wirklich verdächtig. Daran habe ich gar nicht gedacht. Er muss die

Reservierung spätestens irgendwann im Frühjahr veranlasst haben, denn Alex ist während der Hauptsaison immer komplett ausgebucht. In dir steckt ein Detektiv. Sehr gut. Damit findest du auch heraus, ob sonst noch etwas merkwürdig ist.«

Sie konnten das Gespräch nicht weiter vertiefen, denn in diesem Moment öffnete sich die Stalltür, und drei gut aussehende Männer kamen herein, angeführt von Hailey und begleitet von Kristie und Shona.

Kendrick runzelte die Stirn. Dass Hailey hier war, ergab Sinn – nach allem, was Rupert ihm eben erzählt hatte –, doch was hatten Kristie und vor allem Shona hier zu suchen? Und warum trugen alle drei Frauen todschicke Reitkleidung mit blank polierten Stiefeln? Sie sahen eher nach einer Modestrecke für ein Reitsportmagazin aus als nach einem Einsatz in einem echten Stall mit echten Pferden. Kristie schien sich auch unwohl zu fühlen, Hailey jedoch war voll in ihrem Element, und Shona wirkte sehr vergnügt. Er musste zugeben, dass er sie in ihrer grauen Reithose, der fleckenlosen, blütenweißen Bluse und den glänzenden schwarzen Stiefeln wirklich atemberaubend fand, aber trotzdem gewann seine Irritation die Oberhand. Was hatte das zu bedeuten? Sie würde doch wohl kaum auf den feinnervigen Vollblütern reiten? War sie also nur als eine Art Groupie mit dabei? Vermutlich waren die drei Männer, die Kendrick alle auf Anfang bis Mitte dreißig schätzte, nach objektiven Kriterien sehr attraktiv. Doch sein Unbehagen blieb – und wuchs sogar noch, als er sah, dass einer der Männer seine Hand über Shonas wohlgeformte Hüfte gleiten ließ. Das ging ja wohl eindeutig zu weit! Mit Mühe konnte er ein wütendes Knurren unterdrücken und musste seine Hände wieder entspannen, die er unbewusst zu Fäusten geballt hatte.

»Schön, dass Sie hier sind, Lord Jonah«, sagte Rupert knapp und begrüßte die beiden anderen Männer mit einem Nicken. Falls er sich über den Auftritt seiner Töchter und seiner Nichte wunderte, ließ er sich davon nicht das Geringste anmerken. Stattdessen fuhr er in beinahe geschäftsmäßigem Tonfall fort: »Darf ich Ihnen Dr. Kendrick McIntosh vorstellen, den Tierarzt meines Vertrauens?«

Der Earl bedachte Kendrick mit einem kurzen Blick, ignorierte ihn aber ansonsten. Stattdessen reichte ihm einer der anderen Männer die Hand, die eben noch auf Shonas Po gelegen hatte. »Dr. Philip Hilington«, stellte er sich vor.

Shona und die Tierärzte ... Kendrick verdrängte den verstörenden Gedanken sofort wieder und musterte sein Gegenüber. »Angenehm. Sollen wir uns die Tiere dann mal ansehen, oder was sind Ihre Pläne?«

»Die Untersuchungen können warten«, mischte sich Lord Jonah barsch ein. »Die sind ja ohnehin unnötig, weil ihr Gesundheitszustand ständig bestens dokumentiert wird. Ich will jetzt endlich mal Action erleben.«

Kendrick warf Rupert einen Blick zu, um zu sehen, wie er reagierte, doch der alte Mann verfügte über ein meisterhaftes Pokerface und ließ sich etwaigen Unmut nicht anmerken. »Wir werden heute Nachmittag mit Faruk und Nihal arbeiten«, sagte er mit ruhiger Stimme und fügte zur Erklärung für Kendrick hinzu: »Das sind die beiden Tiere,

148

die Schwierigkeiten in der Startbox machen beziehungsweise sich nicht mehr reiten lassen wollen. Bei Azzedine
will ich erst alle körperlichen Probleme ausschließen, ehe
ich ihn laufen lasse.« Kendrick war beeindruckt davon, wie
viel Autorität Rupert in seine Stimme legen konnte. Nicht
einmal der Earl widersprach, sondern nickte zustimmend.

»Und wer wird meine Pferde reiten?«, wollte er jedoch
wissen.

»Ich«, entgegnete Hailey mit einem strahlenden Lächeln,
das nicht einmal dann in sich zusammenfiel, als Jonah sie
unverblümt und mit gerunzelter Stirn musterte.

Kendrick ahnte, was in seinem Kopf vorgehen musste.
Hailey war von eher barocker Statur und sicher schwerer
als die meisten der Jockeys, die die wertvollen Rennpferde
sonst bewegten.

»Haha, guter Witz«, brach es aus dem Earl hervor, der
das Ganze offensichtlich für einen Scherz hielt, und seine
beiden Begleiter stimmten lauthals in sein Lachen ein.

»Meine Tochter ist die beste Reiterin, die Sie sich für
Ihre Tiere nur wünschen können«, unterbrach Rupert das
unangemessene Gelächter.

»Aber das ist doch absolut lächerlich!«, begehrte Lord
Jonah auf, und mit einem Mal wirkte sein fein gemeißeltes
Gesicht gar nicht mehr attraktiv, sondern fratzenhaft und
abstoßend. Zumindest in Kendricks Wahrnehmung.

»Wenn Sie das so empfinden, dann tut es mir leid. Es
steht Ihnen jederzeit frei, mit Ihren Tieren woandershin zu
fahren. Aber solange sie hier sind, gelten meine Regeln. Sie
haben den Vertrag unterschrieben. Mein Tierarzt wird Ihre

Pferde gründlich untersuchen, und ich bestimme, wer von meinen Leuten geeignet ist, die Tiere zu bewegen. Und in diesem Fall ist das meine Tochter.«

»Die da ist doch auch Ihre Tochter«, mischte sich der Assistent ein und deutete auf die schmale Kristie, die nun regelrecht verstört wirkte.

»Hailey wird reiten oder niemand.«

● ● ●

Shona warf Kristie einen mitfühlenden Blick zu. Sie fühlte sich genauso unbehaglich wie ihre Cousine, hoffte aber, dass man es ihr nicht so anmerkte. Sie tat das hier nur für Hailey, die ihrem Vater beweisen wollte, wie gut sie mit diesen schwierigen Kunden zurechtkam. Shona war verdammt froh, dass sie einen ganz anderen Weg als ihr eigener Dad eingeschlagen hatte, denn diese schwierige Gemengelage, in der sich Rupert und Hailey bewegten, fand sie schon von außen betrachtet verdammt anstrengend.

Hailey hatte ihr gestanden, dass ihr Dad den Earl und seine Pferde nicht hatte behandeln wollen, sie dagegen hatte es unbedingt gewollt. Wegen des vermeintlichen Glamours, des möglichen Prestigegewinns und schlicht aufgrund der Tatsache, dass sie ein Mal ihren Willen gegen den sonst so übermächtigen Vater durchsetzen wollte. Shona wären eine Menge Zuschreibungen für ihren Onkel Rupert eingefallen, aber sicher nicht die, dass er übermächtig wirkte. Doch zwischen Vätern und ihren Kindern gab es manchmal seltsame Dynamiken, das kannte sie aus ihrer eigenen Familie.

Sie hatte sich also gestern Abend von Hailey beschwatzen lassen, zusammen mit ihr und Kristie den Earl und seine beiden Mitarbeiter zum Abendessen in Islas Restaurant zu begleiten. Dafür hatte sie vielsagende Blicke von ihrer Schwester geerntet, doch Kommentare hatte Isla für sich behalten. Wenigstens am Abend. Heute Vormittag hatte sie am Telefon sehr deutliche Worte gefunden. Dabei war das Dinner noch ganz nett gewesen, denn die drei Männer waren ausgesprochen charmant und hatten Shona und ihre Cousinen mit den blumigsten Komplimenten bedacht. Sie und Hailey konnten damit ganz gut umgehen, aber es war mehr als deutlich gewesen, dass sich Kristie extrem unwohl fühlte. Nach den anstrengenden Malerarbeiten in ihrer Destillerie hätte sich Shona selbst eine andere Abendgestaltung gewünscht, aber immerhin war sie wenigstens kulinarisch entschädigt worden, denn das Essen ihrer Schwester stellte eine schnöde Tiefkühlpizza doch klar in den Schatten.

Damit hätte sie die versnobte Adelsepisode auch gern beendet, doch bereits wenige Stunden später hatte Hailey sie erneut beschworen, ihr moralische Unterstützung zu bieten, diesmal bei dem Nachmittagstermin im Stall. Wobei ihr inzwischen klar war, dass es wohl eher um andere Dienstleistungen ging. Wenn dieser schmierige Typ ihr noch einmal seine Pfote auf den Hintern legte, konnte er sich einen guten Schönheitschirurgen suchen. Sie hatte Kendricks angewiderten Gesichtsausdruck gesehen – es war mehr als offensichtlich, wie er sie einschätzte: als Schlampe, die sich mit jedem einließ. Diese Erkenntnis tat erstaunlich weh. So seltsam die Situation zwischen ihnen beiden auch war, vor allem nach dem erotischen Intermezzo in Inverness, so wenig wollte sie, dass er schlecht von ihr dachte. Warum auch immer.

Immerhin schien ihm die ganze Situation unangenehm zu sein, denn für seinen Kollegen hatte er kaum einen freundlicheren Blick übrig als für sie. Sie wünschte Hailey jeden Erfolg und dass sie und ihr Vater eine Möglichkeit für eine gute und fruchtbare Zusammenarbeit fanden. Aber bitte auf einem anderen Weg und nicht mithilfe der edlen arabischen Rennpferde.

Nach Ruperts Machtwort waren die beiden Pferde inzwischen gesattelt und aufgezäumt worden, und nun ging man in großer Gruppe nach draußen auf einen etwas abgelegenen Reitplatz, der ausschließlich für die Behandlung von Gastpferden bereitstand und zu dem die neugierigen Reiterinnen des Ortes keinen Zugang hatten. Ruperts Anwesen verfügte tatsächlich auch über eine kurze Rennbahn, die die beiden Trainingsplätze umrahmte, denn es kam immer wieder vor, dass er Tiere in Behandlung hatte, die sich vor Startmaschinen ängstigten oder sonstige Probleme auf der Bahn zeigten. Sein Stall war dafür berühmt, dass so gut wie jede Situation, die es im Profireitsport gab, auch hier simuliert werden konnte.

Hailey führte den wirklich prachtvollen Braunen namens Faruk auf den Reitplatz, sprach leise mit ihm, zog den Sattelgurt nach und saß auf. Das Pferd tänzelte und blieb auch dann nervös und gespannt, als Hailey einige Runden auf dem Reitplatz mit ihm drehte. Dabei wurde selbst Shona mit ihren nur laienhaften Kenntnissen klar, dass dieses Pferd nicht viel anderes konnte, als mit einem Reiter auf dem Rücken im gestreckten Galopp über eine Bahn zu jagen. Gymnastizierende Lektionen in allen Gangarten, wie man sie mit Reitpferden absolvierte, waren diesem Tier jedenfalls vollkommen fremd. Das war zwar nicht weiter ungewöhnlich, denn so machten es viele Rennpferdetrainer, doch sie wusste von Rupert und Hailey, dass jedes Tier von einer guten und soliden Grundausbildung profitierte. Rupert ließ sich nichts anmerken, aber Kendrick runzelte missbilligend die Stirn, und ausnahmsweise musste sie diesem Tierwohlextremisten zustimmen. Die nervös geblähten Nüstern und verspannten Bewegungen des Pferdes waren wirklich kein schöner Anblick, auch wenn Hailey ganz ruhig und souverän blieb.

»Sie ist viel zu schwer für ihn«, zeterte der Earl.

»Das Pferd ist zu schlecht ausgebildet«, entgegnete Rupert lapidar.

»Ein Rennpferd muss keine Dressurlektionen absolvieren können«, konterte Tierarzt Hilington.

Kendrick wollte zu einer Antwort ansetzen, doch Rupert legte ihm eine Hand auf den Arm und schüttelte kaum merklich den Kopf. »Hailey, geh mit ihm auf die Bahn. Ich möchte sehen, wie er reagiert, wenn er die Startmaschine vor Augen hat«, rief Rupert seiner Tochter zu und ging dann selbst zur Rennstrecke. Die Stute Nihal hatte er Kendrick übergeben, der dem Tier den fuchsroten Hals streichelte. Shona und Kristie blieben bei Kendrick und dem schmierigen Assistenten zurück, der den absurden

Namen Harrison Cord trug. Aus der Entfernung beobachteten sie, dass Faruk sich wie verrückt gebärdete und sich
kategorisch weigerte, näher als fünf Meter an die Startmaschine heranzutreten.

»Gott, ich wäre schon ein Dutzend Mal runtergeflogen«,
keuchte Kristie nach einer weiteren Serie von rodeowürdi-
gen Bocksprüngen, doch Hailey blieb souverän.

»Ich auch«, gab Shona zu. »Aber ich wäre auch gar nicht
erst aufgesessen. So groß ist meine Todessehnsucht wirklich nicht.« Sie konnten nicht hören, was auf der Bahn gesprochen wurde, doch plötzlich wendete Hailey das Pferd
und ließ Faruk so richtig laufen. Der Braune galoppierte in
atemberaubender Geschwindigkeit über die Strecke und
wirkte deutlich lockerer, als Hailey nach der Runde wieder
zum Reitplatz zurückgeritten kam. Sie tätschelte ihm den
Hals und saß dann ab. Rupert, der Earl und sein Tierarzt
waren auch schon wieder da.

»Interessant«, sagte Hailey lediglich, als sie Faruks Zügel
dem Assistenten in die Hand drückte. »Jetzt werde ich mir
mal diese junge Dame vorknöpfen.« Sie lächelte Kendrick
an und führte Nihal dann in die Mitte des Reitplatzes. Es
hieß, dass sich dieses Pferd gar nicht mehr reiten ließ und
selbst die erfahrensten Reiter abwarf. Hailey sah jedoch
ganz gelassen und zuversichtlich aus, trotzdem war Shona
froh, dass sie nicht nur den obligatorischen Helm trug, sondern auch noch eine Schutzweste. Zunächst machte sie
keine Anstalten, überhaupt aufzusteigen, sondern führte
das Tier lediglich in gemächlichem Schritttempo über den
Platz. Ab und zu blieb sie stehen, streichelte Nihal und

justierte den Sattelgurt nach. Offenbar immer nur ein Loch nach dem anderen, denn es dauerte eine gefühlte Ewigkeit, bis der Sattel fest genug zu sitzen schien. Der Stute machte das Prozedere offenbar nichts aus. Sie ging eifrig neben Hailey her und zeigte keinerlei Neigung, sie zu attackieren – was wohl auch schon vorgekommen war. Stattdessen nahm sie den Kopf von Runde zu Runde tiefer, ihr Hals wurde länger, und insgesamt wirkte sie deutlich gelöster. Alle merkten das, nur nicht ihr Besitzer. Lord Jonah wurde ungeduldig.

»Was soll das? Das ist kein Hund, mit dem man spazieren geht, sondern ein millionenschweres Rennpferd. Ich möchte hier jetzt langsam mal Ergebnisse sehen«, beschwerte er sich unwirsch, und Shona fand ihn immer unsympathischer.

»Ich habe sie lange nicht mehr so entspannt erlebt«, warf Dr. Hilington fast ein wenig schüchtern ein.

»Sie soll nicht entspannt sein, sie soll funktionieren. Sie soll sich anständig reiten lassen und Rennen gewinnen!«

Shona bemerkte, wie Kendricks Kiefer sich verkrampfte, so als kostete es ihn unfassbare Mühe, Jonah nicht an die Gurgel zu gehen – und sie konnte es ihm nicht verdenken. Sie selbst hatte große Lust, dem Earl ein paar Takte mitzugeben. Rupert dagegen blieb äußerlich weiterhin cool. Auf ein Zeichen von Hailey hin ging er zu ihr ans andere Ende des Reitplatzes. Hailey war offenbar so weit, einen Reitversuch zu starten.

Vater und Tochter sprachen kurz miteinander – worüber, das konnte Shona von ihrer Position aus nicht verstehen –, dann half Rupert Hailey beim Aufsteigen. Das fand Shona ungewöhnlich, denn Hailey kam selbst auf die gigantischen Clydesdales ohne Hilfe hinauf, doch möglicherweise war es so angenehmer für das Pferd. Nihals Körpersprache veränderte sich schlagartig. Mit flach angelegten Ohren warf sie den Kopf nach hinten und schien Hailey in die Beine beißen zu wollen, dann buckelte sie ähnlich wie vorhin Faruk vor der Startmaschine.

Kendrick schüttelte den Kopf, mit einem Gesichtsausdruck, der halb traurig, halb wütend war. Shona ging es ähnlich. Sie war mit Pferden aufgewachsen, und auch wenn sie längst keine so versierte Reiterin war wie Hailey, verstand sie doch genug von diesen Tieren, um zu erkennen, dass das hier nicht normal war. Zumindest nicht, wenn man die Kriterien für einen guten Umgang zwischen Mensch und Tier zugrunde legte, mit denen sie groß geworden war. Hailey schaffte es schließlich, Nihal auf die Rennstrecke zu lotsen, und drehte auch mit ihr eine Runde. Solange sie in halsbrecherischer Geschwindigkeit galoppierten, hatte das Pferd keine Gelegenheit für Kapriolen, doch sobald sie langsamer wurden und sich erneut dem Reitplatz näherten, ging das Rodeo von vorne los. Hailey hielt sich weiterhin sicher im Sattel, stieg aber sofort ab, nachdem sie neben ihrem Vater zum Stehen gekommen war.

»Ich denke, das war ein interessanter erster Eindruck«, sagte Rupert, als sie mit dem verschwitzten und immer noch sehr aufgebracht wirkenden Pferd zur Gruppe zurückgekehrt waren. »Wir bringen die beiden jetzt wieder in den

Stall, damit Dr. McIntosh mit seinen Untersuchungen beginnen kann. Danach werden wir uns überlegen, wie wir weiter vorgehen.«

»Das war alles für heute?«, fragte Jonah.

»Das war mehr als genug«, entgegnete Rupert kühl. »Außerdem haben Sie Ihre Cottages doch für zwei Monate gebucht. Sie müssen geahnt haben, dass es eine aufwendigere Geschichte wird.« Shona bemerkte, wie ihr Onkel Kendrick einen kurzen, aber vielsagenden Blick zuwarf.

»Ich glaube nicht, dass Sie meine Hotelreservierung interessieren muss, mal abgesehen davon ...« Der Earl unterbrach sich und schüttelte den Kopf. »Die Mietdauer der Cottages steht jedenfalls in keinerlei Relation zur erwarteten Dauer der Behandlung meiner Pferde, und die ist das Einzige, was ich mit Ihnen diskutieren werde. Können Sie diesbezüglich eine Prognose machen?«

»Nein, dafür ist es viel zu früh«, wehrte Rupert ab. »Wir machen morgen weiter.«

»Wenn das so ist.« Der Earl schaute auf seine Uhr und bellte dann seinem Assistenten zu, er möge »die Maschine« klarmachen. Der verabschiedete sich mit einem knappen Nicken, zog sein Handy aus der Hosentasche und eilte in Richtung Parkplatz. »Da es hier heute nichts mehr für mich zu tun gibt, schlage ich vor, zum angenehmen Teil des Tages überzugehen. Harrison telefoniert gerade mit meinem Piloten, der meinen Jet in anderthalb Stunden startklar haben wird. Meine Damen, wir verbringen den heutigen Abend in Paris! Sie haben eine Stunde dafür, sich umzuziehen, dann fahren wir zum Flugplatz.«

Hatte der Typ sie noch alle? Shona blickte zu ihren Cousinen. Kristie stand da wie vom Donner gerührt, und auch Hailey wirkte zum ersten Mal eine Spur fassungslos. »Ich habe keine Zeit«, sagte Shona mit freundlichem Lächeln zu dem Earl – zumindest hoffte sie, dass es freundlich wirkte. »Kristie und ich haben heute einen Termin.«

»Der kann ja wohl kaum so wichtig sein, dass Sie dafür einen Trip nach Paris sausen lassen?« Das schmierige Grinsen und seine unfassbare Selbstherrlichkeit gingen Shona zunehmend auf die Nerven.

»Oh, er ist sogar so wichtig, dass ich dafür eine ganze Weltreise sausen lassen würde. Stimmt's, Kristie?« Glücklicherweise war ihre Cousine geistesgegenwärtig genug, um kurz aus ihrer Schockstarre zu erwachen und eifrig zu nicken. »Genau genommen müssen wir sogar auf der Stelle los«, sprach Shona weiter. »Einen angenehmen Abend, Sir.« Sie nickte Kristie zu und drängte zum Aufbruch. Keine Sekunde länger würde sie es hier aushalten. Ein bisschen tat es ihr um Hailey leid, doch die musste sich jetzt allein aus dieser Situation hinausmanövrieren, schließlich war sie selbst schuld daran. Als sie den Reitplatz verließen, erhaschte Shona noch einen Blick von Kendrick, der ihr durch Mark und Bein ging. Sie meinte, Erleichterung in ihm zu lesen. Erleichterung, eine Spur Bewunderung und noch etwas, über das sie lieber nicht nachdenken wollte. Aber vermutlich hatte sie es sich ohnehin nur eingebildet.

Beinahe schon im Laufschritt flüchteten Kristie und sie in Richtung des Wohnhauses von Onkel Rupert und Tante Alice und mähten dabei fast den immer noch hektisch telefonierenden Harrison Cord über den Haufen. Wahr-scheinlich war der Assistent gerade dabei, Suiten in irgend-einem Pariser Luxushotel für die Nacht klarzumachen.

»Hailey steht wirklich verdammt tief in unserer Schuld«, sagte sie kichernd zu Kristie, als sie endgültig außer Hör- und Sichtweite waren. Inzwischen hatte sie auch ihre gute Laune wiedergefunden.

»Bis zum Hals«, bestätigte ihre Cousine. »Oder eigent-lich bis zu den Haarspitzen. Aber jetzt will ich wissen, warum dich Kendrick eben so angesehen hat.«

Mist, dann war das wohl doch keine Einbildung ge-wesen ...

TIEF SITZENDE VERLETZUNGEN

KENDRICKS WUT WAR AUCH zehn Tage später noch nicht völlig verraucht. Ganz im Gegenteil. Der Earl und seine Pferde sorgten beinahe für Vollbeschäftigung bei ihm. Auf den ersten Blick sahen die Tiere gut aus, aber er hatte bei allen dreien Dinge entdeckt, die er nicht für möglich gehalten hätte: kaum erkennbare Vernarbungen in der Sattellage, die davon zeugten, dass ihnen beim Training irgendetwas Stacheliges unter den Sattel geschoben wurde. In Kombination mit dem Gewicht der Reiter hatte das zweifellos für Schmerzen und Unwohlsein gesorgt – und für die natürliche Reaktion eines Fluchttieres, vor Gefahren so schnell wie möglich davonzurennen. Bei Nihal waren die Narben besonders ausgeprägt – es war wenig erstaunlich, dass die Stute es nicht mehr ertrug, einen Reiter im Sattel zu haben.

Bei allen Tieren hatte Kendrick die unterschiedlichsten Stoffe im Blut gefunden: Abbaustoffe von Schmerzmitteln, Hormone, die in dieser Konzentration natürlicherweise nicht vorkamen, und sogar dezidiert verbotene Substanzen, die eindeutig zur Leistungssteigerung verwendet wurden. Azzedine hatte an allen vier Beinen entzündete Sehnen – kein Wunder, dass er einen Leistungseinbruch hatte. Viel bemerkenswerter war, dass er überhaupt noch laufen konnte.

Für Kendrick und Rupert waren das nackte, klare Fakten, doch der Earl und sein Tierarzt wollten davon nichts wissen. Dr. Hilington wechselte seine Argumentationstaktik praktisch täglich. Zunächst hatte er behauptet, das könne alles nicht sein, denn bis zur Ankunft in Schottland seien die Tiere in exzellenter körperlicher Verfassung gewesen, was er selbst engmaschig kontrolliert habe. Dann hatte er lautstark von fehlerhaften oder verunreinigten Bluttests fabuliert und von Laboren, die angeblich geschmiert waren. Als schließlich – nach weiteren Tests, die in einem anderen Labor ausgewertet worden waren – kein Zweifel mehr möglich war, hatte er begonnen, die Schuld dem angeblich korrupten Trainer oder zweifelhaftem Stallpersonal in die Schuhe zu schieben. Kendrick wurde heiß und kalt, wenn er darüber nachdachte, was für Konsequenzen diese Behauptungen für die fraglichen Personen haben konnten. Der Stall des Earl of Penningcard lag nämlich nicht in Südengland, sondern in Dubai. In einem autokratisch regierten Land, in dem es noch die Todesstrafe gab … Selbst wenn diese Mitarbeiter ebenfalls an der Quälerei beteiligt gewesen waren, was ihm wahrscheinlich erschien, hatten sie doch sicher nur auf Anweisung gehandelt.

Oh, wie ihm diese englischen Snobs auf die Nerven gingen. Das war natürlich ungerecht, denn auch in schottischen Adelskreisen gab es arrogante Schnösel und in den englischen sehr feine Zeitgenossen, aber derart fiese Tierquäler waren ihm noch nie untergekommen.

Lord Jonah selbst äußerte sich in der Sache überhaupt nicht. Die erschütternden Ergebnisse schienen ihm entweder nicht weiter erwähnenswert zu sein, oder es war unter seiner Würde, darauf einzugehen. Er interessierte sich nicht für das Problem, sondern nur für die Lösung. Und die musste lauten: Am Ende des Aufenthalts würden drei leistungsstarke Pferde wieder gesund, fit und willig für ihre weitere Rennlaufbahn sein.

»Ihr müsst diesem Spuk ein Ende machen«, beschwor Kendrick Rupert und Hailey beim inzwischen täglichen Treffen im Stall.

»Aber solange die Pferde hier sind, haben sie doch die Chance, sich zu erholen und wieder zu Kräften zu kommen«, entgegnete Hailey niedergeschlagen. Ihr anfänglicher Enthusiasmus war vollkommen verschwunden.

»Ich sehe maximal bei Faruk eine Chance, dass er jemals wieder ein Rennen laufen wird«, sagte Rupert ruhig, und Kendrick nickte zustimmend. »Nihals Panik sitzt zu tief. Mit viel, sehr viel Geduld und Liebe könnte man vielleicht ihr Vertrauen wiedergewinnen und sie daran gewöhnen, einen Reiter zu akzeptieren. Aber Geduld und Liebe sind im Rennsport eher keine weit verbreiteten Tugenden und im Fall unseres Earls gänzlich ausgeschlossen. Die beste Chance hat Nihal noch als zukünftige Zuchtstute. Ihre Abstammung ist top, ihre Erfolge sind beachtlich, da sollten ihre Fohlen einiges wert sein.«

»Du willst Jonah also dazu bringen, dass er aus Nihal eine Brutmaschine macht?«, fragte Hailey.

»Immer noch besser, als sie mit Gewalt auf die Rennbahn zu zwingen. Das würde früher oder später – wahrscheinlich eher früher – zu einem echten Unglück führen.«

Rupert zuckte mit den Schultern und wirkte zutiefst resigniert.

Kendrick konnte es ihm nicht verdenken. Er hatte schon einiges an Tierleid erlebt und behandelt – auch bei wertvollen Sportpferden –, aber diese Form von Kaltschnäuzigkeit und Grausamkeit war ihm neu. Dem Earl schien es völlig egal zu sein, ob er es mit einem Streuner zu tun hatte oder mit einem Tier, für das er bei einer Jährlingsauktion einen hohen sechsstelligen Betrag ausgegeben hatte. In manchen Kreisen schützte nicht einmal ein objektiv messbarer Wert vor Misshandlung – nicht dass ein Straßenhund so einen Umgang verdient hätte.

»Und Azzedine?«, fragte Hailey kläglich. »Der hat als Wallach ja nicht mal eine Zuchtoption.«

»Ich bin mir sicher, dass man die Sehnenentzündungen in den Griff bekommen kann und er wieder ganz gesund wird. Aber nur, wenn er nicht mehr auf die Rennbahn muss, sondern ein gemütliches Leben als Hobbyreitpferd führen darf.« Kendrick streichelte die weichen Nüstern des schönen Tiers. Azzedine war ihm am meisten ans Herz gewachsen, weil er trotz seines Leids und seiner Schmerzen immer noch ein freundliches und zugewandtes Pferd war, das mehr verdient hatte als das Los, das ihm drohte. Immer wenn er den vierjährigen Rappen sah, musste er seltsamerweise an Shona denken. Was vermutlich an seiner Fell- und ihrer Haarfarbe lag, die ihn beide an glänzende schwarze Seide erinnerten.

»Wie wahrscheinlich ist es, dass er ein Hobbypferd werden darf?« Hailey klang so düster, wie Kendrick sich fühlte.

»Wie wahrscheinlich ist der Weltfrieden?«, entgegnete er.

»Jetzt hört mal auf mit dieser Endzeitstimmung«, fuhr Rupert dazwischen. Offenbar hatte er sich von seiner Resignation erholt. »Um unseren Earl zu zitieren: Wir brauchen Lösungen für die vorhandenen Probleme!«

»Und was schwebt dir vor?«, wollte Hailey wissen. »Am liebsten wäre es mir, wenn wir die Pferde einfach behalten könnten.«

Rupert lächelte seine Tochter liebevoll an, und Kendrick dachte bei sich, dass Haileys weiches Herz in Kombination mit ihrem ungestümen Naturell wohl der Grund dafür war, dass sie noch nicht mehr Verantwortung im väterlichen Betrieb übernehmen durfte. Er war sich aber sicher, dass sich das im Laufe der Jahre noch ändern würde. »Du weißt, dass wir nicht alle Tiere retten können«, erwiderte Rupert. »Aber wir können die bestmöglichen Kompromisse anpeilen. Zunächst sollten wir Jonah ganz sachlich von unseren Erkenntnissen erzählen und ihm alle Optionen darlegen. Wenn wir weiter intensiv mit Faruk arbeiten, wird er seine Panik vor der Startmaschine wieder ablegen können, das halte ich für sehr wahrscheinlich. Ansonsten ist er stabil und auch jung genug, um vielleicht noch zwei gute Jahre auf der Rennbahn zu haben. Bei Nihal müssen wir Jonah die Zucht schmackhaft machen. Soweit ich weiß, betreibt er doch auch einen Zuchtstall.«

»Und Azzedine?«

»Ich würde ihn gerne kaufen«, hörte sich Kendrick zu seiner eigenen Überraschung sagen.

»Was?«, riefen Hailey und Rupert unisono.

»Ich mag ihn«, erklärte er defensiv. Er wusste, dass es ein Fehler war, der nur im Schmerz enden konnte, aber er kam nicht aus seiner Haut heraus. Azzedine hatte sich in sein Herz geschlichen und jede professionelle Distanz überwunden – genau wie Shona, auch wenn er diesen Umstand noch weniger gern zugab. In beiden Fällen war die zukünftige Seelenqual praktisch schon vorbestimmt. Lord Jonah würde ihm nie sein Pferd überlassen – und Shona nie ihr Herz. Er war ein absoluter Volltrottel, weil er überhaupt daran dachte. In beiden Fällen. Als er letzte Woche gesehen hatte, wie sein englischer Kollege Hilington Shona begrapschte, wäre er ihm fast an die Gurgel gegangen. Der Impuls, sie zu beschützen, war enorm gewesen. Und als sie kurz darauf dem Earl so kühl einen Korb gegeben hatte, war sein Herz endgültig aufgegangen. Er war einfach ein unverbesserlicher Narr. In jeder Hinsicht.

»Das ist sehr nobel von dir«, begann Rupert, der seine Verblüffung schneller überwunden hatte als Hailey. »Ich glaube aber nicht, dass er dir sein Pferd einfach so verkaufen wird. Und wenn, dann zu einem Preis, den du dir niemals wirst leisten können.«

»Aber er ist doch praktisch wertlos«, sprang Hailey in die Bresche. »In seinem aktuellen Zustand kann Jonah nichts mit ihm anfangen. Rational betrachtet müsste er selbst für ein lächerlich geringes Angebot dankbar sein.«

»Rechnest du wirklich mit rationalem Verhalten bei unserem werten Earl? Ich nicht. Dazu kommt vermutlich noch ein übersteigerter Stolz. Nein, darauf würde ich mich nicht verlassen. Entweder wir appellieren an seine Einsicht und bieten ihm großzügig an, ihm das für ihn wertlose Tier abzunehmen, oder …«

»Oder?« Hailey klang atemlos, und auch Kendrick war gespannt, welchen Pfeil der alte Fuchs noch aus dem Köcher ziehen wollte. Mit seiner Einschätzung hatte er nämlich zweifellos recht.

»Oder wir ziehen andere Saiten auf. Veterinäramt, Zollbehörde. Mag sein, dass Tierschutz in Dubai keine Rolle spielt, hier tut er das sehr wohl. Und da sich die Tiere derzeit nun mal auf britischem Boden befinden …«

»Du bist ja krass drauf!« Hailey strahlte ihren Vater bewundernd an.

»Mir wäre es lieber, wir müssten nicht so weit gehen, aber ich bin bereit, diesen Schritt zu machen.«

»Ich hab noch eine Idee.« Hailey sah mit einem Mal wieder deutlich zuversichtlicher aus. »Ich werde Lila anrufen. Die arbeitet doch bei *Horse & Hound* und schreibt da die Geschichten über Skandale im Reitsport. Das wäre für sie ein gefundenes Fressen.«

Auch Kendrick witterte eine Chance – eine kleine zwar nur, aber eine Chance. »Sehr guter Plan«, sagte er erfreut. »Ich werde dem Hübschen hier noch mal die Beine neu bandagieren, und dann geht's für mich endlich heim. Wann wollen wir den Earl denn konfrontieren?« Er gähnte herzhaft. Die letzten Tage waren wirklich verdammt stressig gewesen, weil er neben den Rennpferden noch eine Menge anderer kranker Tiere zu versorgen hatte.

»Er ist ja mal wieder irgendwo in der Weltgeschichte

unterwegs«, brummte Rupert. »Aber sobald er zurück-kommt, sollten wir zügig das Gespräch suchen. Hailey, die Sache mit Lila finde ich auch gut. Es schadet ganz sicher nicht, wenn wir auch die Presse an Bord haben. Sie soll nach Möglichkeit schon morgen kommen. Und ich werde auch mal ein paar Kontakte spielen lassen.«

»Gute Idee. Ich werde nachher selbst noch ein bisschen telefonieren«, kündigte Kendrick an. Mit einem Eimer Salbe und frischen Bandagen betrat er die Box seines liebsten Patienten – der hoffentlich bald sein eigenes Pferd sein würde.

● ● ●

»Mädels, ich habe fantastische Neuigkeiten!«, rief Shona, als sie abends nach Hause kam. »Colleen hat es tatsächlich geschafft, Phyllis Montgomery und einige ihrer Tänzer für das Herbstfest zu verpflichten. Außerdem wird sie vorher noch einen Tagesworkshop geben, und ich habe euch bereits Plätze dafür besorgt!« Sie strahlte ihre Cousinen an, die in der Küche saßen und sie nun mit großen Augen ansahen.

»Welches Herbstfest?«, wollte Hailey wissen.

»Phyllis Montgomery? Ernsthaft?«, fragte Kristie zeit-gleich.

»Die große geheimnisvolle Party, die Collum und Colle-en schon seit Wochen planen«, erklärte Shona. »Isla, Kristie, Jon und ich wurden letzte Woche eingeweiht, weil wir für das Catering zuständig sein werden und ...«

»Ihr beide wisst es seit einer Woche und verratet mir kein Sterbenswörtchen?«, unterbrach Hailey sie lautstark.

»Wir mussten einen heiligen Eid schwören, und außerdem warst du ja auch abgelenkt«, warf Kristie ein. »Aber das mit Phyllis Montgomery ist mir auch neu.«

»Es ist ja auch brandneu, und wenn ihr mich mal ausreden lassen würdet, könnte ich euch alles erzählen. Also, in zwei Wochen wird es ein großes Herbstfest in Kirkby geben. Das war Colleens Idee. Eine Party zum Ende der Tourismussaison und als Dankeschön an alle Dorfbewohner. Im Grunde wird es ein großes Cèilidh werden, mit zwei tollen Bands aus der Region und einem typisch schottischen Catering. Außerdem wird Tartan-Pflicht herrschen, und die Männer müssen im Kilt erscheinen. Ganz ehrlich, ich glaube, da kommt bei Colleen mal wieder die Amerikanerin durch, die sich sehnlichst einen schottischen Folkloreabend wünscht. Aber das kann uns ja egal sein. Sie hat mich jedenfalls letzte Woche gefragt, was so einen Abend denn absolut perfekt machen würde. ›Eine echte Highland-Dance-Einlage‹, habe ich geantwortet und ihr dann Phyllis empfohlen.«

»Und Colleen hat sie einfach angerufen und dazu überredet, bei unserem Dorffest in Kirkby aufzutreten und auch noch einen Workshop zu geben?« Kristie klang regelrecht ehrfürchtig.

Kein Wunder, denn Phyllis Montgomery galt als die beste Highland-Tänzerin der letzten dreißig Jahre. Früher hatte sie einen Wettbewerb nach dem anderen gewonnen – auch internationale. Seit rund fünfzehn Jahren betrieb sie eine der renommiertesten Tanzschulen des Landes auf der Isle of Skye und bildete die talentiertesten Tänzer und Tänzerinnen aus. Im letzten Herbst hatten Shona, Kristie und Hailey einen dreitägigen Workshop bei ihr absolviert, der ihre Leidenschaft für Highland Dancing wieder so richtig entfacht hatte. Doch die Möglichkeiten, dieses Hobby auch auszuüben, waren selbst im ländlichen Schottland nicht so dicht gesät. Dass Phyllis nun für einen Workshop und einen Auftritt nach Kirkby kam, glich einer mittleren Sensation, und Shona war wie ihre Cousinen voller Bewunderung für das Verhandlungstalent ihrer zukünftigen Schwägerin.

»Colleen hat's halt einfach drauf. Also, was denkt ihr?«

»Das ist die mit Abstand beste Nachricht des Tages. Ach was, der letzten zwei Wochen«, sagte Hailey voller Inbrunst.

»Du meinst, seit der Earl da ist? Wie ist denn nun die Lage?«

»Das willst du gar nicht wissen. Es ist echt traurig, und ich ärgere mich schwarz, dass ich Dad überredet habe, diesen Auftrag anzunehmen.«

»Aber wenn du es nicht getan hättest, ginge es den armen Tieren noch schlechter.« Kristie legte tröstend einen Arm um die schwesterlichen Schultern, und Shona wurde klar, dass sie die beiden wohl bei einem schwierigen Gespräch unterbrochen hatte.

»Was ist denn nun los?«

»Im Grunde dürfte keines der Tiere jemals wieder auf eine Rennbahn«, fasste Hailey die Lage zusammen. »Am ehesten könnte es noch Faruk schaffen, wenn wir seine Angst vor der Startmaschine in den Griff bekommen. Aber Nihal wird wohl unreitbar bleiben, und Azzedine braucht allein schon dafür Glück, überhaupt wieder gesund zu wer-

169

den. Kendrick hat gesagt, dass er ihn am liebsten kaufen und auf diesem Weg retten würde.«

»Echt? Das ist aber schon ziemlich ungewöhnlich, oder?« Shona fragte sich, warum ihr Herz gerade schneller pochte. Sie selbst hatte Kendrick das letzte Mal vor zehn Tagen gesehen, als sie nachmittags im Stall gewesen war – und er sie erst voller Verachtung und dann erleichtert angeschaut hat. Eigentlich hätte sie das gern mit ihm geklärt, aber es hatte sich nicht ergeben. Nun waren seit der Sache in Inverness schon drei Wochen vergangen, und langsam kam ihr das Ganze regelrecht unwirklich vor. Doch warum rührte es sie dann so, dass er ein Rennpferd retten wollte?

»Ungewöhnlich und vor allem auch unprofessionell, wenn man es genau betrachtet«, entgegnete Hailey. »Für einen Tierarzt ist es wichtig, dass er eine gewisse Distanz bewahrt. Aber trotzdem finde ich es irgendwie süß. Es beweist, dass er doch ein Herz hat. Wenn schon nicht für mich, dann wenigstens für das bedauernswerte Tier.«

»Woher weißt du, dass er kein Herz für dich hat?« Shona war froh, dass sie nicht so atemlos klang, wie sie sich fühlte. Sie hatte Hailey immer noch nichts von dem Abend in Inverness erzählt und Kristie nur die halbe Geschichte. Die ohne Sex in der Besenkammer.

»Weil der doch nur Augen für dich hat«, sagte Hailey schlicht.

»Was?«

»Tu nicht so, als wäre dir das noch nicht aufgefallen. Und keine Sorge, es macht mir nichts aus. Ich habe mir den smarten Doktor längst aus dem Kopf geschlagen.« Haileys

Lächeln wirkte so aufrichtig, dass Shona ein großer Stein vom Herzen fiel. Was auch immer die Zukunft bringen mochte, vonseiten ihrer Cousine waren keine Komplikationen zu befürchten. Also nicht, dass sie zukünftig etwas erwartete ... Warum auch?

»Hm, ich halte das zwar für unwahrscheinlich, aber ich bin froh, dass Kenny nicht zwischen uns steht«, erwiderte sie daher leichthin. Kenny? Woher kam das jetzt bitte schön? Sie hatte ernsthafte Zweifel, dass er auf diesen Kosenamen stand. Verniedlichungsformen schienen eher nicht zum Repertoire des spröden Tierarztes zu gehören.

»Wenn du das sagst ...« Hailey grinste und zwinkerte ihrer Schwester zu. »Aber zurück zum aktuellen Drama. Wir wollen Jonah davon überzeugen, dass er nur noch Faruk bei Rennen laufen lässt, Nihal zukünftig in der Zucht einsetzt und Azzedine in den Ruhestand schickt. Bevorzugt bei uns. Und wenn er uneinsichtig ist, werden wir ihm mit Veterinäramt, Zoll und der Presse drohen. Ich habe vorhin Lila angerufen und ihr von allem erzählt. Jetzt will sie eine Geschichte für *Horse & Hound* darüber schreiben, muss das aber morgen erst noch ihrem Chefredakteur verklickern.«

»Nicht schlecht. Ich merke schon, ihr habt das alles im Griff, und ich hoffe wirklich, dass ihr diesen Fiesling an den Eiern kriegt.«

Shona bekam in den folgenden Tagen nicht allzu viel davon mit, was im Stall passierte, denn sie war mit den letzten Arbeiten in ihrer Destillerie vollkommen ausgelastet. Inzwischen war die Abfüllanlage aus Stirling geliefert und eingebaut worden, und Shona war heiß darauf, sie in den nächsten Tagen zu testen. Gestern waren endlich auch die neuen Ginflaschen angekommen, und sie war begeistert davon, wie schön sie geworden waren. Nun mussten sie nur noch die Kalibrierung der Abfüllanlage anpassen, dann konnte ihr professionelles Gin-Business durchstarten. Letzte Woche hatte sie noch zwei weitere Chargen gebrannt, die nun in großen Edelstahlcontainern lagerten und auf die Abfüllung warteten.

Auch ihr Verkostungs- und Verkaufsraum war inzwischen fertig. Sie hatte einige sehr hübsche Tisch-Stuhl-Garnituren im örtlichen Tauschladen ergattert und ein paar andere über Kleinanzeigen erstanden. Die meisten waren in tadelloser Verfassung, die anderen hatte sie höchstpersönlich aufgearbeitet. Mit dem Ergebnis war sie jedenfalls mehr als zufrieden – auch weil das Mobiliar in einem schönen Kontrast zu den modernen, maßgefertigten Regalen und dem Verkaufstresen stand, die sie in der örtlichen Schreinerei hatte machen lassen. Einer gloriosen Zukunft der Golden Alpaca Distillery stand also nichts mehr im Wege. Sobald sie die ersten Ginflaschen abgefüllt hatte, würde sie den Shop eröffnen. Fast jeden Tag klopften bereits Besucher an die Tür und erkundigten sich nach dem Stand der Dinge. Die Dorfbewohner vertröstete sie, aber mit den Touristen und Tagesgästen machte sie wenigstens kleine improvisierte Touren durch ihre Anlage und verkaufte ihnen Whisky von der Gordon Gibbs Distillery. Shona merkte jedoch, dass die Zeit langsam, aber sicher reif war für ihre ureigenen Produkte.

Ein paar Tage musste sie sich noch gedulden, ehe sie mit dem Abfüllen beginnen konnte. Sie hatte Isla versprochen, dass sie mit dabei sein durfte, schließlich war es genauso ihr Gin, aber bei ihrer Schwester stand die Endausscheidung des britisch-irischen Kochwettbewerbs an. In einem Fernduell musste sie gegen ein englisches und ein irisches Restaurant antreten. Wer der Sieger war, würde dann in einer Show, die im Oktober aufgezeichnet wurde, verkündet werden. Shona hatte keinen Zweifel daran, dass Isla diesen Wettbewerb gewinnen konnte. Das wäre nicht nur toll für Kirkby und das Restaurant, es könnte auch eine großartige PR für ihre Destillerie sein. Daher hatten sie vereinbart, dass das Kamerateam den offiziellen Start der Abfüllung filmen und der Gin eine zentrale Rolle in Islas Menü spielen würde.

Das alles war ziemlich aufregend, lag aber ebenso in der Zukunft wie der Highland-Dancing-Workshop und das Cèilidh in der alten Schule. Ganz akut hatte Shona nichts zu tun – zum ersten Mal seit einigen Monaten –, und dieser Zustand machte sie zunehmend nervös. So hatte sie Zeit, ihre Gedanken wandern zu lassen, und das taten sie ausgiebig, seit heute Vormittag der letzte Stuhl seinen Platz im Verkaufsraum gefunden hatte. Die Richtung, die sie dabei einschlugen, war bemerkenswert.

Nur entsprach Grübeln so gar nicht ihrem Naturell. Sie fühlte sich rastlos und ein wenig überfordert vom lauten Widerhall ihrer Gedanken. Kurz entschlossen sprang sie auf und ging nach draußen, schloss sorgfältig die Tür hinter sich ab – inzwischen gab es ja tatsächlich etwas zu klauen –

und holte Nessie von der Weide neben der Malzscheune. Das Alpaka schien sich zu freuen, denn es stupste Shona immer wieder übermütig an. »Na, ist dir langweilig, Schätzchen? Vermisst du die Schafe?« Ihr Vater hatte seine Tiere wieder abgeholt, nachdem sie die Wiese abgeerntet hatten. »Jetzt ist ja alles fertig in der Destillerie, da darfst du auch wieder den ganzen Tag bei mir sein«, versprach sie und streichelte Nessie den weichen Hals.

Ohne wirklich darüber nachzudenken, schlug sie den Weg zur Kirche ein, genauer gesagt zum Friedhof. Den besuchte sie nur ganz selten, denn glücklicherweise hatte sie in ihrem Leben noch nicht viele Tote zu beklagen gehabt – wenn man vom schlimmsten Verlust einmal absah. Doch ihre Mutter hatte sie ja faktisch nicht kennengelernt – oder höchstens auf ganz unbewusster Ebene. Aber auch an ihre Großmutter, die sie als Vierjährige verloren hatte, konnte sie sich kaum erinnern. Es kamen ihr nur ganz diffuse Szenen in den Sinn, wenn sie an Granny dachte. Der Geschmack ihres einzigartigen Shortbreads, ihr zarter Duft nach Nelken und Äpfeln, ihre Weichheit, die sich so ganz anders angefühlt hatte als die Umarmungen ihres sehnigen und markanten Vaters. Konnte man jemanden vermissen, den man gar nicht kannte oder an den man fast keine Erinnerungen hatte? Diese Frage nagte schon die ganze Zeit an ihr.

Der Friedhof war fast leer, als sie ihn betrat, und die wenigen anderen Besucher schenkten ihr nach einem freundlichen Begrüßungsnicken keine weitere Aufmerksamkeit. Selbst Nessies Anwesenheit wurde nicht weiter kommentiert, und so konnte Shona ungestört zum Familiengrab gehen, in dem bereits viele Generationen von Frasers ihre letzte Ruhe gefunden hatten. Sie setzte sich auf die schmale Bank, die dem Grab gegenüberstand, und starrte auf den vertrauten, verwitterten Granitstein mit seinen vielen Inschriften. Der erste Fraser aus ihrer Familie war hier bereits 1784 beerdigt worden. Es verband sie nichts mit diesen Namen, zumindest hatte sie sich das bisher immer eingeredet. Womöglich war es aber auch ganz anders, und alles, was sie ausmachte – ihr Leben, ihre Energie, ihre Freuden, ihre Sehnsüchte und ihre Ängste –, hatte den Ursprung hier, an dieser Stelle?

Die Gänsehaut, die ihre nackten Arme überzog, mochte der recht frischen Temperatur geschuldet sein – vorhin hatte es mal wieder einen heftigen Regenguss gegeben –, vielleicht stammte sie aber auch von der jähen Erkenntnis, dass die Vergangenheit viel mehr Einfluss auf ihre Gegenwart hatte, als sie es sich bisher hatte eingestehen wollen. »Wäre ich eine andere geworden, wenn du nicht gestorben wärst, Mum?«, fragte sie leise und wunderte sich, dass ihre Stimme so zittrig klang. Sie hatte noch nie auf dem Friedhof mit ihrer Mutter gesprochen. Auch sonst nicht. Ein Mutter-Tochter-Gespräch hatte es in ihrem ganzen Leben nie gegeben und würde es auch niemals geben. Und zum allerersten Mal wurde ihr dieses Fehlen, diese bislang unbenannte, schwer zu greifende Sehnsucht schmerzlich bewusst. »Man kann nicht vermissen, was man nicht kennt!« Wie oft hatte sie diesen Satz gehört? Ausgesprochen von den unterschiedlichsten Menschen in den unterschiedlichsten Situationen und längst nicht immer auf sie bezogen. Doch jetzt wusste sie, dass diese Aussage eine Lüge war. Sie merkte, wie ihre Brust eng wurde und wie ihr Tränen in die Augen stiegen. Eine auf ewig unstillbare Sehnsucht verschaffte sich Raum in ihr, und zum ersten Mal in ihrem ganzen Leben weinte sie um ihre Mutter.

Shona kam sich lächerlich vor, aber sie konnte auch nichts gegen die Tränen tun. Stattdessen drückte sie ihr Gesicht in Nessies weiches Fell. Es dauerte ein ganzes Weilchen, bis sie sich beruhigen konnte, aber dann fühlte sie sich seltsam erleichtert. Eine Last, die sie nie wirklich bewusst wahrgenommen hatte, war auf einmal von ihren Schultern genommen worden. Nessie stupste sie an und betrachtete sie mit den großen, sanften Augen in ihrem freundlichen Tiergesicht. Irgendwie lag ein wissender Blick darin. »Hast du auch keine Mama?«, schniefte Shona und wischte sich mit den Handballen die letzten Tränen von den Wangen.

Dann stand sie auf. Sie war ein wenig zittrig und auch unschlüssig, was sie jetzt tun sollte. Sie wollte nicht nach Hause gehen und gleich wieder in ihren Alltag eintauchen. »Lass uns einen kleinen Spaziergang machen«, schlug sie vor. Doch ehe sie den Friedhof verließ, trat sie noch einmal nah an den Grabstein heran und fuhr mit den Fingerspitzen den Schriftzug nach, der zu ihrer Mutter gehörte. »Elizabeth ›Bonnie‹ Fraser – geliebte Ehefrau und Mutter« stand dort. »Das nächste Mal bringe ich dir eine Blume mit«, versprach sie leise. Dann straffte sie die Schultern und ging mit sicheren Schritten und Nessie an ihrer Seite zum Ausgang.

Dort bog sie nach links ab auf einen Weg, der sie nach wenigen Minuten aus dem Dorf hinausführte, ohne dass sie anderen Leuten begegnete. Sie fröstelte ein bisschen, denn in dem kleinen Waldstück, das sie gerade durchstreifte, war es ziemlich kühl. Es roch auch schon leicht nach Herbst. Na ja, sie wollte sich nicht beschweren, Kirkby war mit einem ungewöhnlich warmen und stabilen Sommer gesegnet gewesen und war kaum mal von den sonst so häufigen Schlechtwetterfronten heimgesucht worden. Wenn sie ehrlich war, freute sie sich sogar auf den Herbst und den Winter, auch wenn diese Zeit hier mehr Herausforderungen zu bieten hatte als nur bleigrauen Himmel und eisige Schauer. Sobald die Tourismussaison zu Ende war, wurde es auch in Kirkby ruhig. Sehr ruhig. So ruhig, dass man die eigenen Gedanken nur noch schwer ignorieren konnte. Sie schätzte, dass die Angst davor der Grund war, warum sie jahrelang in London gelebt hatte. Dort war es immer so voll und laut, dass sie diese unangenehmen Prozesse in ihrem Inneren wunderbar hatte ausblenden können. Diese Betäubung hatte gut funktioniert. Jahrelang. Und dann auf einmal nicht mehr.

Es hatte vor ungefähr einem Jahr angefangen, als sie wegen dieses Highland-Dancing-Workshops zur Isle of Skye gereist war. Plötzlich war sie der Wucht der eigenen Gedanken ebenso ausgeliefert gewesen wie dem schauerlichen Herbstwetter, das dort geherrscht hatte. Seltsamerweise hatte beides eine erfrischende Wirkung auf sie gehabt. Sie hatte sich lebendig gefühlt, eins mit sich und ihrer Umgebung. Zu diesem Zeitpunkt war ihr das aber überhaupt nicht klar gewesen. Sie hatte gedacht, dass diese Gefühle mit dem anstrengenden, energiegeladenen Tanz-training verknüpft wären. Doch kaum war sie zurück in London gewesen, hatte sich ihr Leben mit einem Mal schal und traurig und einfach nur leer angefühlt. Einer ihrer zahlreichen Freunde und Bekannten hatte ihr eine begin-nende Depression unterstellt, aber sie hatte gewusst, dass es etwas anderes war: Heimweh!

Diese Erkenntnis war dann jedoch fast noch schockie-render gewesen als eine tatsächliche Depression. Dagegen hätte sie ja Pillen schlucken oder eine Therapie machen können, ansonsten aber ihr durchaus geliebtes, lustiges Londoner Leben fortsetzen können. Gegen Heimweh half aber nur Heimat! Nur: Was um alles auf der Welt sollte sie in Kirkby anstellen? Sie hatte es damals nicht gewusst. Doch als sie bei Kieran Gibbs, ihrem Ausbilder, Mentor und auch Arbeitgeber in London, gekündigt hatte, war er es gewesen, der ihr den Floh mit der eigenen Destillerie ins Ohr gesetzt hatte. Nicht direkt wortwörtlich, aber mit An-deutungen. Er hatte gesagt, dass ihr Talent in der hippen Whisky-Bar ohnehin verschwendet sei und dass sie in der Herstellung viel besser aufgehoben wäre. Dieses kleine Samenkorn hatte sich dann rasch zu einer regelrechten Schlingpflanze entwickelt. Als sie zu Weihnachten nach Hause gekommen war, war ihre Familie verdammt erstaunt gewesen, als sie verkündete, sie sei nicht nur zur Hochzeit ihres Cousins Ian gekommen, sondern werde bleiben.

Dad war natürlich hingerissen gewesen, aber ihre Ge-schwister und Cousinen hatten sich nicht vorstellen können, dass Shona Kirkby tatsächlich als ihren neuen Lebensmittelpunkt wählen würde. Sie konnte es ihnen nicht verdenken. Ein Dreivierteljahr später konnte sie es selbst immer noch nicht ganz fassen. Doch alles hatte sich gefügt. Die alte Dorfbrennerei war in keinem ganz verheerenden Zustand gewesen, und wirklich alle waren begeistert von der Idee, dass es in Kirkby wieder eigenen Whisky geben könnte. Die Unterstützung war enorm – sie kam von allen Seiten, aber besonders natürlich von ihrem Vater. Marlin hatte nie nachgefragt, was ihre wahren Gründe für die Heimkehr gewesen waren, und sie hatte es ihm nie gesagt. Vielleicht weil Heimweh und Sehnsucht kein echter Anlass für eine so lebensverändernde Entscheidung waren und man ein Verhalten wie ihres eher von einem kleinen Mädchen erwarten würde, aber sicher nicht von einer erwachsenen Frau?

Sie hatte deshalb nie etwas gesagt, weil sie sich für diese Gefühle schämte. Weil sie für Schwäche und Unreife standen – zumindest hatte sie selbst es bis vor Kurzem so empfunden. Doch ihre laut schnatternden Gedanken schlugen ihr immer deutlicher eine andere Interpretation vor. Womöglich war es im Gegenteil ein Zeichen von Reife und Stärke, dass sie zurückgekehrt war und hier, an diesem scheinbar so unwirtlichen Ort, ihre Bestimmung fand? Vielleicht war der Ruf der gekappten Wurzeln so laut und klar gewesen, dass sie ihn einfach hatte erhören müssen? Und unter Umständen war es sogar verdammt sinnvoll, diese Wurzeln wieder anzunehmen, sich zu erden, sich ihrer Herkunft und Vergangenheit zu stellen, um dann endlich ganz und vollständig sie selbst sein zu können?

Sie lachte leise, als sie weiterging. Es war wirklich gut, dass sie allein im Wald unterwegs war und nur Nessie Zeugin ihrer Metamorphose wurde. Würden ihre Freunde und die Mitglieder ihrer Familie es überhaupt verstehen können, wenn sie diese kruden Gedanken laut aussprach? Doch, vielleicht schon. Ihre Familie sogar ganz sicher. Sie schätzte, dass es Alex und Isla genauso ergangen war. Auch diese beiden hatten jahrelang woanders gelebt, weit weg von der Heimat. Viel weiter weg als sie selbst – Alex in New York und Isla auf der ganzen Welt. Es könnte sogar eine gute Idee sein, mal mit ihnen über ihre Gefühle zu reden, oder? Vielleicht würden die beiden sie dann auch mit anderen Augen sehen, nicht mehr als das verwöhnte Nesthäkchen mit den erratischen Launen, sondern als erwachsene Frau mit komplexen Gefühlen und Bedürfnissen.

Ihre Gedanken schweiften zu Lennox, dem Bruder, der ihr altersmäßig am nächsten stand, der aber weiter von ihr entfernt zu sein schien als ihre anderen Geschwister. Shona wusste nicht, ob es an dieser einen Szene vor vielen, vielen Jahren lag, als der frustrierte, verzweifelte kleine Junge ihr quasi vorgeworfen hatte, sie sei schuld am Tod ihrer Mutter. War das der Grund, warum sie nie ein wirklich enges Verhältnis zu ihm aufgebaut hatte? Lennox war aber auch schon immer anders gewesen – ein einsamer Wolf, eigensinnig, übersensibel und immer auf Konfrontationskurs mit dem Vater. Nun tingelte er als Musiker durch Europa. Es gab ihr einen Stich, dass sie überhaupt nicht wusste, wo er gerade war, wie es ihm ging und was ihn bewegte, und sie nahm sich fest vor, die Aussprache mit ihm zu suchen, sobald sich eine Gelegenheit ergab. Unter Umständen sollte sie mal Isla fragen, ob sie mehr wusste. Isla und Lennox waren als Kinder absolut unzertrennlich gewesen, und vielleicht war das auch ein Grund dafür, dass sich Shona so völlig außen vor fühlte.

Als sie das Waldstück durchquert hatte, stand sie wieder an einer Weggabelung. Geradeaus ging es zu dem imposanten Herrenhaus Monroe Manor, in dem ihre Tante Heather – die jüngere Schwester von Marlin und Rupert – mit ihrem Mann George Stewart lebte. Der Weg nach rechts führte auf Harriswood House zu, mit *The Cosy Thistle*, dem Bed & Breakfast ihres Bruders Alex, und Islas Sternerestaurant *The Scottish Thistle*. Shona schlug diese Richtung ein, bog dann aber noch einmal ab, sodass sie ihr altes Zuhause und die Cottages des Hotels großräumig umrundete und niemanden traf – außer ein paar der Schafe ihres Vaters, die wie hingetupft in der blühenden Heide standen und sehr malerisch aussahen. Sie löste Nessies Führstrick, sodass sich das Alpaka frei bewegen konnte, und das kleine Kamel nutzte die Gelegenheit, seine Schafkumpane zu begrüßen.

Inzwischen war die Sonne wieder rausgekommen. Sie schien mild und golden auf die spätsommerliche Landschaft und strahlte Shona ins Gesicht. Die schloss kurz die Augen und genoss die Wärme und den raren Moment völliger Zufriedenheit. Sie war geerdet und fühlte sich gleichzeitig leicht und ungebunden wie ein Vogel. Dieses wundervolle Gefühl spürte sie noch, als sie eine halbe Stunde später den Loch Leary passierte und schließlich zwischen den großen Pferdekoppeln zum Pferdestall lief. Auf der Weide mit dem Offenstall graste ein gutes Dutzend Ponys in allen Farbschattierungen und Formen. Auf einer anderen Koppel standen Mutterstuten mit ihren Fohlen, von denen einige neugierig zum Zaun getrabt kamen, um Nessie genauer zu beäugen. Zwischen den mächtigen Leibern der Clydesdales ihres Onkels erkannte Shona auch die deutlich zierlichere Gestalt des ehemaligen Weltklasse-Springpferdes Artemis. Ihr neugieriges Fohlen war nicht nur das jüngste und zarteste, sondern auch das neugierigste und frechste der Jungtiere. Shona lachte über die Bocksprünge und Kapriolen, die Little Miss Sunshine vollführte, um Nessies Aufmerksamkeit zu erregen. Sie zog ihr Telefon aus der Hosentasche und knipste ein paar Schnappschüsse.

Dann überlegte sie, was sie nun tun sollte. Wieder zu-rücklaufen oder mal nachsehen, was es Neues an der Lord-Jonah-Front gab? Da sie nun schon hier war, konnte sie genauso gut auch noch zum Stall gehen. Auf dem Weg dorthin kam ihr Aidan entgegen, der ohne Sattel und Zaumzeug auf seinem Pony Gandalf ritt, offenbar um ihn zurück auf die Offenstallweide zu bringen. »Hi«, grüßte sie ihren Neffen, der in wenigen Tagen seinen dreizehnten Geburtstag feiern würde und inzwischen so groß war wie sie selbst. »Wart ihr ausreiten?«

»Ja, ich war mit Colleen und ihrer Tilly unterwegs – Dad lässt sie ja nicht mehr alleine reiten, und er selbst hatte keine Zeit.« Aidan verdrehte zwar die Augen, aber Shona wusste, dass der Junge das nicht so meinte. Er war absolut vernarrt in seine Stiefmutter und nahm seinen Job als zukünftiger großer Bruder schon jetzt sehr ernst. Colleens und Alex' Baby war Ende Dezember, Anfang Januar fällig, und inzwischen konnte Shonas zukünftige Schwägerin ihre Kugel auch nicht mehr verbergen.

»Dein Dad hat total recht, und du machst dich als Reitbegleiter ganz großartig. Ich finde es ja viel erstaunlicher, dass Colleen überhaupt noch auf ihr Pferd raufkommt«, sagte sie amüsiert.

»Das schafft sie noch ganz gut«, entgegnete er so stolz, als sei es seine eigene Errungenschaft.

»Gibt's was Neues im Stall?«, wechselte Shona das Thema. »Treibt der arrogante Earl immer noch alle in den Wahnsinn?«

»Ich weiß nichts Genaues, aber anscheinend wird er noch diese Woche abreisen.« Aidan zuckte mit den Schultern. »Rupert und Kendrick versuchen aber, wenigstens eins der Pferde zu retten. Joe hat mir gesagt, er hat gehört, wie der Earl jemandem am Telefon erzählt hat, dass er das Pferd lieber zum Schlachter bringt, als es hierzulassen«, ergänzte er mit einem sensationslüsternen Glänzen in den Augen.

»So? Das sagt also Joe?« Shona musste ein Lächeln unterdrücken. Joe war einer der Stallburschen von Rupert und bekannt für die Räuberpistolen, die er immer zum Besten gab. Sie bezweifelte, dass Lord Jonah ein derartiges Telefonat im Stall führen würde, aber das würde sie ihrem Neffen nicht verraten.

»Ja, sagt er. Ich hab Dad schon gefragt, ob er Azzedine vielleicht kaufen würde. Für mich. Ich brauch ja bald ein größeres Pferd, Gandalf wird mir langsam echt zu klein.«

Bei der Vorstellung von ihrem Neffen auf dem schicken schwarzen Rennpferd musste sie nun wirklich grinsen. Rein vom Temperament her würde es bestimmt passen, aber sonst war an dem Bild gar nichts stimmig. Außerdem wusste sie aus sicherer Quelle, dass ihrem Neffen an seinem Geburtstag ein Besuch im Reitstall von Freunden bevorstand. »Ich nehme an, er war begeistert, was?«, fragte sie und zog eine Braue hoch.

»Du kennst ihn doch. Er ist so ein alter Spielverderber. Dabei tut ihm Azzedine auch leid.« Aidan seufzte melodramatisch.

»Ich bin mir sicher, dass alles gut ausgehen wird«, sagte sie zuversichtlich. »Ist Hailey eigentlich noch im Stall?«

»Ich glaub schon. Vorhin habe ich sie jedenfalls noch gesehen.«

»Dann schau ich mal vorbei. Mach's gut, Aidan!«, verabschiedete sie sich.

»Du auch, Tantchen.« Damit trieb er sein Pony erneut an und ritt zur Weide.

Als Shona den Vorplatz der Stallungen betrat, sah sie Hailey und Colleen in ein Gespräch vertieft am Tor des Hauptstalls stehen.

»Na, wie ist die Lage? Und was macht mein neuer Neffe?«, wollte sie von Colleen wissen, die geistesabwesend ihren gerundeten Bauch streichelte.

»Oder deine Nichte. Er oder sie hat offensichtlich vor, Fußballprofi oder Boxer zu werden«, sagte Colleen lächelnd, nahm Shonas Hand und platzierte sie auf ihrem Bauch.

»Wow, da ist ja was los«, sagte Shona beeindruckt.

184

»Ist vermutlich die Rache fürs Durchschütteln auf dem Pferd.«

»Du nicht auch noch«, stöhnte Colleen. »Sogar meine Ärztin hat mir erlaubt, noch zu reiten. Angeblich schadet das dem Baby überhaupt nicht – jedenfalls solange ich nicht stürze. Und warum sollte ich von Tilly runterfallen?«

Shona wechselte einen kurzen Blick mit Hailey und entschied dann, sich einen Kommentar zu sparen. Es war vermutlich komplett sinnlos, Colleen davon überzeugen zu wollen, dass auch ihre lammfromme Tilly am Ende des Tages ein nervöses Fluchttier war, dem man jede Reaktion zutrauen musste. Und davon mal ganz abgesehen, war das hier auch nicht ihre Mission. Colleen war erwachsen und konnte ihre eigenen Entscheidungen treffen – mochten sie auch noch so hormongesteuert sein.

»Ich wollte übrigens nicht in euer Gespräch reinplatzen. Gibt's was Neues von der Tierquälerfront?«

»Ja, es wird jetzt richtig ätzend«, gab Hailey düster zurück. »Wir haben ihm unsere Vorschläge unterbreitet. Die Idee, Nihal zur Zucht einzusetzen, findet er auch gar nicht so schlecht, aber dass Azzedine keine Rennen mehr laufen kann, scheint für ihn indiskutabel zu sein. Vorgestern war Lila da und hat ihn interviewt. Keine Ahnung, wie sie es angestellt hat, dass er überhaupt mit ihr gesprochen hat – vermutlich konnte er ihren blauen Kulleraugen nicht widerstehen, die so harmlos und niedlich wirken. Ihre Fragen waren jedenfalls ganz schön direkt, und er war so verärgert, dass er ihr ziemlich unflätige Sachen ins Aufnahmegerät geblökt hat. Vorhin hat sie mir am Telefon erzählt, dass sein

Anwalt heute Morgen in der Redaktion von *Horse & Hound* angerufen hat, um den Abdruck des Interviews zu verhindern.«

»O Mann …« Shona seufzte, denn die Situation war wirklich extrem verfahren und unerfreulich. »Und nun?«

»Keine Ahnung. Das muss ihr Chef entscheiden. Aber sie werden wohl auf jeden Fall ihren Bericht bringen, in dem sie die Zustände in der Rennszene schildert. Das kann ihr keiner verbieten. Auch die Statements von meinem Vater dürfen mit rein. Selbst wenn sie den Earl namentlich nicht erwähnen kann, wird man es wohl schon so aussehen lassen können, dass die Leser wissen, wer genau gemeint ist. Zumindest die Kenner der Szene.«

»Und was macht ihr wegen der Pferde?«

»Morgen will Dad noch mal mit Jonah sprechen und ihm klarmachen, dass er im Notfall verhindern wird, dass die Pferde außer Landes gebracht werden. Wir haben den Amtstierarzt auf unserer Seite, und vermutlich kann man tatsächlich auch über das Zollamt intervenieren. Zumindest könnte man damit verhindern, dass der Earl die Pferde einfach wieder mitnimmt. Aber das ist alles ziemlich unschön und wirklich nur der allerletzte Schritt. Ich hoffe so, dass er einlenkt.« Hailey schluckte und sah so geknickt aus, wie Shona sie selten erlebt hatte.

»Ich wünsch es euch auch. Aidan hat mir eben erzählt, dass er Azzedine am liebsten auch retten würde.«

»Ich weiß«, erwiderte Colleen lächelnd. »Dieses Pferd verdreht den Männern hier reihenweise den Kopf. Aber er ist auch tatsächlich ein zauberhaftes Tier, und ich hoffe, dass er hierbleiben darf und dann ein gutes Zuhause findet. Allerdings nicht bei Aidan.«

»Kendrick will ihn ja auch unbedingt haben«, warf Hailey ein. »Und das kann ich mir überhaupt nicht erklären. Erstens weiß ich gar nicht, ob er überhaupt reitet, und selbst wenn, würde dieser Hüne auf dem vergleichsweise filigranen Vollblut absolut lächerlich aussehen.«

»Vielleicht will er ihn ja gar nicht für sich haben?« Colleen lächelte vielsagend.

»Wie auch immer. Ich besuch ihn jetzt mal. Also, das Pferd, nicht Kendrick«, sagte Shona und wunderte sich, dass ihre Wangen heiß wurden.

»Tu das«, entgegnete Hailey mit einem Augenzwinkern.

Shona liebte die Atmosphäre, die im Gästestall herrschte. Es war ruhig und entspannt hier, und es hatte nichts von der Betriebsamkeit, die im Hauptstall oft herrschte. Das mochte daran liegen, dass der Gästestall im Augenblick mit fünf Pferden nur zur Hälfte belegt war und drei Tiere gerade in den sonnigen Paddocks vor den Boxen standen. Vielleicht trugen auch die raffiniert angebrachten Fenster dazu bei, die für viel Tageslicht sorgten, ohne jedoch eine zu direkte Sonneneinstrahlung zuzulassen. Shona ging langsam durch die Stallgasse, eine neugierig schnuppernde Nessie im Schlepptau. Nihals Box war besetzt, doch die Stute zeigte kein Interesse an ihr oder dem Alpaka. Azzedine dagegen, der nebenan stand, streckte seinen hübschen schwarzen Kopf heraus und sah sie aufmerksam und freundlich an.

»Na, du Schöner«, sagte sie leise und streichelte ihm die Wange. Dieses Tier hatte wirklich eine unglaubliche Ausstrahlung, stellte sie fest und konnte sehr gut nachvollziehen, dass Aidan und Kendrick regelrecht verliebt in den Rappen waren. Sie musste allerdings auch Hailey recht geben, denn als Azzedines Reiter konnte sie sich keinen der beiden vorstellen. »Lässt du mich rein zu dir?«, fragte sie und öffnete die Boxentür. Azzedine trat bereitwillig zur Seite und ließ es sogar zu, dass Nessie ebenfalls in die Box schlüpfte. Shonas Herz machte einen Hüpfer, als sie beobachtete, wie sich die beiden Tiere freundlich beschnupperten. Nessie war Pferden gegenüber normalerweise eher scheu und zurückhaltend, doch in diesem Fall schien sie keine Vorbehalte zu haben. Shona war derart abgelenkt von den beiden, dass sie sonst nichts mehr mitbekam.

»Was soll das?«, rief eine barsche Stimme, und Shona ließ vor Schreck ihr Handy fallen, mit dem sie Nessie und Azzedine fotografiert hatte.

Sie fuhr herum und fand sich mit einem Mal Lord Jonah gegenüber, der sie mit einem abschätzigen Stirnrunzeln von oben bis unten taxierte. Offenbar gefiel ihm jedoch, was er sah, denn sein unfreundlicher Gesichtsausdruck machte einem ekelhaft schmierigen Lächeln Platz. »Na schau mal einer an, wen haben wir denn da?«

Er fuhr sich mit der Zunge über die Lippen, auf eine Art, die bei Shona Würgereiz auslöste. Am liebsten wäre sie an ihm vorbeigestürmt und aus dem Stall gerannt, doch das ging gleich aus mehreren Gründen nicht. Zum einen blockierte er den Eingang zur Box, zum anderen war da ja auch noch Nessie, und außerdem kam es überhaupt nicht infrage, dass sie sich von diesem Typen einschüchtern ließ.

Sie straffte die Schultern und sagte kühl: »Guten Abend, Sir.«

»Was haben Sie bei meinem Pferd zu schaffen, und was hat dieses Biest hier zu suchen?« Seinen plötzlich wieder verächtlichen Tonfall hatte sie wohl ihrer frostigen Reaktion zu verdanken.

»Wir machen nur einen Krankenbesuch«, entgegnete sie lapidar, und das war ja auch die Wahrheit.

»Und das soll ich glauben? Es sieht eher nach einem Manipulationsversuch aus. Ich schätze, Sie haben dem Tier irgendeine Injektion verpasst, damit sich sein Zustand verschlimmert.«

Shona war so verblüfft ob dieser haarsträubenden Anschuldigung, dass sie zunächst gar nicht reagieren konnte. Der gute Earl hatte ja wohl nicht mehr alle Zacken am Krönchen.

»Sie leugnen es ja nicht mal!«, rief er triumphierend, als sei ihr Schweigen der Höhepunkt einer wasserdichten Beweisführung.

»Warum sollte ich etwas leugnen, was ich nicht getan habe? Allein die Idee ist derart abwegig, dass ich gar nichts dazu sagen kann.« Sie verschränkte die Arme und wusste im selben Moment, dass das ein Fehler war, denn dadurch drückte sie ihre Brüste noch ein Stück höher und präsentierte dank dem tiefen V-Ausschnitt ihres T-Shirts einen spektakulären Blick auf ihr Dekolleté.

»Ich weiß, dass ihr alle unter einer Decke steckt und mir

mit euren lächerlichen Unterstellungen schaden wollt. Aber seien Sie versichert, das wird nicht passieren!«

Shona wusste nicht, ob sie lachen oder schreien sollte, so absurd war die Situation. Doch sie schätzte, dass der durchgeknallte Typ auf beides nicht besonders gut reagieren würde, also zwang sie sich zur Ruhe. »Ich weiß wirklich nicht, wovon Sie sprechen«, begann sie – und auch das war die Wahrheit.

»Ach, tun Sie doch nicht so. Es ist eine Verschwörung. Ihr wollt meinen guten Namen ruinieren und mein Pferdebusiness in den Dreck ziehen.« Seine dunklen Augen durchbohrten sie wie Laserstrahlen, und sie sah, dass er seine Hände zu Fäusten geballt hatte.

»Ich schätze mal, das alles kriegen Sie auch ohne Hilfe prima hin«, entgegnete sie giftig, unfähig, ihren Ärger zu verbergen. »Sie schleppen hier drei kranke und misshandelte Pferde an und erhoffen sich – was? Ein Wunder? Und wenn das nicht eintritt, nicht eintreten kann, weil die Trainingsmethoden in Ihrem Stall die Tiere ruiniert haben, dann fabulieren Sie etwas von einer Verschwörung?« Sie schüttelte wütend den Kopf. Ein kleiner rationaler Teil von ihr ahnte zwar, dass sie sich mit ihren Worten in eine immer ungünstigere Position brachte, doch sie konnte nicht aus ihrer Haut. Das hier war nicht ihr Kampf, und eigentlich könnte es ihr egal sein, was dieser arrogante, reiche Schnösel dachte und tat. Aber es ging ihr gegen den Strich, wenn solche Leute meinten, sich alles herausnehmen zu können, wenn sie eindeutige Tatsachen verdrehten und haltlose Anschuldigungen aussprachen.

»In Dubai würden Sie es nicht wagen, so mit mir zu reden«, knurrte er drohend. »Meine Verbindungen dort reichen bis in die höchsten Kreise.«

»Dann sollten Sie sich dort vielleicht einbürgern lassen. In unserem Land ist es nämlich üblich, dass die höchsten Kreise ihre Pferde deutlich besser behandeln«, behauptete sie kühn.

»Wir können das ganz schnell ändern.«

»Was können wir ändern?«

»Die Tatsache, dass wir uns in Großbritannien befinden. In Dubai geht man mit vorlauten Frauen anders um.«

Shona lachte laut auf und schüttelte den Kopf. Dieser Quatsch nahm jetzt endgültig abstruse Dimensionen an.

»Meine Limousine parkt am Hinterausgang, es würde keiner merken, wenn ich dich aus dem Stall ...«

»Vielleicht sollten Sie jetzt besser nicht mehr weitersprechen, Lord Jonah«, unterbrach eine Stimme den Earl.

Kendrick war unbemerkt in den Stall gekommen und hatte sich hinter Jonah aufgebaut. Shona merkte, wie ein Gefühl der Erleichterung sie durchflutete. Sie war sich zwar ziemlich sicher, dass die Entführungsdrohung nur Ausdruck gekränkter Eitelkeit seitens des Earls war, aber trotzdem war sie froh, nicht mehr mit ihm allein zu sein. Kendrick wirkte jedenfalls nicht so, als würde er es widerstandslos zulassen, dass Jonah sie in die Protzlimousine zerrte und nach Dubai verschleppte.

Der Earl drehte sich um und funkelte den Tierarzt wütend an. »Ich lasse mir von niemandem das Wort verbieten!«

»Na schön, dann raus mit der Sprache. Dann kommen zum Vorwurf der Tierquälerei auch noch Bedrohung und Androhung einer Straftat hinzu. Ich schätze mal, wir können langsam nicht nur Veterinär- und Zollamt informieren, sondern auch Polizei und Staatsanwaltschaft.«

»Das möchte ich sehen«, spie Jonah verächtlich aus, und Shona wunderte sich insgeheim, dass er den Mut dazu aufbrachte, denn Kendrick war bestimmt einen halben Kopf größer als er, dazu sehr viel breiter und augenscheinlich zu allem bereit.

»Kein Problem, dann ruf ich jetzt mal die Polizei«, kündigte Kendrick an und zog sein Telefon aus der Hosentasche.

»Nur zu, aber das wird euch nichts nützen. Ich habe Beweise, dass ihr meine Tiere manipuliert habt, um mir zu schaden!« Jonahs Adamsapfel hüpfte aufgeregt, und sein Teint nahm eine unschöne Färbung an.

»Beweise?« Kendrick hob spöttisch eine Braue.

»Ich habe den ganzen Stall mit Kameras ausstatten lassen, damit ich alles kontrollieren kann. Philip Hilington hat mir dazu geraten, als er deine Methoden gesehen hat, du inkompetenter Kurpfuscher.«

»Das wird ja immer besser! Sie spionieren meinen Stall aus?«, rief Rupert aufgebracht, und Shona fragte sich langsam, wer noch alles lautlos und ohne Vorwarnung auftauchen würde. Diese gut geölten, flüsterleisen Türen hatten eindeutig auch Nachteile.

»Natürlich! Und ich freue mich schon darauf, wenn meine Leute alles ausgewertet haben und mir die Beweise vorlegen. Dann geht es diesem Betrieb und euch allen an die Gurgel.« Inzwischen klang Lord Jonah Garbert-Smithe, Earl of Penningcard, wie ein Mann, der völlig den Verstand verloren hatte.

»Nur eine kleine Zwischenfrage, Sir«, meldete sich Shona wieder zu Wort. »Wenn Sie der Meinung sind, dass man Ihnen hier nur Böses will, warum sind Sie dann überhaupt hergekommen? Es gibt doch sicher andere Institutionen, die …« Sie warf ihrem Onkel einen kurzen Blick zu. »Die sich bereitwilliger und kooperativer um Ihre wirtschaftlichen Interessen gekümmert hätten und nicht so viel Wert auf das Tierwohl legen.«

»Wären wir jetzt in Dubai, würde ich einer unverschämten Schlampe wie dir die Zunge aus dem Mund schneiden, damit sie nie wieder über Dinge spricht, von denen sie keine Ahnung hat«, brüllte er und holte mit der Hand aus.

Die folgenden Ereignisse nahm Shona wie in Zeitlupe wahr. Der erwartete Faustschlag kam nicht, denn Kendrick hatte sich blitzschnell den gräflichen Arm geschnappt und nach hinten gebogen. Zeitgleich tat Nessie, was man Alpakas gerne unterstellte, was Shona selbst aber noch nie erlebt hatte: Sie spuckte dem Earl mitten ins Gesicht. Die darauf folgende entsetzte Stille war fast dröhnender als das zu erwartende Geschrei.

Das im Übrigen ausblieb. Jonah sagte gar nichts mehr, sondern zog ein akkurat gebügeltes Stofftaschentuch aus seiner Hosentasche und wischte sich damit das Gesicht ab. Dann ließ er sich widerstandslos von Rupert aus dem Stall führen. Shona sah den beiden hinterher. Irgendwie konnte sie das eben Geschehene noch nicht ganz begreifen.

Kendrick schien es ähnlich zu gehen, denn er starrte ratlos auf seine Hand, die gerade noch den Arm des Earls fixiert hatte. Dann bückte er sich und hob etwas auf. »Ist das deins?«, fragte er mit seltsam rauer Stimme und reichte Shona ihr Handy, das sie vorhin vor Schreck hatte fallen lassen.

»Danke«, murmelte sie und fühlte sich mit einem Mal ein wenig verlegen. »Was, denkst du, hatte er vor, als er in den Stall kam?«, sprach sie aus, was schon die ganze Zeit ihr Unterbewusstsein beschäftigt hatte. Warum war der Earl allein im Stall aufgetaucht? Wohl kaum, um seinen Pferden einen freundlichen Besuch abzustatten, wie es ein normaler Tierbesitzer tun würde, denn Hailey hatte mehrfach erwähnt, dass Jonah immer sehr gleichgültig war, was die Tiere als Individuen betraf. Ihn interessierten sie nur als Anlagewerte.

»Keine Ahnung«, entgegnete Kendrick kopfschüttelnd. »Und ich bin auch nicht sicher, ob ich es herausfinden will. Es war aber bestimmt gut, dass du hier warst.« Er schluckte sichtbar, und ein gequälter Ausdruck erschien auf seinem Gesicht. Shona wollte gar nicht wissen, welche Gedanken ihm gerade durch den Kopf spukten. »Für dich muss es ziemlich beängstigend gewesen sein, was?«

»Ich glaube, ich war so überrascht, dass ich gar keine Zeit hatte, Angst zu bekommen. Denkst du, er hätte mir wirklich etwas angetan oder versucht, mich zu entführen?«

»Ich traue ihm jedenfalls alles zu. Ein Mann, der zulässt, dass unschuldige Lebewesen derart gequält werden, hat wohl kaum Skrupel, eine unliebsame Zeugin zum Schweigen zu bringen.«

Diese Worte trafen sie hart. »Aber solche Sachen passieren doch nur in irgendwelchen schlechten Agentenfilmen«, versuchte sie das mulmige Gefühl herunterzuspielen, das nun doch in ihr aufstieg.

Kendrick sagte nichts dazu, aber es war mehr als deutlich, was er dachte. Doch Shona wollte unbedingt das Thema wechseln. »Nessie hat das toll gemacht«, stellte sie daher fest.

»Allerdings.« Nun lächelte er leicht. »Das war verdammt gut gezielt. Voll in die Augen.«

»Vielleicht wird er jetzt ja blind?«, fragte sie und klang wohl ein kleines bisschen gehässig.

»Unwahrscheinlich. Wäre Magensäure dabei gewesen, hätte Seine Lordschaft nicht so stoisch reagiert.« Nun grinste Kendrick richtig. »Ich glaube, die beiden haben sich angefreundet«, bemerkte er dann und deutete auf Nessie und Azzedine, die kameradschaftlich Heu aus der Raufe zupften.

»Sie sind wirklich süß zusammen. Bisher fand Nessie Pferde eher nicht so toll, aber in Azzedine hat sie sich direkt verliebt. Er ist aber auch ein hübscher Kerl. Denkst du, er kann sich wieder erholen?« Sie lehnte sich an den schönen Rappen und strich ihm zärtlich über das seidige Fell.

»Falls er hierbleiben kann und sehr viel Zeit bekommt, dann ja …« Täuschte sie sich, oder klang Kendrick plötzlich ein wenig atemlos?

Sie suchte seinen Blick und senkte sofort wieder die Lider, als sie ein sehnsüchtiges Leuchten in seinen braunen Augen erkannte. Dachte er das Gleiche wie sie? Was wäre, wenn sie ihn jetzt küssen würde? Wenn aus den Küssen mehr wurde? Sie machte unwillkürlich einen Schritt in seine Richtung. Das Verlangen in ihr war ebenso schnell aufgewallt wie die Angst eben – und fühlte sich so viel besser an. Es wäre so leicht, den Schock auf diesem Weg zu verarbeiten …

»Kameras!«, krächzte Kendrick, und dieses Wort ernüchterte sie schlagartig, wie ein Eimer voll Eiswasser.

Er hatte natürlich recht. Wenn hier tatsächlich versteckte Kameras installiert waren – und es gab keinen Grund, an den Worten des bekloppten Earls zu zweifeln –, dann musste man den Leuten, die das Material auswerteten, nicht auch noch eine Peepshow bieten. Sie räusperte sich vernehmlich. »Ich muss langsam mal nach Hause.«

Er nickte – halb enttäuscht, halb erleichtert. »Soll ich dich mitnehmen?«

»Nein danke. Ich werde mit Nessie heimlaufen oder mit Hailey fahren.«

»Ich glaube, es würde Azzedine guttun, wenn Nessie bei ihm bleiben könnte. Dann würde er sich nicht so einsam fühlen.« Nun lag eindeutig eine Bitte in seinem Blick.

»Okay, dann bleibt sie hier.« Shona streichelte kurz den wolligen Kopf des Tiers, das aber nicht weiter beeindruckt schien, und schlängelte sich dann an Kendrick vorbei aus der Box. Dabei erhaschte sie einen Hauch seines Dufts, der sie schon in Inverness beinahe verrückt gemacht hatte.

»Einen schönen Abend noch, und ... ähm ... und sorgt dafür, dass der Mistkerl nicht ungeschoren davonkommt«, stammelte sie ein wenig hilflos und sah dabei nur auf sein Kinn. Weiterer Blickkontakt war ihr zu gefährlich – denn dann wären ihr die Kameras im Stall am Ende völlig egal.

VERPASSTE GELEGENHEITEN

DREI TAGE SPÄTER WAR der Spuk endgültig vorbei. Lord Jonah Garbert-Smithe, Earl of Penningcard, und seine Spießgesellen waren abgereist – mit Faruk und Nihal. Sämtliche gegenseitigen Anschuldigungen waren »diskret aus der Welt geschafft worden«, wie man es formuliert hatte. Die Kameras hatte Rupert von einem Profi aufspüren und entfernen lassen und bei der Gelegenheit ein neues Sicherheitssystem für den Gästestall installiert. So was war normalerweise zwar nicht nötig, aber nach den jüngsten Erfahrungen war es dem alten Fuchs ein Bedürfnis. Kendrick war beeindruckt davon, wie effizient und äußerlich ungerührt Rupert das alles durchgezogen hatte, aber er schätzte, dass es in seinem Inneren ganz anders aussah. Das absolut Beste aber war, dass Kendrick Azzedine kaufen konnte. Zum symbolischen Preis von zweitausend Pfund. Das war beim aktuellen Zustand des Tiers zwar viel zu viel, doch Kendrick hatte nicht eine Sekunde gezögert, als Jonahs Assistent ihm das Angebot gemacht hatte. Nun gehörte der vierjährige Rappwallach ihm – und er hatte keine Ahnung, was er mit dem Pferd anfangen sollte.

Er war kein besonders erfahrener Reiter, das letzte Mal hatte er mit Anfang zwanzig auf einem Pferd gesessen, und

198

selbst wenn er Azzedine wieder fit bekam, würde er ihn sicher nie reiten. Er war viel zu groß und zu schwer für das zierliche Tier. Rupert hatte angeboten, ihn zu kaufen und ein neues Zuhause für ihn zu finden, aber Kendrick wollte das nicht – ohne wirklich zu wissen, warum. Hailey dagegen hatte ihn wissend angelächelt und geschwiegen. Letzteres war irritierender gewesen als jeder flapsige Kommentar, denn vollmundige Behauptungen ihrerseits hätte er einfach abtun oder ignorieren können. Doch er ahnte, dass sie ihn durchschaut hatte.

Kendrick McIntosh hatte ein schwer krankes arabisches Rennpferd gekauft, weil es ihn an die Frau erinnerte, die seit Wochen seine Träume beherrschte und auch bei vollem Bewusstsein seine Fantasie beflügelte. Auf eine Art, die er noch nie erlebt hatte und die nicht gesund sein konnte. Mal abgesehen davon, dass dieser unsägliche Abend in Inverness immer noch zwischen ihnen stand, gab es keine Indizien dafür, dass da mehr laufen könnte. Gut, er wäre in Azzedines Box um ein Haar über sie hergefallen, aber das war sicher nur dem Schock nach den dramatischen Geschehnissen geschuldet gewesen. Der Anblick, wie sie sich an das schwarze Pferd geschmiegt und sich ihre glänzende Mähne mit der des Tieres vermischt hatte ... Ein Glück, dass ihm die Kameras eingefallen waren, sonst hätte er für nichts mehr garantieren können.

Seit diesem Tag wurden seine Fantasien auch noch von der Vorstellung einer nackten Shona mit wehenden Haaren auf einem gesunden, galoppierenden Azzedine heimgesucht, und er überlegte ernsthaft, ob er sich nach ärztlicher

Hilfe umschauen sollte. Normal war das jedenfalls nicht mehr.

Doch was war in seinem Leben zurzeit schon normal? Gut, vielleicht die Tatsache, dass seine Tätigkeit als reiner Landtierarzt richtig gut lief, das ja. Alles andere eher nicht. Die Kapriolen von Lord Jonah und seinen Pferden hatten ihn in den letzten Wochen zwar ein wenig von seinem Hauptproblem abgelenkt, aber nachhaltig war das nicht gewesen. Auch weil seine Familie ihn weiter bedrängte. Von Glenna und Davina selbst hatte er schon länger nichts mehr gehört, offenbar respektierten wenigstens die beiden seinen Wunsch nach Abstand – oder sie hatten die Taktik gewechselt und setzten auf Druck durch die anderen Familienmitglieder. Es verging kein Tag, an dem sich nicht eine seiner beiden anderen Schwestern oder seine Mutter entblödete, ihn anzurufen und ihm zu erklären, er möge sein kindisches und egoistisches Verhalten doch bitte mal langsam einstellen. Da er Anrufe von ihren Handynummern ignorierte, riefen sie mittlerweile mit unterdrückter Telefonnummer oder von der offiziellen Klinikleitung aus an. Leider wurden ihm auch die Nummern vieler seiner Kunden nicht angezeigt, sodass es keine Option war, die anonymen Anrufe ebenfalls wegzudrücken. Meist legte er sofort auf, wenn das Gespräch auf das Thema Samenspende kam, aber natürlich zermürbte es ihn.

War er wirklich egoistisch und kindisch, wenn er sich seine zukünftige Vaterschaft anders vorstellte, als für Ex-Freundin und Schwester in einen sterilen Becher zu wichsen? Er fand nicht. Die neueste Ansage lautete, dass Glenna

200

und Davina zu einem Kompromiss bereit waren: Er durfte – wenn es denn unbedingt sein musste und er es partout wollte – auch offiziell Vaterpflichten erfüllen und nicht nur den guten Onkel geben. Wow! Was für ein Entgegenkommen. Allein die Formulierung, dass es sich dabei um einen Kompromissvorschlag handelte, ärgerte ihn gewaltig. Für ihn war das die Mindestvoraussetzung. Er wollte ein Kind, das er in die Welt setzte, auch persönlich großziehen – idealerweise zusammen mit der Mutter. Vielleicht war er ein engstirniger Spießer, aber so empfand er nun mal, und er konnte sich nicht vorstellen, dass er das jemals anders sehen würde.

Immerhin standen zwei erfreuliche Ereignisse auf dem Plan. Am kommenden Wochenende würde in der alten Schule die große Herbstparty steigen, um die die Leute in Kirkby seit Tagen ein Riesengewese machten und über die sie wild spekulierten. Denn angeblich waren etliche Highlights geplant, doch erst zwei Tage vor der Veranstaltung würde offiziell preisgegeben werden, worum es dabei ging. Klar war aber schon jetzt, dass Kendrick – wie alle anderen Männer – seinen Kilt tragen würde, denn es herrschte Tartan-Zwang. Das andere coole Event gab es schon heute Abend: Islas Finale in der großen TV-Kochshow stand an, und er war eingeladen, quasi als Statist daran teilzunehmen. Der Hauptfokus im Gastraum würde zwar auf den drei Testern liegen, aber die anderen Tische sollten ebenfalls besetzt sein, um einen normalen Restaurantabend darzustellen. Er war schon wahnsinnig gespannt darauf und freute sich auf das Menü, denn bisher hatte er es nicht geschafft, bei Isla zu essen.

Zur Feier des Tages rasierte er sich gründlich und schlüpfte in den dunkelblauen Anzug, den er sich vor zwei Jahren anlässlich der Hochzeit eines Studienkollegen gekauft hatte. Als er sich im Spiegel betrachtete, musste er grinsen, weil er sich selbst so fremd vorkam. Tatsächlich hatte er diesen Anzug bislang nur bei jener Hochzeit getragen – übrigens der einzigen, bei der Kilts ausdrücklich nicht erwünscht gewesen waren –, und bei der Beerdigung einer entfernten Großtante im letzten Jahr. Er war eindeutig eher der Jeans-Typ, aber er musste zugeben, dass ihm sein Spiegelbild gar nicht schlecht gefiel. Vielleicht sollte er in Zukunft häufiger mal Anlässe finden, zu denen er sich schick machen konnte.

Seine Gedanken schweiften wieder zu Shona. Er wusste, dass sie heute Abend ebenfalls im Restaurant sein würde, aber definitiv nicht an seinem Tisch. Die Redakteurin der Sendung hatte beschlossen, dass an den Finalabenden auch die Familien der Küchenchefs im Restaurant sitzen würden. An einem eigenen Tisch. Das zumindest hatte ihm Jon erzählt, der allem Anschein nach viel nervöser war als Isla selbst. Nun ja, es war eigentlich auch egal, denn viel Konversation durften die Statisten ohnehin nicht machen. Sie waren hauptsächlich als atmosphärische Hintergrunddeko angeheuert worden. Aber er würde Shona sehen – und sie ihn. Und vielleicht ergab sich ja am Ende des Abends noch etwas mehr ...

Fünf Stunden später war Kendrick gründlich demoralisiert. Ja, er hatte Shona getroffen – sie hatte grandios ausgesehen in einem silbergrau schimmernden Wickelkleid und atemberaubenden High Heels. Sie hatte ihn ebenfalls durchaus wohlwollend gemustert und ihm ein Lächeln geschenkt, das seine Fähigkeit zur klaren Sprache für einen Moment deutlich eingeschränkt hatte. Ihm war ein Platz am Tisch von Annabel Campbell, der jungen Landärztin, zugewiesen worden, und sie hatten beim Aperitif darüber philosophiert, ob es Absicht oder Zufall war, dass Kirkbys Medizinabteilung zusammensitzen durfte. Während der Vorspeise hatte dann sein Handy vibriert – ohne angezeigte Nummer. Er hatte den Anruf zunächst weggedrückt, weil er sich zu neunzig Prozent sicher gewesen war, dass es wieder eine seiner Schwestern sein musste, doch als dann auch noch das Mailbox-Signal ertönte, war ihm klar gewesen, dass es nicht seine Familie sein konnte. Die machte ihm das Leben nämlich lieber im direkten Gespräch zur Hölle.

Er hatte sich also bei Annabel entschuldigt und war nach draußen gegangen, um sich die Nachricht anzuhören. Es war ein Bauer zwei Dörfer weiter gewesen, dessen alte Stute eine schwere Kolik hatte. Es war bereits die dritte in den letzten zwei Wochen, und natürlich war Kendrick nichts anderes übrig geblieben, als sofort hinzufahren. Er hatte nur noch rasch Anna Bescheid gesagt, war in seinen Wagen gesprungen und ohne Umwege direkt zum Hof des Bauern gefahren – in seinem smarten Anzug. Aber für einen Outfitwechsel war keine Zeit gewesen. Der Stute war es richtig schlecht gegangen, und nach einer gründlichen Untersuchung hatte er auf einen Darmverschluss getippt, was akute Lebensgefahr bedeutete.

Die beste Option in so einem Fall wäre die sofortige stationäre Aufnahme in einer Tierklinik gewesen, und natürlich hatte er seine Familie in Inverness in Alarmbereitschaft versetzt. Der Bauer jedoch hatte sich unsicher gezeigt – was ihm Kendrick nicht verübeln konnte. Das Pferd war schließlich bereits siebenundzwanzig Jahre alt, und eine Operation kostete viel Geld. Ob sie erfolgreich sein würde, stand ebenfalls in den Sternen. Kendrick hatte es also mit allen konservativen Behandlungsmöglichkeiten versucht: Er hatte eine Nasenschlundsonde gelegt, um etwaige Gase und Flüssigkeiten entweichen zu lassen, krampflösende Medikamente und Schmerzmittel gespritzt und das Tier zusammen mit seinem Besitzer im kalten Nieselregen unermüdlich über den nächtlichen Hof geführt. Doch ohne Erfolg. Der Kreislauf der Stute war immer schwächer geworden, und es war klar gewesen, dass sie es nicht schaffen würde. Selbst für einen Transport in die Tierklinik und eine Not-OP war es zu spät. Der alte Bauer, der schon so viele Tiere hatte kommen und gehen sehen, wusste es natürlich auch.

So hatten sie das treue Pferd auf seine Lieblingskoppel gebracht, und im Schutz einer mächtigen alten Eiche hatte Kendrick ihm die tödliche Dosis Schmerz- und Narkosemittel verabreicht. Das war der schlimmste Teil seines Jobs. Es war der letzte Dienst, den er einem sterbenskranken Tier erweisen konnte, aber er würde sich niemals daran gewöhnen können. Der Schmerz und die Verzweiflung der Besitzer nahmen ihn immer wieder aufs Neue mit, und oft genug weinte er mit ihnen zusammen, was vermutlich ganz schön unprofessionell wirkte. Die anderen Mitglieder seiner Familie hatten sich in solchen Situationen besser im Griff und beschworen ihn oft, sich das alles nicht so zu Herzen zu nehmen – doch wie sollte das funktionieren? Er wusste es nicht. Vielleicht war das auch der Grund, warum er selbst kein Tier hatte. Nicht einmal den Hund, von dem er seit Jahren sprach und der ihm bei seinen langen Überlandfahrten oder in seinen einsamen Nächten Gesellschaft leisten konnte. Wie oft hatte er es in letzter Minute abgelehnt, einen Welpen aufzunehmen? Gott, er war so ein Feigling!

Da fiel ihm schlagartig ein, dass er neuerdings Pferdebesitzer war, und ihm wurde heiß und kalt, denn ob Azzedine sich vollständig erholen würde, stand ja auch noch in den Sternen. Er saß in seinem völlig ruinierten Anzug im Auto – die Wechselklamotten, die er normalerweise dabeihatte, hingen frisch gewaschen zu Hause auf der Wäscheleine – und fuhr langsam über die menschenleere Landstraße nach Kirkby zurück. Als Ruperts Stall in Sicht kam, überlegte er kurz, ob er anhalten und bei seinem Pferd nach dem Rechten sehen sollte. Der Impuls dazu war beinahe übermächtig, und doch entschied er sich dagegen. Ihm war das neue Sicherheitssystem eingefallen, das Rupert zweifellos alarmieren würde, sobald er den Stall betrat. Er hatte zwar den Code, aber Rupert wollte nach dem Erlebnis mit dem Earl nichts mehr dem Zufall überlassen. Und was sollte Kendrick ihm dann sagen? Dass er nachts um eins plötzlich das dringende Bedürfnis gehabt hatte, sich von Azzedines Wohlbefinden zu überzeugen? Nein, das musste nicht sein, auch wenn Rupert vermutlich sogar Verständnis zeigen würde.

Kendrick fuhr also weiter. In Islas Restaurant war alles dunkel, aber in ihrer Wohnung brannte noch ein Licht. Er hoffte, dass der Abend gut gelaufen war, und stellte sich vor, wie sie gerade mit Jon noch einmal alles Revue passieren ließ und vielleicht sogar ihren Triumph feierte. Es musste schön sein, so etwas miteinander teilen zu können. Erfolge genauso wie Niederlagen.

Mit einem Mal vermisste er Glenna mit einer Heftigkeit, die er nicht einmal unmittelbar nach der Trennung verspürt hatte. Als Liebespaar hatten sie nicht besonders gut funktioniert, aber sie waren immer die besten Freunde gewesen, und sie war immer für ihn da gewesen, wenn er von einem seiner nächtlichen Trips nach Hause kam. Hatte ihn getröstet, wenn er ein Tier nicht hatte retten können, hatte sich mit ihm gefreut, wenn eine schwierige Geburt gut verlaufen war. Sie hatte ihm einen Tee gekocht – egal, wie früh oder spät es gewesen war – und sich geduldig seine Geschichten angehört. Und umgekehrt genauso. Glenna war die beste Tierchirurgin, die er kannte, aber auch sie konnte nicht jedem Patienten helfen. In solchen Situationen war er es gewesen, der sie in den Arm genommen und ihr Tee gekocht hatte. Der ihr zugehört hatte, wenn sie jedes Detail und jeden Arbeitsschritt der OP noch einmal durchgegangen war. Das vermisste er sehr. Verdammt! Während sie all diese Dinge nun mit Davina erleben konnte und zusätzlich wahrscheinlich noch ein ausgefülltes Liebesleben mit ihr hatte, wartete auf ihn nur ein leeres, viel zu großes Haus.

Phyllis Montgomery war in Kirkby und hielt genau jetzt, zu dieser Stunde, einen Workshop ab – und er war nicht dabei?! Alice Fraser starrte ihn belustigt an. Es war Freitagmittag, und Kendrick hatte nach seinen Vormittagsterminen einen Abstecher zum Stall gemacht, um nach Azzedine zu schauen. An drei Beinen waren die Schwellungen deutlich zurückgegangen, nur vorne rechts sah es immer noch übel aus. Kendrick schätzte, dass sein Pferd ziemliche Schmerzen haben musste, doch der Wallach war freundlich wie immer und ließ die Behandlung problemlos über sich ergehen. Seit ihm das Alpaka Gesellschaft leistete, war er sogar noch ausgeglichener. Rupert hatte Kendrick berichtet, dass die beiden auch im Paddock ein Herz und eine Seele waren. Eine Dauerlösung war das zwar nicht, denn sobald Azzedine wieder ganz fit war, sollte er zu den anderen Pferden auf die Koppel und sich endlich mal richtig pferdegerecht benehmen und herumtoben können. Vermutlich würde Shona ihre Nessie auch bald zurückhaben wollen, aber für den Augenblick war das Arrangement ein Gewinn für alle Seiten.

Rupert hatte ihn zum Mittagessen gebeten, und Kendrick hatte die Einladung dankbar angenommen, denn er hatte heute noch gar nichts gegessen. Schon länger hatte er es nicht mehr zum Einkaufen in den großen Supermarkt geschafft, und die Bäckerei, in der er normalerweise sein Frühstück holte, hatte heute aus unerfindlichen Gründen geschlossen. Nach den ersten Bissen von ihrem traumhaften Shepherd's Pie hatte ihn Alice darüber aufgeklärt, warum das so war: Die berühmte Phyllis Montgomery war in

Kirkby und gab gerade einen Workshop für Highland Dancing! An dem neben Hailey auch Kristie teilnahm, die deshalb Kirkbys hungrige Meute heute nicht versorgen konnte. Verständlich. Hätte er von dieser Gelegenheit gewusst, hätte er all seine Termine verschoben und den Notdienst der Tierklinik übertragen. Aber er hatte es nicht gewusst!

»Sag bloß, du bist ein Tänzer?«, fragte Alice mit einem verblüfften Lächeln, und Rupert gab ein undefinierbares Geräusch von sich.

»Ich war in meiner Kindheit und Jugend sehr aktiv und mit meinen drei Schwestern in einer Tanzgruppe. Ich hab sogar am College noch ein bisschen weitergemacht. Himmel, Phyllis Montgomery!« Er seufzte.

»Ich hätte dir ja eine Menge zugetraut, aber nicht, dass du eine Hupfdohle bist«, brummte Rupert, und es war nicht ganz klar, ob er lachte oder verächtlich schnaubte.

»Hupfdohle? Highland Dancing ist eine unserer schönsten Traditionen, und entgegen der landläufigen Meinung ist auch gar nichts unmännlich daran. Früher waren es vor allem die Männer, die getanzt haben. Die Krieger der Clans ...«

»Schon gut, schon gut, ich bin mit den Bräuchen unseres Landes bestens vertraut«, unterbrach ihn Rupert mit einer beschwichtigenden Geste, und diesmal war sein Lächeln eindeutig. »Ich finde es auch toll, wenn Traditionen gepflegt werden. Ich hätte nur nie gedacht, dass du tanzt. Du siehst doch eher aus, als würdest du Baumstämme werfen oder an Tauen ziehen.«

»Was ist denn das für ein albernes Vorurteil?«, schimpfte

Alice mit ihrem Mann. »Nur weil du zwei linke Füße hast und lieber auf rohe Kraft als auf Raffinesse setzt, heißt das nicht, dass es bei allen anderen Männern auch so sein muss. Dein Bruder Marlin …«

»Seit vierzig Jahren muss ich mir jetzt schon die Leier anhören, dass mein Bruder so viel besser tanzen kann als ich. Irgendwann wird das langweilig.« Rupert verdrehte die Augen, doch seine bärtigen Mundwinkel zuckten.

Kendrick fand das Wortgeplänkel der beiden zwar charmant, aber das änderte auch nichts daran, dass Phyllis Montgomery hier in Kirkby einen Workshop gab und er nichts davon gewusst hatte. »Hab ich irgendeine Ankündigung verpasst?«

»Nein, das wurde nicht groß beworben. Es lief ganz unter der Hand. Colleen hat es nämlich irgendwie geschafft, sie hierher zu locken und sie nicht nur zu einem Auftritt morgen beim Herbstfest zu überreden, sondern ihr auch noch diesen Workshop aus den Rippen zu leiern. Allerdings nur für zehn Personen, und die Plätze waren schneller weg, als Colleen die Bekanntgabe formulieren konnte.« Alice lächelte ihn mitfühlend an. »Wenn Colleen gewusst hätte, dass du auch ein Tänzer bist, hätte sie dir garantiert einen Platz reserviert.«

Kendrick seufzte. »Na ja, da kann man nichts machen. Ich finde es aber absolut sensationell, dass Colleen das hinbekommen hat. Sie scheint ja über phänomenale Überredungskünste zu verfügen. Soweit ich weiß, gibt Phyllis ihre Workshops ansonsten nur noch bei sich zu Hause auf der Isle of Skye – und Auftritte macht sie gar keine mehr.«

»Colleen sieht nur so harmlos und lieb aus, in ihr schlummert ein eisenharter Wille. Den braucht sie aber auch, wo sie doch mit gleich drei Fraser-Männern zusammenlebt und für den Bürgermeister arbeitet.« Alice zwinkerte ihm verschmitzt zu.

»Jedenfalls ist es toll, dass Phyllis morgen beim Herbstfest dabei ist, da werde ich sie ja auch noch erleben. Und ich werde auf jeden Fall die Tierklinik auf Rufbereitschaft und Notdienst setzen. Diesen Abend werde ich mir auf gar keinen Fall verderben lassen.«

»Guter Plan. Ich hab das mit dem Pferd vom alten Johnson in Eskadale gehört. Schrecklich, so was. Und auch noch mitten in der Nacht.« Alice tätschelte ihm tröstend den Arm.

»Ziemlich«, gab er zu. »Und außerdem habe ich auch noch das Sensationsmenü von Isla verpasst. Es heißt, dass es ein absoluter Knüller war.« Das hatte Jon ihm gestern in aller Ausführlichkeit berichtet.

»Das Mädel ist wirklich gut, ich wünsche ihr von Herzen, dass sie gewinnt. Aber selbst wenn nicht, wissen wir, was wir an ihr haben, stimmt's, Rupert? Und Gäste hat sie sowieso genug.« Alice glühte regelrecht vor Tantenstolz.

»Mir ist dein Essen immer noch lieber«, behauptete Rupert und lächelte seine Frau so strahlend an, dass sie errötete.

Wow, so konnte es also auch nach vierzig Jahren Ehe noch laufen, dachte Kendrick nicht ohne Neid. Seine Eltern waren ebenfalls so lange zusammen und schienen eine gute Partnerschaft zu führen, aber sie gingen eher

pragmatisch miteinander um. Vielleicht lag das am gemeinsamen Beruf, daran, dass sie Tag und Nacht zusammen-
arbeiteten? So ein lässiges, aber von Herzen kommendes
Kompliment wie das von Rupert hatte er von seinem Dad
noch nie gehört, obwohl auch seine Mum toll kochte. Der
alte Pferdemann hatte dafür jedenfalls den großen Ehe-
mann-Orden am Bande verdient.

»Ach, du verstehst einfach nichts von Haute Cuisine«,
behauptete Alice mit einer wegwerfenden Handbewegung,
doch Kendrick merkte ganz deutlich, wie sehr sie sich
freute. »Aber wir sind ganz vom Thema abgekommen«,
sagte sie, an Kendrick gewandt. »Dann können wir uns also
morgen auf eine tolle Tanzperformance unseres Tierarztes
freuen?«

● ● ●

»Wow, das war gut. Das war richtig gut«, japste Shona mit
roten Wangen und glänzenden Augen nach dem letzten
Probedurchgang.

Der Workshop von Phyllis Montgomery hatte eine
überraschende Neuausrichtung bekommen, als sich herausgestellt hatte, dass das Teilnehmerfeld in sehr unterschied-
lichem Maß mit Talent und Erfahrung gesegnet war. Die
eine Hälfte bestand aus interessierten Anfängern, die andere Hälfte aus ambitionierten Halbprofis. Phyllis hatte sich
das den Vormittag über angesehen und versucht, ihr Programm so durchzuziehen, dass alle Leistungsstufen auf ihre
Kosten kamen. Doch nach der Mittagspause hatte es eine
Planänderung gegeben: Die Anfänger wurden mit zweien

ihrer Profitanzschüler in einen Nebenraum verfrachtet, die Ehrgeizigen durften mit der Meisterin selbst trainieren und kleine Tanzfolgen einstudieren, die sie am nächsten Abend beim Herbstfest präsentieren würden.

Kristie hatte einen spektakulären Solopart bekommen. Shonas hochgewachsene, schlanke Cousine war schon immer die beste Tänzerin im Ort gewesen, und ohne ihren enormen Wachstumsschub in der Pubertät hätte sie vermutlich das Zeug zu einer Profikarriere gehabt. Shona und Hailey konnten da nicht mithalten – weder früher noch heutzutage –, doch ihre Begeisterung machte den Mangel an Grazie locker wieder wett. Mit zwei Highschool-Mädchen aus dem Ort hatten sie eine originelle und recht komplexe Vierer-Choreografie einstudieren dürfen.

»Richtig gut‹ würde ich jetzt nicht sagen, aber ganz ordentlich war es schon«, schränkte Phyllis Shonas Behauptung ein wenig ein. »Dafür, dass wir nur ein paar Stunden Zeit hatten und ihr noch nie zu viert zusammen getanzt habt, ist es recht bemerkenswert. Ich bin mir sicher, ihr werdet morgen bei eurem Fest für Furore sorgen.«

Die grauhaarige ältere Dame sah in ihren Trainingsklamotten aus, wie man sich eine Ballettlehrerin vorstellte: elegant, graziös – und wahnsinnig streng. Doch Shona wusste, dass sie morgen einen ganz anderen Eindruck vermitteln würde. Wenn Phyllis in ihrem traditionellen Tanzkleid herumwirbelte, wirkte sie wie eine entfesselte Kriegerin. Sabbernde Männer aller Altersklassen am Rand der Tanzfläche waren garantiert. Sie, Hailey und die beiden Mädels waren eher der Guten-Laune-Fraktion zuzuordnen, die bei den Anwesenden zwar keine Liebesschwüre provozieren, aber definitiv die Stimmung anheizen würde. Sie freute sich jedenfalls wahnsinnig auf den nächsten Abend.

»Sollen wir noch einen Durchgang machen?«, fragte Hailey, immer noch keuchend.

»Ich denke, ihr habt das jetzt drauf. Wir gehen die Kombinationen vor dem Auftritt noch einmal kurz durch, dann sollte es klappen«, sagte Phyllis lächelnd und wedelte mit der Hand in Richtung Tür. »Kristie, Liebes, du bleibst bitte noch.«

Die beiden Teenager-Mädchen verabschiedeten sich rasch und flitzten die Stufen der alten Schule hinunter, um gleich darauf durch die schwere Eingangstür zu verschwinden. Shona und Hailey waren gemächlicher unterwegs, immer noch ziemlich mitgenommen von dem harten Training. »Gott, meine Beine zittern so, dass ich kaum die Treppe runterkomme«, jammerte Hailey.

»Dabei müsstest du eigentlich fitter sein als ich, wo du doch ständig reitest und mit dem Fahrrad fährst.« Shona warf ihrer Cousine einen Seitenblick zu, hielt sich aber selbst am Treppengeländer fest. Es war ein mittleres Wunder, dass ihre Beine nicht völlig verknotet waren.

»Aber du bist ja ständig beim Tanzen«, behauptete Hailey. »Reiten und Fahrradfahren bringen da gar nichts.«

»Ich war das letzte Mal vor fünf Wochen beim Tanzen«, entgegnete Shona und konnte nicht verhindern, dass bei der Erinnerung an den denkwürdigen Abend in Inverness ihre Wangen heiß aufflammten. Glücklicherweise war es im Treppenhaus schummrig, sodass Hailey nichts bemerkte.

Vielleicht war sie aber auch zu sehr mit sich selbst beschäftigt.

»Der Abend, als du mit Kendrick getanzt hast?«

»Was?« Shona kam ins Straucheln. Woher wusste Hailey
davon? Sie hatte ihr nichts erzählt, nur Kristie, und die
hatte geschworen, dass sie nichts verraten würde.

»Du glaubst doch nicht ernsthaft, dass Kristie so ein saf-
tiges Stück Tratsch für sich behalten kann?« Hailey lachte.

Doch, das hatte sie eigentlich schon gedacht. O Mann,
auf dieses Gespräch hatte sie überhaupt keine Lust. Hailey
hatte zwar vollmundig behauptet, sie hätte sich Kendrick
aus dem Kopf geschlagen, und zog ihre Cousine regelmäßig
damit auf, dass er angeblich nur Augen für sie hatte, aber
Shona war immer davon ausgegangen, dass das alles nur so
dahergesagt war und Hailey keine Ahnung hatte, was wirklich hinter Kendricks Blicken steckte. Von dieser These
konnte sie sich nun also verabschieden. Vielen Dank auch,
Kristie! Allerdings war das immer noch nur die halbe
Wahrheit.

Sie öffnete die Tür des Schulhauses und fröstelte. »Bäh,
ist das kalt geworden!«, rief sie und machte den Reißver-
schluss ihrer Sportjacke zu.

»Ja, es wird wirklich Herbst.« Hailey zog die Schultern
hoch und sah in Richtung Dorfplatz. »Wollen wir heim,
oder gehen wir noch in den Pub?«

»So, wie wir sind?« Shona blickte zu ihrer Cousine, die
genau wie sie nur Leggins und ein völlig verschwitztes
Langarmshirt trug, ebenfalls mit einer dünnen Fleecejacke
drüber.

214

»Ja und? Die Hälfte von Jons Gästen müffelt nach Schaf, Ziege, Rind oder Pferd, da fallen wir bestimmt nicht auf.« Hailey grinste. »Außerdem habe ich einen Wahnsinnskohldampf und keine Lust auf Kochen oder eine Tiefkühlpizza.«

Das war ein Argument. »Okay, dann ab in den *Wise Pelican*!«

Wenige Minuten später hatten sie sich zwei gemütliche Ohrensessel in der Kaminecke gesichert und freuten sich auf den heißen Fischeintopf, der heute mal wieder auf der Karte stand.

»Zurück zu dir und Kendrick«, fing Hailey wieder an. »Ich will jetzt alles wissen, was da in Inverness gelaufen ist. Kristie hat mir nur verraten, dass ihr euch über Tinder gematcht und dann den ganzen Abend miteinander getanzt habt.«

»Hmm.«

»Ist das alles? ›Hmm‹?«

»Was soll ich sagen, du weißt ja schon alles«, gab Shona defensiv zurück und war froh, dass sie in diesem Moment ihre Suppenschüssel von der Kellnerin entgegennehmen konnte.

»Ich weiß gar nichts.« Hailey inhalierte das köstliche Aroma der Suppe und probierte einen ersten Löffel voll. »Wenn es nur ein harmloser Tanzabend gewesen wäre, müsstest du dich jetzt nicht winden wie ein Aal und hättest es mir auch nicht verschwiegen.«

Erstaunlich scharfsinnig von ihrer Cousine. Shona aß ein paar Löffel von dem wirklich himmlischen Eintopf, dann bekannte sie seufzend: »Na schön, ich habe nichts erzählt, weil du damals ja voll auf ihn abgefahren bist und ich nicht wollte, dass so etwas Unwichtiges zwischen uns steht.«

»Gut, dann kann ich dich beruhigen. Mit dem Thema Kendrick bin ich wirklich durch. Ich mag ihn. Sehr sogar. Und seit er sich so für Azzedine eingesetzt hat, mag ich ihn sogar noch viel lieber. Aber auf rein freundschaftlich-kollegialer Ebene. Ansonsten ist da nichts mehr. Nada! Wirklich nicht.« Sie sah Shona beschwörend an. »Und wenn du dich genauso für ihn interessierst wie er sich offenkundig für dich, dann solltest du es riskieren und nicht wegen mir auf was Schönes verzichten.«

»Was Schönes?« Shona prustete fast in ihre Suppe. Sie hatte keine Ahnung, was zwischen Kendrick und ihr abging, ob da überhaupt etwas war oder alles nur in ihrer Einbildung stattfand. »Weißt du, dass ich mit ihm insgesamt vielleicht zehn Sätze gewechselt habe? Seit er hierhergezogen ist. Und die meisten davon im Streit.« Sie schüttelte den Kopf. Das war jetzt übertrieben, schon klar, aber nicht sehr. Sie hatten tatsächlich noch nicht viel miteinander gesprochen, aber jedes Mal war sie danach in heller Aufregung gewesen. Vor Wut, vor Erregung oder vor Verwirrung. Das war definitiv nicht normal, sondern einfach nur verdammt kompliziert und anstrengend und so ziemlich das Gegenteil von »Was Schönes«!

»Na ja, rede dir nur weiter ein, dass da nichts ist zwischen euch. Ich weiß zwar nicht, was du davon hast, aber wenn es dir Freude bereitet ...« Hailey konzentrierte sich jetzt ganz auf ihre Suppe.

»Ich weiß es doch auch nicht«, murmelte Shona kläglich und löffelte ebenfalls den Eintopf. Sie wusste es wirklich nicht. Solche Gefühle kannte sie nicht. Sie mochte ihre Männergeschichten fröhlich und unkompliziert, befriedigend und nicht anstrengend. Also alles genau so, wie es mit Kendrick mutmaßlich nicht sein würde. Zumindest nicht, wenn man ihre bisherigen Erlebnisse mit ihm zugrunde legte. Sie hatte ja insgeheim gehofft, dass sie an Islas Kochabend eine Gelegenheit finden würde, mal ungezwungen mit ihm zu plaudern – ohne durchdrehende Hormone wie in Inverness, ohne durchdrehende Adelige wie neulich im Stall und ohne durchdrehende Nerven wie ganz am Anfang, als er Nessie angefahren hatte.

An dem Abend hatte er fantastisch ausgesehen in seinem todschicken dunkelblauen Anzug. Im ersten Moment hatte sie ihn gar nicht erkannt mit dem glatt rasierten Gesicht und den ordentlich gekämmten braunen Haaren. Er hatte an diesem Abend so gar nichts von dem kernig-rustikalen Tierarzt gehabt, sondern wie einer der lässigen, smarten Städter gewirkt, die die Londoner Whisky-Bar so gerne frequentierten. Doch dann war er plötzlich verschwunden. Zu einem traurigen Einsatz in Eskadale, wie sie am nächsten Tag erfahren hatte. Seitdem waren sie sich nicht wieder begegnet, obwohl sie verdammt viel Zeit im Pferdestall verbracht hatte – vordergründig, um Nessie zu besuchen, aber immer in der Hoffnung, auch auf Kendrick zu treffen.

»Du kannst ja morgen wieder mit ihm tanzen und schauen, was passiert«, schlug Hailey nach einer ganzen

Weile vor und stellte ihre leer gefutterte Schüssel auf den Tisch.

Shona hatte eine recht präzise Vorstellung davon, was passieren könnte, wenn sie mit ihm tanzte. Unwahrscheinlich, dass es diesmal anders werden würde ... Wollte sie das riskieren?

»Ich dachte, er tanzt so gut?«, bohrte Hailey nach, als Shona nichts sagte.

»Tut er.« Sie seufzte. »Unglaublich gut sogar, und das ist ein Problem.«

»Ein Problem ist es nur, wenn man eins draus macht.«

»Es ist wirklich nicht so einfach, aber lass uns jetzt nicht weiter darüber reden. Davon löst sich mein Dilemma auch nicht. Wir werden sehen, was der morgige Abend bringt. Vielleicht kommt er ja gar nicht, weil irgendwo wieder eine Kuh krank ist oder sich eine Katze ein Bein gebrochen hat oder was auch immer. So ein Tierarztleben scheint ganz schön aufreibend zu sein.«

»Bestimmt sogar«, meinte Hailey, ließ aber offen, was genau sie damit meinte. »Wie sieht's aus, wollen wir noch was trinken? Ich habe gehört, dass Jon eine üppige Gin-Auswahl hat und auch den einen oder anderen ordentlichen Whisky.« Ohne eine Antwort abzuwarten, stand sie auf, ging zum Tresen und kam kurze Zeit später mit einem kleinen Tablett zurück, auf dem zwei leere Whiskygläser und eine Flasche Gordon Gibbs standen.

»Oh?«

»Jetzt will ich die ganze Geschichte wissen.«

218

HEISSE SOHLEN

SHONA WARF HAILEY UND den beiden Mädchen einen verstohlenen Blick zu. Noch gut fünf Minuten, bis sie mit
ihrer Performance dran waren, und sie war mit einem Mal
verdammt nervös. Lampenfieber? Vermutlich. Obwohl das
doch total lächerlich war, oder? Sie hatte als Kind und
Jugendliche unzählige öffentliche Auftritte mit ihren Tanz-
gruppen gehabt und war da nie sonderlich aufgeregt gewesen. Und hier in Kirkby war man doch sowieso unter
sich, warum also das Herzklopfen? Sie strich mit fahrigen
Handbewegungen über ihren Faltenrock und versuchte, tief
durchzuatmen. Was nicht ganz einfach war, denn das Mieder ihres alten Tanzkostüms saß ganz schön eng – offenbar
hatte sie doch ein bisschen zugelegt, seit sie es vor acht
Jahren das letzte Mal angehabt hatte. Hailey schien auch
etwas angespannt zu sein, aber die beiden Highschool-
Mädels waren total relaxt und tuschelten kichernd über
ihren Handys.

Zumindest optisch waren sie eine harmonische Truppe.
Shona trug Rot, Hailey Mittelblau und die beiden anderen
Gelb und Grün. Phyllis war damit einverstanden gewesen,
ansonsten hätten sie auf die Schnelle andere Kostüme
organisieren müssen. Die große Meisterin hatte sich auch

persönlich vom perfekten Sitz der Haare aller Tänzerinnen überzeugt, und Shona wusste langsam wieder, warum sie damals mit dem Tanzen aufgehört hatte. Offene Haare waren ein Tabu, und so hatte sie ihre lange schwarze Mähne zu einem stramm sitzenden Dutt festgezurrt, der derart mit Haarspray festzementiert war, dass er vermutlich auch einem Bombenangriff widerstehen würde.

»Alles klar?«, fragte Hailey.

»Hm.«

»So schlimm?«

»Ach was, gar nicht. Es ist nur ...« Sie zögerte. Zum einen, weil sie nicht wusste, was der eigentliche Grund für ihre Nervosität war, zum anderen, weil die beiden jugendlichen Mittänzerinnen plötzlich mit gespitzten Ohren in ihre Richtung linsten. »Mein Mieder ist so eng, ich habe Angst, dass entweder eine Naht platzt oder ich wegen Sauerstoffmangel ohnmächtig werde.« Das war nicht ganz die Wahrheit, aber auch nicht ganz gelogen.

»Und ich dachte, dass es am Tierarzt liegt.« Hailey zwinkerte Shona zu. Gestern Abend hatte sie darauf bestanden, jedes saftige Detail zu erfahren. Und sie hatte bei einem Glas Whisky ausführlich darüber spekuliert, wie das heutige Zusammentreffen zwischen Kendrick und Shona wohl ablaufen würde und wo man in der Schule eine schummrige Ecke finden könnte. Nicht witzig!

»Der Tierarzt? Redet ihr von Kenny?«, fragte die blonde Teenie-Göre im gelben Kleid. »Der ist voll süß.«

»Total«, stieg ihre Freundin in die Schwärmerei ein. »Ich habe ihm neulich assistiert, als er unsere jungen Böcke kastriert hat. Er hat so feinfühlige Hände, und ich glaube, dass er mit den Jungs Mitleid hatte. Vielleicht hat er sich vorgestellt, wie ...«

»Mädels? Seid ihr so weit?«, rief Phyllis in diesem Moment, und Shona war froh, dass sie nicht länger über Kendricks – oder vielmehr Kennys – feinfühlige Hände beim Ziegenbock-Kastrieren nachdenken musste.

»Ich kann mir schon vorstellen, dass so eine Tätigkeit einen Mann zum Grübeln bringt«, raunte Hailey ihr kichernd ins Ohr, ehe Phyllis die ganze Truppe in den Saal scheuchte. Dort wurden sie vom gut gelaunten Bürgermeister, der als Moderator der Veranstaltung fungierte, bereits schwülstig als »Kirkbys Highland Roses« angekündigt.

Shona versuchte, ihren Blick starr geradeaus zu richten, als sie auf die Bühne zuliefen, doch natürlich bemerkte sie das eine oder andere bekannte Gesicht. Das Fest lief seit einer knappen Stunde, und vor ihnen hatten erst einige Kindergruppen performt, doch die Stimmung war schon bestens – was sicher an der großzügigen Getränkepolitik lag. Im lächerlich geringen Eintrittspreis waren Softdrinks, Bier und Cider inklusive, und Shona schätzte, dass dies schon weidlich ausgenutzt worden war. Speziell ein Rudel halbwüchsiger Jungs war plötzlich mutig genug, um anzügliche Kommentare und Gesten in ihre Richtung zu schicken, was die beiden Teenies in ihrer Gruppe aber ziemlich witzig zu finden schienen.

»Waren wir auch mal so?«, fragte sie Hailey leise, die breit grinste.

»Waren? Ich sage nur ›Abstellkammer‹ ...«

Ehe Shona reagieren konnte, hatten sie die Bühne erreicht und stiegen die paar Stufen hinauf. Sie stellten sich in Position und warteten darauf, dass Phyllis der Band ihr Einsatzsignal gab. Shonas Herz schlug mittlerweile bis zum Hals, und sie war sich ganz sicher, dass sie die komplette Choreografie vergessen hatte und alles ruinieren würde. Doch als die ersten Töne erklangen, sie sich verbeugten und schließlich die ersten Schritte tanzten, verflog die Nervosität wie von selbst und wich einer tiefen Konzentration. Die Figuren waren zwar nicht sonderlich kompliziert, aber Phyllis hatte gestern ein paar ungewöhnliche Kombinationen und Abläufe mit ihnen einstudiert. Erstaunlicherweise klappte alles wie am Schnürchen – auch die Sauerstoffversorgung –, und als der Tanz nach wenigen Minuten beendet war, strahlte sie genauso wie die drei anderen und freute sich wie verrückt über den frenetischen Applaus. Von der Bühne aus sah sie ihren Vater, der sie stolz angrinste und ihr zwei erhobene Daumen zeigte. Neben ihm standen Alex und Colleen, die ebenfalls begeistert klatschten.

Sie verbeugten sich noch ein letztes Mal und hüpften dann die Stufen hinunter, um den nächsten Tänzern, einem Paar, Platz zu machen. Es waren die Profitänzer aus Phyllis' Tanzschule, was wohl bedeutete, dass Kristies Solo direkt vor dem von Phyllis kommen würde. Shona war wirklich beeindruckt, doch Hailey unterbrach ihre Gedanken mit einem großen Glas Wasser, das sie ihr vor die Nase hielt.

»Das haben wir doch ganz gut hinbekommen, was?« Sie war ebenfalls noch ein bisschen außer Atem und trank einen großen Schluck aus ihrem eigenen Glas. Kopfschüttelnd und mit einem Grinsen sah sie ihren beiden Mittänzerinnen hinterher, als die zu dem johlenden Jungspulk liefen, der sie vorhin so eindeutig angefeuert hatte. »Das waren noch Zeiten«, sagte sie versonnen und grinste spitzbübisch.

»Zu meinen Zeiten waren die Jungs nicht so an Highland Dancing interessiert«, entgegnete Shona.

»Das sind sie heute auch nicht, aber sie stehen darauf, dass man bei fliegenden Röcken die Slips der Mädchen sieht – und dieses Phänomen scheint wirklich nie alt zu werden.« Hailey lachte rau. »Ist umgekehrt ja genauso. Wir fragen uns doch auch immer, ob die Kerle unter ihren Kilts traditionell gekleidet sind.«

»Ganz ehrlich? Bei den allermeisten hier will ich es gar nicht so genau wissen.« Sie hatten sich in eine Fensternische verzogen, von der aus sie den ganzen Saal im Auge behalten konnten. Die Männer trugen ausnahmslos Kilt – ob sie zwei Jahre alt waren oder fünfundneunzig. Als Shona vierzehn oder fünfzehn gewesen war, hatte es zwei Klassen über ihr eine Austauschschülerin aus den USA gegeben, und diese Alison war beinahe in Ohnmacht gefallen, als sie bei einer Party die berockten Männer gesehen hatte. Sie selbst hatte bis dahin nie darüber nachgedacht, ob es unerhört, sexy oder verwegen war – oder welches Adjektiv auch immer Alison herausgestammelt hatte –, sondern es einfach nur normal gefunden. Sie war den Anblick ihr ganzes Leben lang gewohnt gewesen. Aber irgendwas hatte an diesem Tag einen Schalter in ihrem Kopf umgelegt, und seitdem betrachtete sie Kerle im Kilt auch in einem anderen Licht. Nicht alle natürlich, aber einige ...

»Aber bei dem Prachtexemplar auf zwölf Uhr ganz sicher schon, was?«, nahm Hailey das Gespräch wieder auf und deutete ungeniert auf Kendrick, der ziemlich exakt gegenüber an der anderen Längsseite des Saals stand und interessiert zu ihnen herüberblickte.

»Bist du irre?«, fauchte Shona, als Hailey ihn jetzt auch noch zu ihnen winkte. »Ich bin nicht bereit für ...«

»Für Sex in der Fensternische? Das will ich doch schwer hoffen. Immerhin sind hier noch zahlreiche Kinder anwesend. Aber der arme Kerl steht da ganz allein und hat niemanden, mit dem er sich unterhalten kann.«

Das war schamlos gelogen. Kendrick war in ein Gespräch mit einem Bauern verwickelt gewesen und brauchte für den kurzen Weg zu ihnen geschlagene fünf Minuten, weil er alle paar Meter einen Schwatz mit jemandem halten musste. Immerhin Zeit genug für Shona, um insgeheim über sein Outfit zu spekulieren. Sie hatte ihn in seinem dunkelblauen Anzug absolut umwerfend gefunden, und auch die Jeans-Hemd-Kombination in Inverness hatte ihr gefallen, doch der Kilt, den er mit einem Hemd trug, dessen Ärmel hochgekrempelt waren, fachte ihre Fantasie noch einmal mehr an. Der traditionelle Sporran, eine verzierte Tasche, hing an strategisch günstiger Stelle an der Front. Auf eine Weste oder gar ein Sakko hatte er verzichtet. Obenherum wirkte er also sehr lässig, dafür steckten seine Füße in vergleichsweise leichten Lederschuhen und nicht in derben Boots, wie viele andere Männer sie zu ihrem Kilt trugen. Aber mit diesen Schuhen würde er fantastisch tanzen können …

Haileys Überlegungen schienen in eine ähnliche Richtung zu gehen. Leider behielt sie ihre Gedanken nicht für sich. »Er trägt Tanzschuhe, und ich wette, dass in seinem Sporran mindestens drei Kondome stecken. So sieht ein Mann aus, der bereit ist, in den Krieg zu ziehen, um nach einer verlorenen Schlacht wieder Land zu gewinnen.«

»Halt die Klappe!«, zischte Shona und konnte doch nicht verhindern, dass die Worte ihrer Cousine eine gewisse Wirkung zeigten und ihre Fantasie endgültig entfesselten. Was, wenn sie recht hatte? Was, wenn er wirklich einen »Gegenschlag« im Sinn hatte?

»Ach bitte, tu nicht so, als hättest du nicht auch schon daran gedacht.«

»Ich bereue es jedenfalls extrem, dass ich dir gestern alles erzählt habe. Und jetzt sei still, er kommt.«

»Jetzt schon? Das wäre ja noch schneller als beim ersten Mal …«, kicherte Hailey albern und japste dann, als Shona ihr einen Ellbogen in die Seite rammte.

Glücklicherweise war die Musik für das Tanzduo so laut, dass Shona sicher sein konnte, dass weder Kendrick noch die umstehenden Zuschauer etwas von Haileys Kommentaren mitbekommen hatten.

»Na, Gewalt unter Cousinen?«, fragte er, als er vor ihnen stand. Sein kleines Lächeln wirkte amüsiert, aber insgesamt machte er einen leicht angespannten Eindruck.

»Du solltest dich vor ihr hüten«, sagte Hailey. »Sie ist eine Bestie und kennt keine Gnade.«

Shona warf ihr einen warnenden Blick zu, sparte sich aber einen Kommentar und weitere Schläge oder Tritte, obwohl Hailey ja geradezu darum bettelte.

»Ich wollte euch eigentlich ein Kompliment zu eurer Performance machen. Wirklich sehr beeindruckend.«

»Was weißt du denn über meine Performance?« Hailey war ernsthaft verwirrt, und auch Kendrick runzelte nun die Stirn.

»Auf der Bühne!«, fuhr Shona sie an. »Kenny meinte unseren Tanz.«

»Ach so ... Na dann. Vielen Dank, Kenny.« Hailey lachte. »Wir haben uns Mühe gegeben.«

»Ihr wart echt gut. Aber ich würde es vorziehen, wenn ihr mich Kendrick nennt«, entgegnete er.

»Ach wie schade. Dann dürfen wohl nur kleine Mädchen, die dir beim Kastrieren zur Hand gehen, einen Kosenamen verwenden?« Shona wusste auch nicht so genau, woher diese Spitze plötzlich gekommen war, aber Hailey verschluckte sich vor lauter Lachen an ihrem Wasser. Kendrick dagegen sah aus, als hätte er auf eine Zitrone gebissen.

»Wie wäre es mit ›Ken‹? Oder ›Rick‹?«, schlug Hailey vor, als ihr Husten etwas abgeklungen war.

»Wie wäre es mit ›Kendrick‹?«, entgegnete er.

»Na schön, Kendrick.« Hailey betonte seinen Namen extra deutlich. »Dir hat also gefallen, was du gesehen hast?«

»Sehr. Ihr habt eindeutig Erfahrung.« Er schielte zu Shona, so als hätte er eine ziemlich präzise Vorstellung vom Umfang ihrer spezifischen Erfahrung.

»Du ahnst ja gar nicht, wie viel …« Hailey klimperte mit den Wimpern. Ihr schien dieser Schlagabtausch eine diebische Freude zu machen. »Aber was qualifiziert dich für diese charmante Einschätzung unseres Könnens?«

»Ich habe selbst jahrelang getanzt«, sagte er schlicht und als sei das nichts Besonderes.

»Du machst Highland Dancing?« Shona glotzte ihn verblüfft an. »Ernsthaft?«

»Ja. Warum überrascht dich das so sehr?«

Tja, warum eigentlich? Sie wusste, dass er sich toll bewegen konnte und ein fantastischer Tänzer war. Aber die traditionellen Cèilidh-Tänze und Salsa waren doch eine ganz andere Hausnummer als Highland Dancing. Sie selbst kannte nur sehr wenige Männer, die sich ernsthaft der schottischen Tanztradition verschrieben hatten, und die meisten von ihnen waren etwas eigenartig. Wobei das streng genommen auch auf Kendrick zutraf, der sogar beim Thema Kosenamen zugeknöpft war. Wie er überhaupt die meiste Zeit über ziemlich zugeknöpft war – es sei denn, sie knöpfte etwas auf … Aber daran sollte sie nun wirklich nicht denken. Warum starrte er sie so erwartungsvoll an?

»Ach so. Tanzen. Ähm, ja. Also. Nein, es überrascht mich natürlich nicht. Also, schon irgendwie, aber wenn ich darüber nachdenke, dann nicht.« Was stammelte sie da für einen ausgemachten Quatsch zusammen? Aus dem Augenwinkel nahm sie wahr, dass Hailey grinsend den Kopf schüttelte, während Kendrick nur eine Braue hob.

»Ich war als Kind und Jugendlicher mit meinen Schwestern in einer Tanzgruppe und hab auch noch am College

weitertrainiert. Ich habe sogar mehrfach Wettbewerbe gewonnen. Nichts ganz Großes, aber einige regionale Wett-
kämpfe.«

»Cool«, entgegnete sie lahm. Sie war sich immer noch
nicht ganz sicher, ob er sie nicht einfach aufzog, aber das
passte eigentlich nicht zu ihm. So einen seltsamen Humor
hatte er nicht – falls er überhaupt einen Sinn für Komik
hatte, was noch zu überprüfen wäre. Aber andererseits,
warum sollte er ihr etwas vormachen? Dafür gab es überhaupt keinen Grund. Zumal es sich ja ganz leicht nach-
prüfen ließ. Ehe sie jedoch einen entsprechenden Kommentar hinzufügen konnte, brandete erneut Applaus auf. Der
Auftritt des Duos war beendet, und sie hatte keine Sekunde
darauf geachtet.

»Du musst uns unbedingt eine Kostprobe deines Könnens geben«, rief Hailey über den Lärm hinweg.

»Jederzeit«, sagte er mit einem Lächeln und applaudierte
den beiden Tänzern, die sich mehrmals verbeugten und
vehement zu einer Zugabe aufgefordert wurden. Als erneut
Musik ertönte und die beiden noch einmal loswirbelten,
begann Kendrick seinerseits mit einer kleinen Performance.

Shona schaute ihm mit leicht geöffnetem Mund zu, und
auch Hailey starrte ihn verwundert an. Er war richtig gut.
Nicht auf dem begeisterten Hobbyniveau wie die beiden
staunenden Cousinen, sondern in einer Qualität, dass er
locker mit den beiden Profis auf der Bühne mithalten
konnte. Dabei sah er so lässig aus, als kostete ihn das nicht
die allergeringste Mühe. Immer mehr von den umstehenden Leuten richteten ihre Aufmerksamkeit weg von der

Bühne und auf den Tierarzt. Als die letzten Töne des Musikstücks verklungen waren, galt ein Großteil des Applauses eindeutig Kendrick.

»Wenn wir vorher gewusst hätten, dass unser Tierarzt eine derart heiße Sohle aufs Parkett legen kann, hätten wir ihn auf die Bühne gebeten«, sprach Collum amüsiert ins Mikrofon, nachdem er sich bei den beiden Profis für ihre Darbietung bedankt hatte.

»Das nächste Mal dann«, rief Kendrick, und Shona fand es irgendwie total süß, dass er rot wurde. Entweder war es ihm peinlich, den beiden die Show gestohlen zu haben, oder das Tanzen hatte ihn erhitzt.

»Okay, du *bist* dafür qualifiziert, unser Können einzuschätzen«, nahm Hailey den Gesprächsfaden von vorhin wieder auf. Offensichtlich hatte sie sich schneller von ihrer Überraschung erholt. »Du weißt schon, dass du nicht im großen Stil Ziegenböcke kastrieren und Pferdekoliken behandeln müsstest? Stattdessen könntest du eine glamouröse Profikarriere als Highland-Tänzer haben – mit Dutzenden Groupies an jedem einzelnen Finger.«

Er lachte laut auf. »Und was sollte ich mit diesen Groupies anfangen?«

»Also wenn ich dir das erklären muss, dann hast du vielleicht einen Bock zu viel kastriert in deinem Leben!«

»Nein, im Ernst. Mir macht das Tanzen wirklich unfassbar viel Spaß, und ich würde es gerne öfter machen, aber als Job? Das ist knallhart und anstrengend – und ich glaube nicht, dass der Verdienst dem angemessen ist. Wir sprechen ja nicht von Fußballprofis. Leider.«

»Na ja, knallhart, anstrengend und wenig Geld – ich finde, das klingt auch nach Tierarzt«, beharrte Hailey fröhlich. »Aber auf der einen Seite hättest du Groupies, auf der anderen hast du nur stinkende Böcke. Vor dieser Entscheidung …«

Aus irgendeinem Grund missfielen Shona die dämlichen Groupiekommentare ihrer Cousine. Sie wollte sich Kendrick nicht mit einer sabbernden Schar weiblicher Fans vorstellen, und wenn sie ganz ehrlich war, wollte sie ihn nicht teilen. Doch es war bereits zu spät. Etliche Frauen, die ähnlich beeindruckt von seiner Tanzeinlage waren wie sie selbst, näherten sich und versuchten, ihn in Gespräche zu verwickeln.

»Mir scheint, man kann auch beides haben«, sagte sie und klang dabei schnippischer als beabsichtigt. Dann drehte sie sich rasch um und marschierte in Richtung Bar. Auf der Bühne mühten sich gerade drei kleine Jungs mit Dudelsäcken an der Paul-McCartney-Hymne *Mull of Kintyre* ab und machten dabei einen derart ohrenbetäubenden Lärm, dass sie das Rauschen in ihren eigenen Ohren nicht hörte. Was war nur los mit ihr? Warum reagierte sie so merkwürdig und unsouverän? Warum war sie eifersüchtig auf die lässig flirtende Hailey und sogar auf das ZiegenbauernTöchterchen, das Kendrick beim Kastrieren geholfen hatte? Von den Mädels, die ihn in dieser Sekunde wahrscheinlich bewundernd anschmachteten, ganz zu schweigen.

»Alles klar, Sis?«, riss eine Stimme sie aus ihren Gedanken.

Shona fuhr herum und blickte in das lächelnde Gesicht ihrer Schwester Isla, die heute ihr Restaurant geschlossen hatte, nur um an dem Herbstfest teilnehmen zu können. »Ja, klar. Was soll sein?«

»Keine Ahnung. Du siehst aus, als wärst du auf der Flucht oder als wäre dir ein Gespenst begegnet.« Isla runzelte tatsächlich besorgt die Stirn.

»Quatsch«, winkte Shona ab. Sie hatte keine Lust, mit ihrer Schwester über Dinge zu reden, die sie selbst nicht verstand. »Ich finde nur den Dudelsacksound schwer zu ertragen.«

»Mhmm.« Es war offensichtlich, dass Isla ihr kein Wort glaubte, doch glücklicherweise bohrte sie nicht weiter nach, sondern wechselte stattdessen das Thema: »Hailey und du, ihr habt es echt noch drauf. Habt ihr das wirklich erst gestern Nachmittag eingeübt?«

»Du meinst die Choreografie? Ja, das ging ganz gut, aber Phyllis ist auch eine tolle Trainerin.«

»Wenn du das sagst.« Isla schmunzelte leicht. Shona wusste, dass ihre Geschwister nie ganz nachvollziehen konnten, was sie am Highland Dancing fand, und sie hatte es längst aufgegeben, sich zu erklären. Ihr machte es einfach Spaß, und das allein war ja wohl Grund genug.

»Du hast es ja nie ausprobiert, sonst wüsstest du, wovon ich spreche. Und das ist jammerschade, denn ansonsten tanzt du ja gerne und gut. Ich wette, es würde dir Spaß machen, wenn du es nur mal probieren würdest.«

»Ach, da ist Hopfen und Malz verloren. Außerdem reicht mir normales Tanzen.« Isla warf Jon, der hinter der Bar stand und im Akkord Bier und Cider zapfte, einen verliebten Blick zu.

Augenblicklich dachte Shona wieder an den Cèilidh-Abend mit Kendrick zurück. Diese Art von Tanzen war tatsächlich noch besser, aber das tat ja gerade gar nichts zur Sache. Doch dann fiel ihr etwas anderes ein: Sie hatten sich an jenem Abend auf Tinder gematcht, das hieß also, dass er auf der Suche war. Zumindest nach ein wenig Abwechslung, vielleicht sogar nach etwas Festem. Sie selbst hatte die App seitdem nicht mehr geöffnet. Das allein war schon ein mittleres Wunder, aber noch viel seltsamer war, dass sie wochenlang überhaupt nicht daran gedacht hatte. Sie schluckte. Was aber, wenn es bei ihm anders lief? Vermutlich war er sehr aktiv und … Vielleicht waren die Frauen, die ihn eben umringten, nicht nur Fans seiner Tanzkunst, sondern hatten ihn ebenfalls auf Tinder entdeckt und erhofften sich nun mindestens ein Date.

»Du bist heute Abend wirklich sehr merkwürdig.« Die Stimme ihrer Schwester brachte sie in die Realität zurück. Hatte Isla noch mehr gesagt?

»Ich glaube, ich bin einfach ein bisschen dehydriert«, tat sie die Bemerkung leichthin ab. »Und gegessen habe ich auch noch nichts. Das sollte ich mir angesichts des Mieders aber auch verkneifen. Jon, kann ich bitte ein großes Glas Cider haben?«, wandte sie sich an ihren zukünftigen Schwager.

»Jetzt ist Kristie dran«, sagte Isla, als die Dudelsack-knaben unter freundlichem Applaus die Bühne verließen. »Danach noch diese Phyllis, und dann können wir hoffentlich alle ein bisschen tanzen.«

»Diese Phyllis‹ ist ein Superstar, du Banausin«, schimpfte Shona und trank einen großen Schluck von dem Cider, den Jon ihr gerade in die Hand gedrückt hatte.

»Wenn du meinst.« Isla schmunzelte leicht und prostete ihr zu. »Wenn du Hunger hast, solltest du dich übrigens beeilen. Von meinen Highland-Tapas sind nicht mehr allzu viele da, und später gibt's nur noch Bratwürste und Pizza.«

Shona nickte nur, denn in diesem Moment begann Kristie auf der Bühne mit ihrem Solo und zog sie so vollständig in ihren Bann, dass sie alles um sich herum vergaß. Das hatte ihre Cousine gestern einstudiert? Unfassbar. Im Vergleich zu ihr und auch zu Kendrick fühlte sie sich wie eine dürftige Amateurin. Überhaupt würden die beiden zusammen fantastisch aussehen. Kristie war sehr groß und schlank, und ihr Haar schimmerte in genau dem gleichen Braun wie Kendricks. Shona ließ ihren Blick durch den Saal gleiten und sah, wie er fasziniert auf die Bühne starrte. Offenbar war ihm in diesem Moment auch klar geworden, wie gut er mit Kristie harmonieren würde. Auch charakterlich waren die beiden auf einer Ebene: zurückhaltend, ernsthaft und fast ein bisschen scheu. Also ziemlich das Gegenteil von Shona selbst.

»Sag mal, was ist eigentlich mit dir los?« Hailey hatte Shona im dämmrigen Treppenhaus aufgestöbert, in das sie sich vor einer ganzen Weile geflüchtet hatte.

»Warum fragen mich das heute alle?«, wollte sie mit leicht krächzender Stimme wissen.

»Weil du dich seltsam benimmst, vielleicht?« Hailey setzte sich neben sie auf eine Treppenstufe. »Erst rennst du von mir und Kendrick weg, als wäre der Teufel hinter dir her, dann verschwindest du ganz aus dem Saal und tauchst nicht mal zum Tanzen auf. Kendrick sucht dich garantiert ebenfalls.«

»Das halte ich für eher unwahrscheinlich. Erstens hat er doch die von dir beschworenen Groupies an jedem Finger, und zweitens hat er sich in Kristie verknallt.«

»Er hat was? Wie kommst du denn auf diese absurde Idee?«

»Hast du nicht gemerkt, wie er sie bei ihrem Solo ange-glotzt hat? Ich kann es ihm nicht verdenken, sie ist schließ-lich absolut fantastisch! Ist dir aufgefallen, dass sie optisch perfekt zusammenpassen würden? Beide groß und mit braunen Haaren. Und auch sonst wären sie ein Traumpaar.«

»Hä? Kann es sein, dass du an akutem Sauerstoffmangel leidest? Ist dein Kleid so eng, dass dein Gehirn nicht mehr ausreichend mit Blut versorgt wird?« Hailey schüttelte den Kopf.

»Warum? Ich beschreibe doch nur das Offensichtliche.«

»Nur dass du mehrere sehr eindeutige Punkte übersiehst. Kendrick hat ausschließlich Augen für dich, und Kristie ... Sie ist definitiv nicht an ihm interessiert.«

»Wie kannst du das so genau wissen? Sie ist wahrschein-lich zu schüchtern, um darüber zu reden, aber du musst zu-geben, dass die beiden ein schönes Paar wären.«

»Das wären sie zweifellos. Zumindest optisch und als Tanzpaar wären sie unschlagbar, aber ansonsten doch nicht. Es kommt doch nicht auf Äußerlichkeiten an, sondern auf die Chemie. Zwischen dir und ihm knistert es wie bei einer frei liegenden Starkstromleitung, das merkt jeder«, behauptete Hailey. »Ich weiß wirklich nicht, warum du dich in derart absurde Hirngespinste stürzt. Was ist denn dein Problem? Hast du Angst, dem Knistern nachzugeben? Das wäre in deinem Fall wirklich mal was Neues. Oder sind am Ende deutlich mehr Gefühle im Spiel, und du willst keine Zurückweisung riskieren?« Haileys Augen leuchteten plötzlich auf, und sie wirkte wie ein Jagdhund, der endlich die richtige Spur zur Beute aufgenommen hatte. »Das ist es, oder? Kendrick McIntosh ist der erste Mann, der dich mehr interessiert als deine üblichen Bettgeschichten, und weil du keine Ahnung hast, wie Beziehungen funktionieren, tust du alles, um dich selbst zu sabotieren.«

Shona starrte ihre Cousine für einen Moment sprachlos an. Konnte das wirklich der Grund sein? »Ich wusste gar nicht, dass du einen Abschluss in Küchenpsychologie hast«, ätzte sie. Das war unfair, das wusste sie selbst, aber der Gedanke, dass sie sich am Ende in Kendrick verliebt haben könnte, schockierte sie noch mehr. Das war gar nicht möglich. Wirklich nicht. Sie verliebte sich nicht. Punkt. Und schon gar nicht in einen humorlosen Tierarzt. Selbst wenn der noch so gut tanzen konnte und …

»Keine weiteren Fragen«, konstatierte Hailey nur und stand wieder auf. »Kommst du mit rein? Was hast du zu verlieren? Tanz einfach mit ihm, und schau, was passiert.«

»Das hast du schon einmal gesagt«, brummte Shona.

»Ja, und? Der Tipp war gestern schon genauso gut wie heute.«

SHOWDOWN AUF DEM TANZBODEN

WAS FÜR EIN ABEND! Eines musste man Kirkby und seinen Bewohnern lassen: Sie wussten, wie man wirklich gute Partys feierte! Die Stimmung war bereits am frühen Abend bombig, und Kendrick schätzte, dass beinahe das komplette Dorf in der alten Schule versammelt war, um bei den High-land-Dancing-Shows zuzusehen, den Nachwuchs-Dudel-sackbläsern zu lauschen, die dank der Getränke-Flatrate gut zu ertragen waren, ein paar Highland-Tapas zu naschen und schließlich selbst zu tanzen. Gefühlt hatte er schon alle Frauen zwischen zwölf und zweiundsiebzig im Arm ge-habt – zumindest kurzzeitig bei den Quadrille-Tänzen. Nur eine fehlte ihm noch, und das war verdammt irritie-rend!

Vorhin bei der Tanzaufführung war ihm das Herz auf-gegangen, als er Shona auf der Bühne zugeschaut hatte. Diese Fröhlichkeit und Lebensfreude, die sie mit ihrer Gruppe ausgestrahlt hatte, war derart mitreißend gewesen, dass technische Mängel und Fußfehler gar nicht weiter aufgefallen waren. Man hatte den vieren angesehen, dass sie mit sehr viel Spaß und Herz bei der Sache waren – und das hatte ihn weit mehr beeindruckt als die makellosen und zugegebenermaßen spektakulären Performances von

Kristie und Phyllis. Es war lange her, dass er eine Frau getroffen hatte, die mit so viel natürlichem Elan tanzte, ohne Wert auf Showeffekte zu legen. Dabei hatte sie die gleiche Sinnlichkeit ausgestrahlt, die ihn schon in Inverness schier um den Verstand gebracht hatte.

Blöderweise war es ihm nicht gelungen, sie allein zu sprechen. Hailey war die ganze Zeit in der Nähe gewesen, und dann, nach seiner eigenen improvisierten Vorführung, auch noch etliche andere Frauen. Inzwischen ärgerte er sich ein bisschen über sich selbst. War es nötig gewesen, diese Angebernummer abzuziehen? Aber er hatte Shona beeindrucken wollen. Nur Shona. Die anderen Frauen waren ihm egal, doch anscheinend hatte er exakt das Gegenteil des gewünschten Effekts erreicht. Shona war fluchtartig verschwunden, und die anderen Ladys hatten sich wie Hyänen auf ihn gestürzt.

»Also, ich muss ja sagen, dass du zwar möglicherweise einer der besten Tänzer hier im Saal bist, aber mit Sicherheit der unaufmerksamste«, beklagte sich Betty Murray, die er gerade in einem schwungvollen Foxtrott über die Tanzfläche navigierte.

Er schätzte die beeindruckende weißhaarige Frau auf Ende sechzig, Anfang siebzig und wusste, dass sie ein echtes Kirkby-Urgestein war. Allerdings mit einer jahrzehntelangen Pause, während der sie als Journalistin auf der ganzen Welt unterwegs gewesen war. Seit einigen Jahren lebte sie aber wieder im Ort und schrieb nun sehr erfolgreiche Kriminalromane. Außerdem galt sie, zusammen mit dem Pfarrer und dem Bürgermeister, als die örtliche Klatschzentrale. Diese drei wussten immer am besten, was im Dorf gerade passierte. Nun hatte »Queen Betty«, wie sie auch gerne genannt wurde, Grund zur Klage.

»Tut mir leid«, gab er ein wenig zerknirscht zurück. »Ich war in Gedanken.«

»Das habe ich gemerkt. Leider nicht bei mir.« Sie sah ihn mit ihren wissenden blauen Augen an, von denen er sich regelrecht durchbohrt fühlte, und er führte sie in eine schwungvolle Drehung.

»Unverzeihlich, ich weiß. Wie kann ich es wiedergutmachen?«

»Indem du mir den Grund verrätst und das Ziel, zu dem deine Gedanken streunen.« Ein weiterer bohrender Blick, und er ahnte, warum sie als Investigativjournalistin so erfolgreich gewesen sein musste.

»Wenn ich sagen würde, dass ich an einen Patienten gedacht habe …«, begann er, doch sie unterbrach ihn sofort.

»Dann wäre das eine dreiste Lüge. Ich habe Augen im Kopf, junger Mann. Und ich habe gesehen, dass dein Blick reichlich oft in Richtung Shona gewandert ist.«

»Was ja streng genommen kein Verbrechen ist«, murmelte er und begann mit einer Reihe komplizierterer Figuren, die hoffentlich reichen sollten, um Betty abzulenken. Doch die alte Dame verfügte nicht nur über einen sehr scharfen Verstand, sondern auch über eine überragende Kondition. Andere Frauen hätten längst um Gnade gejapst, doch sie tanzte weiter souverän mit.

»Überhaupt kein Verbrechen«, gab sie lächelnd zu. »Nur sehr interessant – und ich würde an dieser Stelle einen

Partnerwechsel vorschlagen.« Sie applaudierte der Band, nachdem die letzten Takte verklungen waren, und deutete mit dem Kinn in Richtung Marlin Fraser, der mit Shona etwa zwei Meter neben ihnen ebenfalls zum Stillstand gekommen war. Da Betty energisch auf die beiden zuging, blieb Kendrick nicht viel anderes übrig, als ihr zu folgen und Shona um den nächsten Tanz zu bitten. Ausgerechnet ein langsamer Walzer.

»Gibt es eigentlich einen Tanz, den du nicht beherrschst?«, wollte sie wissen, als er sie in seine Arme gezogen hatte. »Ich habe dich beobachtet, wie du mit Betty Foxtrott getanzt hast. Die letzte Figur war wirklich spektakulär.«

»Danke, aber du machst dich auch nicht schlecht auf dem Parkett. Dein Dad übrigens ebenfalls nicht. Das hätte ich ihm gar nicht zugetraut.«

»Stille Wasser sind tief«, entgegnete sie leichthin. »Kommt dir das irgendwie bekannt vor?«

Darauf ließ er sich lieber nicht ein. »Kann es sein, dass du mir heute Abend aus dem Weg gehst?«, fragte er stattdessen und zog sie ein Stückchen enger an sich, als es für den Walzer notwendig gewesen wäre.

»Wäre das so verwunderlich?«

»Na ja.«

»Muss ich dich an Inverness erinnern?« Nein, musste sie nicht. Kendrick wäre froh und dankbar, wenn es ihm gelänge, mal einen Tag oder wenigstens eine Stunde lang nicht an das zu denken, was in dem Pub passiert war. Er sagte jedoch nichts, und so fuhr sie fort: »Ich habe vielleicht Angst, dass etwas Ähnliches auch hier geschehen könnte.«

»Nicht beim Walzertanzen«, wandte er ein, klang jedoch etwas atemlos. Es war eine glatte Lüge. Sie würde ihn auch bei einer Polka, einer Polonaise oder vermutlich sogar beim Ententanz scharf machen. Sie musste sogar überhaupt nicht tanzen, sondern einfach nur in seiner Nähe sein, damit er sich vom besonnenen Tierarzt in einen schwanzgesteuerten Neandertaler verwandelte, der schon wieder nur daran dachte, wie es sich angefühlt hatte, sich in ihr zu versenken. Nicht einmal die Schmach wegen des verdammt kurzen Vergnügens, das es gewesen war, hatte noch das Zeug dazu, ihn zu ernüchtern. Viel zu betörend waren ihre Nähe und der Duft, den sie ausströmte.

»Das fühlt sich aber anders an«, behauptete sie provozierend und drückte bei einer Drehung ihren Unterleib an den seinen.

»Das ist mein Sporran.« Die nächste Lüge. Oder zumindest eine halbe Lüge, denn hinter dem Ledertäschchen und dem schweren Wollstoff des Kilts protestierte sein Penis gegen die wenig konventionelle Umverpackung in engen Boxershorts. Sein Schwanz war eben ein wahrer Traditionalist – und ein archaisches Monster obendrein.

»Klar«, sagte sie mit einem kehligen Auflachen. »Und du denkst auch gar nicht über dunkle Winkel oder verlassene Nebenräume nach.«

»Du etwa?« Gott, es war wirklich keine gute Idee, mit Shona Fraser zu tanzen. Nach drei Minuten Walzer war er bereits kurz davor, erneut über sie herzufallen.

»Ich hätte da so eine Idee«, kündigte sie an. Doch ehe er darauf eingehen konnte, fiel sein Blick auf die Eingangstür des Festsaals, und seine Erregung verabschiedete sich schneller, als sie gekommen war.

»Fuck!«, murmelte er entsetzt und blieb abrupt stehen.

»Was ist los?«, fragte Shona verwundert und sah nun ebenfalls zur Tür. Dort standen Glenna und Davina und winkten ihm freudig zu. »Wer ist das?«

»Das sind meine Ex-Freundin und meine ältere Schwester«, krächzte er.

»Oh?«

Diese kleine Silbe beinhaltete zweifellos eine ganze Menge Fragen: *Was machen die hier? Warum bist du so entsetzt darüber? Willst du sie mir nicht vorstellen?* So zumindest interpretierte der winzig kleine Bereich von Kendricks Hirn, der noch halbwegs klar denken konnte, Shonas Lautäußerung. All diese Fragen hatten ihre Berechtigung – beantworten wollte er keine. Am liebsten hätte er sich auf der Stelle in Luft aufgelöst. Stattdessen lotste ihn Shona von der Tanzfläche, damit sie nicht weiter als Hindernis herumstanden und für noch mehr Aufsehen sorgten.

»Brauchst du einen Drink?«, fragte sie ihn, als sie kurz vor der Bar zum Stehen kamen.

Unbedingt brauchte er einen, aber das ging jetzt nicht. Er musste fliehen. Oder nachdenken. Oder …

»Hallo, Rick«, begrüßte ihn Glenna mit einem unsicheren Lächeln. Sie schien noch etwas sagen zu wollen, denn sie öffnete noch einmal den Mund, doch kein Laut kam über ihre Lippen. Stattdessen sah sie Hilfe suchend zu ihrer Begleiterin.

»Hi, Kenny«, begann Davina. »Wir dachten, dass wir

dich besuchen, damit wir endlich mal in Ruhe und ohne Druck über die Sache sprechen können.«

In Ruhe und ohne Druck? Kendrick biss die Zähne aufeinander, um zu verhindern, dass er die beiden Frauen vor ganz Kirkby anbrüllte. Aus dem Augenwinkel nahm er wahr, wie Shona fragend zwischen ihm und den beiden hin und her schaute. Er musste dringend etwas sagen, was deeskalierend wirkte – vor allem auf ihn selbst –, und dann von hier verschwinden, doch sein Kiefer war derart verkrampft, dass er nicht sprechen konnte.

»Hi, ich bin Shona«, stellte die sich den beiden Neuankömmlingen vor. »Willkommen bei unserem Herbstfest. Soll ich uns allen mal etwas zu trinken besorgen?«

»Gerne«, murmelte Glenna und musterte Shona mit unverhohlenem Interesse.

»Das ist eine tolle Idee«, stimmte Davina zu.

»Nein! Auf gar keinen Fall!«, presste Kendrick wütend hervor. Nur über seine Leiche würden sie hier, auf dieser Party, über »die Sache« reden. Er packte Glenna und Davina an je einem Arm und führte sie ab. Ihm war klar, dass das einen sehr merkwürdigen Eindruck hinterlassen musste und er gerade besten Stoff für den neuesten Dorfklatsch bot, aber das war ihm egal.

»Soll ich warten?«, rief ihm Shona noch hinterher, doch er reagierte nicht. Was sollte er darauf schon antworten?

»Bist du total bescheuert?«, fauchte ihn Davina an, als sie draußen an der Luft waren. Sie versuchte, ihren Arm zu befreien, doch er hielt sie mit eisernem Griff fest. »Lass mich auf der Stelle los!«

»Rick, nun sei doch nicht so«, versuchte es Glenna mit Beschwichtigung. »Wir wollen doch nur mit dir reden. Ganz normal reden. Ergebnisoffen. Wirklich«, beschwor sie ihn.

»Das wäre ja mal was ganz Neues«, blaffte er sie an, ließ dann aber beide Frauen los. »Ihr seid euch doch bereits einig und habt die ganze Familie auf eure Seite gezogen. Meine Rolle in diesem Spiel ist ganz klar definiert: Ich bin das ignorante Arschloch, das euer Lebensglück zerstört! Aber hat schon mal jemand über mein Lebensglück nachgedacht? Meine Pläne und Wünsche im Leben? Nein, natürlich nicht. Es interessiert euch auch nicht. Ihr wollt nur mein Sperma für eure Vision von einer glücklichen Regenbogenfamilie. Der Idiot soll sich zur Samenspende einfinden, und dann soll sich der Idiot zurückziehen. Aber ich verrate euch was: Ich mach da nicht mit!«

»Natürlich interessieren uns deine Pläne und Wünsche im Leben, und wir wissen sehr genau, wie groß der Gefallen ist, um den wir dich bitten«, sagte Glenna. »Genau deswegen sind wir ja hierhergekommen, um noch einmal in aller Ruhe und ohne die restliche Familie darüber zu reden. Lasst uns alle Argumente auf den Tisch legen und vorurteilsfrei zuhören.«

Kendrick schloss die Augen. Er wusste, dass Glenna recht hatte. Von allein würde das Problem nicht verschwinden, und auch nicht davon, dass er versuchte, es zu verdrängen und zu ignorieren. Aber das Timing war richtig mies. Warum ausgerechnet heute Abend? Woher hatten sie überhaupt gewusst, dass er auf dem Fest war? Gut, das war eine blöde Frage, denn er hatte gestern ja die Rufbereitschaft für heute an die Klinik übertragen. Bei dem Telefonat hatte er seinem Vater von der Party erzählt, und natürlich hatte der die Info weitergegeben. Doch was versprachen sich die beiden davon, ihn ausgerechnet heute zu konfrontieren? Dass er gut gelaunt und vielleicht schon leicht betrunken war? Also in idealer Verfassung dafür, manipuliert zu werden? Gott, er hasste sich selbst für seine bösartigen Gedanken. Warum unterstellte er den beiden Frauen, die zu den Menschen gehörten, die ihm am allernächsten standen, gleich das Schlimmste? Er konnte den Mann nicht leiden, zu dem er in den letzten Monaten geworden war, der sich benahm wie ein verwundetes Tier und alle attackierte, die ihm zu nahe kamen.

Andererseits hatte er es sich auch nicht ausgesucht. Schließlich war es Glenna gewesen, die ihn verlassen hatte, um zukünftig mit seiner großen Schwester zu leben. Und als Sahnehäubchen wollten die beiden ihn auch noch als Samenspender für ihr zukünftiges Familienglück. Auch wenn er sich im Kreis drehte und sich für sein Verhalten verachtete – er hatte verdammt noch mal allen Grund dazu, wütend und verletzt zu sein! Ein weiteres kleines Stimmchen meldete sich in seinem Kopf zu Wort. Eines, das seinen Schmerz zwar verstand und seinen Frust für berechtigt hielt, das ihm aber auch eindringlich zuflüsterte, dass er dieses Kapitel in seinem Leben zu einem Abschluss bringen musste, um frei für neue Dinge, vielleicht sogar für eine neue Liebe zu sein. Kurz flackerte Shonas Bild vor seinem inneren Auge auf. Er holte tief Luft. »Okay, lasst uns reden.«

»Nett hast du es hier«, befand Davina zwanzig Minuten später. Sie hatten beschlossen, zu seinem Cottage zu fahren, um wirklich die nötige Ruhe für das Gespräch zu haben. Glenna und Davina hatten sich neugierig umgesehen, ehe er sie an seinen Küchentisch gebeten hatte.

»Sehr nett«, pflichtete ihr Glenna bei. »Aber auch sehr groß. In diesem Haus wäre doch Platz für eine ganze Familie.«

»Das war nicht der vordringliche Grund für die Kaufentscheidung«, gab er eisig zurück, »sondern eher die Lage und die Möglichkeit, im Anbau eine Kleintierpraxis einzurichten. Und so groß ist das Cottage auch wieder nicht.« Er hatte keine Lust auf Small Talk. Dabei hatten die beiden natürlich recht: Das Haus war viel zu groß für ihn allein. Hier würde locker eine vier- oder fünfköpfige Familie Platz finden, dazu ein Hund und vielleicht sogar ein paar Hühner im Garten.

»Hör doch mal auf, so abweisend zu sein«, bat Davina. »Wir hatten doch immer ein gutes Verhältnis zueinander – Mum, Dad, Finola, Kyleen, du, ich, Glenna und das ganze Klinikteam. Wir vermissen dich. Wir alle vermissen dich!«

»Das ist ja nicht direkt meine Schuld, und ich habe es satt, dass ich ständig den Schwarzen Peter untergeschoben bekomme!«, rief er.

»Ich hab mir das doch auch nicht ausgesucht«, sagte Glenna traurig. »Niemand hat Schuld daran.«

»Das mag für die Tatsache gelten, dass du auf Frauen stehst und nicht auf Männer – auch wenn ich mich echt frage, warum du so lange gebraucht hast, um das festzustellen!«, brauste er erneut auf. »Ich kann vielleicht auch noch akzeptieren, dass man sich nicht aussuchen kann, in wen man sich verliebt. Aber ihr müsst zugeben, dass es für mich wirklich viel zu verkraften ist. Die Frau, mit der ich über zehn Jahre zusammen war, mit der ich eine Familie gründen wollte, verliebt sich in meine große Schwester. Das kann ich nicht mal eben so wegstecken. Aber ja, ich gebe zu, dass ihr daran ebenfalls keine Schuld tragt.« Er sah den beiden Frauen abwechselnd ins Gesicht. Er kannte alle beide so gut, ihr Anblick war ihm fast so vertraut wie sein eigener im Spiegel. Nein, eigentlich sogar viel vertrauter. Und ja, er vermisste sie auch. Er vermisste auch seine beiden anderen Schwestern und seine Eltern. Es stimmte, sie waren immer sehr eng miteinander gewesen – bei der Arbeit und auch privat –, und das fehlte ihm. Sehr sogar. Er seufzte.

»Das ist doch ein guter Anfang«, meinte Davina und streckte eine Hand aus, um ihn zu berühren. »Weißt du, es war auch für uns ziemlich überwältigend. Ich hatte das ganz bestimmt nicht geplant. Ich mochte Glenna immer und fand sie auch total attraktiv, aber ich wäre nie auf die Idee gekommen, dass sie mehr als Freundschaft für mich empfinden könnte. Aber es hat sich entwickelt, ganz langsam, und wir haben uns beide mit Händen und Füßen dagegen gewehrt. Weil es nicht sein durfte, weil wir dich nicht verletzen wollten, nicht die Familie zerstören. Aber dann waren wir letztes Jahr bei diesem Kongress in Huston und ...«

»Das war vor anderthalb Jahren!«, rief Kendrick schockiert. »Willst du mir sagen, dass das mit euch schon seit anderthalb Jahren läuft?«

Davina und Glenna wechselten einen kurzen Blick, der jedoch eine komplette Unterhaltung zu umfassen schien. Deren Ergebnis war offenbar, dass man ihm nun endgültig die ganze Wahrheit unterbreiten wollte – ohne Rücksicht auf sein Seelenheil.

»Eigentlich läuft es schon viel länger«, gab Glenna zu. »Erinnerst du dich an Weihnachten vor drei Jahren?«

»Ähm …« Kendricks Ohren rauschten. Er hatte Mühe, all diese Informationen zu verarbeiten. Drei Jahre? Und was war an diesem Weihnachten passiert?

»Ich hatte den totalen Liebeskummer, weil mich Macy drei Tage vorher verlassen hatte«, begann Davina.

»Und du musstest während des Essens zu einem Notfall ausrücken«, fügte Glenna hinzu.

Ihm fiel wieder ein, wie er fast zwanzig Stunden ohne Pause im Kuhstall eines Bauern verbracht hatte, in dem ein schwerer Magen-Darm-Virus gewütet hatte. Das war entsetzlich gewesen. Mit einiger Mühe gelang es ihm, sich auf Glennas weitere Worte zu konzentrieren, auch wenn er sie definitiv nicht hören wollte.

»Du warst also weg«, fuhr sie fort. »Und ich war nicht wirklich in der Stimmung für eine große Party mit den Freunden deiner beiden anderen Schwestern. Davina ging es ebenso, und daher habe ich sie in ihre Wohnung begleitet. Um sie zu trösten.« Sie sah zu ihrer Freundin und schluckte heftig. »Ich glaube wirklich, dass ich mir damals eingebildet habe, sie einfach nur trösten zu wollen, weil sie so traurig war. Aber wenn ich ehrlich bin, hatte ich insgeheim wohl schon andere Pläne. Ich fand sie schon immer toll. Als Kollegin, als Freundin, als deine Schwester – und als Frau. Das war mir lange gar nicht seltsam vorgekommen, aber als ich immer häufiger Herzklopfen hatte, wenn ich in ihrer Nähe war, bin ich ins Grübeln geraten. Dann habe ich mir vorgestellt, was sie wohl mit ihrer Freundin macht. Wie es sich anfühlt, eine Frau zu küssen und mit ihr zu schlafen. Ich fand diese Vorstellung unfassbar erregend – und unfassbar beängstigend. Ich konnte doch nicht lesbisch sein, oder? Schließlich war ich doch schon so viele Jahre mit dir zusammen. Wir liebten uns doch. Aber der Sex …«

»Fand zu diesem Zeitpunkt kaum noch statt«, beendete er matt ihren Satz.

»Ich weiß«, sagte sie zerknirscht. »Vielleicht kannst du dir vorstellen, wie groß der Schock war, als ich erkannte, dass ich eine Frau mehr begehrte als den Mann, mit dem ich zusammen war und den ich doch von ganzem Herzen liebte.« Sie sah ihn flehend an.

»Ich hab so eine Ahnung. Für mich war diese Erkenntnis auch nicht gerade beglückend«, entgegnete er sarkastisch.

»Ja, das glaube ich. Aber für mich war es auch nicht einfach. In der Nacht …«

»Bitte nicht«, stöhnte Kendrick gequält. »Ich will wirklich nicht hören, dass du in dieser Nacht das erste Mal mit meiner Schwester geschlafen hast und dass es himmlisch war und bewusstseinserweiternd und was sonst noch alles. Und dass ihr dann beide ein schlechtes Gewissen hattet und euch geschworen habt, dass dies ein einmaliger Ausrutscher war. Dass es aber natürlich nicht bei einem Mal geblieben ist, sondern ihr bei jeder passenden Gelegenheit übereinander hergefallen seid, weshalb ihr euch noch mehr gegrämt und geschämt habt – doch was wolltet ihr machen? Länger gegen eure Gefühle ankämpfen?«

Die beiden Frauen blickten ihn vollkommen verblüfft an. »Aber genau so war es«, sagte Davina leise. »Wir wollten das nicht. Vor allem wollten wir dir nicht wehtun.«

»Aber das habt ihr! Und es wird gerade noch viel schlimmer!«, rief er aufgebracht und starrte Glenna an. »Ich habe gedacht, dass ihr eure Leidenschaft füreinander ganz frisch entdeckt habt. Ich war mir sogar sicher, dass du meine Schwester nur als Übergangspartnerin siehst, weil du nicht wusstest, wie du sonst aus der Beziehung mit mir rauskommen solltest. Ich habe mich nur gefragt, warum du dich nicht einfach so von mir getrennt hast. Ja, das hätte auch wehgetan, aber doch nicht so!«

Er vergrub sein Gesicht in den Händen und schüttelte unwillig den Kopf, als verstörende Bilder vor seinem inneren Auge auftauchten.

»Jetzt erfahre ich also, dass die Sache zwischen euch schon seit über drei Jahren läuft. Das erklärt immerhin euren dringenden Wunsch, eine Familie zu gründen, was mir für ein brandneues Glück ja schon ziemlich hastig erschien.« Er starrte die beiden erneut an, doch keine von ihnen sagte etwas. »Hättest du denn nicht einfach nach Weihnachten mit mir Schluss machen können?«, fügte er mit leiser, resignierter Stimme hinzu. »Wäre uns dann nicht allen eine Menge Schmerz erspart geblieben? Was muss ich denn noch alles infrage stellen? Drei Jahre meines Lebens waren eine einzige Lüge.« Kendrick hatte wirklich nicht

damit gerechnet, dass er sich noch schlechter fühlen könn-
te als bisher. Falsch gedacht. Er fühlte sich wie von einem
Felsbrocken erschlagen und brauchte jetzt dringend einen
Whisky. Und einen Tee. Er stand mühsam auf, füllte den
Wasserkocher und kramte im Küchenschrank nach Tassen
und Gläsern.

»Es war doch nicht alles eine Lüge«, wandte Glenna ein.
»Wir hatten doch schöne Zeiten. Ich habe ganz lange gedacht, dass das mit Davina nur eine Phase wäre, die schon
wieder vorbeigehen würde. Doch dann, in Huston ...«

Kendrick stand mit dem Rücken zu den beiden vor
einem Küchenschrank, aber er hatte eine ziemlich genaue
Vorstellung davon, was hinter ihm passierte: bedeutungs-
schwangere Blicke, ein stummes Abwägen, was man ihm
jetzt noch sagen konnte und was man besser für sich behielt. Was ihn betraf, wollte er am liebsten gar nichts mehr
hören. Er musste das alles jetzt erst mal sacken lassen und
sich die Chance geben, es zu begreifen. Falls das überhaupt
möglich war. Er holte eine halb volle Flasche Whisky aus
dem Schrank und stellte sie zusammen mit drei Gläsern
auf den Tisch. Dann goss er noch den Tee auf und setzte
sich wieder.

»Kenny, bitte«, begann Davina und legte ihm erneut eine
Hand auf den Arm. »Ich weiß, das muss schlimm für dich
sein, aber ...« Sie schluckte. »Kannst du uns nicht verzeihen
und den nächsten Schritt gehen?«

Er öffnete die Flasche und goss je einen Fingerbreit von
der goldenen Flüssigkeit ein. Dabei wunderte er sich, dass
seine Hand absolut ruhig war. Er nahm sein Glas und

inhalierte das intensive Aroma des Whiskys, ehe er einen großen Schluck trank. Der Alkohol brannte in seiner Kehle, wärmte aber seinen Bauch. Wenn er ehrlich war, mochte er Whisky nicht einmal besonders, aber heute betrachtete er ihn eher als Medizin. »Den nächsten Schritt gehen? Was genau meinst du damit?«

»Zunächst einfach mal, dass wir wieder ein gutes Verhältnis zueinander aufbauen, Vertrauen haben. So wie früher. Wir sind doch eine Familie.«

»Ich erfahre gerade, dass der Betrug noch viel schlimmer war, als ich bisher angenommen habe – und glaubt mir, schon das war hart genug und ausreichend, um mein Vertrauen zu euch nachhaltig zu erschüttern. Aber nun erzählt ihr mir, dass es schon viel länger läuft und noch viel ernster ist, und ich soll mit dem Finger schnipsen und so tun, als wäre alles bestens?« Er trank einen weiteren Schluck. Diesmal brannte es weniger im Hals – man gewöhnte sich offenbar an alles. Vermutlich hätte ihm Shona erklärt, dass ein richtig guter Whisky überhaupt nicht brennen durfte und dass ein richtig guter Whisky auch zu schade dafür war, ihn zur Betäubung zu verwenden. Aber Shona war nicht hier, und Betäubung war das Einzige, was er sich im Moment von diesem Getränk wünschte und erwartete.

»Natürlich sollst du nicht so tun, als wäre alles bestens, wenn du etwas anderes empfindest«, sagte Glenna sanft. »Wir haben nur gehofft, dass dir unsere Geschichte dabei hilft, alles besser einzuordnen. Wie du eben selbst festgestellt hast, ist unser Kinderwunsch nicht einfach nur aus einer Laune heraus entstanden, sondern ganz tief in uns verankert. Ich bin überzeugt davon, dass wir einem Kind ein glückliches Leben bieten könnten.«

»Ich kann mich erinnern, dass wir in unserer langen Beziehung immer mal über Kinder gesprochen haben«, erwiderte er. »Auch während der letzten drei Jahre. Doch da hast du mir jedes Mal erklärt, dass du noch nicht bereit wärst, dass es zu früh wäre und überhaupt doch recht fraglich, ob man in diese Welt Kinder setzen sollte.«

Glenna blickte betreten auf den Tisch und spielte mit ihrem Whiskyglas, ohne jedoch einen Schluck zu trinken.

»Schon klar, du wolltest einfach keine Kinder mit *mir* haben. Deshalb begreife ich nicht so ganz, warum das jetzt urplötzlich anders ist. Ach so, doch – ich soll ja keine Rolle in diesem Familienkonstrukt spielen. Höchstens als netter Onkel oder so.« Kendricks Wut flammte erneut auf.

»Wir haben doch gesagt, dass wir uns auch ein anderes Modell vorstellen können. Dass das Kind erfährt, dass du sein leiblicher Vater bist«, schaltete sich Davina erneut ein. »Wäre dir das nicht auch lieber, als wenn wir uns einfach einen anonymen Samenspender nehmen?«

»Ernsthaft?« Kendrick schüttelte fassungslos den Kopf.

»Denk doch an das Kind. Was sollten wir ihm im Fall einer anonymen Samenspende darüber erzählen, woher es kommt? Und wenn du der Vater wärst, dann wäre es ja auch irgendwie mein Kind und nicht nur Glennas.«

Kendrick stand erneut auf, diesmal um den Tee zu holen – und um Zeit zu gewinnen. Sie waren wieder exakt an dem Punkt, an dem sie in den meisten Gesprächen strandeten. Abstrakt gesehen verstand er den Wunsch der beiden Frauen. Aus ihrer Perspektive war das alles absolut nachvollziehbar. Aber aus seiner fühlte es sich nur falsch an.

Mit einem Mal war er entsetzlich erschöpft. »Wollt ihr einen Tee?«, fragte er und brachte die Kanne und drei Tassen zum Tisch. Diesmal war es Davina, die einschenkte, und Kendrick stellte mit einer gewissen Befriedigung fest, dass ihre Hand nicht ganz so ruhig war wie seine.

Schweigend tranken sie ein paar Schlucke von dem heißen Gebräu – alle drei in die eigenen Gedanken versunken. Die beiden Frauen schienen alles gesagt zu haben, was sie hatten loswerden wollen, und er? Er hätte so vieles zu sagen gehabt, aber noch mehr hatte er erst einmal zu verarbeiten.

»Hört zu«, durchbrach er schließlich die Stille. »Auf rein intellektueller Ebene kann ich euren Wunsch vollkommen nachvollziehen. Wirklich. Aber es geht in diesem Fall nicht um meinen Kopf. Es geht um mein Herz und um meine Seele. Wenn ich Vater werde, dann will ich auch einer sein – mit allem, was dazugehört.« Er hob die Hand, als Glenna zu einer Erwiderung ansetzen wollte. »Selbst wenn wir ein Co-Parenting-Modell wählen würden, ich also ein gleichberechtigter Elternteil wäre, weiß ich nicht, ob ich das im Moment könnte und wollte. Ich muss das alles erst mal verdauen und die Scherben, aus denen mein Leben zurzeit besteht, erst wieder zusammensetzen, ehe ich eine gute Entscheidung treffen kann. Versteht ihr das?«

Beide Frauen nickten. »Dann ist es kein kategorisches Nein?«, fragte Davina sachte nach.

»Es ist aber auch kein Ja. Ich weiß nicht, wie ich mich entscheiden werde, und ich weiß auch nicht, wie lange ich dafür brauche, aber ich verspreche euch, dass ich gründlich darüber nachdenken werde.«

»Okay«, kam es von Glenna, und ein kleines hoffnungsvolles Lächeln umspielte ihre Lippen.

»Es gibt wirklich keinen Grund für übertriebene Freude. Ich halte es für sehr wahrscheinlich, dass meine Entscheidung auf ein Nein hinausläuft«, versuchte er ihren sichtbaren Optimismus zu bremsen. »Und es ist sicher nicht hilfreich, wenn ihr die Familie weiterhin dazu anstachelt, mich mit Telefonaten zu terrorisieren. Das wird garantiert ein negatives Ergebnis provozieren.«

»Natürlich. Wir wollen das sowieso nicht, aber Mum ist derart begeistert von der Vorstellung, ein Enkelkind zu bekommen, dass ...«

Kendrick winkte ab. »Lass es sein. Sorgt einfach dafür, dass ich mich nicht täglich mit diesen Attacken herumschlagen muss.«

»Versprochen. Sorry dafür.« Davina hatte immerhin die Größe, ernsthaft zerknirscht zu wirken. »Wer war denn eigentlich diese schwarzhaarige Sirene vorhin auf dem Fest?«

Wow, was für ein abrupter Themenwechsel. Kendrick musste fast lachen, aber so war seine Schwester. Sobald ein Thema abgehakt war – egal, wie dramatisch –, sprang Davina pragmatisch zum nächsten Punkt, und der hieß in diesem Fall offensichtlich Shona. »Das war Shona Fraser. Die jüngste Tochter von Marlin Fraser und Betreiberin von Kirkbys Destillerie«, entgegnete er ganz sachlich. Schließlich stimmte das auch alles. Was Shona sonst noch für ihn war, mussten die beiden nicht wissen. Er wusste es ja nicht einmal selbst.

»Und Highland Dancing macht sie offensichtlich auch«, stellte Davina mit einem verschmitzten Lächeln fest.

»Wie kommst du denn da drauf?«, wollte er wissen.

»Ihr Kostüm.«

Stimmt. Das sagenhafte rote Tanzkleid mit dem engen Mieder, das einen grandiosen Ausblick geboten hatte.

»Sie ist sehr süß.« Davinas Lächeln bekam etwas Katzenhaftes.

Glenna räusperte sich lautstark, und Kendricks Stirn furchte sich. »Was willst du damit andeuten?«

»Nichts. Nur dass sie süß ist. Ist sie deine neue Freundin?«

»Was? Nein! Himmel, wie kommst du auf so etwas?«

Davina zuckte mit den Schultern. »Keine Ahnung. Weibliche Intuition vielleicht? Also seid ihr nicht zusammen?«

»Nein, das sagte ich doch schon. Und selbst wenn, was ginge es dich an?«

»Gar nichts. Aber ich würde mich freuen, wenn du jemanden hättest, den du genauso liebst wie ich Glenna.« Davina war ganz ernst geworden, und sie umschlang Glennas Hand mit ihren langen Fingern. »Ich wünsche dir das wirklich von ganzem Herzen. Ich habe mich noch nie so gefühlt wie jetzt mit Glenna, und ich schätze einfach mal, dass du das bisher auch nicht kennst. Gib dich nicht mit weniger zufrieden. Ich weiß, dass wir dir sehr wehgetan haben, und das tut mir ehrlich leid. Aber glaub mir, dass es sich lohnt, für große, echte Gefühle auch große Risiken einzugehen.«

WAS FÜR EIN ZIRKUS

KIRKBYS GERÜCHTEKÜCHE LIEF AUF Hochtouren. Kendricks überstürzter Aufbruch beim Herbstfest, als er Schwester und Ex-Freundin wie Schwerverbrecherinnen abgeführt hatte, blieb natürlich nicht unkommentiert. Etliche hatten gesehen, wie er mit den beiden Frauen nach draußen gestürzt war, andere wollten mitbekommen haben, was sie zu besprechen gehabt hatten. Shona gab an sich nicht viel auf Gerüchte – auch weil sie wusste, wie unzuverlässig der Dorftratsch oft war. Aber in diesem Fall platzte sie natürlich vor Neugier.

Im einen Moment hatten sie auf der Tanzfläche heftig miteinander geflirtet und waren gefühlt etwa fünf Minuten davon entfernt gewesen, erneut übereinander herzufallen, im nächsten Augenblick war er zur Salzsäule erstarrt und hatte wie paralysiert zum Eingang geglotzt. Die Veränderung in ihm war so abrupt und schockierend gewesen, dass Shona auch anderthalb Tage später noch eine Gänsehaut bekam, wenn sie daran dachte. Es war sonnenklar gewesen, dass ihn mit diesen beiden Frauen eine gemeinsame Geschichte verband. Seinem Benehmen nach allerdings eher ein großes Drama als eine fröhliche Komödie. Warum war seine Ex zusammen mit einer seiner Schwestern aufgekreuzt? Und warum hatten die beiden Frauen Händchen gehalten – wie einige Zeugen gesehen haben wollten? Was ging da ab?

Als sie heute Morgen bei Kristie im Laden gewesen war, um sich einen Kaffee und zwei Muffins zu besorgen, waren Annabel Campbell und die alte Betty Murray bereits in die deftigsten Spekulationen verstrickt gewesen. Betty wusste zu berichten, dass Kendrick beim Tanz mit ihr recht geistesabwesend gewirkt hatte, und Anna hatte bei dem heftigen verbalen Schlagabtausch der drei vor der Schule zufällig die Begriffe »Regenbogenfamilie« und »Samenspende« aufgeschnappt. Das war reichlich rätselhaft.

Shona hatte an dem Abend noch lange darauf gehofft, dass Kendrick zurückkommen und vielleicht da weitermachen würde, wo sie vorher aufgehört hatten. Doch vergebens. Sie hatte die Party dann auch nicht mehr richtig genießen können und war kurz vor Mitternacht nach Hause gegangen. Kristie und Hailey waren erst in den frühen Morgenstunden heimgekommen und hatten dann gestern Nachmittag ausführlich von der rauschenden Nacht berichtet. Kristie war besonders happy, denn Phyllis Montgomery hatte sie für den Herbst zu einer Tanzlehrerausbildung in ihr Studio auf der Isle of Skye eingeladen. Nach erfolgreichem Abschluss des zweiwöchigen Intensivkurses könnte sie hier in Kirkby selbst Highland Dancing unterrichten, als offizielle Zweigstelle von Phyllis.

Hailey freute sich über einen vielversprechenden Flirt mit einem jungen Kerl, der im Nachbardorf einen Outdoor-Service anbot und den ganzen Sommer über täglich mit Touristen durch die Highlands gewandert und geradelt war. Jetzt, in der Nachsaison, hatte er aber Zeit für Dates, und so war Hailey am späten Nachmittag in Richtung Drumnadrochit aufgebrochen und bis jetzt nicht wieder aufgekreuzt. Allerdings schickte sie regelmäßig enthusiastische WhatsApp-Nachrichten. Der Typ schien sich auf allen Terrains außerordentlich geländesicher zu bewegen ... Shona freute sich für ihre beiden Cousinen, auch wenn sie es bedauerte, dass sie gerade nicht für Kendrick-Spekulationen zur Verfügung standen.

Aber vielleicht sollte sie damit auch aufhören? Was brachte es schon, über Klatschgeschichten zu spekulieren? Wenn daran irgendwas wahr war, hatte Kendrick zweifellos ganz andere Probleme und wohl eher keinen Sinn dafür, dauerhaft mit Shona ... zu tanzen.

Moment – hatte sie gerade »dauerhaft« gedacht? Diese Vokabel war überhaupt erst kürzlich in ihrem aktiven Sprachgebrauch aufgetaucht, als sie sich mit ihrer Destillerie für kaum weniger als ein Lebensprojekt verpflichtet hatte. Ein Gedanke, der ihr immer noch Angst machte. Wie kam ihr verdammtes Unterbewusstsein dann bitte schön auf die Idee, »dauerhaft« in Bezug auf eine andere Person auch nur zu denken? Sie schüttelte unwillig den Kopf und versuchte sich auf andere Dinge zu konzentrieren. Leider war in der Destillerie heute gar nichts los. Erst nächste Woche wollte sie eine frische Charge Gin brennen, aber akut hatte sie nicht viel zu tun. Gelangweilt klickte sie sich durch ihre Social-Media-Profile, beantwortete ein paar Kommentare zu ihren jüngsten Postings und surfte dann zu ihrer Lieblings-Klatschseite im Internet. Dort standen die üblichen haarsträubenden Gerüchte über diverse A-, B- und C-Promis, die sie bis vor Kurzem mit großer Begeisterung gelesen hatte, doch ganz im Ernst, wen interessierte es schon, wenn Fußballprofi X mit Model Y eine Affäre hatte? Sie nicht mehr.

Lag es an ihrem neuen Leben in Kirkby, dass sie keine Lust mehr auf Promi-Tratsch hatte, sondern die Menschen hier im Ort plötzlich viel spannender fand? Sie blickte an sich hinunter und fing hysterisch an zu lachen. Sie trug eine Latzhose, und ihre Füße steckten in Gummistiefeln! Okay, die Latzhose war von einer coolen Jeansmarke, und die gelbe Bluse, die sie darunter trug, gab dem Outfit einen lässig-abgedrehten Look, aber Gummistiefel?

»Na, du hast ja gute Laune«, begrüßte sie ihr Vater, der in diesem Moment den Kopf in ihr kleines Büro steckte.

»Dad – das ist keine gute Laune, das ist Hysterie! Ich habe gerade festgestellt, dass ich total verbauere.«

»Muss ich das verstehen?« Marlin trat näher und musterte seine Tochter.

»Schau mich doch an! Ich trage eine Latzhose und Gummistiefel! Ich habe ganz offensichtlich die Kontrolle über mein Leben verloren. Kirkby hat meinen Verstand verdampft und mein Modebewusstsein geschreddert.«

»Also als Gummistiefel würde ich diese Tupfendinger an deinen Füßen jetzt nicht bezeichnen. Außerdem sind sie doch praktisch bei dem Sauwetter.«

»Eben. Praktisch. Ich meine, ich habe nie darüber nachgedacht, ob meine Klamotten praktisch sind!«

»Ich bin mir nicht sicher, ob ich die Tragweite deines Dilemmas erfasse, aber deswegen bin ich auch gar nicht da.« Marlin kratzte sich seinen störrischen grau-roten Bart.

»Was für ein Glück. Wärst du die Fashion-Polizei, würde ich jetzt in den Knast wandern.« Shona versuchte sich an einem finsteren Blick, musste aber sofort wieder lachen, als sie ihren Vater betrachtete. Marlin sah sie einigermaßen verwirrt an und schien ernsthaft zu überlegen, wie er mit dem seltsamen Verhalten seiner jüngsten Tochter umgehen sollte. Sie beschloss, ihn zu erlösen, und erhob sich schwung-voll von ihrem Schreibtischstuhl. »Vergiss es, Daddy, ich hatte nur eine kleine Identitätskrise. Magst du einen Kaf-fee?« Sie gab ihm einen Kuss auf die Wange und drückte sich an ihm vorbei in Richtung ihres Verkostungsraums, in dem es neuerdings auch eine wirklich schicke Kaffee-maschine gab. Die war für ihren aktuellen Minibetrieb zwar völlig übertrieben, aber Isla hatte behauptet, dass ein guter Espresso bei ihren zukünftigen Tastings die perfekte Ergänzung sein würde. Nun musste sich das Ungetüm aber erst einmal aufwärmen und gab dabei die erstaunlichsten Geräusche von sich.

Marlin war ihr gefolgt und sah sich in dem Raum um. »Es ist wirklich schön geworden«, sagte er.

»Finde ich auch. Ich freu mich schon auf die ersten Events, die hier stattfinden. Dieses Jahr wird nicht mehr viel los sein, aber ganz bestimmt in der nächsten Saison.«

»Ich könnte mir vorstellen, dass es in der Weihnachtszeit auch eine gewisse Nachfrage geben wird«, meinte Marlin und nahm dann an einem der kleinen Tische Platz.

Als Shona mit zwei Tassen Kaffee dazukam, fiel ihr Blick auf die aufgeklappte Lokalzeitung vor ihrem Vater. Das Foto eines Alpakas erweckte sofort ihr Interesse. »Was ist das?«, wollte sie wissen.

»Das ist eine Meldung über einen Wanderzirkus, der in Fort Augustus gestrandet ist. Die Betreiber sind pleite, und alles soll versteigert werden. Auch die Tiere.«

»Zirkustiere?«

»Laut diesem Artikel haben sie ein paar Hunde, zwei Braunbären und drei Alpakas. Die Bären wurden von einer Wildtierschutz-Organisation gerettet, aber die Alpakas und die Hunde gehen in die Auktion.«

»Oh. Und warum zeigst du mir das?«

»Die Auktion ist heute Nachmittag, und ich habe mir gedacht, dass wir da hinfahren sollten.«

»Okay ...« Shona hatte keine Ahnung, worauf ihr Vater hinauswollte.

»Ich finde, wir sollten die Alpakas kaufen«, rückte er mit der Sprache heraus. »Und vielleicht auch einen der Hunde. Ich finde nämlich, dass du einen Hund brauchst, wenn du immer allein hier in der Destillerie bist.«

»Hä?« Sie war völlig verwirrt und schätzte, dass man ihr das auch ansah. Was waren das denn für Töne? Sie liebte Tiere aller Art, aber warum sollte sie sich einen Hund anschaffen, und was wollte ihr Vater mit den Alpakas?

»Schätzchen, jetzt sei doch nicht so begriffsstutzig. Du bist hier jeden Tag mutterseelenallein, aber die Tür ist immer offen. Da könnte ja jeder kommen und ...«

»Daddy, du bist wirklich süß. Erstens bin ich fast nie

allein, weil so gut wie immer einer meiner Freelancer in der Brennhalle, bei der Abfüllung oder im Lager ist, um sich um die Abläufe zu kümmern. Zweitens hoffe ich, dass ich mir bald dauerhaft zwei Festangestellte leisten kann. Drittens ist die Tür natürlich immer offen, weil ich hoffe, dass jemand kommt und eine Flasche Whisky oder Gin kaufen will, und viertens – warum sollte ich mich da fürchten? Glaubst du ernsthaft, es gibt Räuber, die so verzweifelt sind, dass sie für einen Überfall ausgerechnet nach Kirkby fahren? Mal abgesehen davon, dass es erheblich lohnendere Ziele als meine Butze gäbe.« Sie lächelte ihn an und trank einen Schluck Kaffee. Ihr Dad hatte manchmal schon sehr seltsame Vorstellungen.

»Aber ein Hund wäre auch unabhängig davon ein treuer Begleiter.«

»Aber ich habe doch Nessie. Die ist fast wie ein Hund und wäre bestimmt total eifersüchtig, wenn ihr dieser Job abspenstig gemacht würde.«

»Nessie steht doch seit fast zwei Wochen bei Kendricks Rennpferd im Stall.«

»Ja, aber das ist doch nur vorübergehend, bis es Azzedine so gut geht, dass er mit den anderen Pferden auf die Koppel darf. Dann hole ich sie wieder zu mir.«

»Aber denkst du nicht, dass Nessie glücklicher wäre, wenn sie mit Artgenossen leben könnte? Soweit ich das beurteilen kann, blüht sie bei ihrem Pferdefreund geradezu auf. Bei meinen Schafen hat es ihr ja auch gefallen, aber Teil einer kleinen Alpakaherde zu sein wäre sicher viel schöner für sie.«

»Hast du mit Kendrick darüber gesprochen?« Sie runzelte die Stirn. Der Tierarzt hatte sich ein paarmal in dieser Richtung geäußert. Aber war es denn wirklich so schlimm, dass sie Nessie wie einen Hund behandelte? Natürlich wollte sie, dass es ihrem Tier gut ging. Es war ja schließlich nicht so, dass sie sich ein Alpaka als Haustier ausgesucht hatte. Und dass Nessie seit ihrer Rettung aus dem Loch Ness speziell ihr gegenüber so anhänglich und zutraulich war, konnte doch nur ein Zeichen dafür sein, dass sie sich wohlfühlte.

»Nicht nur mit Kendrick. Auch mit Rupert. Aber das spielt ja auch gar keine Rolle. Es ist nun mal eine Tatsache, dass Alpakas Herdentiere sind und eine Alleinhaltung schlicht nicht artgerecht ist. Ich weiß ja, dass du sie sehr lieb hast und zweifellos gut für sie sorgst, aber das ist doch keine Dauerlösung. Auch wenn sie als Maskottchen noch so dekorativ ist, ich wette, es würde ihr auf der Weide viel besser gefallen als in geschlossenen Räumen.«

»Aber …«, begann sie kläglich und verstummte dann gleich wieder. Ihr Vater, ihr Onkel und auch Kendrick hatten ganz bestimmt recht. Sie musste selbst zugeben, dass Nessie viel fröhlicher war, seit sie mit Azzedine zusammen sein durfte. Könnte das nicht ein Zukunftsmodell sein? Nein, vermutlich nicht, denn vor anderen Pferden fürchtete sich Nessie immer noch, und Shona hatte auch keine Ahnung, wie Kendricks Pläne aussahen. Sie hielt es für unwahrscheinlich, dass er den Wallach behalten würde, den er selbst wohl nie reiten konnte.

»Jedenfalls habe ich mir gedacht, dass wir uns die Alpakas doch ansehen können. Die brauchen auf jeden Fall ein neues Zuhause, und Nessie würde sich über Artgenossen freuen.«

»Und wo sollen wir sie unterbringen?«

»Du hast doch die Scheune neben dem Malzboden und die große Wiese. Einen Teil der Scheune könnten wir zum Alpakastall umbauen, und Auslauf hätten sie dann auch genug. Ich bin mir sicher, dass sie zu einer echten Attraktion werden könnten.« Marlin lächelte breit. Offensichtlich hatte er sich das alles schon ganz genau überlegt.

»Hm«, brummte Shona. So richtig schlecht war die Idee wohl wirklich nicht. Und wenn es in der *Golden Alpaca Distillery* nicht nur ein »Wappentier« gab, sondern gleich eine ganze Herde der kuscheligen Zwergkamele, dann würde das garantiert für viele hübsche Fotos in den sozialen Medien sorgen. »Und du denkst, das ließe sich einfach bewerkstelligen? Ich meine, die Scheune zu einem Stall umzufunktionieren?«

»Das ist keine große Sache. Für den Anfang müsste man nur eine große Box abteilen. Die Tiere sind ja immer zusammen und müssen nicht einzeln gehalten werden. Das kriegen wir ganz schnell hin. Ähnliches gilt für die Weide. Da hast du ja noch den mobilen Elektrozaun. Das reicht auch erst mal. Schick machen können wir es dann in Ruhe.«

»Tja, ich schätze, du hast das alles schon voll durchgeplant«, sagte sie grinsend. »Aber nett von dir, dass du mir das Gefühl gibst, ich dürfte mitreden.«

»Du darfst immer mitreden. Ich würde niemals etwas über deinen Kopf hinweg entscheiden.«

»Klar…« Sie seufzte. Sie kannte das schon ihr Leben lang. Ihr Vater hatte sie immer unglaublich in allem unterstützt, aber er war auch erstklassig darin, sie zu manipulieren, oder netter formuliert: sie zu motivieren, sodass sie genau den Weg einschlug, den er für richtig hielt. Dagegen war nicht viel einzuwenden. Er hatte natürlich viel mehr Erfahrung in allen Belangen und war ein erstklassiger Ratgeber. Aber manchmal wünschte sie sich, sie hätte wenigstens die Muße dafür, eigene Impulse zu entwickeln. Vielleicht wäre sie früher oder später ja selbst auf die Idee gekommen, dass es für Nessie eine bessere Lösung geben musste. Doch diese Erfahrung war ihr jetzt genommen worden. Wie so oft. War das ein Problem? Im aktuellen Fall wahrscheinlich nicht, auf die Dauer schon.

»Ach Schätzchen, du weißt doch, dass ich es nur gut meine mit all meinen Ideen. Du kannst jederzeit Nein sagen, wenn dich was stört. Wenn du diese Alpakas nicht haben willst, dann müssen wir sie nicht holen – auch wenn das für Nessie …«

»Schon gut, schon gut!«, unterbrach sie ihn. »Wir fahren da jetzt hin und machen uns einfach ein Bild von der Lage. Vielleicht kommen ja auch andere Bieter, die viel mehr Geld für sie zahlen würden.«

Marlin warf ihr einen mitleidigen Blick zu. »Glaubst du ernsthaft, hier würde jemand Geld für Tiere ausgeben, die keinen wirklichen Nutzen haben?«

»Aber das stimmt doch gar nicht. Es gibt hier in der Gegend doch einige Bauern, die Alpakas halten!«

»Wir werden sehen.« Marlin betrachtete die Diskussion

offensichtlich als beendet, denn er trank seinen Kaffee aus, stand auf und stellte die leere Tasse auf den Tresen. »Sollen wir dann los?«

Shona verdrehte resigniert die Augen, sagte aber nichts mehr. Stattdessen stand sie ebenfalls auf, räumte das Geschirr in die Spülmaschine und holte ihren Regenmantel und ihre Handtasche aus dem Büro. Als sie die große Eingangstür abschloss, saß Marlin bereits in seinem alten Land Rover, an dem ein Pferdetransporter hing. Sie stieg kopfschüttelnd ein. »Du hast also schon den Hänger dran. Rein zufällig, was?«

»Natürlich nicht. Glaubst du ernsthaft, ich fahre nach Fort Augustus, um Alpakas zu kaufen, und bin dann nicht vorbereitet?«

»Nein. Aber ich frage mich, warum du dir solche Mühe gegeben hast, mich von deinem Vorhaben zu überzeugen, wenn du es sowieso durchgezogen hättest. Oder willst du etwa behaupten, du würdest jetzt nicht zu diesem Zirkus fahren, wenn ich Nein gesagt hätte?«

»Shona, Schätzchen, mach es doch nicht so kompliziert. Es ist doch alles gut, oder?« Marlin tätschelte seiner Tochter das Knie und ließ dann den Wagen an. Schweigend fuhren sie ein paar Kilometer durch den schottischen Regen.

»Was hättest du mit ihnen gemacht, wenn ich sie nicht hätte nehmen wollen?«, fragte sie nach einem Weilchen.

»Ich hätte sie zu meinen Schafen gestellt«, entgegnete er schlicht. »Das kann ich auch immer noch tun.«

Sie winkte ab. »Egal, jetzt lass uns erst einmal hinfahren.«

»War das eben Kendrick?«, fragte Marlin etwas später, als ihnen ein großer Van ziemlich flott entgegengebraust kam.

»Ich glaub schon«, sagte Shona und versuchte, im Rückspiegel einen besseren Blick auf das Fahrzeug zu erhaschen. »Warum rast er denn so in Richtung Heimat?«

»Vermutlich ein Notfall«, meinte Marlin schulterzuckend. »Beim Herbstfest war er ja reichlich schnell verschwunden, nachdem er mit dir getanzt hat.«

»Ich glaube nicht, dass es an mir lag.« Shona versuchte, ihre Stimme neutral klingen zu lassen. Sie wusste nicht, was ihr Vater wusste. Sie hoffte aber inständig, dass ihre Cousinen nichts von ihrem Pubabenteuer mit Kendrick weitergetratscht hatten.

»Warum sollte es?«, fragte er verwundert. »Seine Schwester und seine Ex-Freundin sind aufgetaucht, habe ich gehört. Ich frage mich nur, was sie von ihm wollten und warum er dann nicht wiedergekommen ist. Du warst ja auch ziemlich früh weg.« Er warf ihr einen kurzen Seitenblick zu, und sie hätte schwören können, dass seine Augen verdächtig blitzten.

»Was willst du damit andeuten?«

»Nichts. Gar nichts. Ich habe nur meine Beobachtungen kundgetan.«

»Natürlich. Was sonst?« Sie hob eine Braue. »Was Kendrick und die beiden Frauen betrifft, kann ich dir nur den Dorftratsch bieten, den du aber zweifellos auch schon kennst. Und was mich betrifft: Ich war müde und bin nach Hause gegangen. Allein übrigens.«

»Schade.«

Schade? Was meinte ihr Vater nun bitte schön damit? Sie starrte ihn verwirrt an. »Was ist schade?«

»Na alles. Dass du allein nach Hause gegangen bist und dass du nicht weißt, was mit Kendrick ist. Ich hatte insgeheim gehofft, dass du und er ...«

»Dad!«, kreischte sie auf. »Wie kommst du auf solche Ideen? Und überhaupt – Kendrick und ich, das wäre schlimmer als Hund und Katz.«

»Da gibt es sehr harmonische Gegenbeispiele. Und ich finde einfach, dass ihr gut zusammenpassen würdet. Außerdem hatte ich den Eindruck, dass es zwischen euch knistert.«

»Knistert?« Sie hatte nicht die geringste Lust, mit ihrem Vater über irgendwelche Knistereien zu spekulieren, am wenigsten über die zwischen ihr und Kendrick. Wenn ihr Vater mit seinen Bluthundinstinkten Wind davon bekäme, dass sie nicht völlig abgeneigt war, würde er die Sache am Ende noch selbst in die Hand nehmen und nicht eher ruhen, bis ein Ring an ihrem Finger klemmte.

»Es war ziemlich offensichtlich«, behauptete er.

»Quatsch!« Sie schüttelte energisch den Kopf. »Für Knistern hat er sicher noch weniger Sinn als ich. Ich habe gehört, dass seine Ex-Freundin mit seiner älteren Schwester zusammen sein soll und sie ein Kind von ihm haben wollen.« Ein bisschen saftiger Gossip sollte ihn doch von seinen seltsamen Gedanken ablenken, oder?

»Ach, man muss nicht alles glauben, was im Dorf geredet wird. Und selbst wenn was dran wäre an diesen Gerüchten – das hat doch nichts mit dir zu tun.« Marlin ließ sich nicht beirren.

»Mit mir hat an der ganzen Sache gar nichts was zu tun, Dad! Du solltest dich jetzt besser auf den Verkehr konzentrieren, und falls wir nachher mit drei Alpakas nach Hause kommen, kannst du Kendrick ja gerne selbst fragen.« Sie zog ihr Handy aus der Tasche und öffnete die Instagram-App. Ihr Dad konnte es auf den Tod nicht ausstehen, wenn Leute mitten im Gespräch anfingen, an ihren Telefonen herumzuspielen, und verstummte dann in der Regel beleidigt. Das war exakt die Reaktion, auf die sie jetzt hoffte.

»Oh, das werde ich ganz sicher tun«, entgegnete er jedoch schmunzelnd.

Hatte sie am Vormittag beim Anblick ihrer Latzhose noch gedacht, dass sie die Kontrolle über ihr Leben verloren hätte, konnte sie darüber drei Stunden später nur noch müde lächeln. Jetzt war es nämlich amtlich: Das Landleben hatte sie komplett kompromittiert! Wie sonst ließe sich erklären, dass sie die brandneue Besitzerin der drei Zirkusalpakas Alvarez, Petunia und Hamish war, die derart freudig in den Pferdeanhänger gestiegen waren, als erwarteten sie eine Reise ins Paradies? Und nicht nur das, nein, auf der Rückbank des alten Land Rovers waren auch noch die Wolfshunde Orla und Higgins zusammengepfercht, ein zweijähriges Geschwisterpaar, das angeblich sagenhafte Tricks draufhatte. Diese Biester waren riesig und unzertrennlich. Und riesig. Vor allem waren sie riesig. Sie hatten kaum Platz in dem eigentlich recht großzügigen Geländewagen, und einer von beiden hatte seinen Kopf auf ihre Schulter gelegt.

»Sind sie nicht prachtvoll?«, freute sich Marlin und strahlte wie der Weihnachtsmann persönlich. So gut gelaunt hatte sie ihren Dad selten erlebt.

»Hm.« Was sollte sie auch sagen? Sie war in dem Moment verloren gewesen, als sie das heruntergekommene Zirkuszelt betreten hatten, in dem die Auktion stattgefunden hatte. Alles war in einem erbarmungswürdigen Zustand gewesen, und Shona hatte sich nicht vorstellen können, dass es hier irgendetwas gab, das von signifikantem Wert sein konnte.

Der Zirkus war von einem Paar mittleren Alters betrieben worden. Sie war Spanierin, er kam aus Cornwall – aus Zirkusfamilien stammten beide nicht. Das erklärte vermutlich auch ihren andauernden Misserfolg, denn nur mit Begeisterung und Enthusiasmus allein konnte man ein solches Unternehmen nicht führen. Trotzdem hatte Shona von ganzem Herzen Mitleid mit den beiden. Sie hatten total verloren gewirkt inmitten der fein säuberlich aufgereihten Dinge, die unter den Hammer kommen sollten. Eine alte Musikanlage war dabei gewesen, Bälle und Jonglierkugeln, mottenzerfressene Kostüme und die fünf Tiere. Die drei Alpakas hatten eng aneinandergeschmiegt in einem abgetrennten Bereich der Manege gestanden, die beiden Hunde danebengelegen. Alle fünf waren klapperdürr und hatten noch trauriger ausgesehen als ihre unglücklichen Besitzer.

Außer ihr und Marlin waren nur noch drei weitere Bieter bei der Auktion anwesend gewesen, zwei davon offensichtlich nur am Zuschauen interessiert, der dritte hatte auf das Inventar und das löchrige Zirkuszelt geboten. Für die Tiere hatte es überhaupt keine Gebote gegeben. Doch ihr Vater hatte genauso viel Mitleid mit den Leuten wie sie selbst, und so hatte er auf das Mindestgebot von fünfzig Pfund pro Tier noch einmal genauso viel draufgelegt.

»Die kann man doch sowieso nur noch einschläfern«, hatte einer der Gaffer höhnisch kommentiert.

Doch das war Marlin ebenso egal wie Shona selbst. Diese Tiere brauchten dringend ein warmes, gutes Zuhause und vor allem ordentlich zu fressen. Krank wirkten sie eigentlich nicht, nur hungrig. Und wenn sie daran dachte, wie begeistert die Alpakas in den Anhänger gestiegen waren, der dick mit Stroh ausgepolstert war und frisches Heu in den Raufen hatte, war sie davon überzeugt, richtig gehandelt zu haben. Trotz des fast übermächtigen Gefühls des Kontrollverlustes, das sich unmittelbar danach eingestellt hatte.

»Die beiden haben gleich gemerkt, dass sie ab sofort dir gehören. Ich bin mir sicher, sie werden dich in jeder Lebenslage beschützen«, schwärmte Marlin von den beiden Hunden.

Die zwei Riesen – hatte sie schon erwähnt, wie riesig sie waren? – hatten sie mit ihren seelenvollen braunen Augen angesehen, und sie hätte ihnen in diesem Moment spontan ihr Erstgeborenes überlassen. Ganz ähnlich war es damals mit Nessie gewesen. Sie hatten sich angeschaut, und es war klar gewesen, dass sie zusammengehörten. Schon im Fall

des Alpakas hatte das einige Komplikationen mit sich gebracht – was sollte sie erst mit zwei zottigen Riesenhunden
anfangen? Sie wollte sich gar nicht ausmalen, was Kristie
und Hailey zu den neuen Mitbewohnern sagen würden. Im
direkten Vergleich mit Orla und Higgins war Nessie fast
handlich. Und wenn die zwei erst einmal ihr Idealgewicht
hatten ... Nein, daran wollte sie nicht denken. Aber ihr
Dad hatte zweifellos recht: Mit diesen beiden an ihrer Seite
würde es niemand wagen, sie zu überfallen – oder ihre
Destillerie zu betreten. Spitzenklasse! An ihr Liebesleben
wollte sie gar nicht erst denken. Welcher Mann würde sich
noch an sie heranwagen, wenn sie mit diesen Kolossen auf-
trat?

»Kendrick wird begeistert sein«, schwadronierte Marlin
weiter.

»Weil er fünf neue Patienten hat?«, murmelte sie und
wehrte sich gegen den x-ten der Hundeküsse, die sie in
regelmäßigen Abständen ereilten. Orla oder Higgins, so
genau konnte sie das gerade nicht sagen, zeigte ihre oder
seine Freude über die Rettung recht ungeniert.

»Auch«, sagte Marlin kryptisch, verriet aber nicht, was für
Gründe Kendrick sonst noch für seine Begeisterung haben
sollte. Was Shona ganz recht war, denn darüber wollte sie
ebenfalls nicht nachdenken.

»Du hättest dich wenigstens bemühen können, die
Hunde für dich einzunehmen«, beklagte sie sich stattdessen.
»Da bezeichnest du dich selbst als den größten Hundeflüs-
terer auf der Nordhalbkugel, und dann schauen dich die
beiden nicht mal mit dem Arsch an.«

»Die haben halt einfach instinktiv gespürt, zu wem sie gehören. Irische Wolfshunde sind sehr loyal und verschenken ihr Herz nur einmal – aber dann für immer«, dozierte er.

»Das ist doch ausgemachter Schwachsinn.« Sie quiekte leicht, als der nächste Hundekuss sie vom Gegenteil überzeugen wollte. »Ich weiß doch gar nicht, wohin mit den beiden. So groß ist unser Cottage ja auch nicht.«

»Ich bin mir sicher, dass sich da früher oder später eine gute Lösung finden wird.«

»Du könntest sie doch mit nach Harriswood House nehmen«, schlug sie halbherzig vor. »Aidan wäre bestimmt total begeistert.«

»Kann sein, aber Aidan hat Tito, und Orla und Higgins haben sich dich ausgesucht. Die bedingungslose Zuneigung von Tieren darf man nicht auf die leichte Schulter nehmen. Sie lieben dich, und du bist jetzt für sie verantwortlich.«

»Aber ich kannte sie bis vor Kurzem doch gar nicht«, protestierte sie kläglich. Sie fühlte sich absolut ferngesteuert, und doch konnte sie das warme Gefühl ganz tief in ihr nicht ignorieren. Das Vertrauen, das ihr diese Hunde spontan geschenkt hatten, rührte sie genauso, wie es damals bei Nessie gewesen war. Sie musste sich also wohl oder übel mit dem Gedanken anfreunden, dass sie ab sofort zwei Haustiere mehr besaß.

»Zeit ist bei der Liebe doch völlig irrelevant«, sagte Marlin weise. »Freu dich über dieses Geschenk. Allzu lange wird es ohnehin nicht halten.«

»Wie meinst du das?« Sie sah ihn alarmiert an.

»Na ja, angeblich sind die beiden zwei Jahre alt. Hunde

in dieser Größe werden meist nicht besonders alt. Sechs, sieben, acht Jahre vielleicht. Und sie sind ja eindeutig mangelernährt und haben womöglich sogar noch irgendwelche Krankheiten, da ist es nicht unwahrscheinlich, dass sie nicht ganz so lange durchhalten.«

»Erlaube mal, wie bist du denn drauf? Erst erzählst du mir was von der großen Hundeliebe, und dann verkündest du, dass es sich sowieso nicht lohnt, weil die beiden bald sterben werden?« Sie schnaubte und streichelte beruhigend den struppigen Kopf auf ihrer Schulter.

»Das habe ich so nicht gesagt. Ganz im Gegenteil. Ich habe nur darauf hingewiesen, dass Zeit bei der Liebe keine Rolle spielt – und zwar in allen Aspekten. Man kann sich auf den ersten Blick verlieben und wissen, dass es für immer ist. Manchmal dauert es Jahre oder Jahrzehnte, bis aus dem Funken Feuer wird, und manchmal hält die große Liebe nur ein paar wenige Jahre. Doch selbst wenn es dann zur Trennung kommt, weil man sich auseinandergelebt hat oder einer stirbt, bleibt die Essenz der Liebe immer noch erhalten.«

Shona wusste nicht, was sie darauf erwidern sollte. Es war relativ klar, dass ihr Vater nicht von Hunden oder Alpakas sprach, oder höchstens in metaphorischer Hinsicht. Aber sie hatte mit ihm auch noch nie wirklich über die Liebe geredet. Sie selbst hatte zu dem Thema bislang schlicht nichts beizutragen gehabt und er, seit sie lebte, auch nicht mehr. Zumindest nicht im romantischen Sinn. Sie wusste, dass ihre Mutter seine große Liebe gewesen war – auch wenn es sicher keine ganz einfache Ehe gewesen war, die die beiden geführt hatten. Solange Shona zurückdenken konnte, hatte es in seinem Leben nie eine andere Frau gegeben. Oder falls doch, hatte er es sehr diskret gehandhabt. Warum war das so? Hatte er sich einer neuen Liebe verweigert, um das Andenken an seine Frau nicht zu schmälern? Das wäre doch Unsinn, oder? Oder konnte schlicht keine andere mit ihrer Mutter mithalten? Aber was meinte er dann damit, dass es »manchmal Jahrzehnte« dauerte, bis man sich verliebte? Gab es jemanden in Marlin Frasers Leben?

»Was willst du mir damit sagen, Dad?«, fragte sie schließlich, als das Schweigen zu drückend wurde.

Marlin zuckte nur mit den Schultern, doch hinter seinem Bart erahnte sie ein wissendes Lächeln.

»Komm schon, du kannst nicht einfach mit so großen Worten ankommen und dann keinen Kontext liefern. Und erzähl mir nicht, dass es um die beiden Hunde geht.«

»Doch. Auch um die beiden geht es. Es gibt mir Hoffnung, dass du zu echter Liebe fähig bist. Erst dein Alpaka, dann diese beiden Racker – diese Tiere haben dein hartes Herz aufgeweicht.«

»Mein hartes Herz?« Das wurde ja immer besser! Was war heute bloß mit ihrem Vater los? »Als besonders hartherzig habe ich mich eigentlich nie empfunden«, sagte sie leicht gekränkt.

»Dann habe ich das falsch formuliert«, beschwichtigte er sie. »Du bist natürlich nicht hartherzig, sondern großzügig und freundlich, aber du hast dein Herz immer vor der Liebe verschlossen, und das ist nicht gut.«

»Aber das stimmt doch gar nicht! Es gibt sehr viel Liebe in meinem Leben. Zu dir, zu meinen Geschwistern, zur restlichen Familie, zu meinen Freunden.«

»Ja, das ist natürlich auch eine Form von Liebe. Eine sehr schöne, sehr wichtige, auch nicht immer unproblematische, aber sehr stabile Variante.«

»Eben. Warum also die Behauptung, dass ich mich der Liebe verweigern würde?« Schon beim Aussprechen ahnte sie, dass sie sich mit diesem Satz selbst eine Falle gestellt hatte, doch aus der Nummer kam sie jetzt wohl nicht mehr raus. Und es ärgerte sie, dass ihr Vater sie mehr oder weniger unverblümt als kaltherzige und liebesunfähige Frau darstellte.

»Was ist mit romantischer Liebe?«

»Was soll damit sein?«, brummte sie gereizt. Die Falle war eindeutig zugeschnappt.

»Warst du schon mal richtig verliebt in eines deiner zahlreichen Dates?«

»Es gab schon Jungs, die ich gut fand«, wich sie aus. Was sollte das? Was hieß schon »richtig verliebt«? Woher sollte sie das so genau wissen? Herzklopfen hatte sie oft genug gehabt, und das eine oder andere Mal waren auch Tränen geflossen, wenn der fragliche Kerl die Sache beendet hatte. Aber war das aus verschmähter Liebe geschehen oder nur aus verletztem Stolz? Darüber wollte sie lieber nicht so genau nachdenken.

»Alles klar«, sagte er nur.

»Wie? Alles klar?«

»Du hast dir die Antwort doch selbst gegeben. Du warst

noch nie verliebt. Und ich schätze, das liegt daran, dass du dich bislang nie getraut hast, dich auf einen anderen Menschen so richtig mit Haut und Haar einzulassen. Kann das sein?«

Na ja, Haut, Haare und andere Körperpartien waren eigentlich immer beteiligt gewesen, dachte sie, sprach es aber nicht aus. Sie wusste, worauf Marlin hinauswollte. »Vielleicht weiß ich einfach nicht, wie dieses ›sich einlassen‹ überhaupt geht?«

»Das könnte der Grund sein, und ich fürchte, ich war dir und deinen Geschwistern in dieser Hinsicht ein schlechtes Vorbild.« Er klang mit einem Mal ganz ernst, ja regelrecht zerknirscht. Aber es stimmte schon, was er sagte.

»Hm«, meinte sie nur, weil sie keine Ahnung hatte, wie sie auf dieses überraschende Bekenntnis ihres Vaters sonst reagieren sollte.

»Ich habe euch vorgelebt, wie man mit gebrochenem Herzen gut funktioniert. Das war anfangs sicher auch die beste Strategie, denn ich musste ja irgendwie funktionieren, ohne eure Mutter und mit vier Kindern, von denen drei noch sehr klein waren.« Er seufzte, schien dann aber seine unerwartete Offenbarung fortsetzen zu wollen. »Bonnies Tod war für mich die denkbar größte Katastrophe, auch wenn er ja nicht überraschend kam. Aber andererseits – wie kann man sich darauf vorbereiten, dass der Mensch, der so viele Jahre mit am wichtigsten für einen war, plötzlich nicht mehr hier ist?«

Darauf wusste Shona nun wirklich nichts zu erwidern. Sie hatte so einen einschneidenden Verlust nie erlebt –

jedenfalls nicht bewusst. Sie war noch ein Baby gewesen, als ihre Mutter an diesem verdammten Krebs gestorben war, und Familie waren für sie immer nur Vater und Geschwister gewesen. Ihre beiden Tanten waren sicherlich wichtige und gute weibliche Bezugspersonen für sie gewesen, sodass sie nie an einem emotionalen Mangel gelitten hatte. Natürlich hatte sie manches Mal ihre Freundinnen und Cousinen beneidet, die alle in klassischen Mutter-Vater-Kind-Familien groß geworden waren, aber das war eher eine abstrakte Sehnsucht gewesen und keine echte Not.

»Was ich damit sagen will«, fuhr Marlin schließlich fort, »ist, dass ich nach Bonnies Tod mein Herz vor der romantischen Liebe verschlossen habe. Ich habe mir nicht mehr erlaubt, mich noch einmal zu verlieben. Womöglich hätte ich auch gar keine andere Frau gefunden, die sich auf mich und euch eingelassen hätte, aber entscheidend ist, dass ich es gar nicht erst zugelassen habe. Warum? Aus Angst davor, erneut diesen schrecklichen Schmerz zu erleben. Doch inzwischen weiß ich, dass das ein riesiger Fehler war. Liebe und Schmerz sind zwei Seiten ein und derselben Medaille, und ohne sie ist das Leben vielleicht einfacher zu ertragen, aber auch viel farbloser.«

»Ach, Daddy ...« Shonas Stimme war voller Mitgefühl. Sie hatte ja keine Ahnung gehabt. Hatte nie darüber nachgedacht – oder nur ganz sporadisch –, warum es keine neue Frau in seinem Leben gegeben hatte. Vermutlich war sie aus ganz egoistischen Gründen insgeheim sogar froh darüber gewesen, denn eine neue Frau hätte ja bedeutet, dass sie seine Liebe und Zuneigung mit jemand anderem, jemand Fremdem hätte teilen müssen.

»Schatz, ich will kein Mitleid. Ganz im Gegenteil. Es tut mir leid, dass ich so ein schlechtes Vorbild war – und diesen Erziehungsjob habe ich ja verdammt gut hinbekommen: vier beziehungsunfähige Kinder.«

»Na, das ist jetzt aber schon ein bisschen übertrieben. Alex und Isla schweben auf rosaroten Liebeswolken, und was Lennox treibt, weiß keiner so genau.«

»Aber überleg dir mal, wie viel Zeit Alex und Isla verschwendet haben, bis sie endlich in der Lage waren, sich der Liebe zu öffnen.« Marlin schüttelte den Kopf, nicht gewillt, von seiner Selbstzerfleischung Abstand zu nehmen.

»Alex hat Aidans Mutter doch auch mal geliebt, so schlimm kann dein Vorbild also nicht gewesen sein«, beharrte Shona.

»Ja, vielleicht hat er das. Aber als die Beziehung in die Brüche gegangen ist, hat er den gleichen Fehler gemacht wie ich. Er hat sein Herz verschlossen und keine mehr reingelassen, bis Colleen kam.«

»Siehst du? Wahrscheinlich hat es gar nichts mit verschlossenen Herzen und solchem Quatsch zu tun, sondern liegt nur am Timing. Colleen ist die richtige Frau für Alex, Jon der richtige Mann für Isla. Da wäre es doch ziemlich blöd gewesen, wenn sie sich schon früher in andere Leute verguckt hätten, oder? Und wer weiß, am Ende kommt deine zweite große Liebe ja auch noch daher?«

Marlin lächelte und warf seiner Tochter einen schwer zu deutenden Seitenblick zu. »Wenn ich in meinem Leben etwas gelernt habe, dann dies: Es gibt für jeden Topf mehrere Deckel! Natürlich freue ich mich über Colleen und Jon, aber ich hätte mich auch über andere Partner gefreut. Was ich aber vor allem sagen will: Hab keine Angst davor, dein Herz zu verlieren.«

»Okay ...« Was sollte sie jetzt damit anfangen? Sie hatte Liebe ja nie kategorisch ausgeschlossen. Die Frage hatte sich schlicht nicht gestellt – und bisher hatte sie auch nichts vermisst. Und überhaupt, wie sollte das denn gehen? Gab es einen Schalter irgendwo in ihr, den sie nur umzulegen brauchte, und schwups, schon würde sie sich unsterblich in den nächsten Typen verlieben, der in ihrem Dunstkreis auftauchte? Warum zeigte ihr verdammtes Unterbewusstsein ihr jetzt auch noch ein Bild von Kendrick? Der hatte in diesem Kontext ja definitiv nichts verloren! Sie war zwar maximal scharf auf ihn – das stand außer Frage –, aber gefühlsmäßig lief da gar nichts, dafür war er viel zu kompliziert.

»Fein«, sagte Marlin zufrieden, als wären sie zu einem echten Ergebnis gekommen. »Dann hätten wir das endlich geklärt. Jetzt lass uns deine Tiere versorgen.« Er setzte den Blinker in Richtung von Ruperts Hof und parkte vor dem Stall.

AUF DEN HUND GEKOMMEN

ZEIT WAR NICHT IMMER die Freundin, für die sie alle hielten. Von wegen »Zeit heilt alle Wunden«, oder noch schlimmer: »Kommt Zeit, kommt Rat.« Kendrick war sich inzwischen sicher, dass alles in seinem Leben komplizierter wurde, je mehr Zeit verstrich. Der denkwürdige Auftritt von Glenna und Davina war jetzt ziemlich genau zweiundvierzig Stunden her, aber er konnte nicht behaupten, dass er sich inzwischen besser fühlte oder klarer sah.

Stattdessen hatte er mehr denn je das Gefühl, in einer ausweglosen Zwickmühle zu stecken. Warum zwangen ihn die beiden dazu, seine selbst gewählte Klausur zu verlassen? Warum durfte er nicht in Ruhe sein neues Leben beginnen und sein altes betrauern? Warum musste er in Aktion treten und durfte sich nicht an seinem – berechtigten! – Leid weiden? Das war einfach verdammt ungerecht! Es stimmte zwar, was er ihnen vorgestern Abend gesagt hatte: Er verstand ihre Motivation. Wirklich. Aber ihr Verhalten konnte er ihnen nicht verzeihen. Je länger er darüber nachdachte, desto schlimmer wurde es. Über drei Jahre war etwas zwischen ihnen gelaufen, ehe sie Konsequenzen gezogen hatten. Drei Jahre, in denen er gedacht hatte, dass alles in Ordnung wäre. Oder wenn nicht alles, dann zumindest wesentliche Bereiche seines Lebens. Das machte ihn jetzt richtig verrückt, dass Glenna ihn um drei Jahre seines Lebens geprellt hatte.

Kendrick war überzeugt, dass er in einer vergleichbaren Situation anders reagiert hätte. Hätte er derart heftige Gefühle für jemand anderen entwickelt, dann hätte er doch ganz bestimmt auf der Stelle klar Schiff gemacht. Oder? Auch wenn es bedeutet hätte, sich und sein bisheriges Leben infrage zu stellen. Er sah ein, dass das für Glenna eine unfassbare Herausforderung gewesen sein musste, ein echter Schock, aber wie lange konnte es schon dauern, bis man sich sicher war? Er hatte das Gefühl, dass er sich gedanklich wieder und wieder im Kreis drehte, dass er aus dieser destruktiven Spirale aus Wut, Trauer und Selbstzweifeln einfach nicht herauskam. Doch ewig konnte er so nicht weitermachen. Nicht nur, weil es für ihn reichlich ungesund war, sondern vor allem, weil die Zeit mal wieder gegen ihn war. Die Uhr tickte, und auch wenn er sich von Davina und Glenna einen nicht näher definierten Entscheidungshorizont erbeten hatte, war klar, dass es spätestens in einigen Wochen – realistisch gesehen eher einigen Tagen – wieder losgehen würde mit den Nachfragen.

Nicht sehr hilfreich war, dass er offensichtlich zum Topthema von Kirkbys Klatschbörse aufgestiegen war. Kein Wunder, denn natürlich hatten etliche seinen seltsamen Abgang beim Herbstfest beobachtet, und vermutlich hatten einige auch etwas von dem Streit mit den beiden Frauen vor der Schule mitbekommen. Er wollte sich gar nicht so genau ausmalen, was man alles über ihn tratschte und was für Gerüchte umgingen, aber früher oder später würde er es zweifellos erfahren. Was ihn mehr umtrieb, war der Gedanke an Shona, die er so schnöde hatte stehen lassen. Aber was hätte er ihr schon sagen können? Abgesehen davon, dass er in diesem Moment noch viel zu schockiert gewesen war, um ihr alles zu erklären, wäre das wohl auch nicht in zwei Sätzen möglich gewesen.

Nachdem Glenna und Davina wieder abgefahren waren, hatte er kurz überlegt, ob er zum Herbstfest zurückkehren sollte, um mit Shona da weiterzumachen, wo sie vorher unterbrochen worden waren. Doch das wäre wahrscheinlich die blödeste Idee überhaupt gewesen. Oder die beste. Er wusste es nicht. Und er würde es auch nie erfahren, denn er hatte sich für die feigste Variante entschieden: Er hatte sich mit dem schlechten Whisky gepflegt betrunken! Leider war er jedoch selbst in dieser Disziplin ein inkompetenter Amateur. Das gewünschte Vergessen war nicht eingetreten, stattdessen hatte er gestern einen mörderischen Kater gehabt. Selbst schuld.

Als er heute Morgen mit dem Auto auf den Dorfplatz gefahren war, um sich in der Bäckerei mit einem kleinen Frühstück zu versorgen, hatte er Shona entdeckt, die gerade den Laden betrat. Mit ihrem knallroten Regenmantel und den weiß gepunkteten roten Gummistiefeln hatte sie so fröhlich und zauberhaft ausgesehen, dass sein dämliches Herz einen kleinen Hüpfer gemacht hatte. Was, wenn er einfach ausgestiegen und ihr gefolgt wäre? Er hätte ihr den Samstag erklären und dabei eine Menge Informationen liefern müssen, die er lieber für sich behielt.

Also war er stattdessen in den Pub gegangen und hatte Jon um ein Frühstück angebettelt, das es sonst nur für Übernachtungsgäste gab. Dort hatte er auch erfahren, dass die Gerüchteküche in Kirkby kochte – mit ihm in der zweifelhaften Hauptrolle. Glücklicherweise war Jon ein erstaunlich feinfühliger Wirt, der nach zwei sachten Nachfragen verstanden hatte, dass sein Gast keine weiteren Informationen liefern wollte. Jon selbst hatte keine Details genannt, sondern nur erwähnt, dass einige wilde Mutmaßungen diskutiert worden waren. Kendrick konnte sich lebhaft vorstellen, dass die Spekulationen heftig ins Kraut schossen, aber er hatte nicht das geringste Interesse daran, die Dinge klarzustellen. Die Realität war so viel verrückter, als die Dörflerfantasien sein konnten.

Den ganzen Tag über war er mit Routineterminen in der Umgebung beschäftigt gewesen. Klauenkontrolle, Impfungen, Nachsorge – der Brot-und-Butter-Job eines Landtierarztes. Schlimme Notfälle hatte es glücklicherweise nicht gegeben, und jetzt stand nur noch ein Besuch bei Azzedine auf dem Programm. Gestern war Kendrick zu verkatert gewesen, um sein Pferd zu besuchen, aber heute musste er unbedingt nach ihm sehen. Rupert hatte vorhin am Telefon gemeint, das ehemalige Rennpferd wirke langsam so fit, dass es auf die große Koppel dürfe. Überschüssige Energie hatte der feinnervige kleine Kerl mit Sicherheit genug angesammelt. Ohne Shonas Alpaka wäre er vermutlich schon längst durchgedreht.

Als Kendrick auf den Hof fuhr, erkannte er Marlins alten Land Rover mit einem von Ruperts Pferdeanhängern dahinter. Hatte der Hufschmied einen seiner Kunden hergeholt? Das wäre verdammt ungewöhnlich. Also, noch ungewöhnlicher als die Tatsache, dass Marlin Fraser überhaupt als Hufschmied arbeitete. Kendrick kannte ihn nun bereits einige Jahre lang und schätzte ihn als besonnenen Schafzüchter und versierten Schmied. Marlin hatte schon etlichen Tieren durch einen Spezialbeschlag Erleichterung bei Fehlstellungen und Sehnenproblemen verschaffen können, und Kendrick wollte ihn unbedingt in die weitere Behandlung von Azzedine einbeziehen. Trotzdem irritierte es ihn jedes Mal, wenn er den drahtigen alten Mann in seiner archaischen Schmiedemontur sah. Irgendwas passte da nicht ins Bild.

Es war sonnenklar, dass Marlin seine Schafzucht und das Pferdebeschlagen nur zu seinem persönlichen Vergnügen betrieb – was er damit verdiente, konnte unmöglich für mehr als den minimalen Lebensunterhalt reichen. Geld hatte der alte Fuchs jedoch offenbar reichlich. Kendrick wusste, dass Marlin nicht nur die Renovierung des Bed & Breakfasts von Alex und den Bau von Islas Restaurant finanziert hatte, nein, auch in die Destillerie hatte er ein sicher nicht unbeträchtliches Vermögen gesteckt. Außerdem unterstützte er seit Jahren alle möglichen Gemeindeprojekte – die Renovierung des Rathauses und der Schule beispielsweise. Vor ein paar Tagen war Kendricks Vogelkundlerfreund in Kirkby gewesen, um mit interessierten Bürgern über Maßnahmen zur Raubvogel-Wiederansiedlung zu sprechen. Kendrick selbst war nicht dabei gewesen, aber er hatte gehört, dass Marlin Fraser den Großteil der

Kosten für Nistkästen und Umbauten an den öffentlichen Gebäuden und der Kirche übernehmen wollte. Er schien über schier endlose Geldreserven zu verfügen – jedenfalls über deutlich mehr Vermögen, als es für einen ländlichen Grundbesitzer in den Highlands üblich war.

Kendrick schüttelte über seine eigenen Spekulationen den Kopf. Konnte es ihm nicht herzlich egal sein, woher das Geld kam? Es ging ihn nichts an, und wenn er anfing, Mutmaßungen anzustellen, war er auch nicht besser als Kirkbys Klatschzentrale. Außerdem würde er sicher gleich mitbekommen, welche Fracht Marlin zum Stall seines Bruders kutschiert hatte.

Als er den Gästestall betrat, in dem Azzedine noch immer mit Nessie logierte, wunderte er sich über die Soundkulisse. Normalerweise war es in diesem Teil des Stalls ruhig und entspannt, doch aus der Box neben Azzedines waren menschliches Stimmengewirr und einige nicht eindeutig zu identifizierende tierische Geräusche zu hören. Neugierig kam er näher, und als sein Pferd zur Begrüßung freudig wieherte, tauchte Rupert aus der Nachbarbox auf und grinste ihn breit an.

»Gut, dass du hier bist. Wir haben neue Kundschaft für dich.«

»So?« Kendrick tätschelte Azzedine den Hals und schob ihm ein Stück Möhre ins Maul. Nessie gönnte er die gleiche Behandlung. Dann ging er weiter – und traute seinen Augen nicht.

In der angrenzenden Box stand nicht etwa ein neues Pferd. Stattdessen befanden sich in dem leicht übervölkerten Ställchen drei magere Alpakas und zwei noch dürrere Irische Wolfshunde, außerdem ein sehr zufrieden wirkender Marlin und Shona, die etwas derangiert aussah. Sie hatte immer noch die gepunkteten Gummistiefel von heute Morgen an, aber ihr roter Regenmantel hing außen an der Schiebetür. Ihre Jeanslatzhose hatte ominöse Flecken, und die knallgelbe, glänzende Bluse, die sie darunter trug, hatte auch schon ein wenig gelitten. Zumindest nahm Kendrick an, dass die dunklen, feuchten Stellen keine modischen Special Effects, sondern eher tierischen Ursprungs waren.

»Das ist ja mal eine … ähm … eklektische Truppe«, bemerkte er lächelnd.

»Das kannst du laut sagen.« Rupert lachte. »Mein Bruder hat sich mal wieder selbst übertroffen.«

Während Kendrick auf weitere Erklärungen wartete, schaute er sich das braun-weiß gescheckte Alpaka näher an, das neugierig schnuppernd an ihn herangetreten war. »Wer bist du denn?«, fragte er leise und tastete das Tier mit sanften, aber routinierten Handbewegungen ab.

»Das ist Hamish«, erklärte Shona. »Oder Alvarez. Sicher bin ich mir nicht.«

»Es ist definitiv Hamish. Alvarez ist der Rotbraune«, bestätigte Marlin mit Besitzerstolz in der Stimme.

»Dann hallo, Hamish.« Kendrick sah sich nun die Füße an und überprüfte Augen, Ohren und Maul. »Deine Zähne sind zu lang, die müssen wir abfeilen, und untergewichtig bist du auch, aber ansonsten ganz fit, was?« Er holte ein weiteres Stückchen Karotte aus der Tasche und verfütterte es an das gescheckte Tier. Dann wandte er sich an die

Zweibeiner: »Will ich wissen, was es mit dieser Menagerie auf sich hat?«

»Die Tiere stammen von einem insolventen Wanderzirkus. Wir haben sie gekauft und vorhin in Fort Augustus abgeholt. Shona dachte, sie könnten eine nette Gesellschaft für Nessie werden – und außerdem brauchten die drei dringend ein gutes Zuhause«, berichtete Marlin.

»Soso, Shona sorgt sich um eine passende Gesellschaft für Nessie?«

»Was ist daran so überraschend?«, kam es leicht gereizt aus ihrer Ecke.

Kendrick ärgerte sich, dass er den Satz laut ausgesprochen hatte. Nach ihrer ersten, unschönen Begegnung hatte er seine Zweifel an ihrer Tierhalterkompetenz für sich behalten – weitgehend zumindest –, obwohl sie offensichtlich waren. Alpakas waren nun mal keine Kuschelhaustiere, selbst wenn sie so putzig daherkamen wie Nessie und dieser lustige Geselle hier. »Gar nichts, ich finde es toll«, sagte er, um Deeskalation bemüht.

»Es war übrigens nicht meine Idee, sondern Dads«, fügte Shona noch hinzu. »Aber vielleicht ist es wirklich besser für Nessie, wenn sie Freunde bekommt, die aussehen wie sie.«

»Das ist es auf jeden Fall. Sie wird begeistert sein.« Er ging zum nächsten Alpaka, einer cremefarbenen Stute, und untersuchte auch sie. Schließlich sah er sich noch das dritte Tier an. »Oberflächlich betrachtet sind sie alle etwas mager und haben zu lange Zähne, aber ansonsten wirken sie ganz munter. Ich würde ihnen die Zähne abraspeln, dann können sie auch besser fressen. Wenn ihr wollt, nehme ich ihnen Blut ab für eine eingehendere Untersuchung, und eine Wurmkur sollten wir zur Sicherheit auch machen. Insgesamt brauchen sie aber vor allem gutes Futter, dann wird das schon wieder.« Er streichelte das rotbraune Tier und blickte in die Runde.

»Okay, das machen wir alles. Auch die Blutuntersuchung«, bestimmte Marlin, und Shona nickte zustimmend.

»Und was ist mit diesen beiden Schönheiten?«, wollte Kendrick wissen und deutete auf die riesigen grauen Wolfshunde, die sich wie geisterhafte Schatten hinter Shona an die Boxenwand drückten.

»Teil der Konkursmasse«, erklärte Marlin mit einem Augenzwinkern. »Mich haben sie nicht mit dem Hintern angesehen, aber zwischen ihnen und Shona war es Liebe auf den ersten Blick.«

»Verstehe«, erwiderte Kendrick lächelnd und versuchte, die Hunde zu sich zu locken. Er fand sie außergewöhnlich scheu. »Kann es sein, dass sie Angst vor Männern haben?«

»Schwer zu sagen. Wir haben da nicht so drauf geachtet.« Shona runzelte nachdenklich die Stirn. »Bei mir waren sie sofort unglaublich zutraulich, und Dad haben sie mehr oder weniger ignoriert. Rupert ebenfalls. Vielleicht sind sie nur ein bisschen aufgeregt wegen der neuen Umgebung und so.«

»Oder sie wurden in diesem Zirkus von einem Mann gequält«, brummte Kendrick. »Ich will sie heute nicht mehr stressen. Hattet ihr das Gefühl, dass sie akut krank sind?«

Shona schüttelte den Kopf, und Marlin meinte: »Nein, überhaupt nicht. Sie schienen wie die Alpakas vor allem total begeistert zu sein, da wegzukommen. Sie sind ebenfalls sehr mager, aber ansonsten machen sie einen guten Eindruck.«

»Okay, dann würde ich vorschlagen, dass ich sie mir erst in ein paar Tagen ansehe, wenn sie sich eingelebt haben. Nimm sie mit nach Hause, gib ihnen nicht zu viel zu fressen, und lass sie zur Ruhe kommen – und wenn was ist, melde dich sofort bei mir«, beschwor er Shona.

»Was soll ich ihnen denn zu fressen geben?«

»Frag mal Isla und Jon – die haben für ihre Polly gutes Futter für große Hunde. Ansonsten kannst du ihnen auch Reis mit Hühnchen kochen und ein paar Eier dazugeben. Aber wie gesagt, nicht zu viel. Das könnte ihnen auf den Magen-Darm-Trakt schlagen, und Wolfshunde sind ohnehin anfällig für Magendrehungen und ähnlich unschöne Geschichten.«

Shona starrte ihn alarmiert an. »Aber ich weiß doch gar nicht, was zu viel ist und …«

»Keine Sorge, du kriegst das hin«, entgegnete er beruhigend. »Hol dir bei Jon nachher einen Sack von Pollys Futter, und gib den beiden heute Abend mal die Hälfte von einer Portion, wie sie für vierzig Kilo schwere Hunde auf der Packung angegeben ist. Viel mehr Gewicht haben die aktuell wohl nicht, obwohl sie deutlich schwerer sein sollten. Aber das finden wir genau heraus, sobald ich sie gründlich durchgecheckt habe. Gib ihnen jeweils noch eine Handvoll gekochten Reis dazu, und schlag ein, zwei Eier drauf. Wir wissen ja nicht, wie sie früher ernährt wurden. Ob sie Trockenfutter kennen oder roh gefüttert wurden.«

Er sah noch einmal zu den beiden Tieren. Besonders verängstigt wirkten sie eigentlich nicht, aber sie machten auch immer noch keine Anstalten, näher zu kommen, sondern standen abwartend hinter Shona und betrachteten ihn. Wegen des struppigen Fells konnte er auch nicht einschätzen, wie unterernährt sie wirklich waren, und eigentlich wäre es schon gut, wenn er sie erst gründlich durchcheckte.

Nein, das musste warten. Sein Instinkt riet ihm, es nicht zu überstürzen. »Egal, was man ihnen früher zu fressen gegeben hat, ich schätze mal, dass sie heutzutage alles nehmen. Mach dir also nicht allzu viele Sorgen. Und dann schau dir ihren Output an. Sollten sie schlimmen Durchfall bekommen, greifen wir gleich ein. Ansonsten füttere sie morgen über den Tag verteilt mit drei Portionen von dieser Mischung. Übermorgen kannst du die Menge ein bisschen erhöhen, und in drei Tagen würde ich sie mir dann in Ruhe ansehen, ja?«

Shona schluckte und schien sich von der Situation ziemlich überfordert zu fühlen. Ganz verdenken konnte er es ihr nicht. Es war eine echte Herausforderung, die sie sich da zugemutet hatte.

»Du schaffst das. Ganz bestimmt.« Er lächelte sie aufmunternd an.

»Aber wenn sie wirklich krank sind?«

»Dann kümmern wir uns um sie. Du kannst mich jederzeit anrufen. Auch nachts. Dann bin ich in wenigen Minuten bei dir.«

Marlin räusperte sich vernehmlich, und Kendrick wurde bewusst, dass seine Worte durchaus zweideutig klangen.

Oder nein, taten sie nicht. Jedenfalls nicht für unschuldige Ohren, die keine Ahnung von der Chemie hatten, die zwischen ihm und Shona herrschte. Er selbst hatte in den letzten Minuten überhaupt nicht daran gedacht, sondern war ganz auf seinen Job fokussiert gewesen. Doch jetzt drifteten seine Gedanken schlagartig in eine andere Richtung ab. Das war nicht gut. Gar nicht gut.

»Okay«, stimmte Shona leise zu – und ob sie den möglichen Subtext ebenfalls wahrgenommen hatte, konnte er nicht sagen. Ihre Augen schimmerten jedenfalls auf eine Art, die Kendrick als besorgt interpretierte und nichts anderes.

»Gut, dann wäre das also geklärt«, fuhr er betont geschäftsmäßig fort und richtete sich wieder zu voller Größe auf. »Soll ich mich jetzt um die Alpakas kümmern, damit wir diese Baustelle abhaken können?«

»Das klingt nach einem guten Plan«, mischte sich Rupert ein. »Marlin, warum fährst du deine Tochter und ihre beiden Schatten nicht nach Hause, und ich helfe Kendrick mit den Alpakas?«

»Wo sollen die Tiere eigentlich später hinkommen?«, wollte Kendrick wissen. »Der Gästestall ist wohl keine Dauerlösung.«

»Wir werden in der Destilleriescheune einen Stall einrichten. Dort werden sie wohnen. Die Wiese ist auch groß genug, und einen Elektrozaun gibt es schon. Das wird für den Anfang reichen. Später können wir das Grundstück dann hübsch umzäunen«, erklärte Marlin.

»Coole Idee – dann leben in der *Golden Alpaca Distillery*

bald dauerhaft vier Kleinkamele.« Kendrick grinste. »Wenn das unser Bürgermeister erfährt, wird er garantiert sofort eine Pressemitteilung verschicken.«

»Du bist komplett assimiliert, wenn du schon so gut durchschaut hast, wie Kirkby funktioniert«, sagte Rupert lachend, während Marlin nur genervt mit den Augen rollte.

»Collum hat mir vorhin auf die Mailbox gesprochen, dass er eine Pressemitteilung wegen der Sache mit der Raubvogel-Wiederansiedlung verschicken will und noch einen O-Ton von mir braucht. Deshalb bin ich drauf gekommen. Da wird er vor den Alpakas kaum haltmachen, oder?«

»Dem ist überhaupt nichts heilig«, knurrte Marlin. »Wenn es nach Collum McDonald ginge, wäre ganz Kirkby schon längst eine Art Disneyland für amerikanische Highland-Touristen, und er würde uns zwingen, tagaus, tagein im Kilt herumzulaufen.«

»Du übertreibst schamlos, Dad«, schaltete sich Shona ein, die nun auch wieder lächeln konnte. »Und du weißt sehr genau, dass es eine gute Sache ist, wenn wir ein paar Besucher mehr im Ort haben. Heute Vormittag hast du selbst gesagt, dass eine kleine Alpakaherde bei der Destillerie eine Attraktion wäre. Wo ist denn da der Unterschied?«

»Wenn ich es sage, ist das jedenfalls was ganz anderes, als wenn Collum es sagt«, behauptete Marlin und verschränkte die Arme vor der Brust.

Kendrick hatte einige Mühe, ein Lachen zu unterdrücken. Die Dauerfehde zwischen dem Fraser-Patriarchen und dem jungen Bürgermeister war einer der Running Gags in

Kirkby, schien aber eher einen sportlichen Hintergrund zu haben als einen ernsthaft ideologischen, denn oft genug setzten sich die beiden für die gleiche Sache ein.

»Was total anderes«, kicherte Shona und zwinkerte Kendrick verschwörerisch zu. Diese kleine, unbedeutende Geste, die ihn praktisch zum konspirativen Mitwisser machte, löste eine lächerliche Freude in ihm aus, und er zwinkerte zurück.

»Ich bin übrigens nicht blind und sehe es, wenn ihr euch gegen mich zusammenrottet«, brummte Marlin, doch auch in seinen Mundwinkeln zuckte es.

»Niemand rottet sich zusammen. Aber jetzt lass uns Orla und Higgins heimbringen, damit die armen Tiere etwas zu fressen bekommen.« Shona drückte ihrem Vater einen kleinen Kuss auf die Wange und drehte sich dann noch einmal zu Kendrick um. »Danke, und schönen Abend noch.«

»Dir auch, mit deinen neuen Mitbewohnern. Wie gesagt, wenn was ist ... mit den beiden ...«

»Dann hat sie deine Nummer!«, unterbrach Rupert das Geplänkel und scheuchte Bruder, Nichte und die beiden Hunde aus seinem Stall.

Gemeinsam mit dem erfahrenen Pferdemann behandelte Kendrick dann ruhig und routiniert die drei Alpakas, die alles geduldig und freundlich über sich ergehen ließen – sogar das Abraspeln der Zähne war kein Problem. Mit einer großen Portion Heu war das Trio für die Nacht versorgt. Kendrick schaute dann noch kurz nach Azzedine. Die Schwellung am rechten Vorderbein ging endlich zurück. Noch war sie zwar tastbar, und das Gewebe war wärmer als das übrige Bein, aber insgesamt war es viel besser als noch vor drei Tagen, was wirklich gute Nachrichten waren.

»Ich hoffe, dass ich morgen Mittag Zeit habe, ihn mir mal draußen anzuschauen«, sagte er zu Rupert. »Vielleicht können wir ihn ein paar Minuten longieren oder so, damit ich ihn in Bewegung sehe. Aber ich glaube, wir haben das Schlimmste hinter uns.«

»Das denke ich auch«, bestätigte Rupert lächelnd. »Er ist wirklich ein sehr tapferer, zäher kleiner Kerl.«

»Der vor Begeisterung ausrasten wird, wenn er endlich auf die Weide darf«, fügte Kendrick hinzu. »Ich bin so froh, dass er es geschafft hat.«

»Ich auch. Das war gute Arbeit. Weißt du denn schon, was du dann mit ihm anfangen willst?«

»Ich habe nicht die leiseste Ahnung«, gab Kendrick zu und streichelte noch einmal die weichen Nüstern seines Pferdes, ehe er die Schiebetür der Box schloss. »Aber das muss ich ja auch noch nicht entscheiden, oder? Sobald er wieder ganz fit ist, würde ich ihn gern offiziell bei dir einstellen. Wenn Platz ist, am liebsten bei den Reitpferden.«
Die ausgedehnten Stallungen von Rupert Fraser waren in drei Bereiche aufgeteilt: Es gab einen Mutterstutenstall, den großen Stall für die Reit- und Fahrpferde, wo neben Ruperts eigenen Clydesdales einige Warmblüter von Reitern aus dem Ort lebten, und den Gästestall, der für die temporären Schützlinge reserviert war. Außerdem betrieb er noch einen großen Offenstall, in dem etliche robuste

Ponys und Freizeitpferde untergebracht waren, doch das war für den zarten Azzedine mit seinem dünnen Fell sicher nicht geeignet.

»Derzeit stehen drei Boxen leer. Du kannst gerne eine haben«, entgegnete Rupert freundlich. »Willst du ihn denn richtig ausbilden? Ich könnte mir vorstellen, dass er ein gutes Reitpferd abgeben könnte.«

Kendrick zuckte mit den Schultern, er wusste es einfach nicht. Immer wenn er Azzedine anschaute, dachte er fast zwangsläufig auch an Shona. Diese beiden wären absolut perfekt füreinander. Sie würde von Größe und Statur her optimal zu dem Pferd passen, und optisch waren sie ohnehin ein Traumpaar. Aber er hatte nicht den leisesten Anhaltspunkt dafür, ob Shona überhaupt Interesse an einem eigenen Pferd hatte. Er hatte sie bislang nie reiten sehen, obwohl sie es als Sprössling einer komplett reitsportfanatischen Familie zweifellos konnte. Mit seinen eigenen Reitkünsten war es nicht besonders weit her, aber er merkte, dass er immer mehr Lust bekam, es wieder zu versuchen. Vielleicht auf einem der beeindruckenden Clydesdales von Rupert, die angeblich so leichttrittig und freundlich waren, dass sogar Anfänger wie er keine Probleme hatten. Vor seinem inneren Auge sah er sich schon zusammen mit Shona ausreiten – flankiert von den beiden Hunden ... Himmel, er musste dringend etwas gegen seine überbordende Fantasie unternehmen!

»Dir kann man wirklich beim Denken zuschauen«, sagte Rupert amüsiert und legte Kendrick eine Hand auf die Schulter. »Wie ist es, hast du Lust auf ein Abendessen im

Pub? Alice geht heute zur Chorprobe, und nach kalter Küche steht mir gerade nicht der Sinn.«

Das klang an sich toll, dachte Kendrick. Vor allem, weil zu Hause mal wieder nur ein leerer Kühlschrank auf ihn wartete. Aber andererseits waren im Pub bestimmt reichlich Leute, die darauf brannten, irgendwelche Details zu seinem Abgang beim Herbstfest in Erfahrung zu bringen.

»Kann es sein, dass du momentan Schwierigkeiten mit den simpelsten Fragen hast?« Ruperts Lachen dröhnte in Kendricks Ohren, und er fühlte sich ertappt.

»Hab ich. Aber das ist albern. Lass uns in den Pub gehen«, beschloss er.

»Die Leute reden sowieso – ob du da bist oder nicht«, bemerkte Rupert wahrheitsgemäß.

»Ich weiß, aber wenn ich es nicht mitbekommen würde, könnte ich so tun, als wäre nichts geschehen.«

»Das glaubst du doch selbst nicht. Wenn nichts geschehen wäre, müsstest du dich auch nicht vor dem Gerede fürchten. Und da etwas geschehen ist, ist es daheim, allein mit den eigenen Gedanken, sicher noch viel blöder als in freundschaftlicher Gesellschaft, oder?«

Dieser stichhaltigen Logik konnte sich Kendrick nicht entziehen. »Auch wieder wahr«, sagte er daher mit einem Seufzen. »Also, auf in den Pub.«

FALSCHE VORSTELLUNGEN

DER *WISE PELICAN* WAR bereits gut besucht, als sie ihn betraten. Ursprünglich hatte Jon am Montag Ruhetag gehabt,
doch lange hatte er das nicht durchgehalten, weil einhei-
mische wie auswärtige Gäste auch montags hungrig und
durstig waren. Jetzt hatte er täglich geöffnet, beschäftigte
aber genug Personal, dass er selbst nicht jeden Tag von früh
bis spät hinterm Tresen stehen musste. Kendrick wusste,
dass Jon inzwischen meist an den Dienstagen freimachte
und mit Isla, deren Restaurant montags und dienstags
geschlossen war, irgendetwas Schönes unternahm. Heute
Abend war er jedenfalls da und begrüßte Kendrick und
Rupert mit einem breiten Lächeln. »Wir sind ziemlich gut
besetzt, aber bei Betty und dem Pfarrer sind noch zwei
Plätze frei«, sagte er und deutete zu einem Ecktisch.

Betty hatte die Neuankömmlinge bereits erspäht und
winkte sie energisch zu sich. Das hatte Kendrick zu seinem
Glück wirklich gerade noch gefehlt. Die ehemalige Investigativjournalistin würde sicher alle Tricks anwenden und
sämtliche Informationen aus ihm herauspressen – ob er
wollte oder nicht. Und er wollte eindeutig nicht. Er unterdrückte ein Stöhnen, doch sein Zögern war so offensichtlich, dass Rupert ihn leicht anschob und ihm ins Ohr

raunte: »Komm schon, so hast du es am schnellsten hinter dir.«

Zunächst waren Betty und Pfarrer Jack jedoch ganz zivilisiert und erkundigten sich nach den Alpakas und den Hunden, die Marlin und Shona heute aufgelesen hatten. Diese Neuigkeit hatte im Dorf also auch schon die Runde gemacht. Erstaunlich. Wie sich herausstellte, stammte die Info jedoch von Jon, der Shona ja mit Hundefutter versorgt hatte.

»Das war vielleicht ein Schauspiel«, berichtete er amüsiert. »Vorhin kam Marlin reingestürmt und bat mich um Hundefutter. Ich war zunächst verwirrt, weil das selbst für Marlin eine etwas exotische Bestellung war, doch dann erzählte er mir von seinem heutigen Shoppingtrip in Fort Augustus.« Jon lachte, zusammen mit seinen Gästen. »Ich bin dann also in meinen Vorratskeller, habe mir einen Sack geschnappt und ihn raus zu seinem Auto getragen. Ehrlich, ich habe meinen Augen nicht getraut, aber in seinem ollen Geländewagen turnten zwei struppige Höllenhunde herum und haben versucht, auf Shonas Schoß zu klettern.«

»Ja, das war etwas überraschend«, gab Rupert schmunzelnd zu. »Marlin liegt mir ja schon seit Wochen damit in den Ohren, dass Shona seiner Meinung nach einen Hund braucht, der sie beschützt, wenn sie allein in der Destillerie ist. Aber dass er dann gleich zwei halb verhungerte Riesen anschleppt, ist selbst für seine Verhältnisse beachtlich.«

»Ach komm, Marlin hat einfach ein Herz für Streuner«, mischte sich der Pfarrer ein, einer von Marlins ältesten Freunden, wie Kendrick wusste. »Er päppelt doch ständig

irgendeinen Hund auf und versucht dann, das arme Geschöpf zum Schafehüten auszubilden. Das wird den beiden
wohl auch blühen.«

»In diesem Fall wird das aber nichts werden, denn die
zwei fürchten sich vor Männern. Daher sind sie nun ganz
meiner lieben Nichte ausgeliefert«, entgegnete Rupert und
erntete dafür reichlich Gelächter.

»Also erstens ist ja noch gar nicht gesagt, dass die Hunde
wirklich richtig Angst vor Männern haben, und zweitens
wird Shona das bestimmt sehr gut machen«, sprang ihr
Kendrick bei. »Das hat sie mit ihrem Alpaka doch bewiesen, dass sie mit Tieren umgehen kann.« Es war eine Sache,
dass er selbst sie für eine inkompetente Kamelhalterin
hielt – oder gehalten hatte! –, eine ganz andere war es, wenn
man sich über sie lustig machte. Shona mochte ihre Fehler
haben, aber sie trug das Herz am rechten Fleck, und sie
würde sich garantiert verdammt gut um die beiden Hunde
kümmern, da war er sich sicher. Nicht sicher war er, warum
er sich plötzlich so vehement für diese Frau einsetzte, die
ihn ansonsten vorwiegend in den Wahnsinn trieb. »Drittens gehören Irische Wolfshunde zur Klasse der Wind-
hunde und haben definitiv kein Interesse daran, zu Hüte-
hunden umgeschult zu werden«, fügte er hinzu, um seinen
Argumenten noch mehr Nachdruck zu verleihen und um
von Shona abzulenken. Sich selbst oder die anderen, das
war ihm nicht so ganz klar. Jedenfalls erntete er für seine
kleine Rede vierfaches verblüfftes Schweigen – und die
eine oder andere interessiert hochgezogene Braue. Mist.

»Ich bin jedenfalls hocherfreut über die jüngsten Entwicklungen in unserem beschaulichen Kirkby«, sagte Betty schließlich und taxierte ihn mit klarem Blick und einem feinen Lächeln. »Seit immer mehr junge Leute herziehen, kommt so richtig Leben in die Bude.«

»Langweilig war es hier doch noch nie«, behauptete Rupert und schaute den Pfarrer und Betty dann stirnrunzelnd an. »Was macht ihr eigentlich hier? Solltet ihr nicht singen?«

»Wusstest du das nicht? Der Kirchenchor hat mich als musikalischen Leiter entlassen«, brummte Jack, halb empört, halb verlegen.

»Ich bin nur als moralische Unterstützung hier. Nächste Woche singe ich wieder mit«, erklärte Betty und tätschelte dem Pfarrer die Hand.

»Ernsthaft? Die haben dich aus deinem eigenen Chor vertrieben? Können die das?« Rupert fand das offensichtlich wahnsinnig amüsant.

»Danach haben sie nicht gefragt, sie haben es einfach getan. Dann weißt du wohl auch nicht, wer mein Nachfolger ist, oder?«

»Nicht die leiseste Ahnung.«

»Deine Frau! Deine Frau hat den Aufruhr angezettelt, und jetzt will sie mich auch noch ersetzen. Wenn sie mich am nächsten Sonntag von der Kanzel kegelt, ist der Putsch komplett.«

»Alice?« Rupert glotzte den Pfarrer fassungslos an, und Kendrick war froh und dankbar über diesen Themenwechsel. »Meine Alice?«

»Deine zauberhafte, herzensgute Alice hat eine Revoluzzerseele«, bestätigte Betty gut gelaunt. »Aber mal ganz im Ernst – es wurde auch Zeit. Jack, du hast zweifellos wunderbare Seelsorger-Qualitäten, aber musikalisch bist du eine Vollkatastrophe. Der Chor hatte doch nur noch zwei Optionen – Selbstzerstörung oder Revolution.«

Diesmal konnte sich Kendrick nicht mehr beherrschen, zusammen mit Jon prustete er laut los vor Lachen. Es stimmte schon, hier in Kirkby war wirklich eine Menge los – vor allem dann, wenn man sich auf das Dorfleben einließ. Und dazu gehörte wohl, ab und an im Zentrum des Klatsches zu stehen.

»Darauf trinke ich!«, rief Rupert begeistert. »Also falls wir hier endlich mal etwas zu trinken kriegen.«

Jon hob entschuldigend die Hände. Eigentlich war er an den Tisch gekommen, um Rupert und Kendrick nach ihren Essens- und Getränkewünschen zu fragen, und hatte sich dann festgequatscht. »Sorry, ihr seid einfach viel zu gute Gesellschaft. Was darf es denn sein?«

Betty Murray wartete lediglich lange genug, dass sie bestellen konnten, dann nahm sie Kendrick ins Visier. »Nachdem wir schon viel zu viel Zeit mit tierischen Neuzugängen und Kirchenrevolutionen vergeudet haben, will ich jetzt von dir wissen, was an den Gerüchten um dich und die beiden Damen vom Herbstfest dran ist.«

»Das kann ich nicht sagen, denn ich kenne den Inhalt der Gerüchte nicht«, entgegnete Kendrick betont lässig. »Und ehrlich gesagt würde ich es auch gern dabei belassen.«

Dafür erntete er einen mitleidigen Blick von Jack und

Rupert. Er hatte nichts anderes erwartet, aber einen Versuch war es wert gewesen.

»Junger Mann, nicht frech werden!«, schimpfte Betty und wackelte mit dem Zeigefinger. »Stimmt es, dass es sich bei den Frauen um deine ältere Schwester und deine Ex-Freundin handelt?« Er nickte, und so fuhr sie mit ihrer Inquisition fort: »Stimmt es auch, dass die beiden jetzt ein Paar sind?«

»Ich fürchte ja«, presste er hervor und rechnete mit empörten oder mitleidigen Reaktionen seiner Tischgenossen. Was wusste er denn, wie konservativ die ältere Generation auf dem Land war? Homosexualität galt in des Pfarrers Augen doch bestimmt als Todsünde, und die beiden anderen …

»Das ist ja mal blöd gelaufen«, befand Jack McTavish jedoch ganz aufgeräumt. »Also für dich, meine ich.«

»Das kann man wohl sagen.« Kendrick nahm dankbar das Bier entgegen, das eine junge Kellnerin eben servierte. »Wolltest du nicht auf deine Frau trinken, Rupert?«, versuchte er es mit einem halbherzigen Ablenkungsmanöver.

»Keinen Themenwechsel jetzt«, bestimmte der verräterische Pferdemann.

»Ich fasse also zusammen: Deine Ex-Freundin und deine große Schwester sind ein Liebespaar«, sagte Betty und spann ihre Überlegungen sogleich weiter: »Und ich vermute, diese Tatsache ist der Grund dafür, dass wir seit ein paar Wochen einen eigenen Tierarzt vor Ort haben?«

»Stark verkürzt zusammengefasst, ja«, bestätigte Kendrick und trank einen großen Schluck Bier.

»Ich nehme an, das war ein Schock für dich«, sagte sie mitfühlend und streichelte ihm mütterlich über den Arm, nur um im nächsten Moment wieder ganz sachlich weiterzusprechen: »Aber solche Dinge passieren. Es war für die beiden sicher auch nicht einfach, sich diesen Gefühlen zu stellen. Liebe geht manchmal sehr seltsame Wege, aber ich freue mich über jedes glückliche Paar, das sich gefunden hat – und das solltest du auch!«

Kendrick gab einen ungläubigen Laut von sich. Weise Belehrungen von einer alten Frau hatten ihm gerade noch gefehlt – nicht.

»Ich meine das ganz ernst. Wie hoch schätzt du die Wahrscheinlichkeit ein, dass eure Beziehung unter diesen Umständen noch lange gut gegangen wäre?«

»Das tut doch aber gar nichts zur Sache, und ich verstehe es auch ja auch. Rein intellektuell zumindest, aber …«

»Liebeskummer ist immer fürchterlich«, unterbrach ihn Betty. »Das stellt keiner in Abrede. Aber der Weg muss trotzdem nach vorn führen. Gönn den beiden ihr Glück, denn du wirst deins bestimmt auch bald finden.«

»Hmpf«, brummte Kendrick und nahm die dampfende Schüssel Fischeintopf entgegen, die er bestellt hatte. Jetzt brauchte er erst mal etwas im Magen. Er löffelte die köstliche Suppe mit großem Appetit und entspannte sich langsam ein wenig. Vielleicht hatte Betty ja recht? Vielleicht lauerte sein persönliches Glück auch schon irgendwo? Seine Gedanken wanderten wieder in Richtung einer bestimmten schwarzhaarigen Schönheit. Und damit meinte er nicht sein Pferd. Oder nicht nur, denn womöglich gehörte das alles ja irgendwie zusammen. Außerdem machte sich eine vorsichtige Zuversicht in ihm breit, dass Betty die Sache nun auf sich beruhen lassen würde. Sie hatte doch alle wesentlichen Informationen bekommen, oder?

»Da wir damit die grundlegenden Fakten bestätigt hätten, geht's jetzt an die Details«, hob Betty wieder an und zerschmetterte Kendricks irrationale Hoffnung mit Schmackes. »Was wollten die beiden am Samstagabend in Kirkby?«

»Vielleicht unser Herbstfest genießen?«, schlug Jack vor, und Kendrick konnte sich nicht des Eindrucks erwehren, dass der Pfarrer den Job als Stichwortgeber übernommen hatte, weil ihm an einem möglichst plastischen Szenario gelegen war.

»Das wäre natürlich eine Möglichkeit«, sprach Betty weiter. »Aber eine recht unwahrscheinliche. Denn wären sie wegen der Party gekommen, hätten sie sich erstens an den Dresscode gehalten und wären zweitens nicht innerhalb weniger Minuten mit Kendrick zusammen wieder gegangen. Nein, da muss etwas anderes dahinterstecken.« Sie unterbrach ihre Ausführungen, um scheinbar nachdenklich in die Runde zu blicken.

Hätte Kendrick nicht im Epizentrum des Interesses gestanden, hätte er ob dieser Sherlock-Holmes-Scharade laut loslachen können, denn die Show war tatsächlich großartig. Stattdessen hatte er das Gefühl, dass sich die Schlinge um seinen Hals immer weiter zuzog. Mit einiger Mühe schluckte er den letzten Löffel Eintopf hinunter und bedauerte, dass er nun nichts anderes mehr zu tun hatte, als bei diesem Spiel mitzumachen. Gut, theoretisch könnte er einfach fluchtartig abhauen, aber das würde das Gerede nur schlimmer machen, und wie hatte Rupert vorhin so schön gesagt? Es war unausweichlich, also sollte er es am besten schnell hinter sich bringen. Allerdings beschloss er, es Betty nicht ganz so leicht zu machen, und schwieg zunächst.

»Im Dorf kursieren einige Spekulationen darüber, was der Grund für den abrupten Aufbruch war«, warf Jack ein.

Rupert gab ein grunzendes Geräusch von sich, von dem Kendrick nicht genau sagen konnte, ob es eher ein Lachen war oder ein Laut des Missfallens. »Habt ihr das einstudiert? Soll es vielleicht sogar eine Szene für ein Dorftheaterstück werden? Oder stellt ihr das Ermittlerduo aus Bettys Kriminalromanen nach?«, fragte der Pferdemann mit einem leicht fassungslosen Kopfschütteln.

Kendrick war froh, dass er mit seinen Empfindungen nicht ganz allein war, sondern jemanden an seiner Seite wusste, der das Spektakel ebenso bizarr fand wie er selbst. Immerhin blieben Ruperts Worte nicht völlig ohne Resonanz. Betty und Jack wirkten einen Moment lang tatsächlich leicht vor den Kopf gestoßen, doch dann fingen sie sich rasch wieder.

»Du hast nicht ganz unrecht, lieber Rupert«, erwiderte Betty derart würdevoll, dass sie ihrem Spitznamen »Die Königin« alle Ehre machte. »Die Wahrheitsfindung ist immer ein vielschichtiger Prozess – ob bei der Aufklärung von Verbrechen oder bei der Analyse von Gerüchten. Am besten folgt man im einen wie im anderen Fall einer bewährten Choreografie.«

»Die beiden wollen ein Kind von mir«, platzte es aus

Kendrick heraus. Er hatte nicht darüber nachgedacht, aber nun war es raus. Und es war allemal besser, als sich die nächsten Minuten – oder Stunden? – lang diesem absurden Spiel auszusetzen.

»Siehst du, genau so funktioniert es.« Ein zufriedenes Lächeln umspielte Bettys Lippen, und Kendrick hatte das Gefühl, dass sie das alles geplant hatte. Nur Jack schien enttäuscht zu sein.

»Jetzt hast du uns aber schon ein bisschen den Spaß verdorben. Wolltest du gar nicht hören, wie es weitergegangen wäre?«, fragte der Pfarrer.

Kendrick schüttelte fassungslos den Kopf. Da hatte er sein dunkelstes Geheimnis offenbart, und den beiden Dorf-Oldies ging es nur ums Vergnügen? Und mal ehrlich, ein bisschen mehr Entsetzen über die eigentliche Enthüllung wäre ja wohl angebracht, oder?

»Immerhin wissen wir jetzt, dass das Informationsnetzwerk von Kirkby ziemlich zuverlässig funktioniert.« Betty winkte Jon zu sich, und als der am Tisch erschien, fügte sie hinzu: »Volltreffer! Ich hab's dir doch gleich gesagt.«

Jon hob überrascht eine Braue. »Ernsthaft?« Er sah erst zu Betty, dann zu Kendrick. »Da war ich ja auf dem völlig falschen Dampfer.«

»Das kann man wohl sagen. Weißt du, was Jon gedacht hat?«, fragte sie Kendrick, der es eigentlich nicht wissen wollte, nun aber trotzdem erfuhr: »Er war der Meinung, dass deine Ex-Freundin wieder zu dir zurückkehren möchte und sie deine Schwester nur als moralische Unterstützung dabeihatte. Lächerlich.«

»Entschuldige mal, ich finde das immer noch nachvoll-
ziehbarer als die krude Geschichte, dass deine Ex und deine
Schwester ein Paar sind und dich um eine Samenspende
bitten, weil sie ein Kind haben wollen.« Jon bedachte Kendrick mit einem beinahe Hilfe suchenden Blick.

»Glaub mir, das wäre mir auch lieber«, entgegnete der
kopfschüttelnd. »Also nicht, dass ich Glenna wieder zurückhaben wollte, aber ...«

»Ja, aber dann ist doch alles gut. Du willst sie nicht mehr,
sie ist offensichtlich glücklich mit deiner Schwester, und
jetzt wünschen sich die beiden ein Baby. Wo ist das Problem?«, wollte Betty wissen.

Wo das Problem lag? Kendrick starrte sie mit offenem
Mund an. Sollten diese Leute nicht wertkonservative alte
Säcke sein? Nicht, dass er einen solchen Menschenschlag
besonders schätzte, aber in diesem speziellen Fall hätte er
sich etwas mehr Unterstützung gewünscht. »Das Problem
liegt unter anderem darin, dass ich nicht auf so eine Art
und Weise Vater werden will!«, brauste er auf. So laut, dass
die Gespräche an den Nebentischen verstummten, doch
das war ihm jetzt auch schon egal. Offenbar wusste schon
der ganze Ort Bescheid – da kam es auf ein paar Details
mehr oder weniger auch nicht mehr an.

»Sollte es nicht entscheidend sein, dass ein Kind in einer
gesunden Umgebung aufwächst, umsorgt von zugewandten
Menschen, die es lieben und fördern?« Betty musterte ihn
mit einem leichten Stirnrunzeln.

»Doch. Ganz genau so sollte es sein!«, bestätigte er und
verschränkte seine Arme vor der Brust.

»Und bist du wirklich so engstirnig, zu glauben, dass zwei Frauen ein solches Umfeld nicht schaffen können?«

»Natürlich können sie das! Glenna und Davina sind toll. Sie wären die perfekten Eltern, aber ...«

»Aber?«

»Aber ich bin doch auch noch da! Es wäre doch auch mein Kind. Ich will mein Kind ebenfalls lieben, fördern und umsorgen und nicht einfach nur ein Samenspender sein.«

»Und was hindert dich daran?«

»Wie, was hindert mich daran? Glenna und Davina leben in Inverness, ich hier in Kirkby. Das mögen zwar nur wenige Meilen sein, faktisch ist es aber eine fast unüberbrückbare Distanz.«

»Aber wenn du ehrlich bist, dann ist es das doch nur in deinem Kopf«, kam es ausgerechnet von Rupert. Von dem hätte er sich doch am meisten Verständnis erhofft. Nein, genau genommen hätte er sich von allen Anwesenden Verständnis erhofft. Aber nur Jon schien tendenziell auf seiner Seite zu sein.

»Ich glaube auch, dass das Problem nur in deiner Vorstellung existiert«, sagte Jack. »Das traditionelle Familienbild ist ein anderes, ganz klar, aber längst nicht alle Traditionen sind gut.«

»Ich bin wirklich überrascht, wie vorurteilsfrei unsere Dorfältesten sind«, sprach Jon aus, was Kendrick dachte. »Aber du als Mann der Kirche solltest doch ganz andere Werte verteidigen, oder?«

»Auch die Kirche muss mit der Zeit gehen.«

»Müsste. Tut sie aber nicht. Zumindest nicht die Amts-kirche. Versteh mich nicht falsch, ich finde dich enorm innovativ, aber deine Vorgesetzten würden wohl ausflippen, wenn sie hören könnten, wie du gleichgeschlechtliche Be-ziehungen und ungewöhnliche Familienmodelle feierst.«

»Ich bin mir ganz sicher, dass der einzig entscheidende Vorgesetzte meiner Meinung wäre«, antwortete Jack ganz ruhig und klar. »Gott ist für mich der Inbegriff der Liebe. Alle Regeln und Traditionen sind menschengemacht und nur Interpretationen des göttlichen Willens.«

Darauf wusste Jon genauso wenig zu erwidern wie Ken-drick. Die beiden jungen Männer wechselten einen Blick, der Verunsicherung und gleichzeitig auch Bewunderung für den alten Kleriker widerspiegelte.

»In euren Augen wäre es also weder moralisch noch theologisch noch menschlich oder sonst wie verwerflich, wenn ich Glenna und Davina ihren Wunsch erfülle?« Ken-dricks Stimme klang dünn und hohl, aber immerhin hatte er die Sprache wiedergefunden.

»Du kannst natürlich immer auf Menschen treffen – ver-mutlich sogar viele –, die ein solches Ansinnen für extrem verwerflich halten, aber warum sollten die dich interes-sieren?«, fragte Betty. »Die einzige maßgebliche Instanz in dieser Frage bist doch du. Du allein. Die beiden Frauen haben ihren Wunsch geäußert – was ich übrigens sehr mutig von ihnen finde – und haben jetzt ihr Schicksal in deine Hände gelegt. Ziemlich buchstäblich sogar ...« Sie kicherte leise, wurde dann aber rasch wieder ernst und fuhr fort: »Wenn dir die Vorstellung nicht behagt, dass dein

Kind bei zwei Frauen aufwachsen könnte, dann müssen sie das akzeptieren.«

»Aber so einfach ist es nicht«, beharrte Kendrick. »Ich bin nicht so engstirnig, wie ihr mich jetzt darstellen wollt. Ich habe überhaupt kein Problem mit gleichgeschlechtlichen Beziehungen und bunten Familienkonstellationen. Ich wünsche Glenna und Davina auch alles Glück der Welt, aber ...«

»Du drehst dich im Kreis«, sagte Betty. »Dein persönliches Idealbild von Familie, von *deiner* Familie, ist ins Wanken geraten, und du hast Schwierigkeiten, das zu akzeptieren. Aber glaub mir, wir alle müssen früher oder später unsere Ideale hinterfragen. Es dürfte wohl keinen Menschen geben, bei dem ein Leben lang alles glatt läuft. Das ist normal. Du musst lernen, das zu akzeptieren, das ist der eigentliche Sinn dieser Übung. Sobald du das schaffst, kannst du auch eine gute Entscheidung treffen.«

Puh. Das war eine verdammt klare Ansage. Kendrick wäre es inzwischen fast lieber gewesen, wenn es nur um wirklich saftigen Tratsch gegangen wäre. Dieses Statement musste er erst einmal verkraften. Natürlich hatten sie recht. Es war alles nur in seinem Kopf. Seine Vorstellungen von einer glücklichen Familie und seine gekränkte Eitelkeit waren es, die ihm jetzt so zusetzten. Und sie hatten auch damit recht, dass er der Einzige war, der sich aus diesem Sumpf befreien konnte.

»Kann ich euch noch eine Runde bringen?«, durchbrach schließlich Jon das Schweigen am Tisch.

»Ich glaube, ich geh jetzt lieber heim.« Kendrick fühlte

sich mit einem Mal wahnsinnig erschöpft und ausgelaugt – aber auch auf seltsame Art erleichtert. Es war gut, dass er kein Geheimnis mehr verbergen musste. Natürlich würden ihn einige Leute aus dem Dorf und der Umgebung verurteilen, doch eigentlich war ihm das vollkommen egal. Sollten die Menschen doch denken, was sie wollten. Entscheidend war nur – und da lag die alte Betty Murray absolut richtig –, wie es in seinem Kopf aussah. Aber das musste er allein ergründen.

SCHIEFER HAUSSEGEN

»DAS IST JETZT NICHT dein Ernst, oder?« Kristie starrte schockiert auf Shonas Entourage.

»Ich fürchte schon.« Shona seufzte. »Darf ich dir unsere neuen Mitbewohner Orla und Higgins vorstellen?« Die beiden Hunde hatten sich brav rechts und links von ihr hingesetzt und sahen neugierig in die Küche hinein, in der Kristie bis eben vor dem offenen Ofen herumgewirbelt war. Es roch absolut himmlisch, und die Tiere schnupperten angeregt. Ehe Kristie noch etwas sagen konnte, ächzte es hinter Shona, und ihr Vater kam ins Haus. Marlin hatte sich zwei Pferdedecken unter einen Arm geklemmt und schleppte gleichzeitig auch noch den fünfzehn Kilo schweren Futtersack.

»Kommt ihr klar?«, wollte er mit einem vielsagenden Blick auf die Hunde von Shona wissen, nachdem er seine Last im Flur deponiert hatte.

»Wird schon irgendwie«, murmelte sie. »Wenn nicht, rufe ich um Hilfe.«

»Ja, aber nicht bei mir, sondern bei deinem Tierarzt. Schönen Abend.« Er küsste sie kurz auf die Wange, winkte der fassungslosen Kristie zu und verließ rasch das kleine Cottage.

»Wie gesagt, das sind Orla und Higgins, und sie wohnen jetzt auch hier.«

»Aber ...« Es fiel ihrer Cousine sichtlich schwer zu verstehen, was gerade geschah. Shona konnte es ihr nicht verdenken, ihr ging es ganz genauso.

»Es war nicht geplant.«

»Ich verstehe trotzdem nicht, was das soll.« Kristie hatte ihre Schockstarre überwunden und war langsam wieder in der Lage, klare Sätze zu formulieren und besonnen zu handeln. Sie schloss die Ofentür, nahm das Backblech mit den duftenden Pasteten und stellte es auf die Arbeitsfläche. Dann drehte sie sich wieder zu dem Trio im Türrahmen um und murmelte: »Das ist sinnlos, die sind so riesig, die kommen auch locker an die Arbeitsfläche ran. Kannst du mir bitte mal erklären, warum wir zusätzlich zu einem Alpaka jetzt auch noch zwei Hunde brauchen?«

»Nessie wohnt ja nicht mehr hier ...«

»Und das ist Grund genug, gleich Ersatz zu suchen?« Kristies Stimme klang erstaunlich schrill, und die beiden Hunde legten synchron die Köpfe schief. Sie schienen zu überlegen, was mit der Frau vor ihnen nicht stimmte.

»Nicht, wenn es nach mir gegangen wäre«, behauptete Shona. »Aber es geht ja gar nichts mehr nach mir, fürchte ich.«

»Das wäre ja mal was ganz Neues. Es geht doch immer nur nach dir!« Kristie funkelte Shona angriffslustig an, die erstaunt zurückwich. So kannte sie ihre zurückhaltende, eher schüchterne Cousine gar nicht. Wenn überhaupt, hätte sie einen derartigen Kommentar von Hailey erwartet, die aber nicht zu Hause war und von dem achtbeinigen Familienzuwachs noch gar keine Ahnung hatte.

»Hey, was ist denn mit dir los?«

»Ach, ich hab's einfach nur satt, dass … dass …« Kristie rang um Worte.

»Dass was?«

»Du kündigst deinen Job in London und kommst zurück nach Kirkby, und weil du keine Lust hast, in deinem alten Kinderzimmer zu wohnen oder dir eine eigene Bleibe zu suchen, schlüpfst du bei mir und Hailey unter. Was total okay ist. Aber dass du hier alles auf den Kopf stellst, ist nicht okay. Erst kommst du mit einem Alpaka an und behandelst es wie einen verwöhnten Schoßhund, und jetzt auch noch mit diesen beiden Bestien. Was soll das? Ist dir eigentlich klar, dass ich fast jeden Morgen die Hinterlassenschaften von Nessie im Wohnzimmer entfernt habe?« Kristie fuchtelte nun so wild mit den Händen herum, dass sowohl die Hunde als auch Shona ein Stück zurückwichen.

»Ich dachte, sie sei stubenrein«, entgegnete Shona kleinlaut. »Wirklich. Ich hätte doch geputzt, wenn ich es gewusst hätte. Warum hast du denn nie was gesagt?«

»Weil du ja immer erst aufstehst, wenn Hailey und ich schon längst aus dem Haus sind. Und warum ich die Köttel und die Pfützen nicht liegen lassen wollte? Weil ich es eklig finde! Ich bin so froh, dass Nessie bei dem armen Pferd sein kann – und jetzt das? Kommt dein Alpaka etwa auch wieder zurück? Machst du jetzt einen Zoo auf?«

»Nein. Jetzt lass mich doch mal erklären. Dad und ich waren heute in Fort Augustus und haben drei Alpakas von einem insolventen Zirkus gerettet, damit Nessie eine eigene Herde kriegt und nicht mehr hier wohnen muss. Mensch, Kristie, das tut mir so leid. Ich dachte, ihr mögt Nessie?« Shona fühlte sich einigermaßen überfordert von der Situation. Nie hatten ihre Cousinen etwas gegen das Alpaka gesagt. Okay, mal ein paar kleine Witzchen, aber nie etwas Ernsthaftes. Und sie war wirklich davon ausgegangen, dass Nessie stubenrein war.

»Ich mag Nessie, aber sie ist kein Haustier, verdammt noch mal! Und nur zur Info: Diese beiden Kreaturen sind keine Alpakas! Irgendwas an der Story ist noch nicht ganz gerade.«

»Ich war ja auch noch nicht fertig mit meiner Geschichte. Wir sind also zu dem Zirkus gefahren, und es hat sich herausgestellt, dass die nicht nur die drei Alpakas hatten, sondern auch noch die beiden Hunde. Braunbären gab's ursprünglich wohl auch noch, aber um die hat sich eine Wildtierorganisation gekümmert.«

»Was für ein Glück, sonst würden jetzt auch noch Bären auf dem Sofa rumturnen!«, rief Kristie mit beißender Ironie. »Warum konnten die diese beiden Bestien nicht auch mitnehmen? Für meine Begriffe sehen die auch halbwild aus.«

»Die sind total lieb und übrigens ziemlich verängstigt und hungrig«, sagte Shona, um Ruhe bemüht. »Ich konnte einfach nicht anders. Die saßen so traurig in der Ecke und haben sich so gefreut, als ich zu ihnen gekommen bin. Ich habe nie so viel Hoffnung und Sehnsucht gesehen wie in den Augen dieser beiden. Ich hätte sie niemals dalassen können.«

Kristies untypischer Zorn war verraucht. Erschöpft ließ sie sich auf einem Küchenstuhl nieder und vergrub ihr Gesicht in den Händen.

»Aber was ist denn mit dir los?«, erkundigte sich Shona sachte.

»Nichts, ich hab's nur satt, dass sich immer alles um dich und Hailey drehen muss. Eure Befindlichkeiten stehen immer ganz weit vorn, alles andere muss sich dem unterordnen.«

Nun war Shona wirklich ratlos. Gestern und heute früh war doch noch alles in Ordnung gewesen. Sie konnte sich auch nicht erinnern, dass sie kürzlich mit Kristie irgendeinen Zusammenstoß gehabt hatte, der so einen Ausbruch rechtfertigen könnte, also nahm sie an, dass es mit Hailey zusammenhängen musste. Wo war die überhaupt? Immer noch bei dem Outdoortypen, den sie auf dem Herbstfest aufgerissen hatte?

»Ist irgendwas in der Bäckerei passiert?«, fragte sie ins Blaue hinein. Irgendeinen Grund musste Kristies Verhalten doch haben.

»Nein, da ist alles in Ordnung. Aber ich werde den Kurs bei Phyllis wahrscheinlich nicht machen können.« Kristie schniefte.

Daher wehte also der Wind. »Und warum? Ich dachte, das wäre beschlossene Sache?«

»War es auch, aber ich kann die Bäckerei nicht so lange zumachen. Das wäre echt schlecht fürs Geschäft. Der Kurs soll eigentlich im November stattfinden, aber für den Zeitraum habe ich schon Zusagen für einen achtzigsten Ge-

burtstag gemacht – für den ich Torten und Teegebäck liefern soll, mit mindestens fünfzig Gästen –, und außerdem
steht ja noch der Basar an und ...«

»Vielleicht kann die Kuchen ja jemand anders backen.
Kirkby kam jahrelang ohne Bäckerei aus, da müssten zwei
Wochen im Herbst doch auch mal drin sein.« Shona konn-
te die Dramatik nicht so ganz nachvollziehen.

»Das ist ein verdammt wichtiger Auftrag für mich! Ich
brauche ihn und das Geld, das ich damit verdiene. Im Gegensatz zu dir bläst mir mein Vater keinen Goldstaub in
den Hintern. Ich kann den Kurs auch im Januar machen,
das wäre kein Problem, aber ich habe das Gefühl, dass ich
hier immer den Kürzeren ziehe!«

»Okay. Können wir das nachher vielleicht in Ruhe klä-
ren? Ich bin mir sicher, wir finden eine Lösung, die für alle
hilfreich ist.« Shona sprach ganz langsam und vorsichtig
mit ihrer Cousine, als wäre sie eine Bombe, die jeden Moment explodieren konnte. Sie hatte wirklich Schwierigkeiten, den in ihren Augen völlig irrationalen Frust zu verstehen, aber das machte Kristies Gefühle ja nicht weniger real.
Allerdings hatte sie selbst ein drängenderes Problem. Genau genommen sogar zwei. »Die beiden Hunde brauchen
dringend was zu fressen, und ich würde gerne etwas Reis
für sie kochen – wenn das okay für dich ist. Sobald sie satt
sind, können wir ja reden.«

»Da hast du es ja wieder. Schon wieder muss ich zurück-
stehen! Ich will das nicht mehr!!« Kristie drängelte sich an
den Hunden und Shona vorbei und lief die Treppe hoch zu
ihrem Zimmer, wo sie lautstark mit der Tür knallte.

»Auweia«, murmelte Shona. Da lag wohl einiges im Argen. Aber darum konnte sie sich gerade wirklich nicht kümmern. Sie betrat die Küche und sah sich ratlos um. Wie schwierig konnte es schon sein, Reis zu kochen? Sie war eine echte Niete in der Küche, was angesichts ihrer Familie ein mittleres Wunder war. Oder einfach nur folgerichtig. Während ihrer Kindheit war immer jemand da gewesen, der gekocht hatte. Erst ihre Großmutter, an die sie sich aber fast nicht mehr erinnern konnte, dann hatte Tante Alice das Zepter übernommen – oft flankiert von Isla und Lennox, die beide größtes Interesse am Kochen und Backen gezeigt hatten. Auch ihr Vater und Alex brachten simple Gerichte ganz passabel zustande. Es hatte also nie die Notwendigkeit bestanden, selbst zu kochen.

Während ihrer Ausbildung in der Gordon Gibbs Distillery war es ganz ähnlich gewesen. Da hatte sie bei der Familie Gibbs gewohnt und war dort ebenfalls rund um die Uhr versorgt worden. In ihrer Londoner Zeit hatte sie in einer WG gelebt – und die Küche praktisch nie betreten. Ihr spätes Frühstück hatte sie sich täglich in einem Café gegönnt, oder sie war mit Freunden brunchen gegangen. Die Whisky-Bar, in der sie gearbeitet hatte, gehörte zu einem Restaurant, und da hatte sie immer mit dem übrigen Personal gegessen. Es war also schlicht nie notwendig gewesen, sich selbst zu verpflegen. Auch in der Cousinen-WG in Kirkby nicht. Kristie war die absolute Küchenfee, die es trotz ihrer Arbeit in der Bäckerei liebte, auch noch zu Hause am Herd zu stehen oder neue Backkreationen zu testen, und Hailey war immer für ein herzhaftes Frühstück oder eine Nudelpfanne zu haben. Außerdem gab es seit ein paar Monaten ja den Pub von Jon und außerdem Fertiggerichte im Tiefkühler. Im Pizzaaufbacken war sie jedenfalls Spitzenklasse.

Nur half ihr diese Kompetenz bei der aktuellen Aufgabenstellung auch nicht weiter. Kendrick hatte gesagt, sie solle den Hunden zum Trockenfutter gekochten Reis und rohe Eier geben. Unentschlossen öffnete sie die Küchenschränke – sie hatte nicht mal eine Ahnung, wo die Vorräte aufbewahrt wurden. Im Tiefkühlschrank jedenfalls nicht.

Bei ihrer halbherzigen Suche wurde sie von Orla und Higgins keine Sekunde aus den Augen gelassen. Die beiden Hunde folgten ihr wie Schatten, und Higgins stupste sie vorsichtig mit der Schnauze an. »Ich weiß, ihr habt Hunger«, sagte sie zu ihm und streichelte seinen struppigen Kopf. »Ich gebe mir auch Mühe. Das kann ja nicht so kompliziert sein mit dem Reiskochen, was?«

Schließlich fand sie den richtigen Vorratsschrank und sogar mehrere Packungen Reis: Basmatireis, Duftreis, Milchreis, Risottoreis, Wildreis und einen Reis, der sich »Ideal Standard« nannte. »What the fuck?«, fluchte sie leise. Sie wollte doch einfach nur Reis. Ganz normalen Reis! Wofür brauchte man so viele Sorten? Und welche sollte sie nun nehmen? Vermutlich war es den Hunden egal, aber spontan verwarf sie schon mal den Milch- und den Duftreis. Blieb noch die Frage nach der Zubereitung. Sie sah auf die Packungen und stellte fest, dass sich die Angaben zum Teil dramatisch widersprachen, wenn überhaupt welche draufstanden. Worin unterschieden sich bitte schön die »Wasser in Reis«- und die »Reis in Wasser«-Methode? Musste man nicht einfach immer Reis in Wasser kochen? Auf einer anderen Packung stand etwas von »Quellmethode«, was irgendwie auch nicht viel hilfreicher war. Und dann die verwirrenden Mengenangaben. Wie viel Reis würde sie für die Hunde denn brauchen?

Sie kramte nach ihrem Handy und überlegte, ob sie einfach Isla anrufen sollte. Es war schließlich Montag, und da hatte ihre Schwester frei. Ein Grundkurs im Reiskochen wäre bestimmt drin, aber Shona konnte sich lebhaft vorstellen, was für Kommentare Isla dabei parat haben würde. Sie machte sich ohnehin ständig über Shonas Küchen-inkompetenz lustig. Nein, das brauchte sie jetzt wirklich nicht. Und mal im Ernst, wie anspruchsvoll konnte es schon sein, eine Portion Reis zu kochen?

Statt ihre Schwester zu alarmieren, öffnete sie die Suchmaschinen-App und gab »Reis kochen« ein. Einen Augenblick später präsentierte ihr Google eine Vielzahl von Rezepten und Erklärvideos. Okay, das sah machbar aus. Sie holte einen großen Topf aus dem Schrank, füllte Wasser hinein und stellte ihn auf den Herd. Spontan entschied sie sich für den Basmatireis, weil die Kochzeit am kürzesten war und sie die armen Tiere nicht noch länger auf eine Mahlzeit warten lassen wollte. Als das Wasser kochte, schüttete sie einfach den kompletten Inhalt der Packung in den Topf – es waren ja schließlich sehr große Hunde mit sehr großem Hunger. Während der Reis garte, suchte sie in einem anderen Schrank nach den großen Edelstahlschüsseln, die Kristie immer für ihre Teige verwendete. Auf ihrer mentalen Einkaufsliste notierte sie Hundenäpfe, aber bis sie dazu kam, würden es die Schüsseln tun müssen. Eine füllte sie mit Wasser und stellte sie auf den Boden. Orla schnupperte daran, trank jedoch nicht. Offenbar waren sie nicht durstig. Auch gut.

Sie ging zurück in den Flur, wo ihr Vater vorhin die Pferdedecken und den Futtersack deponiert hatte. Hundebetten musste sie ebenfalls noch besorgen. Sie schnappte sich die Decken, brachte sie in das kleine Wohnzimmer und suchte nach einem geeigneten Platz, wo die Tiere schlafen konnten. Nessie hatte immer auf dem Teppich vor dem leeren Kamin gelegen. Das Alpaka war ungefähr so groß wie einer der beiden Riesen, wirkte aber trotzdem irgendwie handlicher. Wohin also mit Hund Nummer zwei? Sie legte eine Pferdedecke auf den Teppich vor dem Kamin und die andere zwischen Bücherregal und Sofa. Das war zwar nicht ganz ideal, aber es gab keinen anderen oder gar besseren Platz. Und wie oft musste man schon ans Bücherregal? Zufrieden schaute sie sich um. Ja, das würde gehen. Jetzt musste sie nur noch den Hunden klarmachen, wo ab sofort ihre Betten waren. Doch seltsamerweise war von den Tieren nichts zu sehen. In diesem Moment drang lautes Scheppern aus der Küche, gefolgt von einem erschrockenen Aufjaulen. Mist! Die hatten doch nicht etwa?

Shona fiel siedend heiß das Backblech mit den frisch gebackenen Pies ein, das Kristie vorhin noch auf die Arbeitsfläche gestellt hatte. Sie rannte in die Küche und sah, wie sich Higgins und Orla über die Pasteten hermachten. So schnell konnte sie überhaupt nicht reagieren, wie die Tiere die immer noch warmen Köstlichkeiten hinunterschlangen. Das war garantiert nicht die Art Schonkost, die Kendrick im Auge gehabt hatte – und Kristie würde …

»Ich hab's gewusst!«, kreischte es prompt von der Treppe her. Kristie war – sicher ebenfalls von dem Getöse aufgeschreckt – aus ihrem Zimmer gestürzt und betrachtete das Desaster mit entsetztem Blick.

»Es tut mir so leid, das wollte ich nicht …« Shona schaute betreten zu ihrer Cousine. »Böse Hunde«, schimpfte sie halbherzig mit den beiden, die jedoch ganz zufrieden wirkten. »Ich schätze mal, dass sie einfach nicht widerstehen konnten. Wer weiß, wann die das letzte Mal was zu fressen hatten, und ich …« Weiter kam sie nicht, denn in diesem Moment klapperte der Topfdeckel, und gleich darauf zischte es laut, als überkochendes Wasser auf die Herdplatten traf.

»Und was soll das werden?«, fragte Kristie und eilte zum Herd, wo sie den Deckel abnahm, die Temperatur nach unten regelte und den Topf zur Seite schob.

»Reis. Für die Hunde.«

Kristie sah fassungslos erst auf den Reistopf, dann zu den Tieren, und schließlich blieb ihr Blick an Shona hängen. Sie schüttelte den Kopf und wirkte mit einem Mal schrecklich resigniert. »Du bist meine Cousine und eine meiner besten Freundinnen«, sagte sie mit erstaunlich ruhiger und fester Stimme. »Ich liebe dich wie meine Schwester – oder vielleicht sogar ein bisschen mehr. Aber so geht das einfach nicht mehr weiter. Ich gebe zu, ich habe vorhin etwas überreagiert. Ich hatte einen echten Scheißtag. Das ist aber nicht dein Problem, und es tut mir leid, wenn es blöd rüberkam.«

»Schon gut«, murmelte Shona und war erleichtert, dass Kristie offenbar wieder bei Verstand war.

»Das ändert jedoch nichts an der Tatsache, dass wir so nicht mehr lange weitermachen können. Wenn diese Wohngemeinschaft funktionieren soll, dann muss es auch eine echte Gemeinschaft sein. Du zahlst Miete – und das ist dein ganzer Beitrag.«

»Aber ...«, wollte Shona unterbrechen, doch Kristie ließ sie gar nicht zu Wort kommen.

»Wenn große Entscheidungen darüber anstehen, ob wir hier Haustiere halten wollen, dann sollten wir die zu dritt fällen. Gleiches gilt für Partys.«

»Aber ...«

»Was aber? Du glaubst, es reicht, dass du so hübsch und niedlich und immer gut gelaunt bist? Oder dass deine Ideen immer viel besser sind als meine oder Haileys? Oder gehst du einfach davon aus, dass alle nach deiner Pfeife tanzen müssen, weil das deiner Wahrnehmung nach dein heiliges Geburtsrecht ist? Shona Fraser, du bist der egoistischste und verwöhnteste Fratz, den man sich nur vorstellen kann. Du musst endlich mal erwachsen werden! Himmel, du bist siebenundzwanzig und weißt nicht mal, wie man Reis kocht!« Die ruhige Entschlossenheit war aus Kristies Stimme gewichen und hatte einer kaum unterdrückten Wut Platz gemacht. Doch sie war noch nicht fertig mit ihrer Tirade. »Wann hast du das letzte Mal was im Haus gemacht? Wann hast du geputzt oder eingekauft – von deinen unseligen Tiefkühlprodukten mal abgesehen? Hailey und ich haben das alles erledigt. Wir haben einfach so weitergemacht wie in der Zeit, als wir noch zu zweit hier gewohnt haben, und du hast dich ins gemachte Nest gesetzt. Merkst du eigentlich nicht, wie unfair das ist?«

»Aber …«, versuchte Shona es erneut. Sie konnte das alles nicht fassen. Zugegeben, Kristie hatte nicht völlig unrecht mit ihren Vorhaltungen, aber warum hatten ihre Cousinen denn nie etwas gesagt? Sie hatten sie herzlich und begeistert aufgenommen und sich über ihren Mietanteil gefreut, aber sonst nie irgendwas von ihr verlangt. Gut, vielleicht hätte sie auch von selbst auf die Idee kommen können, mal zu putzen, aber immer wenn sie daran gedacht hatte, hatte es schon jemand erledigt. Dafür brachte sie aber doch auch immer Whisky und Gin mit nach Hause und hatte bei jeder Party für Essen und Getränke gezahlt. Okay, die meisten Partys waren auch auf ihrem Mist gewachsen, aber darum ging es doch gar nicht, oder?

»Nichts aber! Ich will keine Ausreden hören, keine Rechtfertigungen, absolut gar nichts! Mir reicht's einfach, und ich will, dass du auszieht!«

Ausziehen? Shonas Herz klopfte plötzlich ein schnelles Stakkato. Warf ihre Cousine sie etwa gerade raus? »Aber wohin?«, fragte sie kläglich.

»Was ist denn hier los?«, unterbrach eine weitere Stimme die Diskussion. Hailey war nach Hause gekommen. Sie sah ein wenig zerzaust, aber blendend aus und wirkte so, als hätte sie die letzten vierundzwanzig Stunden mit einem heißen Liebhaber im Bett verbracht – was vermutlich auch der Wahrheit entsprach. »Was sind das für Hunde? Und warum brüllst du hier so rum?«

»Ich mache unserer Cousine gerade klar, dass wir wollen, dass sie auszieht«, erklärte Kristie mit fester Stimme, und der Blick, den sie ihrer Schwester zuwarf, sprach Bände. *Wenn du dich jetzt nicht auf meine Seite schlägst, dann kannst du dir auch gleich eine neue Bleibe suchen,* sollte das wohl heißen.

Hailey schluckte und räusperte sich. »Aber wir wollten das doch in aller Ruhe besprechen«, sagte sie und sah verwirrt zwischen ihrer Schwester und Shona hin und her.

»Ihr plant das schon länger?«, rief Shona und war kurz davor, endgültig die Fassung zu verlieren.

»Ein Weilchen«, gab Hailey zu. »Aber es war irgendwie nie der richtige Zeitpunkt. Das Alpaka hat uns ziemlich gestresst. Ist dir das nie aufgefallen?«

Shona schüttelte den Kopf.

»Wir mussten ständig hinter ihr herputzen. Schlimm genug, dass wir auch hinter dir hergeputzt haben, aber das mit Nessie war echt zu viel.«

»Aber warum habt ihr dann nie etwas gesagt?«, rief Shona aufgebracht. »Ich habe wirklich gedacht, dass sie stubenrein ist. Ich habe mich nur gewundert, dass das in der Destillerie nicht so gut geklappt hat, sondern nur daheim.«

»Und auf die Transferleistung, dass es nicht am Ort, sondern am Alpaka lag, bist du natürlich nicht gekommen, was?« Hailey seufzte. Es war klar, dass ihr das Gespräch verdammt unangenehm war und dass sie den Abend anders geplant hatte. Doch das galt für Shona ebenso. Sie hatte heute Morgen auch nicht damit gerechnet, dass sie am Abend nicht nur drei weitere Alpakas haben würde, sondern auch noch zwei Hunde – und allem Anschein nach ein massives Wohnungsproblem.

»Ihr hättet trotzdem was sagen müssen. Ja, mag sein, dass ich manchmal ziemlich gedankenlos bin. Aber nicht aus Bosheit oder so. Mir fallen manche Sachen einfach nicht auf. Wenn ich es gewusst hätte …« Shona verstummte, als sie die Blicke der Cousinen sah. Es stimmte ja: Sie hatte es gewusst. Zumindest unterbewusst war ihr immer klar gewesen, dass sie sich wie ein Parasit verhielt. Auch wenn Kristie und Hailey nie konkrete Forderungen gestellt hatten, waren ihre gelegentlichen ironischen Bemerkungen schon recht deutlich gewesen. Doch sie hatte es vorgezogen, sie zu ignorieren. Weil es einfacher gewesen war. Wenn jemand etwas von ihr wollte, dann sollte er sie darauf ansprechen. Mit dieser Maxime war sie bislang immer gut gefahren, doch nun dämmerte ihr langsam, dass es auch noch andere Interpretationsmöglichkeiten für ihr Verhalten geben könnte. »Es tut mir so leid«, fügte sie mit echter Zerknirschung hinzu.

»Mir tut's auch leid«, sagte Hailey, und nach einem Seitenblick auf Kristie: »Uns tut es leid. Aber ich … wir denken, es wäre für unser Verhältnis besser, wenn du dir eine eigene Wohnung suchst. Ich meine, als Nessie in den Stall gezogen ist, habe ich mir gedacht, dass wir noch die Kurve kriegen könnten, und deshalb haben Kristie und ich vereinbart, dass wir in Ruhe mit dir reden wollten. Aber …«

Sie deutete auf die beiden Hunde, die brav neben Shona saßen und die Diskussion der Menschen interessiert verfolgten.

»Die waren nicht geplant!«, rief Shona.

»Sind sie nur vorübergehend bei dir, oder soll es eine Dauereinrichtung werden?«, erkundigte sich Hailey.

»Das tut doch nichts zur Sache!«, brach es aus Kristie hervor. »Selbst wenn sie nur vorübergehend hier sind, kannst du drauf wetten, dass drei Tage später die nächste Katastrophe kommt.«

»Also, als Katastrophe würde ich die beiden jetzt nicht bezeichnen. Die können ja nichts dafür. Und ich im Grunde ebenfalls nicht.« Shona straffte die Schultern und richtete sich auf. Sie hatte es nicht geplant, aber schon in der kurzen Zeit hatten sich Orla und Higgins einen festen Platz in ihrem Herzen erobert. Sie würde sie nicht wieder hergeben. Es waren ihre Hunde, sie hatte die beiden gerettet und war für sie verantwortlich. Punkt.

»Ich versteh dich ja. Sie sind bestimmt toll. Ich mag Hunde doch auch, aber wir haben hier wirklich wenig Platz. Wo sollen die denn schlafen?«, versuchte es Hailey mit etwas mehr Diplomatie als ihre Schwester.

»Im Wohnzimmer? Ich meine, ich weiß, es ist nicht ideal, aber …« Shona sah ihre Felle davonschwimmen. Umso mehr, als Higgins plötzlich anfing, heftig zu würgen, und dann die eben heruntergeschlungenen Pasteten heftig auf den Küchenboden erbrach. Gut, dass sie noch ihre Gummistiefel trug.

»So, das war's! Mir reicht's«, rief Kristie. »Ich schlafe

heute Nacht bei Mum und Dad, aber bis morgen muss eine Lösung her.«

»Du musst nicht gehen. Ich werde mit den beiden zu meinem Dad ziehen«, sagte Shona schnell. Das war vielleicht ohnehin die beste Lösung. Harriswood House war viel größer und die Bewohner deutlich hundefreundlicher.

»O nein, ich gehe«, sagte Kristie und deutete auf den Fußboden. »Und wenn ich zurückkomme, ist die Küche wieder tipptopp sauber!« Sie machte auf dem Absatz kehrt und rannte die Treppe hoch zu ihrem Zimmer.

»O Mann, was für ein Schlamassel«, seufzte Hailey und sah sich unbehaglich um. »Tut mir echt leid, wie das gelaufen ist«, murmelte sie und fügte noch hinzu: »Ähm. Mir ist gerade was eingefallen. Ich muss noch mal weg.« Damit verließ sie schleunigst das Haus.

Shona überlegte gerade, womit sie anfangen sollte, da stürmte Kristie bereits wieder die Treppe herunter, mit einer großen Umhängetasche über der Schulter. Ohne Abschiedsgruß und ohne einen weiteren Blick in die Küche zu werfen, verließ sie ebenfalls das Cottage.

»Ganz toll. Und jetzt?« Shona schaute sich unschlüssig um und fühlte sich hilflos wie selten zuvor in ihrem Leben. Die einfachste Lösung wäre, ihren Vater anzurufen und darum zu bitten, dass er sie abholte. Aber vielleicht hatten Kristie und Hailey recht damit, dass sie aufhören musste, immer die einfachste Lösung zu wählen, und endlich Verantwortung übernehmen musste. Beruflich gelang ihr das inzwischen ja schon ganz gut, da sollte es privat doch auch mal langsam klappen.

»Kommt mit«, sagte sie zu den Hunden und ging in Richtung Wohnzimmer. Dort zeigte sie ihnen die ausgebreiteten Pferdedecken. »Legt euch hin, und stellt bitte nichts mehr an. Ich muss jetzt die Küche putzen, und danach sehen wir weiter.«

● ● ●

Es war noch nicht besonders spät, als Kendrick den Pub verließ und zu seinem Auto ging. Er fühlte sich jedoch, als hätte er einen Marathon oder eine anstrengende Bergwanderung hinter sich. Das Gespräch mit Betty, Pfarrer Jack und Rupert hatte ihm zugesetzt. Er war ziemlich beeindruckt davon, wie offen und vorurteilsfrei die drei waren – zumindest Glenna und Davina gegenüber. Ihn selbst hielten sie ja wohl für reichlich starrsinnig und übertrieben empfindlich. So hatten sie es zwar nicht formuliert, aber der Subtext war relativ eindeutig gewesen. Sie hatten sicher recht mit ihrer wenig schmeichelhaften Einschätzung: Er war derjenige, der eine Entscheidung treffen und mit den Konsequenzen leben musste. Und vermutlich wäre es schlau, diese Entscheidung mit klarem Kopf und offenem Herzen zu treffen und nicht vor dem Hintergrund seiner Kränkung. Wie lange es dauern würde, bis er diesen Zustand erreicht hatte, blieb fraglich, aber er musste sich deswegen ja nicht stressen. Instinktiv hatte er das am Samstag so auch Glenna und Davina gesagt – und die beiden hatten es akzeptiert. Und wenn ihnen das gelang, dann sollte er selbst es doch wohl ebenfalls schaffen, oder? Er musste ad hoc gar nichts tun, sondern konnte sich auf sich und sein Leben besinnen.

Das wurde ihm schlagartig klar, als er ins Auto stieg, und mit einem Mal hatte er das Gefühl, als wäre eine Zentnerlast von ihm genommen geworden. Dabei hatte sich doch rein gar nichts geändert. War das vielleicht der sprichwörtliche Schalter im Kopf, der sich umgelegt hatte? Die bleierne Erschöpfung war wie weggeblasen, und fast war er versucht, wieder auszusteigen und zurück in die Kneipe zu gehen, um seine neue Freiheit zu feiern. Die Freiheit von sich selbst. Nein, das war zu riskant. Wer wusste schon, was für Flöhe die drei Alten ihm noch in den Kopf setzen würden? Lieber nach Hause.

Er wollte gerade starten, da bemerkte er im Rückspiegel Shona' mit ihren zwei neuen Begleitern. Sie trug einen ziemlich großen Rucksack und einen düsteren Gesichtsausdruck – soweit er es erkennen konnte zumindest.

Kurz entschlossen stieg er wieder aus. »Alles klar bei euch?«, fragte er sie. »Geht ihr gerade Gassi?«

»Sieht das nach einer entspannten Gassirunde aus?«, fauchte sie feindselig.

»Weiß nicht?« Er betrachtete sie genauer. Sie war ungeschminkt und machte den Eindruck, als hätte sie geweint. »Ist was mit den Hunden?«, fügte er noch hinzu und hielt den Tieren beide Hände hin, damit sie daran schnuppern konnten. Im Gegensatz zu Shona wirkten die zwei entschieden entspannter als noch vor ein paar Stunden.

»Ich glaube, die sind okay«, sagte sie mit belegter Stimme.

»Aber du nicht?«, bohrte er nach. Irgendwas war da im Busch. Er hatte Shona Fraser schon in vielen Aggregatzuständen erlebt: aufgekratzt, wütend, verführerisch, tem-

peramentvoll – aber immer hatte sie eine wundervoll natürliche Selbstsicherheit ausgestrahlt, um die er sie beneidete.
Doch davon war gerade nichts zu spüren. Sie wirkte niedergeschlagen und verloren und auf eine so rührende Weise
trotzig, dass er sie am liebsten in seine Arme gezogen hätte.

»Warum sollte ich nicht okay sein? Vielleicht weil mein
Leben gerade völlig aus den Fugen gerät?« Sie wollte eindeutig angriffslustig klingen, doch mitten im Satz kippte
ihre Stimme, und es war offensichtlich, dass sie mit den
Tränen kämpfte.

»Was ist denn passiert? Kann ich irgendwas tun? Dir
vielleicht den schweren Rucksack abnehmen?« Er deutete
auf das Ungetüm auf ihrem Rücken. Einer der beiden
Hunde knurrte ihn leise an, und er trat einen Schritt zurück.
Was auch immer geschehen sein mochte, mit den Wolfshunden hatte sie zwei treue Begleiter und Beschützer gefunden. »Ich will Shona nichts tun«, redete er beruhigend auf
die Tiere ein und streckte in einer defensiven Geste erneut
beide Hände aus. »Ich will ihr nur helfen.« Shona sagte
nichts, dafür kam einer der Hunde ein paar Schritte auf ihn
zu und beschnupperte zaghaft seine Hand. »So ist es fein«,
sprach Kendrick mit leiser Stimme weiter und tastete mit
der anderen Hand in seiner Jackentasche nach Hunde-
leckerlis, die er eigentlich immer dabeihatte, um Patienten
oder Wachhunde milde zu stimmen. Er zog einen kleinen
trockenen Hundekeks hervor und bot ihn dem Hund an.
Das Tier blickte sich nach Shona um, als würde es sie um
Erlaubnis bitten, dann nahm es vorsichtig den Keks aus
seiner Hand und fraß ihn. Es folgten ein zaghaftes Wedeln

und ein Blick mit schräg gelegtem Kopf. »Noch eins?«, fragte Kendrick und verfütterte einen weiteren Keks.

»Ich glaube nicht, dass sie Angst vor Männern haben. Sie sind einfach nur scheu«, bemerkte Shona mit einem schiefen Lächeln. »Aber Orla scheint dich schon mal zu mögen.«

»Das trifft sich gut, denn ich mag sie auch.« Er freute sich, dass die Hündin nun sogar sein Streicheln zuließ und genüsslich die Augen schloss, als er sie an den Ohren kraulte. »Aber was ist denn nun mit dir?«

Shona seufzte und schien mit sich zu ringen, ob sie sich ihm anvertrauen sollte oder nicht. »Meine Cousinen haben mich rausgeworfen, und ich bin auf dem Weg zur Destillerie, um dort fürs Erste zu kampieren.«

»Was?« Kendrick glaubte sich verhört zu haben. »Doch nicht etwa wegen der Hunde?«

»Doch. Oder nein, die waren wohl nur der Tropfen, der das Fass endgültig zum Überlaufen gebracht hat. Offenbar wollen sie mich schon länger loswerden.« Sie sah aus, als könnte sie das alles noch nicht fassen, was er sehr gut nachvollziehen konnte. Was er jedoch nicht verstand, war die Tatsache, dass sie in ihrer Destillerie übernachten wollte. Konnte sie nicht in ihrem Elternhaus unterschlüpfen? Oder im Bed & Breakfast ihres Bruders? Da war zurzeit doch garantiert ein Cottage frei.

»Haben sie dich tatsächlich heute Abend vor die Tür gesetzt?« Das erschien ihm ein wenig abrupt und passte ganz und gar nicht zu Kristie und Hailey.

»Nein. Sie ...« Shona schüttelte den Kopf und wischte

sich ärgerlich mit dem Handballen eine Träne aus dem Gesicht. »Es ist eine lange Geschichte, mit der ich dich nicht langweilen will.«

»Du langweilst mich ganz und gar nicht. Ich würde dir wirklich gerne helfen. Wenn du magst, könnt ihr drei auch bei mir unterschlüpfen. Ich habe Platz genug.« Huch, woher war das denn jetzt gekommen? Sie sah ihn überrascht an, und er war selbst erstaunt über sein Angebot, meinte es aber trotzdem absolut ernst.

»Das ist lieb, vielen Dank«, sagte sie, schüttelte dann jedoch energisch den Kopf. »Aber es geht nicht. Ich muss das alleine schaffen.«

»Wo willst du denn schlafen? Ich meine ...« Kendrick wusste auch nicht so genau, was er eigentlich meinte, aber irgendwie war er enttäuscht, dass sie seine Einladung ausschlug.

»Es gibt ein einfach ausgestattetes Zimmer in der Destillerie und ein Bad mit Dusche. Für Arbeiter, die von auswärts kommen und ein Quartier brauchen«, erklärte sie ihm. »Momentan steht es leer. Es ist nicht toll, aber für den Übergang wird es reichen. Und dort wird sich niemand von mir und meinen Tieren belästigt fühlen.« Sie reckte in einer trotzigen Geste das Kinn nach vorn.

»Und im Rucksack ist das Nötigste für die erste Nacht drin«, mutmaßte er.

»Ja. Ich hab ja kein eigenes Auto, sonst würde ich heute Abend schon mit allem umziehen.«

Kendrick kratzte sich nachdenklich am Kinn. Shona war wild entschlossen. Was immer mit ihren Cousinen vorgefallen war, hatte offensichtlich auch dazu geführt, dass sie ihre übrige Familie nicht um Hilfe bitten wollte. Er kannte dieses Gefühl. »Ich habe ein Auto«, sagte er und deutete auf seinen Van.

Sie schien zu überlegen. »Das wäre toll«, antwortete sie nach einem Weilchen und lächelte ihn unsicher an. »Dann müsste ich morgen niemanden fragen und auch nicht mehr ins Haus zurück. Es ist auch nicht viel. Nur zwei große Reisetaschen, ein Koffer und drei Umzugskartons.«

»Na dann, steigt ein«, erwiderte er.

Sein Tierarztmobil war groß genug, dass sie mit nur einer Tour Shonas Habseligkeiten und die beiden Hunde transportieren konnten. Während Kendrick ihr half, ihre Sachen aus dem Cottage zu seinem Wagen zu tragen, sagte Shona keinen Ton. Sie ging mit zusammengepressten Lippen voran und führte ihn in ihr Zimmer, in dem die angekündigten Taschen und Schachteln standen. Sie mussten nur zweimal rauf- und runterlaufen, dann war alles erledigt. Zuletzt folgte noch der angebrochene Sack Trockenfutter, dann war jede Spur von Shona getilgt.

Kendrick fand es erstaunlich, dass sie so wenig besaß, doch sie hatte auf seine Nachfrage hin nur mit den Schultern gezuckt und ihm erklärt, dass sie noch nie in einer eigenen Wohnung gelebt hatte, sondern immer nur in möblierten Zimmern. Kurze Zeit später luden sie alles in der Destillerie ab. Er war bisher noch nicht hier gewesen und sah sich interessiert um. Der Verkostungsraum, der auch als Shop diente, wirkte mit dem bunt zusammengewürfelten Mobiliar gleichzeitig ausgesprochen gemütlich und stylish – eine wilde Mischung aus fröhlicher Verspielt-heit und klaren Linien. Dieser Raum hatte eine so leben-dige Atmosphäre, dass er sich sofort wie zu Hause fühlte.

»Wow – das ist die architektonische Spiegelung deiner Persönlichkeit«, stellte er beeindruckt fest – und war nicht der Einzige, der sich über diesen schrägen Satz wunderte.

Shona lachte, zum ersten Mal an diesem Abend klang sie fast unbeschwert. »Das ist das merkwürdigste Kompliment, das ich jemals bekommen habe. Aber vielen Dank.«

»Es war seltsam formuliert, aber ich meine es ernst. Wenn man hier hereinkommt, denkt man automatisch an dich.« Gut, das war jetzt auch nicht besonders clever, denn an wen sollte man in Shonas Destillerie sonst denken? Mal abgesehen davon, dass er selbst ohnehin viel zu oft und viel zu intensiv an sie dachte. »Ich bin Tierarzt, Worte sind nicht so mein Ding«, fügte er leicht verlegen hinzu. »Aber ich hoffe, du weißt, wie ich es meine. Und schau nur, deine Hunde haben es auch mitgekriegt.« Orla und Higgins hat-ten sich nach einer ausführlichen Schnüffelrunde zufrieden vor dem Kamin zusammengerollt.

»Ich freue mich wirklich über das Lob«, sagte sie, und er hätte schwören können, dass ihre Wangen leicht rot wur-den. »Ich habe hier alles selbst gemacht – von den großen Einbauten mal abgesehen. Ich habe die Wände selbst ge-strichen, den Boden abgeschliffen und die Möbel aus-gesucht. Mir war das total wichtig, und es ist toll, wenn man merkt, wie viel von mir hier drinsteckt.«

Er nickte, wusste aber nicht, was er dem noch hinzu-fügen sollte. Ihm war jetzt einiges klar geworden. Shona hatte viele Jahre eine Art Nomadenleben geführt, aber hier hatte sie sich – ob bewusst oder unbewusst – ein echtes Zuhause geschaffen. Kein Wunder, dass sie hierher hatte kommen wollen. Plötzlich war er von dem Impuls gepackt, mehr herauszufinden. Was war heute Abend mit ihren Cousinen schiefgelaufen? Warum hatte sich Shona niemandem sonst anvertraut – und wer steckte wirklich hinter ihrer wunderschönen Fassade?

»Ich bring dann mal meine Sachen in das Zimmer?«, sagte sie, doch es klang eher wie eine Frage.

»Ich helfe dir.« Er schnappte sich eine Reisetasche und folgte ihr durch eine Tür und einen breiten Gang entlang, von dem weitere Türen abgingen, bis zu einem ziemlich spartanischen Zimmer. Es gab dort ein schmales Bett, einen Schrank, eine Kommode, auf der ein kleiner Fernseher stand, und einen Stuhl. Das war's. Es wirkte wie ein unpersönliches Hotelzimmer allereinfachster Kategorie. Sauber, aber …

»Ich weiß, es ist wie eine Gefängniszelle«, sprach sie seine Gedanken aus. »Aber es wird gehen.«

Er nickte und behielt seine Zweifel für sich. Etwas unentschlossen stand er im Türrahmen, dann hörte er ein merkwürdiges Geräusch. »War das dein Magen, der geknurrt hat?«

»Hm«, entgegnete sie unbestimmt.

»Hast du Hunger? Hast du überhaupt schon etwas gegessen?«

»Nicht seit meinen Frühstückshörnchen und einem trockenen Sandwich heute Mittag«, gab sie zu.

»Sollen wir in den Pub gehen?«

»Auf gar keinen Fall!«, rief sie. »Mach dir keine Sorgen, ich komm schon klar. Ich falle ganz sicher nicht vom Fleisch, wenn ich heute nichts mehr esse«, fügte sie mit einem vielsagenden Blick hinzu und strich unbewusst über ihre runde Hüfte. »Vielen Dank für deine Hilfe.«

Okay, das war ein klarer Rauswurf, dachte er, doch so schnell wollte er nicht klein beigeben. Und da er jedes Gramm an ihr ausgesprochen ansehnlich fand, fasste er einen spontanen Entschluss. »Gern geschehen.«

CURRY-ERKENNTNISSE

WAR ER TATSÄCHLICH EINFACH so gegangen? Er hatte »Gern geschehen« gesagt und war dann so schnell verschwunden, als wäre der Teufel hinter ihm her. Shona wunderte sich jedoch nur milde – ihre Kapazität für existenziellere Gefühle war für heute eindeutig erschöpft. Es war nett von Kendrick gewesen, ihr zu helfen, und sie war wirklich froh, dass sie erst mal nicht zum Cottage ihrer Cousinen zurückkehren und auch kein anderes Familienmitglied um Unterstützung bitten musste. Ihr neues Leben startete mit sofortiger Wirkung – jetzt. Sie kehrte zum Probierraum zurück, um die nächste Tasche zu holen. Wo sie gerade so schön in Schwung war, konnte sie ihr Hab und Gut auch gleich auspacken und es sich gemütlich machen – so gut es in dieser Mönchszelle eben möglich war. Jetzt ärgerte sie sich auch, dass sie sich mit diesem Zimmer nicht mehr Mühe gegeben hatte, aber ihr Vater war der Meinung gewesen, dass es um Zweckmäßigkeit gehen sollte und nicht um Schönheit. Egal, das war jetzt zweitrangig.

Gerührt sah sie, dass die beiden Hunde auf dem Teppich vor dem Kamin lagen. Kendrick hatte recht gehabt, es war offensichtlich, dass die zwei sich hier wohlfühlten. Aber vielleicht waren sie nach dem aufregenden Tag auch einfach nur erschöpft. Sie schleppte die Tasche in ihr Zimmer und packte ihre Kleidung in den Schrank und die Kommode. Morgen würde sie in den Tauschladen gehen und schauen, ob es ein Regal gab und vielleicht ein wenig hübschen Schnickschnack, der dieses Zimmer ein bisschen aufpeppen konnte.

Eine halbe Stunde lang räumte sie herum, dann unterbrach ein lautes Bellen die Stille. Alarmiert lief sie in den Probierraum. »Was ist denn los?«, fragte sie die Tiere, die aufgestanden waren und die Eingangstür mit skeptischem Blick anstarrten. Ob dahinter jemand war? Ein nächtlicher Besucher? Quatsch, wer sollte schon vorbeikommen? Außer Kendrick wusste ja niemand, dass sie in der Destillerie war. Einbrecher?

Es klopfte, und eine bekannte Stimme sagte: »Ich bin's. Lässt du mich rein?«

Kendrick war wieder da? Mit zwei raschen Schritten war sie an der Tür und öffnete sie einen Spaltbreit. Tatsächlich. Da stand der Tierarzt, mit einem großen, abgedeckten Korb in der einen Hand und einer etwas unförmigen Tasche in der anderen.

Shonas Herz machte einen lächerlichen Hüpfer, als sie die Tür weit aufstieß und ihn hereinbat.

»Wie schön, deine Leibgarde hat keine Bedenken«, bemerkte er lächelnd und sah zu den Hunden, die ihn zwar aufmerksam beobachteten, aber freundlich wedelten.

Higgins kam sogar neugierig näher und schnüffelte an dem Korb, aus dem es, selbst für Menschennasen wahrnehmbar, verführerisch duftete.

»Du hast Essen mitgebracht?«, kommentierte sie erfreut das Offensichtliche.

»Habe ich.« Er stellte den Korb auf dem Bartresen ab und zog dann drei große Plastikhundenäpfe aus der Tasche. »Die kann ich dir leihen, bis du etwas gekauft hast«, erklärte er und stellte zwei davon auf den Boden. Mit dem dritten trat er ans Spülbecken und füllte ihn mit Wasser.

»Danke«, sagte sie und wusste kaum, worüber sie sich mehr freute: über das Essen für sie oder darüber, dass er an die Hunde gedacht hatte.

»Setz dich«, bat er und deutete auf einen Tisch. »Das Abendessen kommt sofort.«

Sie nahm Platz, und einen Augenblick später hatte sie eine Stoffserviette und einen Löffel vor sich, gefolgt von einer großen Keramikschale voll Chicken Tikka Masala. Kendrick selbst setzte sich mit einer weiteren Schale dazu. »Guten Appetit.«

Shona schloss genüsslich die Augen, als sie den ersten Bissen in den Mund nahm. Sie war versessen auf das indische Currygericht aus Jons Pub und gerührt, dass Kendrick ihr eine Portion gebracht hatte. »Du bist wirklich ein Lebensretter«, stellte sie fest, nachdem sie die Hälfte hinuntergeschlungen hatte.

Er lachte leise. »Wenn's weiter nichts ist. Magst du mir erzählen, was genau passiert ist?«

»Ich bin mir ehrlich gesagt nicht sicher«, erwiderte sie nach einigen weiteren Bissen. Ihre Schale war fast leer, dafür hatte er noch kaum etwas gegessen. »Hast du keinen Hunger?«, fragte sie verwundert.

»Ich hatte vorhin schon eine große Schüssel Fischein-topf«, entgegnete er. »Also, wenn du noch Appetit hast, kannst du gerne meine Portion aufessen.«

»Echt?«

»Klar.« Er schob seine Schale über den Tisch und lehnte sich dann zurück.

Während sie ihre auskratzte, überlegte sie, ob sie ihm ihr ganzes Elend erzählen sollte. Sie warf ihm einen Blick zu. Er wirkte abwartend, aber entspannt und machte auf dem zierlichen, senfgelben Sesselchen aus den 1960er-Jahren einen noch hünenhafteren Eindruck als ohnehin schon. Unwillkürlich musste sie lächeln. Vielleicht war seine Ge-sellschaft genau das Richtige für den Moment. Anderer-seits hatte sie keine Lust, die Vorhaltungen ihrer Cousinen zu wiederholen. Sie hatte das Gefühl, dass er Kristie und Hailey wohl recht geben würde. Hauptsächlich deshalb, weil die beiden in den meisten Punkten auch recht hatten. Es stimmte ja, sie war verwöhnt und agierte manchmal ver-dammt gedankenlos. Aber doch nicht aus bösem Willen, sondern ... Tja, warum eigentlich? Nein, Essen war ein-facher als Reden – oder Nachdenken –, und so nahm sie ihren Löffel erneut zur Hand und knöpfte sich Kendricks Portion vor.

»Familie kann manchmal ganz schön hart sein«, begann er. »Davon kann ich ein mehrstrophiges Lied singen.«

Sie schnaubte leise in ihr Curry, sagte aber nichts. Sie wusste, dass auch Kendrick eine recht große Familie hatte. Seine Eltern hatten die Tierklinik in Inverness gegründet, und er und all seine Geschwister arbeiteten dort. Beziehungsweise er nicht mehr, er war ja jetzt hier. Das hatte bestimmt einen interessanten Grund. Und jetzt fielen ihr auch wieder die Gerüchte ein, die sie heute Morgen gehört hatte: dass seine Ex-Freundin und seine ältere Schwester ein Paar waren und sich ein Kind von ihm wünschten. Absurd, oder? Sie hatte den ganzen Tag nicht darüber nachgedacht – auch nicht über den frustrierenden Verlauf der Party am Samstag –, zu sehr war sie von den Ereignissen des Tages überrollt worden. Aber nun musste sie insgeheim zugeben, dass sie doch neugierig darauf war, was bei Kendrick im Argen lag.

»Wenn's dich interessiert, erzähle ich dir meine Geschichte«, fuhr er fort. »Ich kann mir nämlich kaum vorstellen, dass deine schlimmer sein kann, und unter Umständen fühlst du dich dann besser.« Sie nickte. »Ich habe keine Ahnung, ob dir die Gerüchte schon zu Ohren gekommen sind, aber falls ja: Sie sind wahr. Glenna, meine Ex-Freundin, hat mich im Frühjahr verlassen und mir eröffnet, dass sie sich in meine älteste Schwester Davina verliebt hat. Du kannst dir vielleicht denken, dass das ein ziemlicher Schock für mich war. Wir waren zehn Jahre zusammen – und ich wäre nie auf die Idee gekommen, dass Glenna nicht glücklich mit mir war, geschweige denn, dass sie in Wahrheit auf Frauen steht.«

»Vielleicht ist sie ja bi«, schmatzte Shona. Das war der harmloseste Kommentar, der ihr auf die Schnelle einfiel. Sie hielt es für ausgeschlossen, dass man es in einer Beziehung nicht merkte, wenn der Partner ganz andere Bedürfnisse hatte – speziell im Bett. Andererseits, wenn sie an den Abend in Inverness dachte ... Und wie es sich anfühlte, in einer Beziehung zu leben, wusste sie auch nicht.

»Vielleicht. Womöglich weiß sie das selbst nicht. Aber in der Rückschau wurde mir einiges klar«, entgegnete er achselzuckend. »Jedenfalls erschien es mir absolut unvorstellbar, weiter in Inverness zu leben und Tag für Tag eng mit den beiden zusammenzuarbeiten. Du musst wissen, dass Glenna auch Tierärztin und ebenfalls in der Klinik beschäftigt ist. Da ich als Allgemeinmediziner mit Schwerpunkt auf landwirtschaftliche Großtiere ohnehin so gut wie immer den Außendienst gemacht habe, war es nur logisch, dass ich mich auf dem Land niederlasse. Also habe ich mich ein bisschen umgehört, und Collum hat mir das Haus vermittelt, in dem ich jetzt wohne. So bin ich hierhergekommen. Aber was soll ich sagen? Die räumliche Trennung allein bringt nicht viel, denn das Hauptproblem sitzt hier.« Er legte eine Hand auf seine Brust und die andere auf seinen Kopf. »Ich hatte lange Schwierigkeiten, die Kränkung zu verarbeiten. Im Grunde bin ich ja doppelt betrogen worden, von meiner Freundin und meiner Schwester – und wie ich seit Samstag weiß, lief die ganze Sache schon erheblich länger, als ich gedacht habe. Na ja – und die Krönung ist, dass die beiden sich nun ein Kind wünschen und mich als Vater auserkoren haben.«

Wow. Dann waren die Gerüchte also wirklich wahr. »Puh ...«, murmelte sie, weil sie irgendwas sagen wollte, aber nicht recht wusste, was. »Ich schätze mal, das war die stark zusammengefasste Version der Geschichte.«

»Ja. Aber mit allen wesentlichen Infos.« Er sah sie mit einem leichten Lächeln an, und sie wunderte sich, dass er so entspannt wirkte. So ruhig und offenbar in sich ruhend hatte sie ihn überhaupt noch nie erlebt. Normalerweise umgab ihn immer eine seltsame Anspannung, die sie nicht fassen und die sie sich nicht erklären konnte. Sie hatte gedacht, dass es an ihr läge, dass sie ihn nervös machte, aber anscheinend war das auch wieder nur ihr egozentrisches Gedankenmuster gewesen. Jetzt, wo sie seine Hintergründe kannte, kam ihr diese Annahme doppelt albern vor.

»Das ist echt krass«, kommentierte sie und räusperte sich. »Und was wirst du jetzt machen?«

»Das ist die Königsfrage.« Er zuckte mit den Schultern. »Ich werde mir Zeit nehmen und in Ruhe überlegen, ob ich damit leben könnte, dass meine Ex-Freundin und meine Schwester mein Kind aufziehen – und welche Rolle ich dabei spielen kann, darf oder soll.«

»Okay, das klingt abgeklärt.«

»Glaub mir, das ist es nicht. Oder erst seit ganz kurzer Zeit. Ich habe tatsächlich erst vorhin begriffen, dass ich überhaupt nichts sofort entscheiden muss, sondern mir die Zeit dafür zugestehen darf, mir über alles klar zu werden. Erst dann werde ich eine Entscheidung treffen. Mir ist auch bewusst geworden, dass meine Gefühle dabei eine genauso große Berechtigung haben wie die von Glenna und Davina. Aber auch umgekehrt. Das hört sich so schrecklich banal an, und in der Theorie war mir das auch immer bewusst, doch in der Praxis habe ich es ganz anders empfunden. Ich war das Opfer, dessen Lebensplan zerstört worden war. Nicht nur einmal, sondern gleich mehrfach – und das ist kein sehr schönes Gefühl.«

»Das glaube ich«, sagte sie leise und lauschte tief in sich hinein. Wenn sie ehrlich war, waren das nur hohle Worte, denn sie hatte keine Ahnung, wie es sein musste, in so eine Position gedrängt zu werden. Sie wusste nicht, wie es sich anfühlte, wenn einen jemand anders um den Lebenstraum brachte. Sie wusste das alles nicht, weil ... »O Gott«, rief sie schockiert. Nicht wegen ihm, sondern weil sie selbst schlagartig eine Erkenntnis traf.

»So schlimm ist es nun auch wieder nicht«, wandte er stirnrunzelnd ein. Natürlich hatte er ihren Ausbruch auf sich bezogen und musste sie als völlig überspannt und überdreht betrachten – mal wieder.

»Nein, ich meinte nicht dich und deine Geschichte«, entgegnete sie rasch. »Ich ... mir ist nur gerade etwas aufgegangen. Als ich sagte, dass ich deinen Schmerz verstehe, war das eine Lüge. Oder nein, keine Lüge. Ich verstehe es natürlich schon. Im Kopf ist mir klar, dass sich das für dich verdammt scheiße anfühlen muss. Aber ich kann es nicht wirklich nachempfinden – und das schockiert mich so.«

»Ich finde das eher beneidenswert«, kam es trocken von ihm.

»Nein. Ich rede auch gar nicht von der konkreten Erfahrung. Darauf kann vermutlich jeder verzichten. Ich meine es eher grundsätzlich. Ich hatte nie einen Lebenstraum, den jemand zerstören konnte. Also, auf persönlicher Ebene. Ich hatte nie eine ernsthafte Beziehung, in der ich mich mit einer anderen Person auseinandersetzen musste – und ich

346

weiß jetzt auch, warum das so ist. Weil ich mich nicht mit mir auseinandersetzen wollte. Ich habe nie darüber nachgedacht, wer ich bin und was ich will. Verstehst du das?«

»Ehrlich gesagt nicht. Du machst auf mich den Eindruck, als wüsstest du ziemlich genau, was du willst. Ohne diese Vorstellung hättest du ja wohl kaum den Kraftakt mit der Destillerie durchgezogen. So etwas macht man doch nicht aus einer spontanen Laune heraus, sondern weil man lange und gründlich darüber nachgedacht und darauf hingearbeitet hat.«

»Das stimmt. Aber das betrifft nur meinen Beruf. Mein Privatleben...«

»Das kann man doch überhaupt nicht voneinander trennen«, unterbrach er sie. »Man ist doch immer ein und derselbe Mensch. Ein Mensch, der Entscheidungen trifft – berufliche wie private.«

Shona schüttelte vehement den Kopf. »Nein, das sind zwei völlig unterschiedliche Paar Schuhe. Die Business-Shona ist ganz klar und zielstrebig. Die weiß, was sie will. Sie hat eine langfristige Strategie, setzt ihre Pläne Punkt für Punkt um, kommt auch mit Problemen und Rückschlägen zurecht, findet Lösungen. Die private Shona dagegen...« Sie verstummte und sah ihn an, als würde sie die Antwort bei Kendrick finden. »Ich weiß nicht, wer die private Shona ist«, gab sie leise zu. »Ich habe das Gefühl, dass ich mein ganzes Leben lang nur eine Rolle gespielt habe. Die des verwöhnten Nesthäkchens. Die der mörderischen kleinen Schwester, die ihren Geschwistern die Mutter weggenommen hat. Die...«

»Ist deine Mutter bei deiner Geburt gestorben?«, unterbrach Kendrick sie erneut.

»Nein. Ein paar Monate danach. Aber sie hat, während sie mit mir schwanger war, eine Krebsdiagnose bekommen und musste sich entscheiden: ein gesundes Kind oder eine aggressive Therapie, die vielleicht ihr Leben gerettet hätte.« Sie schluckte. Sie hatte noch nie mit jemandem außerhalb ihrer Familie darüber gesprochen. Genau genommen wurde auch innerhalb der Familie nie darüber geredet – von der einen Situation in ihren Kindertagen mal abgesehen, als Lennox sie damit konfrontiert hatte.

»Wie schrecklich«, murmelte er und wirkte aufrichtig betroffen.

»Ja, total. Ich kann mir gar nicht vorstellen, wie fürchterlich die Situation damals für meine Mutter war. So eine Entscheidung treffen zu müssen, ist absolut unmenschlich. Aber ich frage mich, was gewesen wäre, wenn sie sich für die Therapie entschieden hätte. Ich wäre nicht geboren worden, das ist klar, aber vielleicht wären mein Dad und meine Geschwister glücklicher geworden.«

»Ich finde nicht, dass dein Vater und deine Geschwister einen besonders unglücklichen Eindruck machen, aber das meinte ich auch gar nicht. Natürlich muss es für deine Eltern verheerend gewesen sein, mit dieser Diagnose konfrontiert zu werden und eine solche Wahl treffen zu müssen. Ich meinte es aber auf dich bezogen: Wie schrecklich, mit so einer Hypothek geboren worden zu sein.« Er griff über den Tisch hinweg nach ihrer Hand und streichelte mit dem Daumen über ihren Handrücken.

Shona starrte ihn fassungslos an. Er hatte in einem schlichten Satz ausgesprochen, was sie schon immer gefühlt hatte, auch wenn sie sich nie getraut hatte, es sich einzugestehen. Ja, sie war mit einer schweren, beinahe unerträglich belastenden Hypothek zur Welt gekommen. Aber sie hatte immer gedacht, sie müsste dankbar sein. Dankbar, dass sie leben durfte. Und das war sie auch. Aber es war eben kein unbeschwertes Leben – auch wenn sie alles tat, um es nach außen hin so wirken zu lassen. Sie merkte, wie eine Träne über ihre Wange floss. Dicht gefolgt von weiteren. Sie wollte nicht weinen, schon gar nicht vor Kendrick, aber sie konnte auch nichts dagegen tun. Und Kendrick war einfach da und hielt ihre Hand.

»Alle sagen mir ständig, wie ähnlich ich meiner Mutter sehe – und ich habe immer das Gefühl, so wie sie sein zu müssen. Dabei weiß ich doch gar nicht, wie sie war. Und ich weiß auch nicht, wie ich bin. Wer ich bin.« Jetzt begann sie hemmungslos zu weinen, unfähig, den Schmerz länger zu verdrängen. Kendrick streichelte nach wie vor ihre Hand, und nun kamen die Hunde herbei. Einer von den beiden legte seinen schweren Kopf auf ihre Knie, der andere leckte ihr übers Gesicht. So viel Schmerz und so viel unerwarteter Trost.

Nach einer ganzen Weile stand Kendrick auf, nur um sich gleich darauf vor ihrem Sesselchen hinzuknien und sie einfach in die Arme zu ziehen. Sie umklammerte ihn und weinte so lange, bis sie keine Tränen mehr hatte. Sein Hemd war völlig durchnässt, was ihn aber nicht zu stören schien. Er strich ihr über den Rücken und über die Haare und raunte ihr beruhigende Laute ins Ohr. Irgendwann befreite sie sich von ihm und rieb mit den Händen über ihre Augen. »Entschuldige bitte«, sagte sie kläglich.

»Soll ich dir verraten, wer du meiner Meinung nach bist?«, fragte er leise, ohne auf ihre Entschuldigung einzugehen. »In meinen Augen bist du eine Frau mit einem riesengroßen Herzen – schau dir deine Alpakaherde und deine beiden Hunde an, die schon nach wenigen Stunden ganz genau wissen, zu wem sie gehören. Du bist eine Frau, die keine Angst vor riesengroßen Aufgaben hat – wer sonst würde sich heutzutage auf ein Geschäftsmodell wie diese Brennerei einlassen? Mehr oder weniger im Alleingang.«

»Ich habe schon viel Unterstützung bekommen.«

»Natürlich hast du das. Weil du die Menschen davon überzeugt hast, dass es eine verdammt tolle Idee ist, in dieses Projekt zu investieren!« Kendrick ließ sich nicht beirren. »Du bist eine wunderschöne Frau, die keinem Genuss abgeneigt ist und die sich auf eine Art bewegen kann, dass es jedem Mann im Umkreis schwindlig wird. Du bist eine Frau mit einem unglaublichen Familiensinn. Du bist ...«

»Ich bin manipulativ, zu dick, und Tanzen kann allein schon Kristie viel besser als ich. Und was meinen Familiensinn angeht – die halten mich alle für eine egozentrische, verwöhnte Kuh. Die ich vermutlich auch bin.«

Kendrick schüttelte den Kopf und hielt sie an den Oberarmen fest. »Warum denkst du das? Warum hast du so eine schlechte Meinung von dir?«

Tja, warum? Weil es die Wahrheit war? Weil es einfacher

war? Weil es ihrem Selbstbild entsprach – oder dem, was sie dafür hielt? Oder warum sonst? »Gegenfrage: Warum hattest du so eine schlechte Meinung von dir? Warum hast du geglaubt, du wärst nicht liebenswert genug, dass deine Freundin bei dir bleibt? Warum denkst du, dass die Wünsche von Glenna und Davina wichtiger sind als deine eigenen Bedürfnisse?« Shona hatte keine Ahnung, woher diese steilen Thesen plötzlich kamen, aber es erschien ihr mit einem Mal ungeheuer wichtig, allen Dingen auf den Grund zu gehen. Und bei seinen Dämonen fiel es ihr viel leichter als bei ihren eigenen.

»Du bist eine Frau, die unfassbar empathisch ist, wenn sie es denn zulässt«, sagte er mit einem überraschten Lächeln. »Ich habe dir nichts von diesen Empfindungen erzählt, aber du hast es verdammt präzise auf den Punkt gebracht. Und um deine Fragen zu beantworten: Ich war gekränkt, zu einem großen Teil sicher zu Recht, aber verletzte Eitelkeit hatte auch etwas damit zu tun. Die Trennung hat mich wirklich erschüttert und mein Selbstbild zerstört. Ich war verletzt und beleidigt und habe nur den oberflächlichen Schmerz wahrgenommen und nicht gesehen oder sehen wollen, was dahinter liegt. Ich schätze mal, so ähnlich könnte es auch bei dir sein, was?«

»Ich weiß es nicht. Vielleicht. Ich dachte halt immer, wenn ich die Rolle, die mir das Leben zugewiesen hat, nur gut genug spiele, dann wird schon alles klappen.«

»Und was soll diese Rolle sein?«

»Die des fröhlichen, unkomplizierten, verwöhnten und egoistischen Nesthäkchens.« Sie schaute ihn an und war gespannt auf seine Reaktion, doch die fiel anders aus als erwartet.

»Das hat ja auch viele Jahre prima funktioniert, oder?« Er grinste schief. »Ich kenne das. Ich bin zwar nicht der Jüngste von uns, aber der einzige Kerl. Meine Rolle war immer die, Sachen zu übernehmen, auf die meine drei Schwestern keine Lust hatten. Bis hin dazu, dass ich mich auf landwirtschaftliche Großtiere spezialisieren musste, um diesen Bereich abzudecken. Ich habe ernsthaft jahrelang einen unterschwelligen Groll gehegt, weil meine Schwestern die vermeintlich cooleren Sachen machen. Davina hat sich auf Kardiologie fokussiert, Finola ist eine der besten Tieraugenärztinnen der Welt, und meine Zwillingsschwester Kyleen hat eine Extraausbildung in Onkologie. Ich habe ihnen das wirklich übel genommen, habe es aber nie ausgesprochen, sondern nur mit mir herumgetragen.

Aber weißt du, was der Witz ist? Ich liebe meine Arbeit! Ich möchte nichts anderes machen. Ich mag die Abwechslung. Ich mag es, hier draußen unterwegs zu sein und ›meine‹ Bauern zu besuchen. Ich mag es, Jungtiere auf die Welt zu bringen und kranken Tieren zu helfen. Auch todkranke Tiere zu erlösen gehört zu meiner Arbeit, und selbst wenn es mir jedes Mal das Herz bricht – auch darauf kann und will ich nicht verzichten. Ich freue mich schon darauf, nächstes Jahr meine Kleintierpraxis einzurichten, damit die Leute mit ihren Hunden, Katzen und anderen Kleintieren zu mir in die Sprechstunde kommen können. Will heißen: Es ist mein Leben, meine Entscheidung. Mich hat niemand dazu gezwungen, diesen Weg einzuschlagen – auch wenn es sich vielleicht das ein oder andere Mal wie familiärer Zwang, Zufall oder sogar Schicksal angefühlt hat. Ich bin inzwischen überzeugt davon, dass auch scheinbar zugewiesene Rollen immer was mit einem selbst zu tun haben und dass man sie interpretieren kann, wie man will. Meine Rolle war die des patenten Bruders, der nach der Pfeife seiner Schwestern tanzt und alles übernimmt, worauf sie keine Lust haben.«

»Hm.« Sie sah ihn verwundert an und fühlte, wie es in ihrem Kopf ratterte. Er gab ihr gerade eine ganze Menge Material zum Nachdenken – und er war noch nicht fertig damit.

»Das klingt nicht toll. Wusstest du, dass ich mit Highland Dance nur deshalb angefangen habe, weil meine Schwestern das damals gemacht haben und es für meine Mutter einfacher war, uns alle zum selben Training zu karren? Vielleicht hätte ich ja lieber Fußball gespielt, doch die Frage stellte sich gar nicht. Inzwischen kann ich aber mit Fug und Recht behaupten, dass ich unter meinen Geschwistern der beste Tänzer bin. Aus dem vermeintlichen Nachteil habe ich einen Vorteil für mich gemacht. Ähnliches gilt für meinen Beruf. Ganz ehrlich, ich hätte gar keine Lust, den ganzen Tag nur in Tieraugen zu glotzen. Meine Arbeit ist viel abwechslungsreicher. Noch ein Vorteil für mich. Und das Beste: Während meine Schwestern in der Tierklinik festsitzen, kann ich arbeiten, wo und wie ich will. Wenn ich es schaffe, es so zu betrachten, dann bin ich nicht mehr der Loser-Bruder, der nach der Pfeife der Schwestern tanzt, sondern ein selbstbestimmter Mann, der sein Leben lebt.

Im beruflichen Kontext habe ich das inzwischen komplett begriffen, im persönlichen und emotionalen arbeite ich daran. Aber da ich überzeugt bin, dass man das eine langfristig nicht vom anderen trennen kann, rechne ich auch da mit baldiger Besserung.«

Shona hatte keine Ahnung, was während der letzten Minuten passiert war, aber wenn sie sich Kendrick nun so ansah, der immer noch vor ihr kniete, sie an den Armen festhielt und eindringlich auf sie einredete, nahm sie ihn ganz anders wahr. Bislang hatte sie ihn entweder als selbstgerechten, verkniffenen Prinzipienreiter empfunden oder als superheißes tänzerisches Lustobjekt. Beides war sicher richtig, ging aber längst nicht weit und tief genug. Er war viel komplexer, als sie gedacht hatte. Wobei das vermutlich auf die meisten Menschen zutraf, wenn man sich die Mühe machte, sie besser kennenzulernen. Nur vermied sie das in der Regel, denn dann müsste sie sich ja eingestehen, dass sie selbst lange nicht so vielschichtig war. Oder? »Bin ich auch mehr?«

»Mehr als was?«, fragte er sachte nach, denn natürlich konnte er ihren wirren Gedankengängen nicht folgen.

»Na, mehr als ein – und ich zitiere jetzt meine Cousine – ›egoistischer, verwöhnter Fratz, der endlich mal erwachsen werden muss‹.«

»Oh, du bist eine ganze Menge mehr. Aber willst du mir mal sagen, was da heute vorgefallen ist?« Er rappelte sich aus seiner zweifellos unbequemen Haltung hoch und nahm wieder auf seinem Sessel Platz – Shona vermisste seine Nähe auf der Stelle.

Eigentlich wollte sie nichts davon erzählen, doch nun

sprudelte der Bericht nur so aus ihr hervor – vom ersten Auftritt mit den Hunden über die überraschende Diskussion mit Kristie, das Reiskochdesaster und den Pastetenklau bis hin zu Higgins' Kotzerei und schließlich dem Rauswurf.

»Und weil du dir die Vorwürfe deiner Cousinen so zu Herzen genommen hast, wolltest du auch nicht bei deinem Vater oder deinen Geschwistern unterschlüpfen«, mutmaßte Kendrick und schaffte es, mannhaft ein Lächeln zu unterdrücken. Er warf Higgins aber einen strengen Blick zu, als der sich dem Schälchen mit dem Curryrest näherte.

»Genau. Als Kristie und Hailey gegangen waren, habe ich die Sauerei in der Küche weggeputzt und meine Sachen gepackt, und den Rest der Geschichte kennst du.« Shona fühlte sich unglaublich erleichtert, nachdem sie alles ausgesprochen hatte. »Natürlich habe ich daran gedacht, in eins von Alex' Cottages zu ziehen. Er hätte mir bestimmt eins überlassen. Mein altes Kinderzimmer wäre wahrscheinlich auch eine Möglichkeit gewesen, wobei ich es speziell Colleen nicht zumuten will, sich zusätzlich zu meinem Dad, Alex und Aidan auch noch mit mir und den beiden Hunden rumschlagen zu müssen. Außerdem soll mein altes Zimmer das neue Babyzimmer werden. Nein, das hier ist die beste Lösung. Hier kann ich erst mal bleiben und dann in Ruhe nach einer neuen Bleibe Ausschau halten. Ich rede in den nächsten Tagen mal mit Collum. Vielleicht ist ja irgendwo ein Häuschen zu mieten, wo ich mit den beiden einziehen kann.« Sie streichelte die beiden struppigen Hundeköpfe. Orla und Higgins hatten sich wieder hingelegt und flankierten sie nun auf beiden Seiten.

»Wenn das schwierig wird, kannst du immer noch …«, begann Kendrick, doch Shona brachte ihn mit einer raschen Handbewegung zum Schweigen.

»Ich weiß, was du sagen willst, und ich weiß, dass du es ernst meinst. Ich danke dir auch von ganzem Herzen dafür. Aber ich kann nicht bei dir einziehen. Das wäre …«

»Praktisch?«, schlug er vor und musterte sie mit einem undurchdringlichen Blick. Lag da Enttäuschung in seinen Augen?

»Natürlich wäre es praktisch! Ohne dein Haus zu kennen, bin ich mir sicher, dass es tausendmal gemütlicher ist als meine Zelle. Aber es wäre auch ein Rückfall in alte Muster, und ich will das nicht mehr. Ich will selbst verantwortlich sein für mich, meinen Kram und meine Hunde.«

»Aber das könntest du trotzdem. Es wäre auch ganz freundschaftlich«, behauptete er.

Sie schüttelte den Kopf. »Ich will es nicht freundschaftlich haben. Nein, das war falsch formuliert. Ich will schon mit dir befreundet sein, aber ich will keine Wohngemeinschaft mit dir. Also, nicht im WG-Sinn, sondern …« Was redete sie da? Sie quatschte sich gerade um Kopf und Kragen, aber vor ihrem inneren Auge lief ein absolut verführerischer Film ab: Sie mit ihm in einem wunderschönen – gemeinsamen! – Schlafzimmer, in einem – gemeinsamen! – Haus. Als richtiges Paar! Die Vorstellung war berauschend und gleichzeitig absolut beängstigend. »Ich kann gerade keine Beziehung anfangen, weil ich erst eine mit mir selbst aufnehmen muss. Und ich schätze, dir geht's genauso.«

ERWACHSENWERDEN

SO BESCHWINGT WAR KENDRICK noch nie zu einem Herdendurchfall gefahren. Irgendetwas hatten die Schafe von Bauer Henderson in Dundreggan gefressen, was sie nicht vertrugen – oder sie hatten sich einen Erreger eingefangen. Derartige Krankheitsausbrüche gab es immer wieder mal, und in der Regel bekam man sie leicht in den Griff. Aber es war viel Arbeit und, nun ja, etwas »anrüchig«. Doch Kendricks Laune war einfach nur großartig. Seit gestern Abend fühlte er sich leicht und beschwingt und so, als könnte er zum ersten Mal seit langer Zeit wieder sein Leben genießen.

Dabei war vordergründig nichts Spektakuläres passiert, oder? Im Pub hatten ihn der Pfarrer, die Krimiautorin und Rupert auf eine Weise bedrängt, dass er seine Haltung zu Glennas und Davinas Bitte und vor allem seine Sichtweise auf sich selbst überdacht hatte. Ihm war klar geworden, dass er weder ein Opfer war noch ein Gefangener von irgendwelchen Erwartungen, sondern frei.

Und dann hatte er Shona getroffen und sie in einem Moment erlebt, in dem sie etwas ganz Ähnliches durchgemacht hatte. Ihre inneren Kämpfe hatten ihm regelrecht einen Spiegel vorgehalten. Er konnte sie so gut verstehen, weil er zur gleichen Zeit Vergleichbares fühlte. Er hatte einem anderen Menschen sein wahres Ich präsentiert, ungeschönt und mit allen Fehlern und Schwächen, und Shona hatte das auch getan. Sie hatten beide Mut bewiesen und waren belohnt worden: mit Verständnis und mit Freundschaft.

Er hatte schließlich akzeptiert, dass sie lieber allein in ihrer ungemütlichen kleinen Zelle in der Brennerei blieb, als seine Einladung anzunehmen. Sie hatte zweifellos recht. Auf eine freundschaftliche WG hatte er nicht ernsthaft Lust, und für eine Beziehung waren sie beide nicht bereit. Noch nicht, hoffte er. Er konnte es sich inzwischen ganz gut vorstellen, jede Nacht neben ihr im Bett zu liegen, jeden Tag mit ihr zusammen zu essen – auch wenn er dafür wohl selbst den Kochlöffel schwingen müsste –, jeden Tag mit ihr zu reden, mit ihr zu tanzen und mit ihr Spaß zu haben. Er war sich ziemlich sicher, dass seine Gefühle für Shona deutlich tiefer gingen, aber er würde sich und ihr die nötige Zeit geben.

Mit diesem optimistischen Gedanken im Kopf stieg er aus seinem Wagen und stellte sich der Herausforderung. Etwa die Hälfte der Herde war betroffen, darunter so gut wie alle Jungtiere, doch glücklicherweise hatte Henderson Kendrick schnell genug alarmiert. Er nahm Stuhl- und Blutproben und schaute sich die Wiese an, auf der sie gerade grasten. Da war nichts Ungewöhnliches zu sehen, trotzdem tippte Kendrick auf Darmparasiten oder aber irgendeine Zufütterung, die der Bauer verschwiegen hatte. Die Tests würden es zeigen. Bei den vorgeschriebenen Wurmkuren war Henderson etwas schlampig gewesen – zumindest hatte er die nötigen Medikamente nicht über Kendrick besorgt –, daher waren Parasiten sein Hauptverdacht. Er brachte die Proben anschließend direkt nach Inverness ins Labor und hoffte, noch im Laufe des Nachmittags Bescheid zu bekommen. Da zunächst keine anderen Termine anlagen, konnte er sein gestriges Versprechen wahr machen und nach Azzedine sehen.

Als er auf Ruperts Hof fuhr, traf er Hailey direkt vor der Stalltür.

»Hi, Kendrick«, grüßte sie ihn freundlich. »Willst du zu Azzedine? Dad hat gesagt, dass du heute Mittag vielleicht kommen und ihn longieren willst. Er musste zu einem Termin, aber wenn du willst, kann ich dir helfen.«

»Sehr gerne.« Er lächelte sie an und fragte sich kurz, ob er sie auf Shonas Rauswurf ansprechen sollte, beschloss dann aber, es nicht zu tun. Vielleicht würde sie ja selbst davon anfangen. Außerdem ging es jetzt tatsächlich vor allem um sein Pferd, und darauf würde er sich auch konzentrieren. »Wie machen sich die neuen Alpakas?«

»Gut. Sehr gut, wie mir scheint. Sie haben ordentlich gefressen und stehen im Moment im Paddock.« Kendrick hatte den Eindruck, dass Hailey noch ein weiterer Kommentar auf der Zunge lag, doch sie verkniff ihn sich.

»Hallo, mein Hübscher«, begrüßte er gleich darauf sein Pferd. Azzedine freute sich sichtlich, als Kendrick die Box betrat und ihn am Hals kraulte, und auch Nessie beschnupperte ihn neugierig auf der Suche nach einer kleinen Leckerei. »Keine Sorge, ihr werdet nicht verhungern«, sagte er amüsiert und schob beiden Tieren je ein Karottenstückchen ins Maul. »Aber jetzt will ich mir dein Bein ansehen, junger Mann, und dann schauen wir mal, ob du laufen kannst.« Er untersuchte das rechte Vorderbein gründlich. Im Vergleich zu gestern schien es sich erneut gebessert zu haben, was wirklich ein sehr gutes Zeichen war.

»Und? Wie ist die Lage?«, fragte Hailey, die mit Putzzeug, einer Trense und einer Longierleine zur Box kam.

»Ich bin ziemlich begeistert«, entgegnete er und nahm eine Bürste und einen Striegel entgegen. Gemeinsam putzten sie Azzedine, der das sichtlich genoss, und nach wenigen Minuten war der glänzende Rappe ausgehbereit – zum ersten Mal seit Wochen. Er ahnte wohl, dass heute mehr anstand als nur der kurze Weg zum Frische-Luft-Schnappen im Minipaddock, denn er schnaubte aufgeregt und tänzelte mit gespitzten Ohren neben Kendrick her. Auch Nessie war aufgeregt, doch ihr Interesse galt eindeutig den drei Artgenossen, die sie eben erspäht hatte und seit gestern zumindest gerochen haben musste.

»Eigentlich wollte ich Nessie mit zum Longieren nehmen, aber ich schätze, sie will lieber zu ihren Kollegen«, sagte Kendrick amüsiert, als das graue Alpaka eindeutig auf den Trupp zustrebte, der neugierig in ihre Richtung schaute.

»Scheint mir auch so«, entgegnete Hailey lächelnd. »Denkst du, wir können das einfach so riskieren und sie dazustellen? So viel Platz ist im Paddock nicht.«

»Halt ihn mal«, bat Kendrick und drückte ihr den Führstrick seines Pferdes in die Hand. Dann brachte er Nessie zum Paddock. Die Tiere jenseits und diesseits des Zauns beschnupperten sich freundlich, und beinahe kam es Kendrick so vor, als würden sie sich kennen – doch das war wohl recht unwahrscheinlich, oder? Jedenfalls riskierte er es nach wenigen Minuten, Nessie zu ihrer zukünftigen Familie zu lassen.

»Wow, das sieht gut aus«, stellte Hailey begeistert fest. Die Tiere strahlten die reine Freude aus – keinerlei Feindseligkeit war feststellbar.

»Finde ich auch.« Kendrick lächelte und zog sein Telefon aus der Hosentasche, um ein Foto zu schießen, das er mit dem Kommentar *Familienzusammenführung erfolgreich* direkt an Shona schickte. Sie hatte ihm heute Morgen ihrerseits ein Bild von ihren zwei Wolfshunden geschickt, die die ganze Nacht brav zusammengerollt vor dem Kamin im Probierraum verbracht hatten. Sie hatten nichts angestellt, und es hatte auch keine Malheurs gegeben, worüber sie ziemlich froh war. Noch glücklicher war sie gewesen, als sie festgestellt hatte, dass sich in dem großen Lebensmittelkorb aus dem Pub auch noch zwei große Plastikboxen voll gekochtem Reis befanden, sodass sie auf Kochexperimente verzichten konnte. *Lebensretter*, hatte sie ihm daraufhin getextet. Überhaupt hatten sie sich heute schon ungefähr ein Dutzend Text- und Fotonachrichten geschickt, was ihn absurd fröhlich stimmte.

»Die sehen wirklich wie eine Familie aus und benehmen sich, als wäre Nessie ein lange vermisstes Herdenmitglied«, befand Hailey.

»Vielleicht ist es ja auch so«, mutmaßte Kendrick. »Kann doch sein, dass Nessie auch in diesem Wanderzirkus gelebt hat und dann entweder abgehauen ist oder ausgesetzt wurde. Das würde auch erklären, warum sich kein Besitzer auftreiben ließ. Die Bauern, die in der Gegend Alpakas halten, hätten sie bestimmt gesucht, und vielleicht wollte der Zirkus sie einfach loswerden?«

»Wir werden es wohl nie erfahren«, sagte Hailey und streichelte dann beruhigend Azzedines Hals. »Aber jetzt müssen wir uns mal um diesen Kameraden kümmern, sonst flippt er völlig aus.« Sie führte das aufgeregte Rennpferd auf einen Reitplatz und befestigte die Longierleine am Gebissring. »Ich bin gespannt, ob er das überhaupt kennt. In gewissen Kreisen ist man bei der Ausbildung von Rennpferden ja nicht gerade zimperlich.« Sie seufzte frustriert, und Kendrick ahnte, warum. Hailey wurmte es immer noch, dass sie den Earl of Penningcard und seine Tiere überhaupt aufgenommen hatte.

»Wir werden sehen«, erwiderte er daher nur und stellte sich neugierig an den Zaun. »Selbst wenn er es nicht kennt, wird er bestimmt rasch begreifen, worum es bei der Übung geht. Er ist ja clever.«

So war es dann auch. Hailey brachte Azzedine sanft, aber resolut zum Laufen, und nach wenigen Minuten hatte er den Dreh raus. Kendrick beobachtete zufrieden sein Bewegungsmuster – es war so gut wie keine Lahmheit mehr feststellbar. Er knipste ein Foto von Azzedine mit wehender Mähne und schickte es an Shona. Deren Antwort ließ nicht lange auf sich warten: *Lauter gute Nachrichten heute! Ich freu mich.* Garniert hatte sie ihren Text mit einem Smiley mit Herzchenaugen. Kendrick nahm zwar an, dass sich die Herzen eher auf die Tierfotos bezogen, aber vielleicht war auch er ein kleines bisschen damit gemeint?

»Du hast ja eine gute Laune heute«, stellte Hailey fest, als sie nach gut zwanzig Minuten das Longiertraining beendete.

»Ich habe ja auch allen Grund«, sagte er. »Azzedine ist fast wieder fit und darf jetzt auf die Koppel, und Nessie hat wieder eine Herde. Jetzt warte ich nur noch darauf, dass die Alpakas ein paar Zirkustricks zeigen. Irgendwas müssen die da ja gelernt haben. Na ja, Shona wird's wohl herausfinden.«

»Hm«, brummte Hailey. »Hast du was … ähm … von ihr gehört?«, fügte sie dann noch hinzu, und Kendrick hätte schwören können, dass sie verlegen klang.

»Gehört habe ich heute noch nichts von ihr, aber gelesen. Und wenn man ihren Textnachrichten Glauben schenken darf, ist sie gut gelaunt. Warum?« Das war fies, das wusste er, weil Hailey ja nicht ahnen konnte, dass er von dem Rauswurf wusste.

»Ach … gestern gab's einen Zwischenfall. Kristie ist total ausgerastet, als Shona mit den beiden Hunden nach Hause gekommen ist.«

»Oh?«

»Na ja, unser Cottage ist echt verdammt klein, und kaum sind wir das Alpaka los, schleppt sie zwei Riesenköter an. Jedenfalls gab es eine hitzige Auseinandersetzung, mit dem Ergebnis, dass wir sie … ähm … gebeten haben, auszuziehen. Kristie ist dann zu unseren Eltern gefahren und ich zu meinem … ähm … Freund, und als ich heute Morgen nach

Hause gekommen bin, war keine Spur mehr von Shona zu sehen. Alles war tipptopp aufgeräumt und geputzt, und ihr Zimmer war verwaist. Du weißt nicht zufällig, wo sie ist?«

»Ich nehme an, in ihrer Destillerie.«

»Hat sie da etwa geschlafen?« Hailey schlug sich die Hand vor den Mund.

»Ich denke ja.«

»O Mann, das tut mir echt leid. Es hätte nicht so eskalieren dürfen.« Hailey schüttelte den Kopf. »Sorry, ich will dich damit nicht belämmern. Unseren Familienkram kriegen wir schon wieder hin.«

»Kein Problem. Glaub mir, mit drei Schwestern bin ich ziemlich erprobt in Familiendramen aller Art.« Er lächelte schief. »Und aus Erfahrung kann ich sagen, dass zu Konflikten immer mindestens zwei Parteien gehören. Ein Alpaka als Haustier war sicher eine verdammt große Herausforderung.«

»Sie hat sich allen Ernstes eingebildet, dass Nessie stubenrein ist«, erklärte Hailey kopfschüttelnd. »Aber dass Kristie beim Anblick von Hunden derart ausflippt, war auch ein Erlebnis ...«

»Na ja, die beiden sind schon ziemlich imposante Erscheinungen«, gab er zu bedenken.

»Ich hoffe nur, dass wir uns wieder zusammenraufen. So ist es echt blöd gelaufen.« Hailey sah ihn ziemlich bedröppelt an.

»Bestimmt. Manchmal braucht man einen kleinen Weckruf«, entgegnete er diplomatisch und hoffte, dass sie nicht nachfragen würde, woher er wusste, dass Shona in der

Destillerie untergeschlüpft war. Immerhin waren die Gerüchte um seine eigene verworrene Familiensituation offensichtlich von dem neuen Drama abgelöst worden. Sein Telefon vibrierte wieder, doch diesmal war es keine Nachricht von Shona, sondern das Ergebnis der Schnelltests aus dem Labor. Die Henderson-Schafe litten an massivem Parasitenbefall. Das bedeutete jetzt zwar einen mittelerquicklichen Nachmittag mit der Entwurmung einer ganzen Herde, war aber um Längen besser als alle anderen Alternativen. »Ich muss leider los«, sagte er entschuldigend. »Gut hundert Schafe warten auf eine Wurmkur von mir.«

● ● ●

Shona war überrascht, wie gut sie sich fühlte, nach einem Tag, an dem ihr Leben mehrere ungeplante Runden im Schleudergang absolviert hatte. Nachdem Kendrick gestern Abend gegangen war, hatte sie sich ins Bett gelegt und war erstaunlicherweise schnell und tief eingeschlafen. Damit hatte sie nicht gerechnet, denn auch wenn sie sich vehement gegen eine Beziehung ausgesprochen hatte, wäre ihr physischer Trost in Form von heißem Sex doch ganz recht gewesen. Aber vielleicht war es besser so. Es stimmte ja trotz allem, was sie gestern Abend gesagt hatte: Sie musste erst einmal eine Beziehung zu sich selbst aufbauen – idealerweise eine gute –, dann erst konnte sie über eine Konstellation nachdenken, die noch eine Person mehr umfasste. Und einen Haufen Tiere.

Sie war erstaunlich gut gelaunt und erholt aufgewacht und hatte erfreut registriert, dass Orla und Higgins nichts angestellt, sondern sich mustergültig verhalten hatten. Rasch war sie in ein paar Klamotten geschlüpft und hatte sich mit ihren Hunden auf den Weg gemacht. Morgendliche Gassirunden gehörten ab sofort zu ihrer Routine. Bei dieser ersten hatte sie prompt Isla getroffen, die mit Polly unterwegs gewesen war. Die Neufundländer-Hündin war begeistert von den beiden Neuankömmlingen, und so waren sie gemeinsam über die Wiesen spaziert und anschließend zum Frühstücken in den Pub eingefallen.

Dabei hatte Shona von ihrem Auszug bei Kristie und Hailey berichtet. Auch wenn sie sich eine etwas schockiertere Reaktion von ihrer Schwester gewünscht hätte, war sie doch stolz darauf, dass sie ihre Cousinen nicht schlechtgemacht, sondern den Sachverhalt ziemlich selbstkritisch dargestellt hatte. Und ihren Entschluss, endgültig auf eigenen Beinen zu stehen, erwachsen zu werden und erst einmal in der Destillerie zu wohnen, hatte Isla derart enthusiastisch gelobt, dass Shona so ein Gefühl hatte, als wäre Kristies Ausbruch kein völliger Zufall gewesen, sondern mit der ganzen Familie abgestimmt. Hatte Marlin ihr nicht gestern erst einen Hund eingeredet, damit sie »nicht allein« war? Und seine Einlassungen darüber, dass sie ihr Herz weiten solle, hatten vielleicht auch etwas damit zu tun.

Die alte Shona hätte sich über diese Erkenntnis wahnsinnig geärgert, aber die neue musste ihren Lieben recht geben. Es war wirklich an der Zeit, dass sie auf eigenen Beinen stand und ihre selbst gewählte Rolle ausfüllte. Kendrick hatte ihr da viel zu denken gegeben, und eines war ihr nun klar: Sie war so viel mehr als nur ein optischer Abklatsch ihrer toten Mutter und auch mehr als nur ein verwöhntes Nesthäkchen!

Nach dem Frühstück war sie im Tauschladen gewesen, und Colleen hatte exakt so reagiert, wie sie es sich von ihrer Schwester gewünscht hätte: voller Mitgefühl und Trost. Sie hatte Shona und ihre Hunde auch eingeladen, vorübergehend nach Harriswood House zu ziehen, aber natürlich hatte sie abgelehnt. Das war jetzt ihr Weg, und den würde sie allein beschreiten. Trotzdem hatte ihr Colleens Mütterlichkeit gutgetan.

Der Tauschladen hatte sich als wahre Fundgrube erwiesen, und Shona hatte nicht nur ein hübsches Bücherregal, eine coole Lampe und ein paar witzige Dekogegenstände ergattern können, sondern auch noch ein Geschirrservice und ein paar Töpfe für ihre winzige Pantryküche. Damit würde sie fürs Erste gut über die Runden kommen. Eigentlich fehlte ihr nur noch eine Waschmaschine, dann wäre sie völlig autark, aber diese Investition hatte Zeit. Wäsche waschen konnte sie auch bei den verschiedensten Familienmitgliedern oder notfalls in einem Waschsalon. Dafür müsste sie zwar bis nach Inverness fahren, doch diese Touren standen ohnehin regelmäßig auf dem Plan.

Heute Nachmittag beispielsweise. Sie wollte in einen Tierbedarfsladen gehen und für Orla und Higgins Betten, Näpfe und schönere Halsbänder und Leinen kaufen. Dafür brauchte sie allerdings ein richtig großes Fahrzeug, denn der alte Mini von Isla, den sie fast immer nutzte, war dafür eindeutig zu klein. Aus einem Impuls heraus fragte sie

Kendrick per Textnachricht nach seinen Plänen für den Nachmittag. Sie hatten sich schon den ganzen Vormittag über geschrieben, und zuletzt hatte er ihr Fotos von ihrer Alpakaherde und von Azzedine geschickt. Er schien gerade also noch im Stall zu sein. Vielleicht hatte er ja den restlichen Tag frei und Lust auf einen kleinen Shoppingtrip?

Muss noch mal nach Dundreggan und gut hundert Schafe entwurmen, lautete die Antwort, kurz darauf gefolgt von: *Aber wenn du magst, dann komm mit Orla und Higgins heute Abend zu mir. Ich bin ziemlich gut im Reiskochen und Grillen.* Sie starrte ein Weilchen auf das Display – mit einem seligen Grinsen im Gesicht – und überlegte, was sie antworten könnte. Natürlich wollte sie zu ihm kommen, aber sie wollte ihre Zusage möglichst geistreich formulieren. Offensichtlich konnte er nicht so lange warten, denn schon traf die nächste Nachricht ein: *Sag bitte Ja, denn ich brauche etwas, das mir über die Stunden in der Schafscheiße hinweghilft. Passt dir sieben?*

Sie musste lachen und fackelte nicht mehr lange. *Ja!*, textete sie schlicht und merkte, wie ihr warm ums Herz wurde. Plötzlich begannen die beiden Hunde draußen mit einem infernalischen Geheul, das wenig später genauso abrupt wieder verstummte.

»Hui, die zwei nehmen ihren Job aber sehr ernst«, sagte Marlin, als er einen Augenblick später mit Orla und Higgins im Schlepptau in ihr Büro kam.

»So hast du dir es doch vorgestellt, oder?« Shona strahlte ihren Vater an. »Aber daran müssen wir noch arbeiten. Wenn sie jedes Mal in dieser Lautstärke loslegen, wenn jemand an der Tür steht, werde ich hier nie Gäste empfangen können.« Sie kraulte Orla, die sehr zufrieden mit sich aussah, am Ohr.

»Das kriegen wir schon hin«, behauptete ihr Vater. »Und sonst? Wie klappt es mit den beiden?«

»Tadellos. Ich glaube übrigens nicht, dass sie Angst vor Männern haben. Sie haben sich gestern von Kendrick streicheln lassen, und heute Morgen waren wir im Pub, und Jon fanden sie ganz toll.«

»Umso besser«, freute sich Marlin und musterte sie dann eingehend. »Irgendwas ist anders bei dir. Du strahlst so.«

»Nö, alles gut. Nessie steht übrigens schon mit ihren neuen Freunden in einem Paddock.« Sie angelte nach ihrem Telefon und zeigte Marlin das Foto, das Kendrick ihr vorhin geschickt hatte.

»Sieht gut aus. Ich bin auch wegen der Alpakas hier«, sagte er. »Und ich war so frei, ein paar Leute zu organisieren, damit wir heute noch anfangen können, deine Scheune zu einem Alpakastall umzubauen.«

»Mega! Kann ich helfen, oder darf ich mir dein Auto ausleihen?«

»Du dürftest helfen, aber du kannst auch das Auto haben. Was sind denn deine Pläne?«

»Ich finde es wirklich süß, dass du so tust, als wüsstest du von nichts«, entgegnete sie lachend, und als er nur fragend eine Braue hochzog, fügte sie hinzu: »Wie du zweifellos mindestens von Isla, Jon, Colleen oder Alex erfahren hast, bin ich gestern Abend in das kleine Zimmer hier umgezogen. Ihr wart euch ja alle einig, dass ich endlich mal erwachsen werden und auf eigenen Beinen stehen muss – und genau das tue ich hiermit auch. Ich bräuchte das Auto, erstens um die Sachen aus dem Tauschladen zu holen, die ich mir vorhin ausgesucht habe, und zweitens um zu einem Tierladen in Inverness zu fahren, damit Orla und Higgins eine ordentliche Ausstattung bekommen.«

Marlin kramte in seiner Hosentasche und warf Shona seinen Autoschlüssel zu. »Um den Stall kümmern wir uns. Sieh du zu, dass du es dir und deinen Hunden nett machst.«

»Danke, Dad.« Sie zögerte ein bisschen. »Es klingt vermutlich seltsam nach dem Riesenprojekt mit der Destillerie, aber das ist gerade eine verdammt große Sache für mich.«

»Ich weiß. Und ich bin verdammt stolz auf dich.« Marlin überbrückte rasch die paar Schritte Distanz zu seiner Tochter und zog sie fest in die Arme. »Du schaffst das«, raunte er ihr ins Ohr und klang dabei bis auf die Knochen gerührt. Dann drückte er ihr einen Kuss auf die Schläfe und ließ sie abrupt wieder los. »Ich geh dann mal zu den Männern in die Scheune.«

● ● ●

Sie hatte *Ja!* geschrieben. Kendrick freute sich über diese schlichte Kurzbotschaft mehr als über den witzigen verbalen Schlagabtausch vorher. Ja, sie würde heute Abend zu ihm nach Hause kommen und sich von ihm bekochen lassen. Das war eigentlich keine große Sache, oder? Vielleicht stieg ihm das herzhafte Schafaroma zu Kopfe, aber es fühlte sich nach einer riesengroßen Sache an. So wie das gestern eine riesengroße Sache gewesen war. Für ihn zumindest. Der vergangene Abend war ein echter Wendepunkt in seinem Leben gewesen, dabei war nichts Spektakuläres passiert. Nur ein paar Gespräche. Doch manchmal konnten Worte eben doch entscheidend sein. So wie das kleine *Ja!*, das Shona vorhin geschickt hatte. Er hoffte nur, dass er mit der Herde zügig durchkam, damit er noch einkaufen und vor allem duschen konnte.

Wie es Shona heute wohl ging? Ihre Nachrichten hatten fröhlich geklungen. Erstaunlich beschwingt nach dem gestrigen Tag, der ziemlich dramatisch für sie gewesen war. Wenn er an ihre verzweifelten Tränen dachte, zog es ihm das Herz zusammen. Das war so echt, so roh und gleichzeitig so reinigend gewesen. Keine Wut- oder Showtränen, wie er sie von seinen Schwestern in allen Varianten kannte, sondern ganz tiefe, elementare Emotionen, und er fühlte sich geehrt, weil sie ihm offensichtlich genug vertraute, dass sie diese Seite zeigen konnte.

»Ich weiß nicht, wie Sie es schaffen, bei dieser Drecksarbeit auch noch zu lachen«, unterbrach Bauer Henderson seine Gedanken.

Es war in der Tat eine verdammt anstrengende und vor allem dreckige Arbeit. Sie hatten alle Schafe wie zur Schur zusammengetrieben, sodass sie sich jeweils eines greifen, ihm die Medikamente einflößen und es dann über einen separaten Ausgang auf eine andere Weide schicken konnten. Die drei Border Collies des Schafzüchters hatten das glücklicherweise gut im Griff, aber die Schafe selbst waren nicht besonders kooperativ. Kendrick taten schon der

Rücken und die Arme weh, als sie noch nicht einmal die Hälfte der Herde behandelt hatten, und doch war er fast vergnügt bei der Sache angesichts seines Abendprogramms.

»Ich mag meinen Job eben«, entgegnete er grinsend. »Und wenn Sie Ihre Tiere zukünftig jedes Mal beim Scheren und bei der Klauenkontrolle entwurmen, fallen derartige Stunts auch weg.«

»Ich hatte die letzten Jahre halt nie Probleme mit Parasiten«, rechtfertigte sich der Bauer.

»Und da dachten Sie, Sie könnten sich das Geld für die Wurmkur sparen.« Kendrick schüttelte mit einem gutmütigen Lächeln den Kopf. Er kannte alle Argumente seiner Pappenheimer, wenn sie auf sinnvolle prophylaktische Therapien verzichteten. Manchmal ging es gut, oft genug nicht, wie in diesem Fall. Früher hatte er sich darüber maßlos aufregen können – nur änderte das auch nichts an der Sache. Also ließ er es bleiben und kümmerte sich lieber um die Schadensbegrenzung.

»Wahrscheinlich haben Sie recht«, gab Henderson grummelnd zu, aber Kendrick zuckte mit den Schultern und arbeitete weiter.

Er hatte ein klares Ziel, und das hieß: heute Abend gründlich geduscht seine Gäste begrüßen. Was brauchte ein Mann schon mehr zum Glück? In der Brusttasche seiner Arbeitshose vibrierte sein Telefon. Er entließ das aktuelle Schaf in die Freiheit und holte das Smartphone hervor. Shona hatte wieder Fotos geschickt – offenbar war sie gerade in einem Tierladen, und ihre Wolfshunde testeten genüsslich Hundebetten. *Die sehen bequemer aus als meine*

Mönchspritsche, schrieb sie dazu. *Vielleicht sollte ich mit ihnen tauschen?*

»Du könntest auch einfach in meinem Bett schlafen«, murmelte er leise.

»Was?«, fragte Henderson, der sich offensichtlich angesprochen fühlte.

»Nichts, ich habe nur gesagt, dass ich heute Nacht wie ein Stein schlafen werde«, behauptete er, und dann konnte er einfach nicht mehr anders: »Entschuldigen Sie mich bitte einen Augenblick, ich muss mal kurz telefonieren.«

• • •

Orla und Higgins waren die Stars in diesem Tiereinkaufsparadies. Shona konnte es nicht fassen – so einen guten Service bekam man sonst höchstens in einer Londoner Luxusboutique, und selbst da nicht immer. Als sie mit ihren brandneuen Hunden den Laden betreten hatte, waren sie sofort von drei dienstbaren Geistern umschwärmt worden, die sich von der herzerweichenden Rettungsgeschichte völlig entzückt gezeigt hatten und alles daransetzten, die »armen Wesen« angemessen zu verwöhnen.

Shona war mit Hunden aufgewachsen, aber ihr war nicht klar gewesen, was der moderne Hund von heute alles brauchte. Die Auswahl an Zubehör war unüberschaubar, und sie fühlte sich leicht überfordert. Brauchten Irische Wolfshunde tatsächlich gefütterte Tartanmäntel für die kühlen Herbst- und Wintertage? Benötigten sie wirklich mehrere Halsbänder, und mussten die Näpfe um jeden Preis optisch an das Wohnambiente angepasst werden? Und was war mit den Betten? Orthopädische Schaummatratzen oder doch lieber traditionelle Rosshaarfüllung? Sie war kurz davor, einfach zu Ikea zu fahren und ein Menschenbett zu kaufen, was eindeutig die günstigere Variante wäre. Doch dann machte sie Fotos von den beiden, wie sie gemütlich auf den verschiedenen Betten lagen und die Aufmerksamkeit sichtlich genossen. Sie schickte die Bilder an Kendrick und überlegte, was für eine Art von Bett er wohl besaß. Was natürlich total irrelevant war und nichts mit der Einladung zum Abendessen zu tun hatte. Mitten in diese Gedanken hinein klingelte ihr Telefon. Kendrick.

Shonas Herzschlag legte einen Gang zu, und sie klang etwas atemlos, als sie sich meldete. Trotzdem versuchte sie, ganz locker zu plaudern: »Dich schickt der Himmel – ich bin einigermaßen überfordert hier.«

»Du hast dir auch den schicksten Laden von allen ausgesucht«, entgegnete er mit einem leisen Lachen. Im Hintergrund hörte sie lautes Blöken.

»Diesmal will ich es halt richtig machen, nachdem ich das mit Nessie so verbockt habe. Was machen die Schafe?«

»Die haben keine Lust auf die Wurmkur, aber da müssen sie jetzt durch – und ich auch. Mach dir nicht zu viele Gedanken. Kauf die Sachen, die dir gefallen. Deine Hunde werden mit allem zufrieden sein. Die schlafen notfalls auch auf dem Teppich, und wenn ihnen der zu unbequem wird, auf dem Sofa. Entscheidend ist, dass sie gutes Futter und ausreichend Bewegung bekommen, und daran habe ich keinen Zweifel.«

»Ich habe aber kein Sofa.«

»Im Moment nicht, aber das wird sich ja vielleicht wieder ändern. Ehrlich, mach dir keinen Kopf.«

»Ich versuch's.« Sie sah wieder zu ihren Tieren, die völlig ungeniert auf den Ausstellungsbetten herumlungerten und sich von den Mitarbeitern mit Hundekeksen verwöhnen ließen. Ob Kendrick ein schönes Sofa hatte? Und wie sollte das überhaupt gehen: sich keinen Kopf zu machen, wo der Grund dafür doch gerade am Telefon mit ihr sprach? »Warum rufst du überhaupt an? Musst du für heute absagen?«

»Natürlich nicht«, beeilte er sich zu versichern. »Ich wollte nur wissen, worauf du Lust hast.«

Worauf sie Lust hatte? Das war einfach zu beantworten – auf nackten Kendrick, bevorzugt in einem großen, bequemen Bett. Aber vermutlich bezog sich seine Frage nicht darauf. »Du meinst, zum Essen?«, fragte sie sicherheitshalber nach.

Wieder kam dieses dunkle, leise Lachen aus dem Telefon, das durch sie hindurchvibrierte. Warum war ihr früher nicht aufgefallen, dass er das erotischste Lachen der Welt hatte? Und warum dachte sie überhaupt die ganze Zeit an Sex? Sie war in einem Hundeladen! Mit zwei Riesenkötern! Und Kendrick stand inmitten einer Schafherde. »Genau, ich meinte das Essen. Aber wenn dir der Sinn nach etwas anderem steht, bin ich flexibel.«

Sie schluckte. Ob er gerade über die gleichen Dinge nachdachte wie sie? Unmöglich. Wer Schafe entwurmen musste, konnte gar nicht an Sex denken. Das widersprach jedem Naturgesetz. »Wir können ja mit Essen anfangen«, schlug sie vor und fragte sich, ob das Schnurren aus ihrer

Kehle kam. Offensichtlich. Und offensichtlich war sie völlig von Sinnen. Sie räusperte sich und rang um einen klaren Gedanken. »Kann ich vielleicht etwas tun? Soll ich's dir besorgen? Also, ich meine, soll ich einkaufen? Ich bin ja schon in Inverness und du noch bei den Schafen und ...«

Diesmal lachte er schallend, was weniger sexy klang als vorhin, ihr aber immer noch durch Mark und Bein ging. Hatte sie eben tatsächlich angeboten, es ihm zu besorgen? Sie konnte nicht anders und musste mitlachen.

»Du bist wirklich unglaublich, Shona Fraser«, brachte er hervor, als er sich wieder beruhigt hatte. »Und dein Angebot ist verlockend.« Pause. Blöken. Warum sagte er nichts mehr?

»Aber?«, fragte sie.

»Aber ich habe dich eingeladen, und ich sorge für ... ähm ... das Essen. Bring vielleicht einfach nur etwas Futter für deine Hunde mit. So, ich muss jetzt mit den Schafen weitermachen. Wir sehen uns in ein paar Stunden.« Sie hörte noch ein Blöken, und dann legte er auf.

Wow. Das war jetzt nicht hilfreich dafür gewesen, sich zu konzentrieren. Grinsend starrte sie ihr Telefon an. Zurück zum Bett. Äh, den Hundebetten natürlich. Entschlossen packte sie das Handy wieder weg und wandte sich an eine Verkäuferin. »Ich habe mich entschieden«, kündigte sie an.

Drei Stunden später saß sie wieder im Auto – ihr Konto war deutlich erleichtert, aber das war es ihr wert gewesen. Sie hatte sich für zwei Hundebetten im Tartanmuster entschieden, eines in Rottönen, eines in Grün. Die passten optisch gut zum Tasting-Room ihrer Destillerie, der kurz- bis mittelfristig wohl vorwiegend als ihr Wohnzimmer und als Schlafgemach ihrer Hunde dienen würde, gleichzeitig war das Design so zeitlos, dass es sich auch in jedem anderen Ambiente gut machen könnte. Beide Hunde hatten je ein schlichtes schwarzes Lederhalsband und noch eines im Tartanmuster bekommen. Sie war schließlich Schottin, da konnte sie auch das volle Programm fahren. Außerdem dachte sie an ihren Instagram-Kanal, der mit »Doggie-Content« garantiert noch erfolgreicher laufen würde. Dafür mussten die Tiere natürlich auch gut aussehen. Also hatte sie das Angebot angenommen, Orla und Higgins im hauseigenen Hundesalon hübsch machen zu lassen, und die Wartezeit für weitere Shoppingexzesse genutzt.

Wer hätte ahnen können, dass ein Tierladen solche Schätze barg? So waren die Hunde noch zu je einem Tartanmäntelchen gekommen. Auch wenn Shona nicht sicher war, ob sie das brauchten, würde es jedenfalls entzückend aussehen. Sie hatte Bürsten für die Fellpflege gekauft, Näpfe und weiteres Futter – und dann hatte sie die anderen Abteilungen entdeckt. Der Bereich für Hunde war nämlich erstaunlicherweise nicht der größte! Es gab sogar Zubehör für Alpakas! Und schon hatte sie für ihre neue Herde hübsche Halfter besorgt, natürlich ebenfalls im Tartanmuster, und sich dann im Pferdebereich umgeschaut. Als kleines Mädchen hatte sie es geliebt, ihrem Pony die tollsten Frisuren in die Mähne zu flechten, und hier gab es die unglaublichsten Dinge für durchgeknallte Pferdemädchen. War das damals auch schon so gewesen? Sie konnte sich nicht daran erinnern.

Gedankenverloren war sie durch die Gänge gestreift und hatte plötzlich vor einem Bild gestanden, das einen wunderschönen stolzen Araberhengst zeigte. Unwillkürlich hatte sie an Azzedine gedacht, in dessen Adern zweifellos auch edles arabisches Blut floss. Sie hatte ihn ein paarmal eingedeckt gesehen, an kühlen Morgen zusammen mit Nessie in dem kleinen Paddock vor seiner Box. Da hatte er eine alte Decke getragen, die aus den Lagerbeständen von Onkel Rupert stammen musste. Ein abgenutztes, hässliches Ding, das vielleicht seinen Zweck erfüllte, aber nicht zu diesem schönen Tier passte. Aus einem Impuls heraus hatte sie eine neue Decke in einem schicken blau-grauen Tartanmuster gekauft – schließlich war Azzedine jetzt ebenfalls Schotte – und auch noch ein passendes Halfter ausgesucht. So hatte sie gleich ein Mitbringsel für Kendrick heute Abend.

Orla und Higgins hatten ihren Spa-Besuch offensichtlich genossen und sahen jetzt todschick aus mit ihren Tartan-Halsbändern. Sie waren natürlich immer noch viel zu dünn, aber das leicht verwahrloste Erscheinungsbild war verschwunden. Gegen die beiden kam sich Shona fast ein bisschen schäbig vor. Es war fünf Uhr, als sie in Kirkby eintrafen, und ihr Vater wartete schon auf sie.

»Sorry, dass es so spät geworden ist«, entschuldigte sie sich, als sie aus dem Auto sprang und auch ihre Hunde aussteigen ließ.

Marlin lächelte gutmütig. »Ich sehe ja, es war für einen

guten Zweck.« Er streichelte Orla und Higgins. »Wir waren auch fleißig. Magst du einen kurzen Blick in die alte Malzscheune werfen? Dann helfe ich dir anschließend, deine Sachen reinzutragen.«

Shona und die Hunde folgten Marlin zur Scheune, vor der noch der Transporter einer Schreinerei aus dem Nachbarort stand.

»Wow«, rief sie verblüfft, als sie das Gebäude betraten. Der große, bislang leere Raum war nun in Segmente aufgeteilt. An einer Längsseite waren zwei Bereiche angelegt, die wie überdimensionierte Pferdeboxen aussahen, und daneben gab es noch zwei kleinere Ställe. »Ist das nicht etwas viel für vier Alpakas?«, fragte sie. Und ein bisschen sehr teuer – doch das behielt sie für sich. Sie wunderte sich, dass ihr Vater auf die Schnelle diese professionell aussehenden Elemente hatte auftreiben können.

»Ich habe heute Vormittag ein bisschen rumtelefoniert. Eigentlich wollte ich nur einen großen alten Viehtransporter als Überbrückungslösung besorgen. Da hätte man die vier nachts gut unterbringen können. Aber dann hatte ich Robertson am Telefon, und der sagte mir, dass er letzte Woche mit seinem Bautrupp ein Stallgebäude in Abersky abgerissen hat. Teile der Innenausstattung waren noch so gut in Schuss, dass er sie dem Bauern für kleines Geld abgekauft und bei sich eingelagert hat. Der alte Fuchs hat einfach einen Riecher für gute Gelegenheiten.« Marlin grinste zufrieden.

»Da haben sich also zwei alte Füchse gefunden«, stellte Shona mit einem amüsierten Lächeln fest. »Aber noch mal,

ist das nicht vielleicht ein klitzekleines bisschen übertrieben?«

»Mag sein. Aber man weiß ja nie, was noch passiert. Bis
gestern hast du doch auch nicht gedacht, dass du mal vier
Alpakas und zwei Wolfshunde haben würdest.«

Auch wieder wahr. Shona erwiderte nichts, sondern wartete auf weitere Ausführungen.

»Jetzt hast du jedenfalls zwei Laufställe, in denen du
locker jeweils acht bis zehn Tiere unterbringen könntest,
und die kleinen Boxen könnten für Muttertiere praktisch
werden. Du könntest sogar Pferde unterbringen oder einige
meiner Schafe, habe ich mir gedacht.«

»Okay. Und was kostet der Spaß?«

»Darüber mach dir mal keine Gedanken. Tatsächlich
sind die Kosten für das Material kaum größer als die für
einen gebrauchten Viehtransporter. Und die meiste Arbeit
übernehme ich mit den Jungs.« Marlin sah so zufrieden mit
sich aus, dass Shona es nicht übers Herz brachte, zu wider-
sprechen. Letztlich war die Anschaffung der Zirkusalpakas
ja die Idee ihres Vaters gewesen, da konnte er auch für die
angemessene Unterbringung sorgen. Vor allem, wenn er
zusätzlich noch seine Schafe bei ihr unterstellen wollte.

»Ich schätze mal, dass wir morgen, spätestens übermorgen
fertig sind und die Tiere dann hier einziehen können. Vielleicht kriegen wir es in diesem Herbst auch noch hin, einen
schönen Holzzaun um die Wiese zu ziehen. Außerdem
habe ich noch eine weitere Idee …« Er stoppte, als Shona
die Hand hob.

»Ich bin mir sicher, die ist brillant, aber lass uns bitte ein anderes Mal darüber reden. Ich würde jetzt gerne meine Einkäufe reinbringen und dann ...« Mist. Sie wollte ihrem Vater eigentlich nichts von ihrem Date mit Kendrick erzählen. Wobei es ja eigentlich auch gar kein Date war.

»Verstehe, du hast etwas vor.« Marlin musterte seine Tochter mit einem wissenden Lächeln.

»Ja. Nein. Also jedenfalls nicht das, was du denkst!«

»Was denke ich denn?«

»Das will ich gar nicht wissen. Jetzt hilf mir bitte, das Auto auszuräumen, und dann ...«

»Verschwinde?«

»Dad, jetzt sei nicht so!«

»Schätzchen, ich zieh dich doch nur auf. Was auch immer du heute noch vorhast, es geht mich nichts an. Ich wünsche dir aber viel Spaß dabei.« Er zwinkerte ihr zu, ging dann zielstrebig zum Auto und begann, die Sachen in den Verkostungsraum zu tragen.

DA BRAUT SICH WAS ZUSAMMEN

UM VIERTEL VOR SIEBEN war alles bereit, und Kendrick sah sich zufrieden um. Im Kamin brannte ein Feuer – auch wenn es eigentlich fast noch zu mild dafür war, doch es gab dem großen Wohn-Esszimmer ein schöneres Ambiente. Er hatte sich bisher nicht allzu viel Mühe mit der Einrichtung gemacht. Von den Vorbesitzern des Hauses hatte er einige Möbel übernommen – so auch den großen alten Holzesstisch, an dem bequem acht Leute Platz finden würden. Ihm fiel auf, dass er bisher erst ein einziges Mal Besuch gehabt hatte, nämlich von Isla und Jon an seinem ersten Abend. War er wirklich zu einem derart unsozialen Eigenbrötler geworden?

Egal, diese Phase war jetzt jedenfalls vorbei. Er hatte den Tisch schön gedeckt, einen Salat vorbereitet und einen großen Topf voller Reis gekocht. Im Grill auf der Terrasse entwickelte sich eine Glut, die spätestens in einer halben Stunde ideale Bedingungen bieten würde. In Alufolie eingewickelt, lagen schon einige Kartoffeln darin. Er hatte sich tatsächlich für die simple Grillvariante entschieden. Zwar konnte er ganz ordentlich kochen und hatte ein nettes Repertoire an Gerichten drauf, aber irgendwie war Grillen besonders archaisch und männlich. Bei dem Gedanken musste er über sich selbst lachen. Und auch darüber, wie hoffnungslos seine Versuche waren, sich rein freundschaftliches Interesse an Shona einzureden.

Er hatte klare Absichten an diesem Abend – und er war sich sicher, dass sie das auch wusste. Ihr kleiner Versprecher am Telefon vorhin – »Soll ich's dir besorgen?« – kam ihm eindeutig vor, auch wenn sie es vielleicht tatsächlich ganz unschuldig gemeint und aufs Einkaufen bezogen hatte. Er war gespannt, wie sich der Abend entwickeln würde, aber fest stand, dass er sich nicht noch einmal so blamieren würde wie vor Wochen in dem Pub in Inverness. Diese Schmach peinigte ihn immer noch, doch diesmal würde er es besser machen. Er fuhr sich mit einer Hand durch die feuchten Haare und hoffte, dass auch die letzten Reste Schafaroma durch den Abfluss gelaufen waren.

War er bereit für den Abend? Eindeutig! War er bereit für mehr? Da war er sich noch nicht sicher. Gestern waren sie sich einig gewesen, dass eine Beziehung für sie beide nicht infrage kam, aber heute hatten sie sich den ganzen Tag benommen wie frisch verliebte Teenager. Er fühlte sich so leicht und beschwingt wie selten zuvor in seinem Leben und beschloss, nicht zu verkopft an die Sache ranzugehen, sondern einfach mal zu genießen, was das Schicksal für ihn bereithielt. Über mögliche Komplikationen und Konsequenzen konnte er sich immer noch Gedanken machen.

Um Punkt sieben klingelte es an der Tür, und Kendrick merkte, wie sich neben seiner Vorfreude auch eine irrationale Nervosität breitmachte. War es doch zu früh? Zu groß? Zu bedeutsam? Doch nun konnte er keinen Rückzieher mehr machen – und einen Notfall würde er auf keinen Fall vortäuschen. Er hoffte, dass es an diesem Abend auch keinen geben würde. Kurz hatte er überlegt, ob er Notrufe zur Tierklinik umleiten sollte, aber dann hätte er dort Bescheid geben müssen, und danach stand ihm so gar nicht der Sinn.

Mit klopfendem Herzen ging er zur Tür und fand sich gleich darauf seinen Besuchern gegenüber. Shona sah zauberhaft aus! Sie trug eine Jeans und eine glänzende graue Wickelbluse, die einen spektakulären Einblick in ihr Dekolleté gewährte. Darüber hatte sie eine schwarze Lederjacke angezogen. Sie war kaum geschminkt, aber ihre vollen Lippen schimmerten verführerisch, und ihre grauen Augen leuchteten und wirkten heute Abend regelrecht stürmisch. Rechts und links neben ihr saßen die beiden Hunde, die stark verändert wirkten, und auf dem Rücken trug sie schon wieder diesen riesigen Rucksack, mit dem sie bereits gestern unterwegs gewesen war.

»Willst du doch bei mir einziehen?«, begrüßte er sie lächelnd und ließ die drei eintreten.

»Nein, aber ich habe dir etwas mitgebracht.« Sie stellte sich auf die Zehenspitzen, um ihm ein Begrüßungsküsschen zu geben. Das war eindeutig für die Wange gedacht gewesen, doch er war derart überrumpelt, dass er den Kopf drehte, sodass ihre Lippen auf seinen landeten. Es war nur ein winziger Moment, fast unbeholfen, aber es katapultierte ihn sofort zurück in die Abstellkammer, wo sie ihn so hungrig geküsst hatte, dass ihm kurz darauf völlig die Beherrschung abhandengekommen war. Erschrocken wich er einen Schritt zurück. So sollte das heute nicht laufen.

»Du hast mir etwas mitgebracht?«, fragte er stattdessen und hoffte, dass sie seinen inneren Aufruhr nicht mitbekam.

Shona ließ den unförmigen Rucksack von ihren Schultern gleiten und öffnete ihn. Sofort steckten die Hunde neugierig ihre Köpfe hinein, und sie hatte einige Mühe, die Biester zu vertreiben. Als Erstes überreichte sie Kendrick die Fressnäpfe, die sie ihr gestern geliehen hatte, gefolgt von einer großen Plastikdose mit Hundefutter. Dann richtete sie sich wieder auf. »Vielleicht füttern wir erst mal die beiden, damit sie mir nicht meine Überraschung ruinieren?« Täuschte er sich, oder wirkte sie auch ein bisschen verlegen und aufgeregt?

Kendrick nahm die Näpfe und die Dose mit dem Futter und ging voran in die Küche. Die war noch original von den Vorbesitzern.

»Wow, ist das hübsch hier!«, rief Shona begeistert. »So stellen sich Filmausstatter doch eine echte Landhausküche vor. Hast du die eingerichtet?«

»Natürlich nicht«, lachte er. »Die habe ich so übernommen. Aber ich finde sie auch schön, und wenn ich zu Hause bin, verbringe ich tatsächlich die meiste Zeit hier.« Er deutete auf den Küchentisch, auf dem sein Laptop und ein kleiner Laserdrucker standen. Außerdem stapelten sich dort die Patientenakten.

»Hast du kein Büro?«

»Theoretisch schon, aber ich bin noch nicht dazu gekommen, es einzurichten.« Er zuckte mit den Schultern. »Also pflege ich meine Patientenakten hier, schreibe Rechnungen – und was man halt sonst noch alles machen muss. Platz ist ja genug.«

Er füllte einen der Näpfe mit Wasser und stellte ihn in eine Wandnische, die von den Vorbesitzern unter Garantie ebenfalls als Hundefütterungsecke genutzt worden war. Aus den Augenwinkeln nahm er wahr, wie Shona sich mit einem staunenden Lächeln umsah. Es schien ihr zu gefallen, und das wiederum machte ihn unglaublich glücklich.

»Das Futter haben sie gut vertragen, oder?«, erkundigte er sich. In die verbleibenden beiden Schüsseln häufte er jeweils ein bisschen Reis und kippte dann etwas von dem Trockenfutter dazu. Darauf schlug er noch zwei Eier und garnierte das Ganze mit Gemüseresten, die er extra aufgehoben hatte. Orla und Higgins saßen wie Statuen vor ihm und ließen ihn nicht aus den Augen. »So, ihr Süßen, dann mal guten Appetit«, sagte er und stellte die gefüllten Näpfe in die Nische. Dann wandte er sich an Shona, die ihn mit großen Augen anstarrte. »Was ist? Habe ich etwas falsch gemacht?« Er fühlte sich von ihrem intensiven Blick leicht verunsichert.

»Nein. Ganz im Gegenteil …«, murmelte sie und räusperte sich dann. »Ist dir an den Hunden etwas aufgefallen?«

»Sie sehen viel besser aus als gestern. Hast du sie gebadet?«

»In meinem Minibad? Ich bin ja schon froh, wenn ich da allein unfallfrei duschen kann.« Sie lachte und schüttelte den Kopf. »Nein, ich hab sie in dem Tierladen zum Hundefriseur geschickt und sie hübsch machen lassen. Ich glaube, das hat ihnen auch gutgetan.«

»Bestimmt. Ich hätte damit vielleicht noch ein bisschen gewartet, bis sie sich vollständig eingelebt und an die neue Situation gewöhnt haben, aber ...« Er unterbrach sich abrupt. Wollte er ihr jetzt ernsthaft irgendwelche albernen und vor allem sinnlosen Vorhaltungen machen? Die Tiere sahen gut aus und machten einen ausgesprochen zufriedenen Eindruck. »Aber ich bin ein Idiot, der wieder in ein altes Verhaltensmuster zurückgefallen ist. Entschuldige bitte. Du hast das super gemacht, und ich bin mir ganz sicher, dass die beiden sehr froh sind, den Schmutz und die verfilzten Stellen los zu sein. Hast du denn sonst noch was für sie gekauft?«

»O ja! Zwei todschicke Betten, bei denen ich in Erwägung ziehe, sie für mich selbst zu nutzen, weil sie bequemer zu sein scheinen als mein eigenes. Zwei Halsbänder für jeden und jeweils einen Mantel. Außerdem natürlich Näpfe und noch ein bisschen anderen Kleinkram. Wahrscheinlich waren die Mäntel Unsinn, aber sie stehen ihnen verdammt gut.« Shona schaute ihn mit einem leicht verschämten Lächeln an.

»Irische Wolfshunde haben leider relativ oft Gelenkprobleme, was bei Kälte noch verstärkt wird. Insofern ist das bestimmt keine schlechte Investition gewesen.« Er wollte ihr auf keinen Fall wieder das Gefühl geben, dass sie eine unfähige Tierbesitzerin sei. Seine harschen Worte bei ihrer ersten Begegnung taten ihm in der Rückschau immer mehr leid. Shona hatte ein großes Herz für Tiere, und ihre

Zuneigung zu Nessie war vielleicht ein wenig fehlgeleitet, aber sicher nicht schädlich gewesen.

»Ich hoffe ja, dass sie keine Schmerzen haben, sondern die Mäntel nur ab und zu aus rein modischen Gründen tragen werden«, entgegnete sie leichthin, schielte aber besorgt zu den Tieren, die mit ihren Portionen schon fast fertig waren. »Außerdem habe ich noch schöne neue Halfter für meine Alpakas gekauft. Mein verrückter Vater baut mir übrigens eine richtig fette Stallanlage in meinen Schuppen. Wahrscheinlich können die vier spätestens am Wochenende bei mir einziehen. Platz hätte ich wohl für noch mal so viele.«

»Du könntest doch Alpakawanderungen anbieten«, schlug Kendrick vor. Die Idee war ihm spontan gekommen. Ähnliche Angebote gab es vereinzelt schon, und sie erfreuten sich wohl großer Beliebtheit. Er war sich sicher, dass Collum McDonald das als perfekte Ergänzung für Kirkbys touristisches Angebot betrachten würde, und für die Destillerie wäre es nette Werbung.

Shona sah ihn verdutzt an, dann brach sie in schallendes Gelächter aus. »Jetzt ist es offiziell! Du bist komplett in Kirkby angekommen und vollständig assimiliert.«

»Ich meine das ernst. Das wäre eine schöne Idee. Auch für die Tiere, dann hätten sie Beschäftigung. Und nach den Wanderungen füllst du die Gäste mit Whisky und Gin ab. Win-win-Situation.« Er grinste.

»Apropos Gin.« Shona nahm ihren Rucksack und stellte ihn auf den Tisch. Dann kramte sie ein bisschen darin herum und zog als Erstes eine Flasche ihres Gins hervor.

»Ein kleines Dankeschön für die Einladung zum Abendessen«, sagte sie und überreichte sie Kendrick.

»Vielen Dank.« Er freute sich tatsächlich darüber, fragte sich aber, was sie noch im Rucksack hatte, denn der voluminöse Beutel war weit davon entfernt, leer zu sein. Plante sie am Ende eine Übernachtung? *Das* wäre wirklich eine Überraschung.

»Gerne. Aber das war nur mein Höflichkeitsmitbringsel. Das hier ist mein eigentliches Geschenk.« Mit diesen Worten holte sie eine unförmige braune Papiertüte hervor, um die eine etwas zerknitterte Schleife gebunden war. Sie reichte ihm das Paket, und er hätte schwören können, dass ihre Hände leicht zitterten.

Seine blieben ruhig, aber innerlich bebte er. Was hatte sie vor? Und warum brachte sie ihm so ein großes Geschenk?

»Willst du es nicht aufmachen?«, fragte sie und klang nun eindeutig nervös.

»Doch, natürlich.« Er hatte Mühe, den Blick von ihr zu nehmen, aber dann zog er entschlossen die Schleife auf und öffnete die Tüte. Darin befand sich etwas Weiches, das er nicht gleich definieren konnte. Einen Augenblick später hatte er eine ordentlich gefaltete, grau-blau karierte Decke in der Hand. »Ein Plaid?«, fragte er überrascht.

»Falte es auf«, bat sie und biss sich auf die Unterlippe.

Kendrick tat, wie ihm geheißen, und als er das vermeintliche Kuschelteil ausschüttelte, fiel ein Halfter auf den Boden. Ein Pferdehalfter im gleichen Design wie die nagelneue Pferdedecke, die er in den Händen hielt.

»Ich habe meinen Tieren etwas Schönes gekauft, da habe ich mir gedacht, dass dein Azzedine auch etwas verdient hat – und seine olle Decke sieht wirklich verboten aus. Ich glaube, die stammt noch von meinem alten Pony«, plapperte sie los, ehe er auch nur ein Wort von sich geben konnte.

Shona hatte für sein Pferd eingekauft! Das war so herzzerreißend rührend, dass Kendrick für einen Moment nicht wusste, was er fühlen und wie er reagieren sollte. Er legte die Decke auf den Küchentisch, trat einen Schritt auf sie zu und umfasste ihr Gesicht mit beiden Händen. »Danke«, sagte er mit belegter Stimme und wunderte sich, dass er überhaupt einen Ton hervorbrachte. Dann beugte er sich zu ihr hinunter und küsste sie.

● ● ●

Shona dachte, ihr Herz würde stillstehen, als Kendrick sie mit der neuen Pferdedecke in der Hand fassungslos anstarrte. Fand er ihr Geschenk etwa anmaßend und übergriffig? Dabei hatte sie es doch nur gut gemeint und hatte ihm eine Freude machen wollen. Sie holte Luft, um ihm das zu erklären, doch da kam er zu ihr, strich ihr mit seinen großen, kräftigen und ein wenig rauen Händen über die Wangen und raunte: »Danke.« Und dann küsste er sie.

Und wie er sie küsste! Es war nicht so ein hungriger, gieriger, verschlingender Kuss wie damals in der Abstellkammer. Kein Kuss, der ungezügelte, wilde Leidenschaft versprach, der ein Vorspiel war und ein Kampf um Dominanz. Damit hätte sie umgehen können. Nein, dieser Kuss war atemberaubend zärtlich und ging tiefer, als sie es jemals erlebt hatte. Er umschlang ihr Herz und streichelte ihre Seele. Wie konnte das sein? Was hatte das zu bedeuten – und war es überhaupt möglich, solche Dinge zu empfinden? Sie verlor jedes Zeitgefühl, wusste nicht, ob ihre Verbindung Sekunden oder Äonen anhielt – vermutlich irgendwas dazwischen, aber es spielte auch keine Rolle, denn sie überließ sich einfach diesem hinreißend süßen Gefühl, das der aufmüpfige Teil ihres Unterbewusstseins als Liebe definierte. Liebe? Panik flackerte auf, aber nur ganz kurz, dann legte sich dieses rauschhafte, beglückende Empfinden wie eine weiche Decke über sie.

»Danke«, hauchte Kendrick erneut, als er den Kuss schließlich unterbrach.

Shona wusste nicht, was sie sagen sollte. Hatte keine Ahnung, worauf er seinen Dank bezog – auf die Pferdedecke oder den Kuss? Sie wusste nicht, was sie denken sollte, sondern sehnte sich nur nach mehr von dem betörenden Gefühl der Vollständigkeit, der Zusammengehörigkeit, das dieser Kuss erzeugt hatte.

Kendrick wirkte ebenfalls leicht desorientiert, und sein Blick war glasig, aber er bekam sich deutlich schneller in den Griff als sie. Er räusperte sich vernehmlich und fuhr sich mit einer Hand durchs Haar. »Wenn wir etwas essen wollen, dann sollte ich langsam mal an den Grill, sonst ist die Glut ruiniert.«

Das ernüchterte sie so weit, dass sie wieder klarer denken konnte. »Also müssen wir uns entscheiden, welche Glut ruiniert werden soll?« Sie kicherte leise über seinen verdutzten Gesichtsausdruck.

»Hast du denn keinen Hunger?«

»Doch. Unbeschreiblich großen sogar.«

»Du meinst das jetzt irgendwie zweideutig, oder?«

»Eigentlich nicht. Eigentlich meine ich es total eindeutig ...« Sie beobachtete voller Faszination, wie sein Adamsapfel bei ihren Worten zuckte, und war sich sicher, dass er genauso aufgewühlt war wie sie selbst. »Aber da du dir so viel Mühe gemacht hast, will ich deine Kochkünste auch angemessen würdigen.« Für alles andere war ja noch Zeit. Und sosehr sie auf der Stelle mit dem Küssen weitermachen wollte – und all dem, was zwangsläufig darauf folgen würde –, war die Vorstellung, sich etwas mehr Zeit zu nehmen, auch sehr verführerisch. Sie hatte es gestern Abend genossen, mit ihm zu sprechen, seine klugen Gedanken zu hören, seine Offenheit, seine Nähe zu erleben. Das alles war genauso anziehend wie seine weichen Lippen, seine fordernde Zunge und sein ganzer Körper.

»Bist du sicher?«, erkundigte er sich und schien ein wenig unschlüssig zu sein.

War sie sicher? Natürlich nicht. Das hier war völlig außerhalb ihres bisherigen Erlebnishorizonts. Wann hatte sie sich schon mal intensiver für einen Mann interessiert statt nur für seine horizontalen Fähigkeiten? Die Plaudereien beim Essen, in einem Club oder einer Bar waren doch immer sehr oberflächlich und, nun ja, zielorientiert verlaufen. Aber Kendrick wollte sie richtig kennenlernen. Wollte alles über ihn erfahren. Was ihn bewegte, was er mochte, was er im Leben noch so vorhatte. Einfach das ganze Paket. Insofern gab es doch nur eine Antwort: »So sicher wie selten zuvor.« Sie stellte sich wieder auf die Zehenspitzen, um ihm ein Küsschen auf die Wange zu drücken. »Was kann ich tun?«

»Nichts. Oder höchstens das Dressing mit dem Salat vermischen. Alles andere ist vorbereitet. Ich muss nur noch unser Essen grillen und die Kartoffeln aus der Glut retten.« Er lächelte sie an und wirkte mit einem Mal so glücklich, wie sie sich fühlte.

»Das klingt machbar«, lachte sie. »Was grillst du denn?«

»Weil ich nicht wusste, was du alles isst, habe ich Rindersteaks und Gemüsespieße vorbereitet. Nach Lammfleisch stand mir nach dem heutigen Tag nicht so der Sinn.« Er grinste und ging dann zum Kühlschrank, wo er, intensiv beobachtet von den beiden Hunden, zwei abgedeckte Platten hervorzog.

»Verständlich«, murmelte sie und fügte nach einem Blick auf die vier riesigen Steaks und die sechs appetitlichen Gemüsespieße stirnrunzelnd hinzu: »Erwartest du noch Besuch, oder hältst du mich tatsächlich für derart verfressen?«

»Quatsch. Auch wenn es beeindruckend war, wie du gestern die beiden Portionen Chicken Tikka Masala verputzt hast«, entgegnete er grinsend. »Ich verschätze mich nur immer beim Kochen. Ich bin es einfach nicht gewohnt, nur für mich allein oder für zwei Leute einzukaufen und zu kochen. Außerdem habe ich wirklich einen Riesenkohldampf. Die Schafe heute waren ein echter Knochenjob.« Er ging mit den beiden Platten auf seine Terrasse – gefolgt von den Hunden und Shona.

»Der Himmel sieht seltsam aus«, befand Shona und blickte zum Horizont. Es dämmerte, aber irgendwas braute sich da zusammen. Dunkle Wolken mit einem merkwürdigen Gelbstich.

»Ja, sieht nach einem Gewitter aus«, sagte er, schien aber nicht weiter besorgt zu sein.

»Der Wetterbericht hat nichts Derartiges angekündigt – und Gewitter in dieser Jahreszeit?« Sie schüttelte den Kopf.

»Der Wetterbericht hat auch das nicht angekündigt«, erwiderte er und überraschte sie mit einem erneuten intensiven Kuss, der sie atemlos machte. Und sie ihren Appetit auf Steaks und Salat überdenken ließ …

»Wenn du so weitermachst, werden wir das Fleisch an die Hunde verfüttern müssen«, keuchte sie, als er wieder von ihr abließ.

»Ich kann mich in deiner Gegenwart einfach nur schwer beherrschen«, bekannte er und platzierte dann beherzt Fleisch und Gemüse auf dem Rost. »Kümmerst du dich um den Salat? Und wenn du magst, kannst du dich auch ein bisschen im Haus umsehen. Ich brauche hier ein paar Minuten.«

Das war eine charmant verbrämte Ansage, dass sie aus seiner Reichweite verschwinden sollte, weil er ansonsten für nichts mehr garantieren konnte, dessen war sich Shona sicher. Sie zwinkerte ihm zu und verschwand hüftschwingend wieder im Haus. Dabei spürte sie ganz deutlich seinen Blick im Rücken. In der Küche mischte sie das Dressing mit dem Salat, danach ging sie mit der Schüssel ins angrenzende Wohnzimmer. Der große Raum gefiel ihr, auch wenn es insgesamt noch etwas unfertig wirkte. Ein modernes, gemütlich aussehendes Ecksofa stand vor dem offenen Kamin, in dem tatsächlich ein Feuer brannte. Was Kendrick damit wohl bezweckte? Sie stellte den Salat auf den Esstisch, der liebevoll für zwei Personen gedeckt war, aber locker Platz für eine Großfamilie bot. In der Küche von Harriswood House gab es einen ähnlichen Tisch, an dem sie in ihrer Kindheit viele Stunden verbracht hatte.

Sie schaute hinaus auf die Terrasse, wo Kendrick am Grill stand und angeregt mit den beiden Hunden plauderte. Natürlich antworteten die nicht, hörten aber andächtig zu, was er ihnen zu sagen hatte. Shona lächelte. Irgendwie passten die Wolfshunde viel besser zu ihm als zu ihr – und irgendwie erinnerten die zwei sie auch an Kendrick. Wie er konnten sie auf den ersten Blick ein wenig rau und abweisend wirken, aber genau wie er hatten sie seelenvolle Augen, die so viel Gefühl ausdrücken konnten, wie es Worte nur schwer vermochten. Sie schluckte, denn was Kendricks Blicke und seine Küsse ihr verraten hatten, war schwer zu verarbeiten. Vor allem nach dem gestrigen Gespräch. Waren sie sich nicht einig gewesen, dass sie beide nicht für eine Beziehung geeignet waren? Zumindest im Moment nicht?

Es war sonnenklar, dass er sie begehrte – ihr ging es umgekehrt genauso –, aber sie hatte mehr bei ihm erkannt. Eine Sehnsucht nach Liebe, ein tiefes Bedürfnis nach Zugehörigkeit, den Wunsch nach einer echten Partnerschaft. Bildete sie sich das am Ende nur ein? Oder waren es in Wirklichkeit ihre eigenen Träume, die sie nun auf ihn projizierte? Gedankenverloren strich sie mit der Hand über die hölzerne Tischplatte, die etliche Macken hatte und von einer langen Geschichte zeugte. Alles in diesem Haus schrie förmlich nach Familie – nach fröhlichen Kindern, nach Tieren, nach Liebe.

Shona verließ das Wohnzimmer und stand wieder im Flur. Ihr gegenüber war die Haustür, daneben vermutete sie ein Badezimmer und eine Toilette, und dann war da die alte Holztreppe, die in den Keller und in den ersten Stock führte. Sollte sie sich da auch einmal umsehen? Kendrick würde nichts dagegen haben, er hatte sie ja förmlich dazu genötigt, sich alles anzuschauen. Also stieg sie die Stufen hinauf und entdeckte vier Türen, die vom Flur abgingen. Alle waren geschlossen. Neugierig öffnete sie die erste und hatte ein geräumiges, aber leeres Zimmer vor sich. Hinter der zweiten Tür verbarg sich ebenfalls ein leerer Raum, dann folgten ein großzügiges, etwas altmodisches Bad und ein drittes leeres Zimmer. Schlief Kendrick etwa im Keller? Das konnte sie sich kaum vorstellen. Die Treppe führte noch eine Etage weiter nach oben, und gleich darauf fand sich Shona in einem Dachstudio wieder, das sie komplett umhaute.

Hier war also Kendricks Reich. Während das Erdgeschoss wohl vorwiegend den Charme der Vorbesitzer verströmte, war das hier oben Kendrick pur. An einer Schmalseite, direkt unter dem Dachgiebel, stand ein großes, sehr einladend wirkendes Boxspringbett, die Wand auf der gegenüberliegenden Seite war bis unters Dach von einem Bücherregal verdeckt, das recht ordentlich gefüllt war. Anscheinend las der gute Tierarzt gern. Aus irgendeinem Grund war ihr das wahnsinnig sympathisch, obwohl sie selbst gar keine so große Leseratte war. Doch wenn sie sich vorstellte, eingerollt in einem der beiden gemütlichen Sessel zu sitzen, die vor dem Regal standen, und bei prasselndem Regen in einem Buch zu schmökern, wurde ihr ganz warm ums Herz. Zwei Türen gingen von der Längsseite ab. Die eine führte in ein schickes Badezimmer, die andere in einen begehbaren Kleiderschrank, der höchstens zu einem Drittel voll war.

Wow! So etwas fand sie richtig cool, und sie beneidete ihre Schwester Isla glühend um deren Schrankzimmer. Bei Kendrick hätte sie so eine Extravaganz jedoch nicht vermutet und musste ihre vorherige Einschätzung prompt wieder zurücknehmen. Sie konnte einfach nicht glauben, dass er sich das selbst so eingerichtet hatte. Nicht in der Kürze der Zeit. Gestern hatte er ihr noch erzählt, wie schnell alles gegangen war nach der Trennung von seiner Ex-Freundin und dem Umzug nach Kirkby. Außerdem hatte er doch fast all sein Geld in die mobile Praxis gesteckt. Nein, auch das musste noch von den Vorbesitzern stammen. Mitten in diese Gedanken hinein erschallte von unten Kendricks Ruf. Das Essen war fertig.

Shona warf noch einen letzten Blick auf das eindeutig frisch bezogene Bett und lief mit einem Lächeln auf den Lippen die Treppen hinunter.

Das Essen war köstlich. Und eine Tortur. Denn Kendrick sparte nicht mit zweideutigen Nachfragen, wie ihr denn sein Haus gefalle und ob sie nicht doch bei ihm einziehen wolle. Im Grunde könne sie doch den ganzen ersten Stock für sich haben, oder?

»Das ist kein Haus für eine Wohngemeinschaft, das ist ein Haus für eine Familie«, stellte sie fest, als sie sich nach dem letzten Bissen die Lippen mit der Serviette abtupfte und sich betont entspannt zurücklehnte. Diese Geste war reiner Fake, denn entspannt war gar nichts an ihr.

Es dauerte etwas, bis er auf ihren Kommentar reagierte. Stattdessen verfütterte er das letzte Steak an die beiden Hunde, die aufmerksam, aber unaufdringlich auf ihre Chance gewartet hatten. »Lass uns jetzt nicht über die ideale Nutzung dieses Hauses sprechen«, bat er. »Es könnte sonst sein, dass ich Dinge sage, die dich noch schneller verjagen als die Vorhaltungen deiner Cousinen.« Er lächelte wehmütig.

Shona hatte eine recht präzise Vorstellung davon, in welche Richtung seine Aussagen gehen könnten, und sie musste ihm darin recht geben, dass dies nicht die Art von Gespräch war, die sie jetzt gerne führen wollte.

»Möchtest du ein Dessert?«, fragte er.

»Kommt drauf an …«

»Ich habe Vanilleeis und ein paar Kekse«, ergänzte er und begann mit einem Seitenblick auf die Hunde, das Geschirr zusammenzuräumen.

»Vielleicht später.« Shona stand auf und ging um den Tisch herum. »Viel lieber bekäme ich jetzt eine intensive Führung vom Hausbesitzer persönlich. Es gibt nämlich noch einige offene Fragen bei dieser prächtigen Immobilie.«

Sie fuhr mit einem Finger seinen Hals entlang und glitt dann tiefer. Etwa in Bauchnabelhöhe schnappte er sich ihre Hand und küsste sie.

»Lass uns schnell die Sachen wegräumen. Ganz traue ich den beiden nicht über den Weg.« Er schielte zu Orla und Higgins, die wie die fleischgewordene Unschuld neben dem Tisch saßen und ihn mit schräg gelegten Köpfen anschauten.

Shona antwortete nicht, sondern schnappte sich die Salatschüssel und die leere Fleischplatte und trug sie in die Küche. Kendrick folgte ihr mit den Tellern und dem Besteck. Rasch räumte er alles in die Spülmaschine und schloss die Terrassentür. »Da braut sich tatsächlich etwas zusammen«, murmelte er mit einem Blick auf den Himmel.

»Nicht nur da«, entgegnete sie und legte ihre Hand auf seinen Schritt. Die Beule war unübersehbar.

STÜRMISCHE NACHT

»DU BIST WIRKLICH ZIEMLICH direkt.« Er bedeckte ihre Hand mit seiner und presste sie noch ein bisschen fester gegen seine Erektion. Sein Penis hatte schon den ganzen Abend in den unterschiedlichsten Zuständen verbracht – entspannt war er keine Sekunde lang gewesen.

»Meiner Erfahrung nach ist es immer am sinnvollsten, wenn man seine Bedürfnisse deutlich artikuliert«, sagte sie mit einem erotischen Gurren in der Stimme. Ob sie das absichtlich tat oder ob es einfach passierte, wenn sie erregt war? Denn das schien sie zweifellos zu sein. Was auch immer der Grund war, er machte ihn unfassbar an.

»Willst du aufs Sofa oder lieber ins Bett?« Er hauchte ihr ein paar kleine Küsse auf den Hals und stellte erfreut fest, wie sie erschauderte. Egal, wie sie sich entschied, heute Abend würde er die Regie übernehmen, schließlich hatte er noch einiges gutzumachen.

»Lieber ins Bett, auf dem Sofa sind mir zu viele Zuschauer.« Ihr Atem ging schon ziemlich abgehackt.

Er sparte sich den Kommentar, dass sie damals im Pub nicht so besorgt gewesen war, was etwaige Zuschauer betraf. Stattdessen nahm er sie bei der Hand und lief mit ihr die Treppe hinauf.

»Wie findest du mein Reich?«, fragte er, als sie oben angekommen waren.

»Es ist großartig, aber die Details haben Zeit.« Sie war ein bisschen außer Atem – von den Treppenstufen?

»Bist du sicher? Ich habe eine Badewanne für zwei mit Massagedüsen.«

Das brachte sie für einen Moment aus dem Tritt. »Ernsthaft? Ich dachte, hier hat ein älteres Ehepaar gewohnt, dessen Kinder längst ausgezogen waren.«

»So war es auch. Aber auch ältere Menschen mögen komfortable Badezimmer.« Er zupfte an den Bändern ihrer Wickelbluse. Den ganzen Abend über hatte er sich vorgestellt, wie er sie öffnete und ihre zweifellos wundervollen Brüste freilegte.

»Und begehbare Kleiderschränke?« Okay, sie war immer noch bei der Architektur.

»Warum nicht? Das Bett ist aber nagelneu und praktisch noch jungfräulich.«

»Ist das so?«, fragte sie und wandte sich ihm wieder vollständig zu. »Dann sollten wir diesen bedauernswerten Zustand wohl schleunigst ändern.« Er hatte die Schleife ihrer Bluse inzwischen gelöst, und sie ließ das seidige Material über ihre Schultern gleiten.

Nun trug sie nur noch einen dunkelgrauen Spitzen-BH. Und ihre Jeans. Und ihre Sneaker. Also eindeutig zu viel Textilien für seinen Geschmack. Aber er hatte sich vorgenommen, sich heute Zeit zu lassen. Also beugte er sich zu ihr hinunter, strich ihr langes schwarzes Haar zur Seite und bedeckte ihren zarten Hals, die Schulter und das

Schlüsselbein mit sanften Küssen. Langsam arbeitete er sich zu ihren Brüsten vor, und sie stöhnte voller Lust, als er durch die Spitze hindurch an ihrem Nippel saugte. Mit den Händen tastete er sich zum Verschluss an ihrem Rücken vor und befreite sie aus dem verführerischen, aber stören-den Stückchen Stoff. Nun war es an ihm, geräuschvoll Luft einzusaugen. Der Anblick ihrer vollen, weichen Brüste sandte einen fast schmerzvollen Impuls an seinen Penis, der immer vehementer Freiheit forderte.

Shona schien ebenso ungeduldig zu sein, denn sie machte sich mit fahrigen Händen an seinem Gürtel zu schaffen.

»Keine Hektik«, knurrte er und schob ihre Hände wie-der weg. »Heute werde ich dafür sorgen, dass du so richtig auf deine Kosten kommst.«

»Ich bin mir sehr sicher, dass dir das gelingen wird. Aber dafür wäre es schön, wenn wir unsere Hosen loswerden könnten. Und die restlichen Klamotten. Und in dein jung-fräuliches Bett gehen könnten.«

»Solange du noch so viel quatschen kannst, machen wir gar nichts anderes als das!« Er zog sie so eng an sich, dass sie sich kaum noch bewegen konnte, und presste seine Lip-pen auf die ihren. Das mit dem Küssen hatte ja vorhin schon so gut funktioniert, und auch diesmal übernahm wie-der diese geheimnisvolle Macht das Ruder. So war es bereits in Inverness gewesen, als ein Kuss seine komplette Denk-und Handlungsfähigkeit außer Gefecht gesetzt hatte, und auch vorhin in der Küche. Er hatte schon immer gern ge-küsst, aber nie zuvor hatte er erlebt, dass nur durch die

Verbindung von zwei Mündern, das Spiel zweier Zungen, ganze Dialoge geführt werden konnten. Er hatte das Gefühl, durch diese Berührung alles von Shona zu erfahren und gleichzeitig alles von sich preiszugeben. Animalisches Begehren, zärtliches Verlangen, Sehnsucht, Hunger, Hingabe und so viel mehr, wofür er nicht im Ansatz die richtigen Worte hatte. Die Umgebung spielte keine Rolle mehr, auch Zeit und Raum nicht – sie waren in einem ganz eigenen, neuen Universum angekommen, zu dem niemand sonst Zutritt hatte.

Plötzlich lagen sie auf seinem Bett. Nackt. Ineinander verschlungen. Und Kendrick hatte nicht die leiseste Ahnung, wann sie sich ausgezogen hatten und wie sie dort gelandet waren, aber das war auch völlig egal. Diese neue Empfindungswelt fragte nicht nach dem Woher und Wohin, sondern riss ihn unwiderstehlich in einen immer tieferen Strudel der Lust. Undeutlich nahm er Keuchen und Stöhnen wahr, konnte aber nicht sagen, ob es von ihm oder von Shona stammte. Ihre Hände waren überall, doch seine Rechte befand sich plötzlich zwischen ihren Beinen. Zärtlich streichelte er über ihren glatten Hügel und glitt noch tiefer. Sie war heiß und unglaublich feucht – und sie rieb sich an seinen Fingern, die ihr wohl zu passiv erschienen. Gut, daran konnte er etwas ändern. Mit Zeige- und Mittelfinger drang er in sie ein und kreiste mit dem Daumen über ihre Perle. Er wollte unbedingt ihre Lust schmecken, aber ihr Mund hielt den seinen beschäftigt, und ihre Hände krallten sich in seine Haare. Er wusste nicht, wo er es zuerst spürte – an seinen Fingern oder an seinen Lippen –, aber zum ersten Mal in seinem Leben fühlte er mit vollkommener Sicherheit, wie ein Orgasmus eine Frau überrollte. Es war absolut magisch und das machte ihn in diesem Moment sogar glücklicher als ein eigener Höhepunkt.

Ohne den Kuss zu unterbrechen, hielt er Shona fest in den Armen, bis sie sich etwas beruhigt hatte und ihre Atmung sich langsam wieder normalisierte. Doch schon sehr bald begann sie sich wieder zu regen, tastete mit einer Hand über seine Brust und kratzte mit der anderen über seinen Rücken. »Kondom«, forderte sie entschieden. Zumindest interpretierte er ihren Laut an seinem Mund entsprechend. Er tastete auf seinem Nachttisch nach dem Päckchen, das er bereitgelegt hatte, und erneut überraschte sie ihn, indem sie es ihm abnahm, öffnete und das Kondom einen Augenblick später gekonnt über seinen Penis gestreift hatte. Sie hatte eindeutig mehr Erfahrung damit als er, doch er wollte sich nicht beklagen, denn ihre wissenden Hände massierten seinen steinharten, fachgerecht verhüllten Schwanz auf das Vortrefflichste und lotsten ihn dann an die Stelle, wo er am liebsten sein wollte.

Als er in sie eindrang, fühlte es sich wie Heimkommen an. Das Blut rauschte in seinen Ohren, und in einem Stoßgebet flehte er darum, dass er diesmal länger durchhalten würde. Er versuchte mit aller Macht, an die Schafe zu denken, denen er vor wenigen Stunden eine Wurmkur verpasst hatte, doch das süße, enge Gefühl ihrer heißen Vagina war so überwältigend, dass er nicht anders konnte, als in sie hineinzustoßen. Wieder und wieder.

»Schau mich an«, keuchte sie unter ihm und hielt seinen

Kopf in beiden Händen. »Schau mich an«, bat sie noch einmal, und da öffnete er endlich die Lider.

Was er in ihren Augen sah, raubte ihm endgültig den Verstand: Lust, Leidenschaft und … Liebe?! Er japste nach Luft, und sie schlang die Beine um seine Hüften, lud ihn noch tiefer in sich ein und zwang ihn zu einem schnelleren Tempo. Das würde er auf keinen Fall lang durchhalten. Doch plötzlich änderte sich ihr Blick, wurde glasig und unfokussiert, und ihr Mund formte sich zu einem lautlosen Oh. Dann krampften sich ihre Muskeln um seinen Penis zusammen, und sie kam erneut und mit einem gutturalen Schrei. Das war mehr, als er ertragen konnte. Ein weiterer Stoß, ein greller Lichtblitz, und er ergoss sich so heftig, dass er Sorge um das Kondom hatte. Und dann folgte ein heftiges Donnergrollen.

Es dauerte einen Moment, bis er den richtigen Zusammenhang herstellte. Blitz und Donner waren Naturereignisse draußen, die nichts mit dem unfassbaren Naturereignis auf seinem Bett zu tun hatten, auch wenn die Gleichzeitigkeit der Entladungen fast schon metaphysisch war.

»Wow«, keuchte Shona, als er schwer atmend von ihr herunterrollte. »Das war …« Ihr schienen ebenso die Worte zu fehlen wie ihm. Erneut zuckte ein Blitz, gleich darauf gefolgt von einem weiteren lauten Donner.

Hatte er alle Fenster geschlossen? »Ich seh mal eben nach den Hunden«, sagte er und schwang sich aus dem Bett. Rasch lief er die Treppe hinunter und schloss das noch offene Küchenfenster. Orla und Higgins schienen kein Problem mit Gewittern zu haben, denn sie lagen zufrieden schlafend auf seinem Sofa. Auch recht. Er schaute sich um – hier war alles in Ordnung. Dann blickte er an sich hinunter. Das Kondom hing immer noch an ihm, und er musste unwillkürlich grinsen. Nun ja, Prioritäten mussten sein. Er entsorgte es im Müll, säuberte sich rasch an der Küchenspüle und war schon fast wieder unterwegs nach oben, als ihn ein plötzlicher Impuls zurückhielt. Er holte eine Packung Eis aus dem Gefrierschrank, schnappte sich zwei Löffel und eine Flasche Wasser und lief dann zurück nach oben.

● ● ●

Shona hatte Mühe, die Ereignisse der letzten Minuten – oder waren es Stunden gewesen? – zu verarbeiten. Die beiden Orgasmen waren so unglaublich gewesen, dass ihr Körper immer noch wie elektrisch vibrierte. Aber vielleicht war es auch die energiegeladene Spannung, die in der Luft lag? Draußen grollte der nächste Donner, und Blitze erhellten das Dachstudio auf gruselige Art und Weise. Wie Kendrick es geschafft hatte, so schnell wieder so klar zu denken, war ihr schleierhaft, aber gleichzeitig war sie gerührt, dass er sich um die Hunde sorgte. Was streng genommen eigentlich ihr Job wäre.

Sie überlegte noch, ob sie ebenfalls aufstehen sollte, als sie eilige Schritte hörte, die die Treppe heraufkamen. Also kuschelte sie sich unter die Decke und lehnte sich an das gepolsterte Kopfteil des Bettes. Als Kendrick den Raum betrat, blitzte es erneut, und in dem kalten Licht sah er aus wie ein gemeißelter griechischer Gott. Ein Rachegott?

Nein, eher ein Sexgott. Sie schluckte, als er näher trat – splitternackt, mit einer Packung Eis und zwei Löffeln in der einen und einer Flasche Wasser in der anderen Hand. Er hatte einen wahnsinnig tollen Körper und strahlte in diesem Moment eine so große Sicherheit aus, dass sie sich allein bei seinem Anblick geborgen fühlte. »Geht's den beiden gut?«, fragte sie.

»Bestens. Sie liegen auf dem Sofa und schlafen. Und ich schulde dir ja noch ein Dessert.« Er reichte ihr die Eispackung und stieg dann zu ihr ins Bett.

»Ich hatte doch schon meine Nachspeise. Zwei sogar«, entgegnete sie kichernd und zuckte zusammen, als der nächste Donner krachte.

Kendrick rückte nah an sie heran und legte einen Arm um ihre Schultern. »Hast du Angst vor Gewittern?«

»Nicht, wenn du bei mir bist«, sagte sie und kuschelte sich an seine warme, solide wirkende Brust. Er roch so gut – nach einem herben Duschgel, frischem Schweiß und Sex. Am liebsten würde sie gleich noch eine Runde einlegen. Es gab so viel zu entdecken an ihm, so viel auszuprobieren, zu fühlen. Sie mochte Sex und hatte keine Schwierigkeiten damit, sich fallen und gehen zu lassen. Daher kam sie eigentlich fast immer auf ihre Kosten – auch bei flüchtigen Bekanntschaften. Aber dass sie von einem Mann nicht genug kriegen konnte, immer mehr wollte, das kannte sie nicht. Doch bei Kendrick war es so. Sie wollte ihn schmecken und fühlen und jeden Quadratzentimeter seines Körpers kennenlernen. Aber vielleicht war eine kleine Pause mit süßem Eis und noch süßeren Gesprächen auch keine schlechte Idee? Entschlossen entfernte sie den Deckel der Eisdose und leckte den süßen Schmelz ab.

»Gott, ich werde schon wieder hart, wenn ich dir nur beim Eisessen zusehe«, stöhnte er gespielt gequält, und sie grinste vergnügt.

»Das habe ich gehofft…« Sie drehte sich zu ihm und küsste ihn. Aber nur kurz, denn irgendwie fand sie es plötzlich viel aufregender, die nächste Runde noch ein bisschen hinauszuzögern. Also tauchte sie ihren Löffel in die cremige Eismasse und schob ihn sich in den Mund. Der nächste Löffel war dann für Kendrick.

»Du machst mich verrückt«, behauptete er, doch es klang eher vergnügt als erregt.

»Das mit dem Eis war deine Idee«, verteidigte sie sich.

»Meine Idee war ganz unschuldig, aber ich hätte es besser wissen müssen: An dir ist gar nichts unschuldig!«

»Hättest du es denn lieber unschuldig?«, fragte sie mit einem scheuen Augenaufschlag.

»Nein. Ich will es genau so, wie es ist.«

Ein Weilchen saßen sie schweigend nebeneinander und aßen das Eis – jeder in seine Gedanken versunken.

»Wünschst du dir eine Familie?«, wollte sie unvermittelt wissen und wunderte sich selbst darüber – woher kam das denn jetzt? Doch nein, eigentlich wunderte sie sich nicht. Das Haus sprach eine ganz deutliche Sprache, Kendricks ausgeprägte fürsorgliche Ader ebenfalls. Es erstaunte sie nur, dass die Frage keine Panik bei ihr auslöste. Was sie selbst betraf, hatte sie bislang nie darüber nachgedacht. Sie war so an die Rolle des Kükens gewöhnt gewesen, dass sie es nicht mal in Erwägung gezogen hatte, selbst zur Glucke zu werden. Dabei hatte sie es geliebt, in einer großen Familie aufzuwachsen, mit vielen Geschwistern, einem liebevollen Vater und zahlreichen Tanten, Onkeln, Cousins und Cousinen. War es ungewöhnlich, wenn man sich so was für seine Zukunft wünschte? Sicher nicht. War es ungewöhnlich, dass sie selbst sich urplötzlich eine eigene Familie vorstellen konnte? Das schon eher.

»Ja«, antwortete er schlicht. »Ich habe mir nie groß Gedanken darüber gemacht, denn es war für mich immer klar, dass ich auch mal eigene Kinder haben will. Das liegt wohl daran, dass ich es gar nicht anders kenne.« Er lächelte ein bisschen wehmütig. »Wie ist es mit dir?«

War das ein Gespräch, das man nach dem ersten Sex führen konnte? Egal, mit Kendrick lief ohnehin alles außerhalb von Shonas bisherigem Erfahrungshorizont ab, also konnte sie genauso gut ehrlich sein. »Ich habe bis vor Kurzem nie darüber nachgedacht. Vermutlich ist es aber so wie bei dir. Ich bin wahrscheinlich immer davon ausgegangen, dass ich selbst mal Familie haben werde – sobald ich erwachsen genug dafür bin.«

»Und? Bist du?«

»Keine Ahnung. Formal sicherlich. Aber bis vorgestern war ich es bestimmt nicht.« Sie schüttelte den Kopf. War es wirklich erst gestern gewesen, dass Kristie ihr so den Kopf gewaschen hatte? »Warum hast du eigentlich so ein großes Problem damit, deiner Schwester und deiner Ex-Freundin ihren Wunsch nach einem Kind zu erfüllen?« Sie sah aufmerksam zu ihm, und als er sich abwehrend verspannte, fügte sie hinzu: »Ich kann total gut nachvollziehen, dass du verletzt bist und dich immer noch betrogen fühlst. Aber gesetzt den Fall, Glenna wäre nicht deine Ex, sondern eine ganz andere Frau und sie und deine Schwester würden dich fragen, ob du sie bei ihrem Kinderwunsch unterstützen würdest. Wärst du dann auch noch so abgeneigt?«

Darüber musste Kendrick offensichtlich ein bisschen nachdenken, und Shona stellte sich selbst die Frage, wie sie reagieren würde. Wäre sie bereit, ihrer Schwester oder ihrer Schwägerin eine Eizelle zu spenden? Für die Antwort brauchte sie keine Sekunde. »Ich würde es sofort tun«, sagte sie.

»Was genau?«

»Falls Isla eine Eizellenspende bräuchte, würde ich es sofort tun. Ich weiß nicht, warum, aber ich glaube, dass es für viele Menschen wichtig ist, eigene Kinder zu haben, also mit den eigenen Genen und so. Und falls es bei Isla oder auch bei Colleen nicht klappen würde und ich ihnen dieses Geschenk machen könnte, warum nicht?«

»Aber könntest du mit dem Bewusstsein leben, dass dieses Kind, das als deine Nichte oder dein Neffe aufwächst, in Wirklichkeit dein eigenes ist?«, fragte er ungläubig.

»Ich denke schon. Zur Elternschaft gehört doch mehr als nur genetisches Material. Außerdem bin ich total gerne Tante. Aidan ist super, und auf das Baby von Colleen und Alex freue ich mich schon jetzt wie verrückt. Man kann die Kleinen verwöhnen und hat gleichzeitig nicht die volle Verantwortung. Außerdem kann man es den Kindern ja irgendwann auch mal sagen.«

»Klar, aber was, wenn ich nicht nur Onkel sein will, sondern ein richtiger Vater?«

»Dann, denke ich, ist das auch möglich. Das muss man halt gut abstimmen, sodass alle Beteiligten zufrieden sind. Es gibt doch dieses Sprichwort, dass es ein ganzes Dorf braucht, um ein Kind großzuziehen. Warum sollte ein Kind dann nicht auch drei Elternteile haben können?«

Kendrick starrte sie mit großen Augen und bis auf die Knochen verblüfft an, offensichtlich hatte sie seinen Denkhorizont gerade um ein bis zwei Dimensionen erweitert. »Du bist einfach unglaublich«, sagte er schließlich. »Und um deine erste Frage zu beantworten: Wenn Davinas Partnerin eine andere Frau wäre und die beiden sich sehnlichst ein Kind wünschen und mich um Hilfe bitten würden, ich glaube, ich würde auch nicht zögern.«

»Siehst du, da hast du deine Antwort. Dann geht es dir nicht ums Prinzip oder um deine Vaterrolle per se, sondern es ist tatsächlich nur gekränkte Eitelkeit im Spiel. Aber das ist doch schade. Warum willst du die beiden und dich selbst für etwas bestrafen, woran niemand die Schuld trägt? Und ganz ehrlich, Platz für ein Kind hättest du hier wirklich genug.«

»Würde es dich denn stören?«

»Was? Wenn du mit deiner Ex-Freundin ein Kind zeugst, das sie mit deiner Schwester großzieht und für das du auch die Vaterrolle übernehmen willst?« Er nickte, und sie zuckte mit den Schultern. »Warum sollte es? Ich mag Kinder. Und deine Kinder wären garantiert sogar besonders nett.«

»Ich möchte aber keine neue, vielversprechende Partnerschaft mit so einer Hypothek belasten«, sagte er mit gerunzelter Stirn.

»Also erstens finde ich nicht, dass Kinder eine Hypothek sind, und zweitens weiß ich nichts von einer vielversprechenden neuen Partnerschaft.« Sie grinste verschmitzt. »Wir haben gestern vereinbart, dass wir das mit einer Beziehung erst mal sein lassen.«

»Ich finde, es lässt sich super an, dieses Vorhaben«, gab er lakonisch zurück.

»Wieso? Ich bin nur an deinem Körper interessiert«, log sie schamlos und schmiegte sich an ihn, damit er merkte, wie interessiert sie wirklich war.

»Ich glaube dir kein Wort«, behauptete er, und sie seufzte.

»Okay, du hast recht. Ich habe keinen Schimmer, was das zwischen uns ist und was es werden kann. Ich hoffe, eine ganze Menge. Aber ich bin komplett ahnungslos, wie Beziehungen funktionieren, ob ich es kann oder ob ich es in den Sand setze. Lass uns bitte in Ruhe herausfinden, was sich zwischen uns entwickeln kann und wie. Doch egal, was am Ende dabei herauskommt, mit einem Kind hätte ich kein Problem. Und falls wir in ein paar Jahren beschließen, selbst welche zu bekommen, hätten wir ja schon ein Übungsobjekt, und unser Kind hätte einen großen Bruder oder eine große Schwester.« Shona setzte sich rittlings auf seinen Schoß, nahm sein Gesicht in beide Hände und sah ihn eindringlich an. »Kendrick, ich wünsche mir von ganzem Herzen etwas, das ich bis gestern noch nicht einmal in Erwägung gezogen hätte: Ich wünsche mir, mit einem

Menschen zusammen zu sein. Idealerweise für immer. Und ich wünsche mir, dass du dieser Mensch sein kannst. Aber egal, was aus uns wird, und egal, was ich will und fühle, es sollte keinen Einfluss auf deine Entscheidung bezüglich Glenna und Davina haben. Und wenn ich mir noch etwas wünschen dürfte?«

»Alles«, krächzte er, und in seinen Augen schimmerte es. Rührung? Tränen? Shona konnte es nicht erkennen, dafür war die Beleuchtung zu schummrig, und die ständigen Blitze machten es auch nicht leichter.

»Ich wünsche mir, dass wir für den Moment nicht mehr weiterreden, sondern uns besser kennenlernen.« Dann beugte sie sich zu ihm, legte ihre Lippen auf seine und hoffte, dass ihr Kuss und ihr Körper all das sagten, wozu sie mit Worten nicht in der Lage war. Das Gewitter hatte noch einmal einen Zahn zugelegt und nun auch noch Hagel zur Verstärkung mitgebracht, sodass Worte ohnehin jede Wirkung verloren hatten.

Die Hagelkörner hämmerten wie Gewehrschüsse auf das Dach, der Wind heulte und die Donnerschläge dröhnten, doch Shona nahm fast nichts davon wahr. Ihre Sinne waren nur noch auf ihre Innenwelt ausgerichtet – und auf Kendrick, der sie mit einer Urgewalt liebte, dass das Unwetter eigentlich beschämt hätte abziehen müssen.

Eine mittlere Ewigkeit später verzog sich der Gewittersturm draußen tatsächlich, und auch die Lustwellen in ihrem Körper ebbten langsam ab. Shona lag halb auf Kendrick, eine Wange auf seiner verschwitzten Brust, und sie lauschte seinem kräftig schlagenden Herzen. Sie wollte unbedingt etwas sagen, etwas, was dem eben Erlebten wenigstens ansatzweise gerecht wurde, doch die Worte wollten nicht kommen. »Ich …«, begann sie und brach dann wieder ab. Für ihre Gefühle gab es einfach nicht die richtigen Begriffe.

»Ich weiß, mir geht's genauso«, raunte ihr Kendrick ins Ohr. Seine Stimme klang, wie sie sich fühlte: satt, befriedigt, schläfrig – und dankbar.

Vielleicht musste sie auch gar nichts sagen? Vielleicht konnte sie es einfach dabei bewenden lassen, nah bei ihm zu sein? Kendrick angelte nach der Bettdecke und zog sie über sie beide. Sie kuschelte sich noch enger an ihn, und dann fielen ihr die Augen zu.

Sie driftete gerade in den Schlaf, als ein schrilles Geräusch sie wieder hochschrecken ließ, gefolgt von einem deftigen Fluch von Kendrick, der sie gleich darauf zur Seite schob und hektisch aus dem Bett sprang.

»Was ist los?«, fragte sie verwirrt und um Orientierung bemüht.

»Mein Handy«, entgegnete er knapp und tastete nach seiner Hose. »Wahrscheinlich ein Notfall.«

Shona rappelte sich hoch und knipste die Nachttischlampe an, doch Kendrick hatte sein Telefon bereits gefunden.

»Rupert?«, rief er, als er das Gespräch annahm. »Was ist passiert?«

Shona beobachtete Kendrick mit wachsender Anspannung. Er hörte aufmerksam zu, aber seine Gesichtszüge verhärteten sich von Sekunde zu Sekunde mehr.

»Verstehe. Ich bin in spätestens zehn Minuten bei dir«, sagte er und beendete das Gespräch.

»Was ist?«, wollte sie wissen, als er sofort begann, sich anzuziehen.

»Einige Pferde auf der Offenstallweide sind bei dem Unwetter in Panik geraten«, berichtete er knapp. »Sie sind durch den Zaun gebrochen und abgehauen.«

»Aber das ist ein massiver Holzzaun«, rief Shona und schlug sich vor Schreck die Hand vor den Mund.

»Genau – und deswegen dürften einige Tiere schwer verletzt sein. Ich muss sofort hin.«

»Ich komme mit«, beschloss sie spontan und sprang wie der Blitz ebenfalls aus dem Bett. Rasch war sie in Unterwäsche und Jeans geschlüpft. »Hast du vielleicht ein Shirt für mich? Ich glaube nicht, dass meine Bluse ...« Sie brauchte nicht weiterzusprechen, denn er hastete in seinen begehbaren Kleiderschrank und kehrte kurz darauf mit einem Langarmshirt zurück, das ihr zwar viel zu groß war, aber warm und trocken. Sie war froh, dass sie vorhin ihre Sneaker angezogen hatte und nicht etwa mit High Heels bei ihm aufgelaufen war. Sie schlüpfte in ihre Turnschuhe und war bereit.

Sie merkte, dass Kendrick angespannt war, doch nach außen blieb er ganz cool und ruhig. »Sollen wir die Hunde mitnehmen?«, fragte sie, als sie im Erdgeschoss angelangt waren und in ihre Jacken schlüpften.

»Nein, die lassen wir hier. Nicht dass die auch noch in Panik geraten und die Pferde noch mehr verunsichern«, bestimmte er, und ein Blick ins Wohnzimmer verriet ihr, dass

Orla und Higgins offensichtlich kein gesteigertes Bedürfnis hatten, sie in die immer noch regnerische Nacht hinaus zu begleiten. Die Wolfshunde lagen entspannt auf dem Sofa und hatten nur einmal kurz den Kopf gehoben.

● ● ●

Kendrick wusste nicht, ob es eine gute Idee war, Shona mitzunehmen, aber was sollte er tun? Rupert hatte sich extrem angespannt angehört, und das wollte bei dem souveränen Pferdemann wirklich etwas heißen, insofern hatte Kendrick keine Zeit mit Diskussionen verschwenden wollen. Außerdem konnten sie jede Hilfe dabei brauchen, die entlaufenen, verängstigten und womöglich verletzten Tiere einzufangen und zu versorgen. Vom Auto aus rief er in der Tierklinik an. Seine Zwillingsschwester Kyleen hatte Notdienst, und er informierte sie mit knappen Worten über das Unwetter und darüber, dass womöglich ein größerer Einsatz bevorstand. Sie versprach, das Team in Alarmbereitschaft zu versetzen und auf Abruf Kollegen raus aufs Land zu schicken.

»Den Tieren in den Ställen ist aber nichts passiert?«, fragte Shona nach, als er das Gespräch beendet hatte.

»Denen geht es gut«, beruhigte er sie. Zumindest hatte Rupert nichts Gegenteiliges erwähnt, und er hoffte das Beste. Er hatte schon Pferde erlebt, die sich in grenzenloser Panik auch in ihrer Box schwer verletzt hatten. Für ein Fluchttier konnte so ein Stall manchmal wie ein Gefängnis wirken. Er wollte gar nicht daran denken, dass Azzedine etwas passiert sein könnte.

Zeitgleich mit ihnen kamen Marlin und Alex angefahren, die Rupert ebenfalls alarmiert hatte, und auch Kristie und Hailey waren bereits eingetroffen. Rupert wirkte gefasst, als er der Truppe in knappen Worten die Lage beschrieb: »Acht Tiere sind im Stall, sieben sind geflüchtet. Alice ist am Stall und hält die verbliebenen in Schach. Der Zaun sieht übel aus. Mindestens ein Tier muss versucht haben, die Planke zu durchbrechen. An einer Stelle ist es ihnen dann geglückt, auch wenn ich keine Vorstellung davon habe, wie genau. Ich habe Blutspuren entdeckt und rechne damit, dass ...« Nun versagte seine Stimme doch.

»Wir finden sie«, versicherte Kendrick, und Marlin nickte mit grimmigem Gesichtsausdruck.

»Gandalf?«, erkundigte sich Alex vorsichtig nach dem Pony seines Sohnes.

»Der ist im Stall, und es scheint ihm gut zu gehen«, antwortete Rupert, und Alex atmete hörbar aus.

»Okay, dann schwärmen wir mal aus«, schlug Marlin vor. »Immer in Zweiergruppen.«

Rupert nickte. »Habt ihr alle eure Telefone dabei? Und Taschenlampen?«

»Ziehen wir auch los, oder warten wir, bis ein verletztes Tier kommt?«, fragte Shona Kendrick.

»Wir gehen erst einmal zum Offenstall und schauen uns dort um«, beschloss er.

Wieder nickte Rupert bestätigend. »Ich habe auch Heather und George angerufen«, sagte er. »Die sind unterwegs und bringen ihre Hunde mit. Bleibt ihr also erst mal beim Offenstall.«

»Die anderen Tiere sind okay?«, wollte Kendrick wissen und wies mit dem Kinn auf die großen Stallanlagen.

»Ich bin einmal kurz durchgelaufen – sah gut aus«, bestätigte Rupert. »Marlin, Alex – wollt ihr euch den Wald vornehmen? Kristie und Hailey, ihr könnt zunächst zum See laufen.«

»Sollen wir vielleicht reiten?«, schlug Alex vor. »Damit könnten wir schneller ein größeres Gebiet absuchen, und vielleicht sind die Tiere bei Artgenossen nicht so nervös wie bei Menschen?«

»Es ist zu dunkel«, bestimmte Rupert. »Da ist mir das Verletzungsrisiko zu hoch. Vor allem weil es immer noch blitzt und donnert und auch die nervenstärksten Pferde in Panik geraten können. Nein, wir machen das zu Fuß.«

Alle machten sich in der ihnen zugewiesenen Richtung auf die Suche. Rupert begleitete Shona und Kendrick zum Offenstall.

»Hast du die Besitzer schon informiert?«, fragte ihn Kendrick. Die meisten Offenstallpferde gehörten Leuten aus dem Ort. »Vielleicht reagieren die Tiere besser auf ihre Besitzer?«

»Guter Gedanke.« Rupert nickte. »Ich muss aber erst sicher sein, welche Pferde fehlen, dann klingle ich die Leute aus dem Bett.«

»Ich kann das übernehmen«, bot Shona an, und zum ersten Mal schien Rupert aufzufallen, dass auch seine jüngste Nichte anwesend war.

»Danke, Schätzchen, das ist lieb. Aber lass uns erst einmal schauen, wie die Lage ist.«

Sie waren bei der Offenstallweide angekommen, und Kendrick war wirklich erschrocken darüber, wie der Zaun aussah. Er wirkte, als sei eine Elefantenherde dagegengerannt, und Kendrick mochte sich gar nicht ausmalen, wie panisch die Tiere gewesen sein mussten. Er leuchtete mit seiner Taschenlampe am Boden und an den zerstörten Holzbalken entlang und entdeckte Blut. Verdammt viel Blut.

»Weiß die Klinik Bescheid?«, erkundigte sich Rupert, der seinen Blick aufgefangen hatte.

»Ja, die sind in Alarmbereitschaft.« Kendrick atmete ein paarmal tief durch. Es half nichts, wenn er sich das maximal dramatische Szenario ausmalte, er musste die Dinge so nehmen, wie sie waren. Eines nach dem anderen – und er würde mit allem irgendwie fertigwerden.

»Hier ist alles ruhig«, empfing sie Alice mit zitternder Stimme, als sie zum Offenstall kamen. Acht Pferde und Ponys standen an den Heuraufen und wirkten einigermaßen gelassen.

Kendrick bemerkte, dass nicht nur Rupert die Reihe musterte, sondern auch Shona.

»Spikey fehlt«, rief sie und riss schockiert die Augen auf.

»Spikey?«, fragte Kendrick.

»Das ist das alte Shetlandpony, auf dem fast alle Fraser- und Stewart-Kinder das Reiten gelernt haben«, erklärte Alice traurig und nahm Shona in die Arme.

»Okay, außer Spikey fehlen noch sechs weitere Tiere«, fasste Rupert zusammen. »Lasst uns die Besitzer durchtelefonieren.«

»Ich mach das mit meinem Handy, damit du erreichbar bist«, sagte Shona und ließ sich die Nummern geben.

Kendrick betrat derweil den Stall und sah sich die acht Tiere genauer an. Ein Pferd hatte einen tiefen Kratzer an der Flanke, aber ansonsten schienen sie fit zu sein. Ob sie lahmten oder vielleicht Prellungen hatten, konnte er unter diesen Bedingungen nicht feststellen, aber das hatte Zeit bis morgen. Für den Moment machten sie einen entspannten Eindruck und fraßen Heu, was immer ein gutes Zeichen war. Trotzdem war Kendrick von Unruhe und einer Vorahnung geplagt, die es ihm schwer machte, an Ort und Stelle zu bleiben. Während Shona und Rupert telefonierten, ging er erneut zum Zaun und leuchtete mit seiner Taschenlampe den Boden ab. So viel Blut. So verdammt viel Blut! Er wusste, dass Adrenalin alle Säugetiere in Notsituationen zu Ausnahmeleistungen anspornen konnte, und verletzte Pferde konnten in nackter Panik meilenweit laufen, ehe der Kreislauf versagte und sie zusammenbrachen. Aber irgendwie glaubte er nicht daran, dass es in diesem Fall so abgelaufen war. Wer auch immer so viel Blut verloren hatte, war noch ganz in der Nähe.

Die meisten Hufabdrücke führten zunächst in gerader Linie von der Weide weg, doch die Blutspur machte eine abrupte Rechtskurve in Richtung einer Senke, in der vor allem junge Nadelbäume und Beerensträucher wuchsen. In der Dunkelheit konnte er nicht viel weiter sehen als zwei Meter und kam entsprechend langsam voran.

Hinter sich hörte er plötzlich Hufgeklapper und Stimmen. Er drehte sich um und konnte schemenhaft erkennen, wie Hailey und Kristie mit vier Tieren zum Offenstall liefen. Er trat auf sie zu. »Alles klar bei euch?«

»Ja, die standen am Loch Leary und haben gegrast«, sagte Hailey kopfschüttelnd.

»Sind sie in Ordnung?«, fragte er.

»Auf den ersten Blick ja.«

»Dann bringt sie mal zum Stall, und kommt dann bitte mit Shona, eurem Dad und meiner Arzttasche wieder hierher. Ich glaube, ich habe eine Spur.« Er leuchtete auf den Boden und zeigte den beiden Frauen das viele Blut.

»Scheiße«, murmelte Hailey, und Kristie zog heftig die Luft ein. Dann gingen sie rasch mit den Pferden zum Stall.

Kendrick überlegte, ob er seine Spur allein weiterverfolgen sollte, doch dann entschied er, dass es vermutlich keinen Unterschied mehr machte, ob er noch ein paar Minuten auf die anderen wartete, zumal er ohne seine Ausrüstung ohnehin nichts tun konnte. Und das, was er tun konnte … Nein, nicht daran denken. Einen Schritt nach dem anderen.

Kurze Zeit später waren Hailey, Kristie, Shona und Rupert aber auch schon an seiner Seite, und wortlos machten sie sich in Richtung der Senke auf den Weg. Als sie sich näherten, erkannten sie die Silhouette eines großen Pferdes.

»Das ist Minnie Mouse«, erklärte Rupert leise und ging zu dem Tier, das sehr aufgeregt wirkte. »Alles gut, meine Schöne«, sagte er tröstend und tätschelte der Stute den Hals.

Kendrick kam vorsichtig näher. Dass das Tier stand, war

schon mal ein gutes Zeichen. Er leuchtete mit der Taschen-lampe und konnte keine offene Wunde entdecken. Aller-dings hatte die mächtige Clydesdale-Stute eine deutliche Schwellung im Brustbereich. »Sieht so aus, als wäre sie mit voller Wucht gegen den Zaun gerannt«, murmelte er, und Rupert nickte. »Aber sie war es nicht, die ihn durchbrochen hat.«

»Spikey!«, rief Hailey plötzlich entsetzt. »O mein Gott, Spikey!«

Kendrick hastete in die Richtung, aus der der Schrei ge-kommen war. Hailey, Kristie und Shona knieten um ein kleines braunes Pony herum, das reglos auf der Seite lag. Kendrick konnte eine klaffende, tiefe Wunde an der Brust erkennen und ein offensichtlich mehrfach gebrochenes Vorderbein, das in einem unnatürlichen Winkel abstand.

»Kannst du ihm helfen?«, fragte Shona mit Tränen in den Augen und einem herzzerreißenden Flehen in der Stimme. Kristie und Hailey sahen ihn mit dem gleichen Gesichtsausdruck an.

Kendrick schüttelte den Kopf. Da musste er nicht ein-mal eine gründliche Untersuchung vornehmen, und den Frauen war das im Grunde auch klar. Er konnte das alte Pony nur noch von seinem Leid erlösen.

Während er die Spritzen und die Infusion mit dem Nar-kosemittel vorbereitete, kniete sich Hailey so hin, dass sie Spikeys Kopf auf ihre Knie betten konnte. Kristie und Shona saßen daneben, streichelten das Tier und raunten ihm tröstende Worte ins Ohr. Kendrick gab dem Pony zu-nächst ein Beruhigungsmittel, wobei das vermutlich gar nicht mehr nötig gewesen wäre. Danach schloss er die Infusion für die Narkose an eine Vene an. Es dauerte nicht lang, da fielen Spikey die Augen zu, und Kendrick spritzte das hoch dosierte Betäubungsmittel. Nach wenigen Minuten war es vorbei. Er konnte keinen Puls mehr spüren und mit dem Stethoskop auch keine Herz- und Lungengeräusche hören. Die drei Frauen hielten einander in den Armen und weinten hemmungslos um das Tier, auf dem sie allesamt reiten gelernt hatten und das Generationen von Kindern ein treuer Freund gewesen war.

Kendrick wollte Shona trösten, aber sie klammerte sich an ihre Cousinen, und er wollte nicht stören, weil er ahnte, dass es bei den dreien um mehr ging als um die Trauer um ihren Kinderfreund. Also kehrte er leise zu Rupert zurück, der ein paar Meter entfernt mit Minnie Mouse am Rand der Senke stand und ihn fragend ansah.

»Wenn du meine Theorie hören willst, war es so, dass die meisten Pferde in Panik über den Zaun gesprungen sind«, begann Kendrick. »Spikey hat es vermutlich auch probiert, aber natürlich nicht geschafft. Ich schätze mal, als er zum Sprung angesetzt hat, wollte Minnie Mouse ebenfalls abspringen und ist dann mit voller Wucht gegen ihn und den Zaun geknallt. Das würde die Verletzungen erklären.« Er schüttelte den Kopf. »Wir sollten sie unbedingt in die Klinik schaffen. Es könnte sein, dass sie innere Verletzungen hat oder gebrochene Rippen.« Instinktiv kontrollierte er Atmung und Herztöne. »Momentan scheint sie aber einigermaßen stabil zu sein.«

»Was ist mit Spikey?«, fragte Rupert mit rauer Stimme.

»Er hatte keine Chance«, entgegnete Kendrick. »Ich hab's ihm nur ein bisschen leichter gemacht. Wie alt war er denn?«

»Fast fünfunddreißig Jahre. Hailey und Isla waren die ersten Kinder, die auf ihm reiten gelernt haben, und nach ihnen das halbe Dorf.« Rupert schüttelte traurig den Kopf. »Er hatte ein gutes Leben, aber so ein Ende ...«

»Ich weiß«, sagte Kendrick leise und spürte plötzlich jemanden an seiner Seite. Er drehte sich um und zog Shona in seine Arme. So traurig alles war, so froh war er, sie zu fühlen, sie bei sich zu wissen. »Es tut mir so leid«, raunte er in ihre regenfeuchten Haare.

»Mir auch. Aber es ist gut, dass du da bist«, schluchzte sie leise gegen seine Brust.

»Ich bin immer da, wenn du mich brauchst«, versprach er ihr. Schon seltsam, wie nahe Glück und Trauer manchmal beieinanderlagen, dachte er und nahm sich vor, die glücklichen Momente nicht mehr fahrlässig aufs Spiel zu setzen. Nie wieder.

Kurz darauf kamen Alex und Marlin mit dem letzten vermissten Pferd zurück, das sie im Gemüsegarten von Alice entdeckt hatten. Es schien unverletzt zu sein. Das Unwetter hatte zwar fast vollständig nachgelassen, doch Rupert wollte die Pferde nicht auf der Offenstallweide lassen, solange der Zaun nicht repariert war. Also brachten sie alle Tiere zunächst in die Reithalle, wo Kendrick sie bei gutem Licht gründlich untersuchen konnte. Die meisten waren mit dem Schrecken oder ein paar Schrammen davongekommen, nur

Minnie Mouse und ein Ponywallach waren offenbar schwerer angeschlagen. Als die Besitzer der beiden eintrafen, arrangierte Kendrick eine ausführliche Untersuchung in der Tierklinik. Marlin übernahm den Transport und fuhr die Pferde und ihre Besitzer nach Inverness.

Gegen sechs Uhr morgens war die Lage so weit unter Kontrolle, dass Kendrick wieder durchatmen konnte. Erstaunlicherweise hatte es die ganze Zeit über keine weiteren Notrufe gegeben. Anscheinend war das Gewitter nur ganz lokal so heftig gewesen, sodass sonst niemand betroffen war. Er sah, wie sich Shona herzlich von Kristie verabschiedete, die dringend in ihre Backstube musste. Offensichtlich war bei den Cousinen wieder alles in Ordnung.

»Sollen wir mal nach den Alpakas und Azzedine schauen?«, fragte er sie, als sie wieder zu ihm kam.

»Das wollte ich auch gerade vorschlagen.«

Als sie den Stall betraten, war alles friedlich. Die drei Zirkusalpakas Petunia, Hamish und Alvarez lagen gemütlich wiederkäuend in ihrer Box. Nebenan bot sich ein ähnliches Bild: Azzedine und Nessie lagen ebenfalls im Stroh und schienen die nächtliche Aufregung bestens überstanden zu haben. »Gott sei Dank«, murmelte Kendrick und fühlte, wie ihm ein Stein vom Herzen fiel. Die Tiere waren derart entspannt, dass sie nicht einmal aufstanden, als Shona in die Box schlüpfte und sich zwischen Pferd und Alpaka kniete – hin- und hergerissen, wen sie zuerst herzen und streicheln sollte.

»Ich bin so froh, dass es euch gut geht«, sagte sie und sprach damit aus, was Kendrick dachte.

»Ich auch.« Er gähnte herzhaft. »Ich schätze mal, die fünf wollen noch ein bisschen ihre Ruhe. Sollen wir nach Hause fahren und die Hunde retten? Und dann vielleicht selbst noch ein Stündchen oder zwei schlafen?«

ALPAKALIEBE

DAS LEBEN WAR MANCHMAL seltsam. Manche Veränderungsprozesse dauerten ewig und kratzten doch nur am Lack, andere vollzogen sich beinahe über Nacht und waren tief und nachhaltig.

Drei Wochen nach der dramatischen Gewitternacht stand Shona in der ehemaligen Malzscheune ihrer Destillerie, die jetzt offiziell ein Alpakastall war, und sah mit feuchten Augen in eine der beiden kleineren Boxen. Dort standen Paula und ihr neugeborenes Fohlen Stella. Vor einer Woche hatte sich eine Tierschutzorganisation aus Inverness bei Kendrick gemeldet, die ein neues Zuhause für vier in Not geratene Alpakas suchte und wissen wollte, ob er helfen könne. Natürlich konnte er, denn dank des deutlich überdimensionierten Stalls in Shonas Scheune, den Marlin inzwischen fertiggestellt hatte, gab es in Kirkby reichlich Platz für noch mehr Alpakas. Und so waren Ringo, Georgia, Joanna und Paula in die *Golden Alpaca Distillery* eingezogen. Paula hatte gestern ihr Fohlen bekommen, und die Kleine entwickelte sich prächtig.

Damit war Shona nun offiziell Besitzerin von neun Alpakas, die, wie sie seit heute wusste, mehr zu tun haben würden, als nur flauschige Maskottchen ihrer Destillerie zu sein. Alpakawanderungen standen hoch im Kurs, und die würde sie ab der kommenden Saison in Kirkby anbieten. So hatte sie es heute offiziell mit Bürgermeister Collum vereinbart. Vorhin war auch noch die Dorfärztin Annabel da gewesen – ebenfalls in Alpakamission. Sie hatte gehört, dass die zutraulichen Kleinkamele auch als Therapietiere ideal eingesetzt werden konnten, und wollte sich auf diesem Gebiet weiterbilden. Die kleine Herde würde sich Kost und Logis also selbst erarbeiten und verdienen.

Wenn Shona an die vergangenen Monate zurückdachte, konnte sie es nicht fassen, welch abrupte Wendung ihr Leben genommen hatte. Vor einem Jahr hatte sie noch in London gelebt und gearbeitet – ihr Hipsterleben aber immer weniger genossen. Im Dezember war sie dann mit dem damals noch unausgegorenen, aber festen Plan, eine eigene Destillerie zu eröffnen, wieder nach Kirkby heimgekehrt. Die Destillerie ließ sich gut an, was aber vor allem an ihrem Alpaca-Thistle-Gin lag, den sie zunächst nur als Verlegenheitsprodukt aufgelegt hatte. Sie hoffte jedoch, dass ihr Whisky in einigen Jahren ebenso erfolgreich sein würde.

»Kommt, ihr Süßen, wir müssen noch Azzedine besuchen und dann nach Hause«, sagte sie zu Orla und Higgins, die heute beide mit ihr unterwegs waren. Das war längst keine Selbstverständlichkeit mehr, denn die Wolfshunde hatten sich ebenso heftig in Kendrick – und sein Sofa! – verliebt wie sie selbst, und oft genug wurde er seitdem von einem der Hunde oder beiden auf seinen Touren in der Umgebung begleitet. Heute war er aber ganz früh am Morgen nach Edinburgh gefahren und hatte sie nicht mitnehmen können. Shona sah auf die Uhr. Sie musste sich beeilen, um rechtzeitig nach Hause zu kommen.

»Zu Hause« war seit drei Wochen Kendricks Cottage. Nach der stürmischen Nacht war sie einfach geblieben. Ja, es war verrückt, aber es fühlte sich verdammt gut und richtig an, und seltsamerweise auch so, als hätte dieses Haus nur auf sie gewartet. Natürlich konnte sie nicht sagen, was die Zukunft bringen würde, ob es zwischen Kendrick und ihr auch langfristig funktionieren würde, aber andererseits – wo gab es schon Sicherheit? Sie hatten beschlossen, sich aufeinander einzulassen, solange es sich für beide gut anfühlte, und Shona hoffte von Tag zu Tag mehr, dass das sehr lange sein würde. Für immer am besten.

In Ruperts Stall herrschte noch einiger Betrieb. Hailey kam gerade mit ihrer temperamentvollen Stute Airgead von einem Ausritt zurück, rotwangig und bestens gelaunt.

»Na, besucht ihr noch Azzedine?«, fragte sie, als sie sich aus dem Sattel schwang.

»Ja. Nicht dass er sich noch zurückgesetzt fühlt vor lauter Alpakas.« Shona grinste. »Ich kann es echt kaum erwarten, ihn zu reiten.«

»Er macht sehr gute Fortschritte, und wenn du willst, können wir es am Wochenende mal versuchen«, entgegnete ihre Cousine lächelnd und folgte Shona nach drinnen.

Azzedine war inzwischen in den Stall der Reitpferde umgezogen und genoss den Trubel sichtlich. Er hatte die Box neben Tilly, Colleens Pferd, bezogen und sich schon eng mit der hübschen Fuchsstute angefreundet. Shona war in den letzten Jahren kaum geritten. In London hatte sie keine Gelegenheit dazu gehabt, und eigentlich hatte sie es auch nicht sonderlich vermisst. Auch seit sie nach Kirkby zurückgekehrt war, hatte sie nur selten auf einem Pferd gesessen. Doch seit ihr Kinderpony Spikey gestorben war, wuchs in ihr seltsamerweise wieder die Lust aufs Reiten.

»Azzedine braucht eine Reiterin«, hatte Kendrick ihr am Tag nach der Gewitternacht gesagt. »Und du wärst perfekt für ihn. Ich wusste schon, dass du die Richtige für ihn bist, ehe mir klar war, dass du auch die Richtige für mich sein könntest«, hatte er ihr mit dem unwiderstehlichen Lächeln gestanden, das er seit einiger Zeit ständig zeigte und das ihm so viel besser stand als sein grimmig-strenger Tierarztblick. Doch noch musste sich Shona ein wenig gedulden. Hailey trainierte mit Azzedine und schulte das ehemalige Rennpferd zum Freizeitpferd um.

»Schaut ihr euch nachher auch das Finale im Fernsehen an?«, rief Shona von der Box aus zu Haley hinüber, die Airgead in deren Unterkunft gegenüber versorgte.

»Das ist ja wohl Ehrensache! Ich glaube, Collum hätte am liebsten ein Public Viewing in der alten Schule organisiert, aber das hat ihm Colleen in letzter Sekunde ausgeredet.«

»Ich bin so gespannt, wie es ausgeht. Isla hat zwar behauptet, dass ihr das Ergebnis egal ist, aber ganz nehme ich ihr das nicht ab«, sagte Shona. Sie selbst war nämlich total aufgeregt.

»Es ist doch schon mega für sie, dass sie ins Finale gekommen ist. Ihr Restaurant ist offiziell unter den drei besten von Großbritannien und Irland – das ist schon verdammt groß«, entgegnete Hailey. »Außerdem wette ich, dass sie ihren zweiten Stern bekommt, da ist das Ergebnis dieser Fernsehshow doch wirklich zweitrangig, oder?«

Shona zuckte mit den Schultern. Vermutlich hatte Hailey recht, aber trotzdem wünschte sie sich, dass ihre Schwester diese Kochshow für sich entscheiden würde. Sie hatte es einfach verdient. »Egal, was dabei rauskommt, wenn sie und Jon übermorgen wieder hier sind, wird es eine große Party geben!« Die hatte Shona zusammen mit Colleen, Collum und Kristie bereits organisiert.

»Da wird wieder das ganze Dorf auftauchen«, mutmaßte Hailey lachend.

»Das ist ja wohl auch das Mindeste«, murmelte Shona gegen Azzedines Hals und kraulte ihn am Mähnenkamm, was er sichtlich genoss. Dieses Pferd war derart freundlich und zutraulich, dass ihr jedes Mal das Herz aufging. Er hatte sich toll eingelebt und war hier nun ebenso zu Hause wie die Wolfshunde, die Alpakas – und sie selbst. Ein verdammt gutes Gefühl.

»Ich bin wirklich froh, dass alles so gut ausgegangen ist«, sagte Hailey plötzlich direkt neben ihr.

»Du meinst, mit Azzedine?«

»Auch. Ich meine alles hier. Und vor allem meine ich dich und Kendrick – und dass unsere Freundschaft nicht kaputtgegangen ist, wegen … du weißt schon.«

»Wie oft soll ich es noch sagen? Ich werde Kristie und dir ewig dankbar sein, dass ihr mir den Kopf gewaschen habt. Ich habe das gebraucht. Genau an diesem Tag und genau in dieser Heftigkeit.« Shona zog ihre Cousine kurz in die Arme. »Danke! Aber jetzt muss ich heim.«

Sie verabschiedete sich rasch von Hailey und ihrem Pferd und spazierte dann mit den Hunden ins Dorf zurück. Ob Kendrick schon wieder zu Hause war? Er hatte am frühen Nachmittag nur eine kurze Textnachricht geschickt, dass alles erledigt sei und er sich auf den Heimweg machen würde. Seitdem hatte sie nichts mehr von ihm gehört. Als sie in die Straße einbogen, an deren Ende Kendricks Haus – ihr gemeinsames Haus! – stand, legten die Hunde einen Zahn zu. Sie hatten es offenbar eilig, zu ihren gefüllten Futternäpfen und dem gemütlichen Sofa zu kommen. Die Fenster waren hell erleuchtet, und auch in Shonas Herz ging die Sonne auf. Sie fiel in einen lockeren Trab, weil sie keine Sekunde länger als notwendig darauf warten wollte, in seine Arme zu sinken.

Kendrick schien sie gesehen zu haben, denn als sich die drei näherten, öffnete er die Haustür und breitete bereits die Arme aus. Orla und Higgins begrüßten ihn zuerst und flitzten dann direkt ins Haus, doch Shona genoss es, seine solide Wärme zu spüren und seinen Herzschlag zu hören.

»Wie war es?«, erkundigte sie sich nach einer ganzen Weile.

»Das erzähle ich dir gleich drinnen, oder willst du den Abend auf unserer Türschwelle verbringen?« Er lachte leise und zog sie dann ins Haus.

In der Küche duftete es schon verführerisch nach Pastasoße. »Habe ich schon erwähnt, wie sehr ich dich liebe?«, fragte sie, als sie neugierig den Topfdeckel lüpfte und eine blubbernde Tomatensoße entdeckte.

»Heute noch nicht.«

Sie drehte sich zu ihm um, stellte sich auf die Zehenspitzen und umfasste sein Gesicht mit beiden Händen. »Dann noch einmal offiziell und fürs Protokoll: Ich liebe dich. Ich würde dich auch lieben, wenn du genauso wenig kochen könntest wie ich, aber so liebe ich dich vielleicht noch ein klitzekleines bisschen mehr.« Dann drückte sie ihm einen Kuss auf den Mund, ließ aber gleich wieder von ihm ab. »Ich werde dir nachher zeigen, wie sehr ich dich liebe, aber wenn ich es jetzt tue, verpassen wir die Fernsehshow, und ich muss wissen, ob Isla gewonnen hat.«

»Und ich liebe dich, weil du eine Frau bist, die ihre Prioritäten zu setzen weiß.« Er grinste und rührte noch einmal im Topf. »Dann werfe ich jetzt die Nudeln ins Wasser, und wir können in zehn Minuten essen.«

Shona fütterte die Hunde, wusch sich die Hände und setzte sich dann an den Küchentisch. Dort lag eine dünne Mappe. »Ist das der Vertrag?«, wollte sie wissen.

»Ja. Wir haben alle Punkte geregelt, die uns im Moment sinnvoll erschienen sind, und vereinbart, dass wir andere Punkte jederzeit nachverhandeln können.«

»Ich bin sehr stolz auf dich, weil du dich so entschieden hast«, sagte sie und stand wieder auf, um zu ihm an den Herd zu treten. »Ich glaube, dass es die richtige Entscheidung war. Glenna und Davina werden bestimmt tolle Eltern werden.«

»Das glaube ich auch. Danke, dass du mir das klargemacht hast.« Er zog sie wieder an sich und hielt sie fest im Arm. »Und ich werde der beste Onkel werden, den dieses Kind haben kann.«

»Daran habe ich nicht den geringsten Zweifel«, entgegnete sie. »Und wie war's in der Klinik? Haben die da im Wichsraum tatsächlich Pornos laufen?«

»Also erstens heißt es nicht ›Wichsraum‹, sondern ›Probengewinnung‹ …«, begann er.

»Was nicht so viel besser klingt«, unterbrach sie ihn kichernd.

»Und zweitens hätte es zwar Filme gegeben, aber die habe ich nicht gebraucht. Ich habe nur an dich gedacht, da ging es ganz schnell.« Er grinste schief. »Du weißt ja, ich kann verdammt schnell sein, wenn du im Spiel bist.«

»Das werde ich niemals vergessen.« Sie zwinkerte ihm zu. »Und nach viertägiger Abstinenz wäre ich auch rasend schnell.« Sie presste ihren Unterleib gegen seinen und schielte auf die Arbeitsfläche der Küchenzeile.

»Du bist wirklich …« Er sprach es nicht aus, sondern küsste sie.

Die Nudeln waren eine Spur verkocht, doch das machte nichts. Sie schmeckten immer noch köstlich, und als sie kurze Zeit später eng aneinandergekuschelt auf dem Sofa saßen und den Fernseher anmachten, war sich Shona sicher, dass sie kaum noch glücklicher werden konnte.

Die Show war spannend aufgezogen. In Ausschnitten wurden die Finalabende der drei Restaurants gezeigt. Bei einem Kameraschwenk durch den Gastraum entdeckten sie sich selbst. »Du solltest wirklich öfter einen Anzug tragen«, befand Shona. »Darin siehst du unglaublich gut aus.«

»Dann muss ich mir wohl einen neuen kaufen. Dieser hat den Abend ja nicht so gut überstanden. Aber dein Kleid ist auch der Wahnsinn. Wobei du mir immer gefällst. Egal, was du anhast.«

»Und bevorzugt nackt, ich weiß«, neckte sie ihn, war dann aber ganz von dem Einspielfilm aus der Küche gefesselt. »Das Menü war so toll. Echt schade, dass du davon nichts mitgekriegt hast.«

»Ja. Allerdings.« Er seufzte, und sie wusste, dass er an den traurigen Abend dachte, an dem er das Pferd mit der Kolik hatte einschläfern müssen. »Aber ich habe mir erlaubt, für Freitag in einer Woche einen Tisch bei Isla für uns zu reservieren, damit ich endlich mal in den Genuss ihrer Kochkünste komme.«

»Wenn du es dir dann noch leisten kannst. Kann ja sein, dass sie bis dahin schon einen zweiten Stern hat und ihre Menüs mit einem Schlag doppelt so teuer anbietet.«

»Das wird sie sicher nicht tun, und selbst wenn, das wäre es mir wert«, entgegnete er ungerührt.

»Du hast aber nicht vor, mir einen Antrag zu machen?«, platzte sie alarmiert heraus.

»Was?« Er lachte verblüfft und sah sie an. »Nein. Das hatte ich nicht vor. Ich werde es ganz bestimmt irgendwann tun, aber wenn, dann sicher nicht im Restaurant deiner Schwester! Das wäre mir zu viel Publikum.« Er küsste sie auf die Schläfe und schaute wieder auf den Bildschirm.

»Dann ziehst du also in Erwägung, mich zu heiraten?«

»Ähm. Ja? Ich meine, ich habe noch nicht darüber nachgedacht, aber mit dir ziehe ich alles in Erwägung.«

»Gut, denn ich tu es auch«, sagte sie.

»Kann es sein, dass du mir gerade einen Antrag gemacht hast?« Er schaltete den Fernseher stumm und starrte sie mit großen Augen an.

Sie zuckte mit den Schultern. »Weiß nicht. War es so?«

»Ich glaube, es war so.« Er schüttelte lachend den Kopf. »Du kannst solche großen Entscheidungen doch nicht einfach so nebenbei fällen.«

»Warum nicht? Alle großen Entscheidungen in meinem Leben sind irgendwie nebenbei passiert. Das scheint gut zu klappen bei mir. Also, wie sieht's aus? Wollen wir heiraten?«

Er musterte sie ein paar Atemzüge lang mit undurchdringlichem Blick, und Shona hatte das Gefühl, ihr Herz würde stehen bleiben. Sie hatte das nicht geplant, überhaupt nicht. Ja, vor drei Minuten hatte sie die Idee noch schrecklich gefunden, dass er ihr im Restaurant ihrer Schwester einen Heiratsantrag machen könnte. Doch dann hatte es sich plötzlich so richtig angefühlt, so eindeutig, so unausweichlich. Und warum sollte man eindeutig richtige und unausweichliche Entscheidungen auf irgendeinen fernen Termin in der Zukunft verschieben? Aber jetzt hatte sie Angst, dass sie zu weit gegangen war. Dass sie ihn einfach überrumpelt und überfordert hatte.

»Ich wüsste nicht, was ich lieber täte«, antwortete er schließlich mit einem strahlenden Lächeln, und ein Stein fiel ihr vom Herzen.

»Gut. Dann wäre das also geklärt«, fuhr sie geschäftsmäßig fort. »Wenn wir uns beeilen, können wir noch vor Alex und Colleen und vor Isla und Jon heiraten. Das fände ich richtig cool.«

»Sollen wir gleich los, oder möchtest du dir noch die Show fertig ansehen?«, fragte er amüsiert.

»Erst noch die Show. Heute Abend finden wir ohnehin niemanden mehr, der uns traut.«

Kendrick schaltete den Ton wieder ein. Gerade war eine Liveszene aus dem Studio dran, wo die Küchenchefs interviewt wurden. Shona bekam nicht viel davon mit, weil sie zu sehr damit beschäftigt war, das zuckerwattig-berauschende Gefühl in sich zu genießen. Sie saß hier mit ihrem zukünftigen Ehemann und ihren beiden Hunden auf dem Sofa und war die glücklichste Frau auf der Welt.

»Schau mal, da ist dein Gin«, rief Kendrick plötzlich laut. Offenbar hatte er weniger Mühe, dem Programm zu folgen.

Tatsächlich, Isla präsentierte gerade eine Flasche Alpaca-Thistle-Gin und erzählte launig davon, wie es zu diesem außergewöhnlichen Produkt gekommen war. »Shona, ich hoffe, du siehst auch zu!«, rief sie in die Kamera und winkte kurz.

»Ich liebe deine verrückte Familie«, sagte Kendrick. »Ehrlich, ich hätte nie gedacht, dass es einen beklopteren Haufen als meine geben könnte, aber ihr toppt uns um Längen. Ich freue mich, dass ich bald einer von euch bin.« Dann beugte er sich zu ihr und küsste sie wieder auf eine Art, dass sie nichts anderes mehr mitbekam.

»Jetzt haben wir tatsächlich verpasst, wer gewonnen hat«,

keuchte sie, als sie langsam aus dem Nebel aus Lust und Leidenschaft auftauchte und auf dem Bildschirm eine Nachrichtensendung flimmerte.

»Dann müssen wir wohl im Internet nachschauen«, entgegnete Kendrick tröstend.

Plötzlich klingelte Shonas Handy, das im Eifer des Gefechts auf den Boden gefallen war. Sie angelte danach und stutzte, als sie auf das Display sah.

»Lennox?«, rief sie, als sie den Anruf annahm. »Was? Ja, es ist fantastisch, dass Isla gewonnen hat. Ich freue mich auch wahnsinnig … Was? Wann? … Okay, dann bis nächste Woche!«

Shona starrte noch eine ganze Weile auf ihr Smartphone und hatte Schwierigkeiten, das eben Gehörte zu verarbeiten.

»Das war mein Bruder Lennox«, sagte sie schließlich zu Kendrick. »Er hat die Show gesehen – Isla hat übrigens gewonnen.«

»Daran hatte ich keinen Zweifel«, behauptete Kendrick.

»Und er kommt nächste Woche nach Hause!«

FIGURENREGISTER

Menschen:

Shona Fraser: 27, kurvig, lange schwarze Haare, graue Augen. Als jüngster Fraser-Spross und selbst ernannte Whisky-Prinzessin will sie endlich ernst genommen werden. Mit ihrer brandneuen *Golden Alpaca Distillery* ist sie dabei auf einem guten Weg, aber privat gibt es noch Zweifel an ihrer Reife ...

Kendrick McIntosh: 32, stattlicher Holzfällertyp mit braunen Haaren und braunen Augen. Lässt sich in Kirkby als Tierarzt nieder – angeblich, um die medizinische Versorgung sicherzustellen. Tatsächlich ist er eher auf der Flucht vor seiner Vergangenheit, die ihn aber auch in den Highlands einholt.

Isla Fraser: Shonas ältere Schwester. Steht kurz vor dem größten Triumph ihrer Karriere und hat für Shona den Alpaca-Thistle-Gin kreiert.

Jon Grant: Wirt des Dorfpubs *The Wise Pelican* und seit ein paar Monaten der Mann an Islas Seite.

Marlin Fraser: Shonas Vater. Versteht sich selbst als Mentor der Dorfgemeinschaft von Kirkby und hat ein Problem mit Neuerungen. Hat ein Herz für Alpakas.

Rupert Fraser: Marlins jüngerer Bruder. Schweigsamer Pferdeflüsterer, der in Kirkby Clydesdale Horses züchtet und ein Problem mit verantwortungslosen Rennpferdeeignern hat.

Hailey und Kristie Fraser: Cousinen von Shona und ihre Mitbewohnerinnen in der »Party-WG« Kirkbys. Lieben Highland Dance genauso sehr wie Shona, deren Alpaka Nessie jedoch weniger ...

Glenna Carmichael: Tierchirurgin und Kendricks Ex-Freundin. War zehn Jahre mit ihm zusammen, bevor sie sich in seine ältere Schwester Davina verliebt hat.

Davina McIntosh: Kendricks älteste Schwester und Tierkardiologin. Will mit Glenna eine Familie gründen und bedrängt ihren Bruder mit einer unerhörten Bitte.

Kyleen und Finola McIntosh: zwei weitere Schwestern von Kendrick, ebenfalls Tierärztinnen.

Alexander Fraser: Shonas ältester Bruder. Betreibt das Bed & Breakfast *The Cosy Thistle* und lebt mit seiner Familie in Harriswood House, dem Stammsitz der Frasers.

Colleen Murray: Alex' Verlobte ist das neue Herz von Kirkby. Ihr vertrauen die Menschen nicht nur ihre ausgemusterten Schätze an, sondern auch ihre persönlichen Geheimnisse.

Aidan Fraser: Alex' Sohn und Shonas Neffe.

Alice Fraser: Ruperts Ehefrau, gute Seele von Harriswood House und im Reitstall. Ihre Kochkünste sind genauso legendär wie ihre guten Ratschläge.

Collum McDonald: Der junge, ehrgeizige Bürgermeister von Kirkby hat reichlich Ideen dafür, wie aus Shonas Brennerei ein Tourismusmagnet werden kann.

Annabel »Anna« Campbell: Kirkbys brandneue Landärztin. Singt im Kirchenchor, hat eine Schwäche für Yoga, Gin Tonic und ihren Riesenkater Elvis.

Betty Murray: Schriftstellerin und ehemalige Investigativjournalistin, kennt (fast) alle Geheimnisse von Kirkby.

Jack McTavish: Dorfpfarrer und bester Freund von Marlin.

Lord Jonah Garbert-Smithe, Earl of Penningcard: arroganter englischer Adeliger, der sein Geld mit Waffengeschäften verdient. Playboy und Pferdezüchter mit fragwürdiger Einstellung zu Frauen, Tierschutz und Pferdewohl.

Dr. Philip Hilington: Tierarzt des Earls und Kendrick ein massiver Dorn im Auge.

Cameron Sinclair: erfolgreicher Springreiter, dessen Wunderstute Artemis derzeit bei Rupert Fraser lebt und ihr erstes Fohlen erwartet.

Lorelai »Lila« Harper: Camerons Freundin und eine entfernte Verwandte von Shona. Setzt den Earl mit einem Artikel unter Druck.

Tiere:

Nessie: dunkelgraue Alpakastute – wurde von Polly, Isla und Jon aus dem Loch Ness gerettet und ist seitdem Shonas heiß geliebtes Haustier.

Azzedine: prächtiger Vollblutrappe und ehemaliger Dauergewinner auf den Rennstrecken der Welt, nun schwer angeschlagen. Kendrick rettet ihn aus den Klauen des Earls.

Artemis: ehemals supererfolgreiches Springpferd, das aber dringend eine Auszeit brauchte. Erholt sich jetzt in den schottischen Highlands und genießt Mutterfreuden.

Little Miss Sunshine: Fohlen von Artemis.

Petunia, Alvarez und Hamish: Alpakas, die aus einem kleinen, heruntergekommenen Zirkus stammen. Marlin kauft sie für Shona, damit Nessie eine Herde bekommt.

Ringo, Georgia, Joanna, Paula und Fohlen Stella: weitere Alpakas, die ihren Auftritt erst ganz am Schluss haben – womöglich aber in Band 4 wichtiger werden …

Orla und Higgins: zweijährige Irische Wolfshunde, die ebenfalls aus dem Zirkus stammen. Shona verliebt sich spontan in die beiden und adoptiert sie.

Polly: Jons und Islas junge Neufundländer-Hündin, Retterin von Nessie.

WHISKY-SCHOKOLADENTORTE

EIGENTLICH SOLLTE MAN SCHOTTISCHEN Whisky unbedingt pur genießen, denn nur dann erlebt man all die aufregenden Nuancen, die das »Wasser des Lebens« zu bieten
hat. Aber es gibt natürlich auch gute Gründe dafür, mit
Whisky zu kochen oder zu backen. Das verführerische
Aroma passt zu vielen Gerichten, und dank hoher Tempe-
raturen verfliegt der Alkoholgehalt buchstäblich. Kindern
würde ich einen Kuchen nach dem folgenden Rezept aber
sicherheitshalber trotzdem nicht servieren.

Für den Teig:

50 g Rosinen (können notfalls auch weggelassen
werden)
50–150 ml Whisky (je nachdem, wie intensiv es werden
soll)
200 g Zartbitterschokolade
120 g weiche Butter
3 große Eier
120 g Zucker
5 EL Mehl
1/2 TL Backpulver

120 g gemahlene Mandeln (Haselnüsse gehen auch, mit Mandeln wird es aber feiner)
1 Prise Salz

Für den Tortenguss:

100 g Zartbitterschokolade
50 g weiche Butter
3 EL Puderzucker

Zubereitung:

Den Ofen auf 190 Grad vorheizen und die Rosinen mit dem Whisky in ein Schüsselchen geben, damit sie leicht durchziehen können. Eine 24-cm-Springform mit Backpapier auslegen, den Rand einfetten und mit Mehl bestäuben, damit der Teig später nicht kleben bleibt.

Die Schokolade klein hacken und über einem Wasserbad oder vorsichtig in der Mikrowelle schmelzen. Die geschmolzene Schokolade mit der weichen Butter vermischen.

Dann die Eier trennen und die Eigelbe mit dem Zucker cremig aufschlagen. Die Schoko-Butter-Mischung unterrühren. Nach und nach Mehl, Backpulver und Mandeln dazugeben und so lange rühren, bis alles zu einer homogenen Masse verbunden ist. Zum Schluss kommen noch der Whisky und die Rosinen dazu.

Das Eiweiß mit einer Prise Salz steif schlagen und vorsichtig unter den Teig heben. Nicht mehr stark rühren!

Die Teigmasse in die vorbereitete Form füllen und circa 20 Minuten auf mittlerer Schiene backen. Der Teig soll innen noch weich und saftig bleiben. Herausnehmen und etwa 10 Minuten in der Form abkühlen lassen. Dann den Rand der Form entfernen, den Kuchen auf ein Kuchengitter ziehen und vollständig auskühlen lassen.

Anschließend den Kuchen vorsichtig auf eine Tortenplatte setzen und den Guss zubereiten. Dafür die Schokolade schmelzen (Wasserbad oder Mikrowelle), Butter und Puderzucker unterrühren. Wer mag, kann auch einen kleinen Schuss Whisky in den Tortenguss geben. Alles auf dem Kuchen verteilen und glatt streichen. Man kann die Torte nun auch noch nach Lust und Laune verzieren – beispielsweise mit Pralinen.

Vor dem Servieren mindestens eine Stunde fest werden lassen. Besonders gut schmeckt sie am nächsten oder übernächsten Tag, wenn sie gut durchgezogen ist – saftig und schokoladig.

WASSER DES LEBENS

WER SCHOTTLAND BISLANG NUR aus Büchern wie diesem, aus Reportagen oder Filmen kennt, hat sich vielleicht schon mal die Frage gestellt, ob die sprichwörtliche Whisky-Liebe der Schotten nicht vielleicht ein klein wenig übertrieben dargestellt wird. Mir ist es jedenfalls so gegangen. Ich konnte mir beim besten Willen nicht vorstellen, dass sich wirklich alles um Whisky dreht! Doch es ist so. Die Leidenschaft für »Uisge Beatha« (Gälisch für »Wasser des Lebens«, das Synonym für Whisky) dürfte noch ausgeprägter sein als die für Dudelsäcke und Bäumeschmeißen, und die jeweilige Lieblingssorte wird ebenso ehrfürchtig behandelt wie der Familientartan.

Wer schon bei der Unterscheidung der unzähligen Karomuster Schwierigkeiten hat (ich hebe mal dezent die Hand …), wird bei den Whisky-Sorten kapitulieren. Doch das ist kein Problem. Auf intellektueller Ebene braucht man sich dem Phänomen Whisky überhaupt nicht zu nähern. Man muss ihn erfühlen, erleben – und in meinem Fall: ihn sich schöntrinken!

Zu meiner Schande muss ich nämlich gestehen, dass ich kein ausgeprägter Fan von Whisky bin. Alle Trinkversuche außerhalb Schottlands haben mich zwar zuverlässig angeschickert, aber ansonsten ziemlich unbeeindruckt gelassen. Erstaunlicherweise geht es mir ganz anders, wenn ich in Schottland bin. In einem Pub, bei einem Tasting in einer Destillerie oder idealerweise vor einem prasselnden Kaminfeuer entfaltet das heilige Nationalgetränk auch bei mir seine Magie. Plötzlich schmecke ich die feinsten Aromen und fühle mich großartig und unbesiegbar ...

Aber was genau ist Whisky eigentlich?

Die elementaren Zutaten sind Gerste und Wasser. Da es in Schottland kein Kalkgestein gibt, ist das Wasser besonders weich, und die meisten Destillerien beanspruchen für sich, das aromatischste Wasser überhaupt zu haben − geprägt von Torfwiesen, rauen Bergrücken oder Heidekraut. Die eigentliche Herstellung ist vergleichsweise simpel. Die Gerste lässt man keimen, bis sich die Stärke des Getreidekorns in Malzzucker verwandelt hat. Danach wird das Malz gedörrt und grob gemahlen. Anschließend versetzt man das Malz mit heißem Wasser (das laugt den Zucker heraus) und setzt die Flüssigkeit zum Gären an. Es entsteht eine Art Bier. Dieses Bier wird anschließend zweimal in kupfernen Destillationsblasen gebrannt.

Das fertige Destillat ist eine unglaublich starke, klare Flüssigkeit, die kaum etwas mit dem Whisky zu tun hat, den man kennt. Der eigentliche Zauber entsteht nämlich erst bei der Reifung in Eichenholzfässern, bevor der Whisky nach frühestens drei Jahren in Flaschen abgefüllt wird. Hochwertige Single Malts reifen jedoch viel länger – manche jahrzehntelang.

Die Fässer haben daher eine besondere Bedeutung. Es dürfen niemals neue und unbenutzte Fässer verwendet werden, sondern nur gebrauchte. Am häufigsten kommen Bourbon-Fässer aus Amerikanischer Weißeiche zum Einsatz. Die sollen dem Whisky eine gewisse Cremigkeit, Vanille- und Karamellnoten verleihen. Je nach Lagerzeit verändert sich die Farbe von einem hellen Strohgold bis hin zu einem dunklen Goldton.

Ebenfalls sehr beliebt sind ehemalige Sherryfässer aus europäischem Eichenholz, die dem Whisky Aromen von weihnachtlichen Gewürzen, Trockenfrüchten und Nüssen geben sollen. Die Färbung eines Sherryfass-Whiskys ist häufig ein dunkles, kräftiges Kupfergold.

Da der weltweite Sherrykonsum zurückgeht, werden Sherryfässer immer seltener und sind deshalb sehr teuer. Daher experimentieren einige Destillerien auch mit »Exoten«, beispielsweise ehemaligen Rum-, Cognac-, Marsala-, Portwein-, Wein- oder sogar Bierfässern – zum Teil mit ganz erstaunlichen Ergebnissen.

Es gibt auch regionale Unterschiede. Islay-Whiskys sind besonders torfig, erdig und rauchig, während ein Speyside-Whisky mit seinen fruchtigen Aromen eher blumig und sogar honigartig schmeckt. Als besonders leicht und sanft gelten Lowland-Whiskys, die sogar dreimal destilliert und gern als Aperitif gereicht werden. Bei den Highland-Sorten wird es noch viel kleinteiliger. Je nach Ort und Destillerie schmecken sie mehr oder weniger torfig und rauchig und betören auch mal durch Heidekrautaromen. Im Fall von Shona womöglich auch mit dem von Disteln …

Idealerweise sollte man Whisky übrigens bei Zimmertemperatur genießen – Eiswürfel gelten bei einem Single Malt als echtes No-Go! Ein paar Tropfen Wasser dagegen können den Geschmack subtil verändern, ohne das Aroma zu zerstören. In schottischen Pubs werden daher häufig ein Glas Wasser und eine Pipette zum Whisky serviert.

In diesem Sinne: Slàinte mhath! Das ist gälisch, bedeutet »Gute Gesundheit« und wird ungefähr »Slansche va« ausgesprochen. Spätestens nach dem zweiten oder dritten »Dram«, wie die Schotten – je nach Situation oder Freundschaftsgrad – ein kleineres oder größeres Schlückchen nennen, geht der Trinkspruch dann recht geschmeidig über die Lippen.

DANKE

Liebe Leserin,

ich muss dir ein Geheimnis verraten: Um ein Haar wäre ich nämlich Tierärztin geworden und nicht Schriftstellerin! Bis mir meine Klassenlehrerin in der zweiten Klasse gesagt hat, dass man als Tierarzt Küken töten muss. Mal abgesehen davon, dass das Töten von Küken sicher NICHT die zentrale Aufgabe einer Tiermedizinerin ist, halte ich es immer noch für einen äußerst fragwürdigen pädagogischen Ansatz, Kindern die Zukunft mit solchen Sprüchen zu verbauen. Die Tatsache, dass ich heutzutage Bücher schreibe und keine Tiere behandle, haben wir also alle Frau B. zu verdanken – seinerzeit Referendarin an meiner Grundschule. Vielen Dank.

Mit den »richtigen« Danksagungen beginne ich bei meiner (dienst)ältesten Freundin und Herzensschwester Tanja, die mir (im virenfreien Sommer 2019, als man sich noch mit anderen Menschen treffen durfte) als tollkühne Sparringspartnerin beim Plotten zur Seite stand und fast alle Tiere getauft hat. Ohne dich hießen die Alpakas vermutlich A, B, C, D ... Vielen Dank dafür! Ein riesengroßes Dankeschön gebührt meiner wundervollen Agentin Eva Semitzidou, die für meine Reihe nicht nur so eine schöne

Verlagsheimat gefunden hat, sondern mich unermüdlich in allen Phasen meiner Projekte unterstützt. Das ist ein großartiges Gefühl.

Schreiben ist tatsächlich ein ziemlich einsamer Job. Man verbringt viel Zeit allein mit dem Laptop, läuft Gefahr, wunderlich zu werden und zu verwahrlosen. Dieses Klischee ist wirklich wahr! Umso schöner, dass ich zahlreiche fabelhafte Kolleginnen habe, mit denen ich mich regelmäßig austausche. Meistens virtuell übers Internet, zuweilen auch anständig gekleidet (ihr wollt nicht wissen, wie ich manchmal am Computer sitze) im wahren Leben. Ich danke Laura Gambrinus, Sabine Lay, Anja Saskia Beyer und Katharina Burkhardt für ein grandioses gemeinsames Wochenende in Venedig, bei dem wir uns zu einer Art Selbsthilfegruppe zusammengeschlossen haben. Von ihnen habe ich entscheidenden Input für Kirkby bekommen. Außerdem danke ich den Damen in meiner virtuellen WhatsApp-Schreibgruppe, die immer gut sind für aufmunternde Worte und Peitschenknallen. Wir waren ein regelrechtes Pandemie-Bootcamp, und es wäre echt spannend, mal auszurechnen, wie viele Romane wir gemeinsam geschrieben haben.

Ich danke dem großartigen Team von Heyne – allen voran der Programmleiterin Nora Haller, die mich auf meinen Reisen nach Kirkby begleitet. Mit Rat, Tat und tollen Anmerkungen. Danke! Ein riesiges Dankeschön geht an Julia Funcke, die als Stilredakteurin für das – hoffentlich – geschmeidige und fehlerlose Leseerlebnis gesorgt hat. Ich weiß gar nicht, wie viele Bücher wir schon zusammen auf die Welt gebracht haben, du bist auf jeden Fall meine liebste Hebamme. Danke für deine Geduld und deine unbestechlichen Adleraugen.

An vorletzter Stelle in diesem Text, aber an erster in meinem Herzen stehen mein Mann Jan und mein Airedale Terrier Toni. Ich danke euch für eure bedingungslose Liebe, eure guten Nerven und dafür, dass ich regelmäßig das Haus verlasse und frische Luft schnappe.

Last but not least danke ich dir, liebe Leserin, dafür, dass du mein Buch gekauft hast. Ich hoffe, es hat dir so viel Freude bereitet, dass du mich bald wieder nach Kirkby begleitest. Da gibt es nämlich noch einiges zu erleben.

Herzliche Grüße,

Charlotte McGregor

PS: Ich bin mir ganz sicher, dass ich auch diesmal wieder jemanden vergessen habe. Sei versichert – nur hier in diesen Zeilen, nicht in meinem Herzen!

PPS: Ich freue mich übrigens wahnsinnig, wenn meine LeserInnen mit mir Kontakt aufnehmen. Besucht mich doch auf meiner Website www.carinmueller.de – da findet ihr Infos zu all meinen anderen Namen, Büchern und Abenteuern und habt außerdem reichlich Gelegenheit zur Kontaktaufnahme. Per Mail oder über die diversen Social-Media-Kanäle. Wer meinen Newsletter abonniert, bleibt immer auf dem Laufenden. Und wer von Kirkby nicht genug bekommen kann, freut sich vielleicht über meine »Letters from Kirkby« – was genau dahintersteckt, erfahrt ihr auf www.charlottemcgregor.de.

CHARLOTTE McGREGOR

HIGHLAND
Hope

**EINE BÄCKEREI
FÜR KIRKBY**

Band 4

LESEPROBE

WAS TU ICH HIER BLOSS?

»ELVIS, RUNTER VON DER Vitrine!«

Kristies energische Stimme riss Anna Campbell aus ihren Gedanken. Sie stand wie jeden Morgen geduldig in der Schlange in *Kristie's Old Bakery*, um sich ihr Frühstück zu besorgen. Nun sah sie erschrocken hoch und erspähte ihren riesigen, grau getigerten Maine-Coon-Kater, der in äußerst lässiger Pose auf der gläsernen Tortenvitrine herumlungerte und gelangweilt auf die Schar der Zweibeiner zu seinen Pfoten blickte. »Elvis, runter!«, rief sie streng, doch er starrte mit seinen Bernsteinaugen knapp an ihr vorbei. Ihren Kater eigensinnig zu nennen wäre die Untertreibung des Jahrhunderts gewesen. Seit drei Jahren teilte sie ihr Leben mit dem stattlichen Tier, und Elvis hatte sie bestens erzogen.

Die Kundin vor ihr war versorgt, und nun stand Anna selbst am Tresen. »Hast du eine Leiter? Dann hol ich ihn runter«, bat sie resigniert. Normalerweise setzte sich der Kater nur aufs Fensterbrett oder auf einen Stuhl im Café-Bereich der Bäckerei. Doch offensichtlich war ihm diesmal nach mehr Aufmerksamkeit – vermutlich weil sie seinen Bedürfnissen heute noch nicht angemessen gehuldigt hatte.

»Nicht nötig«, mischte sich Betty Murray ein, die aus der

Backstube kam und das freche Tier leicht am buschigen Schwanz zupfte, um seine Aufmerksamkeit auf sich zu lenken. »Komm, mein Hübscher, ich hab was für dich!« Sie wackelte verführerisch mit einem Tellerchen voller Thunfisch, und prompt sprang der Verräter mit einem mächtigen Satz erst auf den Tresen und dann auf den Boden, um seiner Wohltäterin zu folgen.

»O Mann«, murmelte Anna leicht verlegen.

»Mach dir nichts draus«, tröstete Kristie sie mit einem breiten Lächeln. »Es gibt solche Tage. Entscheidend ist doch aber, dass heute Nachmittag alles läuft.«

»Das hoffe ich sehr. Wäre ja schlimm, wenn das Benehmen meines dreisten Katers schon ein schlechtes Omen wäre.« Anna schloss kurz die Augen, um diesen negativen Gedanken gleich wieder aus ihrem Bewusstsein zu vertreiben. Sie wollte voller Zuversicht und positiv an ihr neues Projekt herangehen und sich nicht selbst sabotieren.

»Es wird nichts passieren!«, entgegnete Kristie im Brustton der Überzeugung. »Dafür bist du viel zu gut vorbereitet. Echt schade, dass ich nicht mitmachen kann.«

»Finde ich auch. Ich hätte gerne ein bekanntes und mir wohlgesinntes Gesicht dabei.« Sie seufzte. Dieser Workshop war die totale Schnapsidee, und sie hätte sich nie darauf einlassen sollen. Warum nur hatte sie sich dazu beschwatzen lassen? Nicht umsonst gab es doch diesen Spruch: »Schuster, bleib bei deinen Leisten.« In ihrem Fall wäre das zwar eher ein Stethoskop gewesen, aber das Bild passte trotzdem. Seit neun Monaten war sie als neue Ärztin in Kirkby und mit ihrem Praxisalltag eigentlich gut ausgelastet. Im Vergleich zu ihrer früheren Kliniktätigkeit in Edinburgh fühlte sich ihr Job hier zwar wie ein Wellnessaufenthalt an, aber trotzdem: Hätte sie es nicht einfach bei den beiden Yogakursen bewenden lassen können, die sie seit dem Sommer in der alten Schule anbot? »Was tu ich hier bloß?«, entfuhr es ihr leise.

»So niedergeschlagen kenne ich dich gar nicht. Hast du Lampenfieber?«, unterbrach Kristie ihre Gedanken.

»Wahrscheinlich«, gab Anna zu und zwang sich zu einem Lächeln. Jetzt gab es ohnehin kein Zurück mehr.

»Dazu besteht kein Anlass!«, beharrte die hübsche Bäckerin erneut. »Was magst du zum Frühstück? Normale Croissants? Oder lieber etwas Üppigeres?«

»Definitiv etwas Üppigeres! Einen großen Cappuccino mit einem Espresso-Shot extra und zwei Schokoladen-Croissants, bitte«, bestellte Anna. Sie brauchte heute Morgen einfach jede Form der Stärkung, die sie kriegen konnte. »Sind meine Kekse schon fertig?«

»Natürlich. Ich bring sie dir gleich an den Tisch.« Kristie legte zwei knusprige Gebäckstücke auf einen Teller und schob ihn über den Tresen.

Anna bezahlte und ging mit der süßen Beute zu ihrem Lieblingsplatz in der Ecke, von dem aus sie nicht nur den schnuckeligen kleinen Laden im Blick hatte, sondern auch die Straße, wo der übliche Morgentrubel herrschte. Der Oktobertag hatte sich zu dieser frühen Stunde noch nicht entschieden, welches Wetter er heute bieten wollte, und schickte gerade etwas unentschlossen wirkende graue Wolken über den Himmel. Schüler jeder Altersklasse versam-

melten sich, mit bunten Regenjacken auf alle Eventualitäten vorbereitet, an der zentralen Haltestelle, wo sie auf
ihren Schulbus warteten. Etliche Autos fuhren vorbei –
Bewohner von Kirkby, die zu ihrem Arbeitsplatz in Inverness oder an einem noch weiter entfernten Ort unterwegs
waren.

Aus dem Dorfpub *The Wise Pelican* trat gerade Isla
Fraser, um mit ihrer Neufundländer-Hündin Polly die übliche Morgenrunde zu drehen, ehe sie zu ihrem Restaurant
ging. Anna winkte ihrer Freundin zu, doch Isla wirkte
ebenso geistesabwesend, wie sie selbst vorhin gewesen war.
Kein Wunder, denn an diesem Freitag würden die neuen
Auszeichnungen des Guide Michelin für Großbritannien
bekannt gegeben werden, und Anna wusste, dass Isla heimlich auf einen zweiten Stern hoffte. Das war eine wirklich
große Sache und bot deutlich mehr Grund für Grübeleien
als Annas kleiner Workshop. Wenn der nämlich nicht lief,
würde exakt gar nichts passieren, außer dass ihre Ehre ein
wenig angekratzt wäre. Doch damit würde sie leben können.

»Hier kommt dein Cappuccino«, sagte Kristie und servierte ihr die große Tasse. Auf dem perfekten Milchschaum
prangte ein vierblättriges Kleeblatt aus gesiebtem Kakao.

»Wie lieb von dir«, freute sich Anna und strahlte Kristie
gerührt an.

»Warte erst mal, bis du hier reingeschaut hast.« Kristie
stellte eine weiße Keksdose auf den Tisch und sah Anna
erwartungsvoll an.

»O mein Gott, sind die zauberhaft!«, rief Anna verblüfft

und betrachtete andächtig das bestellte Shortbread, dem Kristie die Form perfekter Glückskleeblätter verliehen hatte.

»Ich dachte, so passen sie besser zum Motto deines Workshops.«

»Du bist unglaublich!« Anna stand auf und umarmte Kristie kurz. »Selbst wenn alle Stricke reißen, diese Kekse werden meine Teilnehmer garantiert glücklich machen. Tausend Dank.«

»Gern geschehen. Aber ich bin mir sicher, dass das Shortbread maximal das Sahnehäubchen sein wird. Zweifellos werden in den nächsten Tagen einige sehr beseelte Menschen durch Kirkby wandeln.« Kristie lächelte ihr aufmunternd zu und verabschiedete sich dann, um wieder an die Arbeit zu gehen.

Anna lehnte sich zurück, trank einen Schluck Kaffee und biss ein Stück vom ersten Croissant ab. Es war perfekt – knusprig, fluffig, schokoladig –, und es gab ihr aus irgendeinem irrationalen Grund das Gefühl, dass alles gut werden würde. Als sei es gar nicht möglich, in Gegenwart dieser Köstlichkeit Pech zu haben.

»Mau«, meldete sich Elvis zu Wort, der seinen Thunfisch offensichtlich verspeist hatte und sich nun auch wieder seiner Mitbewohnerin zeigte. Er rieb kurz den mächtigen Kopf an Annas Bein, als Zeichen dafür, dass er ihr verziehen hatte, und sprang dann auf das Fensterbrett.

Sie wusste wirklich nicht, warum sie derart nervös war. Sie hatte schließlich nichts zu verlieren, sondern nur etwas zu gewinnen. Die Idee zu ihrem »Glücks-Yoga-Seminar«

war ihr vor einiger Zeit gekommen, als zwei verschiedene Hörer ihres Podcasts sie angeschrieben und sich erkundigt hatten, ob sie in den Highlands auch Yoga anbieten könnte. Allein die Tatsache, dass ihr Podcast von mehr Menschen gehört wurde als nur von ihren Freunden in Edinburgh, für die sie ursprünglich damit angefangen hatte, fand Anna schon unglaublich. Und dass sich nun auch noch Fans direkt an sie wandten, war sensationell.

Mit »Highland Happiness«, wie ihre kleine wöchentliche Audio-Show hieß, schien sie einen Nerv getroffen zu haben. Zwei ihrer Freunde, die ebenfalls einen Podcast betrieben, hatten sie mit ihrer Begeisterung für das Hörformat angesteckt, und nun war sie seit ein paar Monaten voller Elan dabei. Außerdem war es eine schöne Möglichkeit, von ihren Erlebnissen im schottischen Hochland zu erzählen, die für ihre früheren Kollegen und Bekannten in Edinburgh regelrecht exotisch klangen. Anna selbst hatte, bis sie im Januar nach Kirkby gezogen war, nie außerhalb von Edinburgh gelebt. Sie liebte ihre bunte, trubelige Heimatstadt immer noch sehr, aber ihren kräftezehrenden Alltag als Klinikärztin mit Endlosschichten vermisste sie kein bisschen.

Seit sie in Kirkby wohnte, fühlte sie sich viel ausgeglichener und viel mehr bei sich als je zuvor. Ihre beste Freundin Linda äußerte regelmäßig die Sorge, dass die viele ungewohnte Freizeit, die gute Luft und die zwangsläufige Langeweile auf Dauer nicht gut für Annas Seelenheil sein konnten, doch das Gegenteil war der Fall. Mal abgesehen davon, dass sie sich noch keine Sekunde gelangweilt hatte, seit sie hier lebte. Man konnte Kirkby sicherlich eine Menge Dinge unterstellen, aber nicht, dass hier nichts los war. Nur konnte Linda das nicht wissen, weil sie sich seit Monaten beharrlich weigerte, ihre urbane Komfortzone zu verlassen und ihre Freundin zu besuchen.

Sie war allerdings eine treue Hörerin des Podcasts – wie etliche völlig fremde Menschen offenbar auch – und hatte Anna in der zunächst noch sehr vagen Idee bestärkt, einen »Glücks-Yoga-Workshop« anzubieten. Colleen, die örtliche Eventkoordinatorin, und Bürgermeister Collum McDonald waren ebenfalls Feuer und Flamme für das Projekt gewesen, das ihrer Meinung nach auch in der Nebensaison neue Gäste nach Kirkby locken könnte. Ehe Anna sichs versah, hatten die beiden flugs ein Paket geschnürt – mit Übernachtungsangeboten entweder im Pub oder im örtlichen Edel-Bed-&-Breakfast *The Cosy Thistle*, das von Colleens Verlobtem Alexander Fraser betrieben wurde. Anna selbst hatte »nur« noch ihr Seminarprogramm entwickeln müssen – eine Mischung aus Yoga, Atem- und Achtsamkeitsübungen sowie einer kleinen Wandertour zu den Kraftplätzen der Umgebung.

Dagegen wäre grundsätzlich nichts einzuwenden gewesen, doch von der ersten Idee bis zum heutigen Start des ersten Workshop-Wochenendes waren gerade mal vier Wochen vergangen. Nach Annas Geschmack viel zu wenig Zeit dafür, gründlich an einem sinnvollen Konzept zu arbeiten. In ihrer vorletzten Podcast-Folge hatte sie das Seminar erwähnt, und nun lagen tatsächlich fünf Anmeldungen vor. Fünf Menschen, die sie nicht kannte, waren bereit, für ihren Kurs in die Highlands zu fahren und vierhundertfünfzig Pfund zu bezahlen – ohne Übernachtung. Zwei Frauen hatten sich ein Zimmer im Pub gemietet, ein Ehepaar ein Cottage im Bed & Breakfast, und jemand, der sich nur »Len« nannte, hatte gar keine Übernachtungsoption gewählt. Wo er oder sie nächtigen würde, wusste sie also gar nicht.

Seufzend griff sie nach ihrer Kaffeetasse, doch die war inzwischen leer. Dafür war ihr himmelblauer Pulli voller Croissantbrösel. »Mehr Achtsamkeit beim Frühstücken«, schimpfte sie leise mit sich selbst und schüttelte sich möglichst diskret die Blätterteigflocken vom Pullover. »Komm, Elvis, Zeit für die Sprechstunde.« Der Workshop begann erst um drei Uhr nachmittags. Vorher musste sie sich noch um deutlich Handfesteres kümmern – um die Gesundheit von Kirkbys Einwohnern.

Es waren nur wenige Schritte von der Bäckerei bis zum hübsch renovierten alten Arzthaus, in dem sie den ersten Stock bewohnte und in dessen Erdgeschoss ihre Praxis untergebracht war. Als sie vor einer halben Stunde zum Frühstücken aufgebrochen war, war dort alles noch ruhig und dunkel gewesen, doch nun saß ihre Helferin Maggie mit einem breiten Lächeln am Empfangstresen, und alle Räume waren hell erleuchtet. Anna scheuchte Elvis die Treppe zu ihrer Wohnung hinauf – auch wenn das ein etwas halbherziger und vor allem sinnloser Versuch war, den Kater von seinen Extratouren abzuhalten. Elvis nutzte seine Katzenklappe weidlich aus, war aber nicht darauf angewiesen. Im Notfall öffnete er auch Fenster und Türen, und Anna war sich ziemlich sicher, dass er früher oder später ihre Patienten im Wartezimmer besuchen oder zu einer seiner ausgedehnten Dorfrunden aufbrechen würde.

»Guten Morgen«, begrüßte sie Maggie, eine ehemalige Krankenschwester Mitte fünfzig, die froh war, einen Job in ihrem Heimatort ergattert zu haben. »Schon Kundschaft da?«

»Dein regulärer Acht-Uhr-Termin und zwei unangekündigte Erkältungsopfer«, entgegnete Maggie fröhlich und reichte ihrer Chefin die drei Patientenakten. »Scheint ein betriebsamer Tag zu werden.«

»Dann lass uns mal loslegen«, sagte Anna und ging in ihr Sprechzimmer, um sich die Hände zu waschen und ihren Kittel anzuziehen. Je mehr Patienten kamen, desto weniger musste sie über den Nachmittag und das Wochenende nachdenken.

• • •

»Was tu ich hier bloß?« Die Worte, die sich Lennox fast lautlos selbst zuraunte, dröhnten umso hallender in seinem Kopf. Was tat er hier? Wie war er auf die wahnwitzige Idee gekommen, nach Kirkby zu fahren? Das war natürlich eine rhetorische Frage, und er kannte die Antwort: Schuld hatte dieser verdammte Podcast, den er seit ein paar Monaten mit wachsender Begeisterung hörte. »Highland Happiness« hieß die Sendung. Der dämliche Titel wäre an sich schon Grund genug gewesen, überhaupt nicht reinzuhören, und doch hatte ihn die Stimme der Moderatorin von der ersten Minute an in ihren Bann gezogen. Er war im Frühjahr in Spanien gewesen, als er in einem Anfall von Heimweh über diesen Podcast gestolpert war.

Heimweh. Beim bloßen Gedanken daran schüttelte er jetzt den Kopf. Hatte er unter der spanischen Sonne, in einer hellen, bunten Stadt wirklich Heimweh nach diesen grünen Hügeln verspürt, den torfig-öden Weiten, den tief hängenden dunkelgrauen Wolken und den geheimnisvollen Seen? Auf jeden Fall war ihm der Podcast aufgefallen, und seitdem war Anna Teil seines Lebens. Obwohl oder vielleicht sogar weil sie ausgerechnet aus seinem Heimatdorf Kirkby sendete.

Er wusste kaum etwas über diese Anna. Sie sprach nicht viel von sich selbst, sondern erwähnte immer nur, dass sie noch nicht allzu lange in den Highlands lebte und dass für sie alles noch ein großes Abenteuer und ein noch viel größerer Glücksspender war. Die Art und Weise, wie sie die Landschaft beschrieb, ließ diese so reizvoll erscheinen, wie er selbst die Highlands nie wahrgenommen hatte, und er hatte sich dabei ertappt, dass er von Woche zu Woche mehr Lust bekam, die Region mit neuen Augen, mit ihren Augen wahrzunehmen. Außerdem hatte Anna regelmäßig Interviewpartner in ihrer Show. Sie hatte schon seine halbe Familie am Mikro gehabt, aber vor allem das Gespräch mit seiner Lieblingsschwester Isla hatte die lang ignorierte Sehnsucht in ihm weiter angefacht. Wie lang war es her, dass er sie das letzte Mal gesehen hatte? Bestimmt schon mehr als drei Jahre. Von seiner restlichen Familie ganz zu schweigen, die vermisste er aber längst nicht so sehr wie

Isla. Redete er sich zumindest einigermaßen erfolgreich ein. Na ja, mittelerfolgreich wenigstens. Also ehrlich gesagt, gar nicht erfolgreich.

Es reichte ihm nicht mehr, nur übers Telefon oder in Text-Chats auf dem Laufenden gehalten zu werden. Sein ältester Bruder Alex würde bald erneut Vater werden, und Lennox kannte noch nicht einmal Colleen, die Mutter des Kindes. Auch die spröde Isla hatte ihr Herz verschenkt – was einem mittleren Weltwunder gleichkam. Dieser Jon musste ein wirklich außergewöhnlicher Mann sein, wenn er es mit Isla aufnehmen konnte. Selbst Shona, das Küken der Familie, hatte ausgerechnet in Kirkby ihr Glück gefunden, dabei hätte er mehrere lieb gewonnene Gliedmaßen darauf verwettet, dass seine jüngere Schwester sich genauso auf ewige Zeiten von Kirkby fernhalten würde wie er selbst. Falsch gedacht.

Tja, und dann war es wieder Anna gewesen, die ihn mit ihrer Stimme, die ihn an sonnenwarmen Honig auf nackter Haut erinnerte, buchstäblich dazu gezwungen hatte, nach Kirkby zu fahren. Vor anderthalb Wochen hatte sie einen Workshop angekündigt, den sie geben wollte. Ein zweieinhalbtägiges Glücksseminar, in dem die Teilnehmer lernen sollten, jederzeit ihren »inneren Glücksbrunnen anzuzapfen«, und dadurch angeblich zu mehr Gelassenheit, Ausgeglichenheit, Kreativität und Lebensfreude finden würden. Das klang wie größter esoterischer Bullshit, und jeder, der bei klarem Verstand war, müsste sie des Betrugs bezichtigen. Allein – er war nicht bei klarem Verstand. Er war einsam, leer und so voll unspezifischer Sehnsucht, dass manchmal fast schon das Atmen wehtat. Also hatte er auf der Stelle einen Slot für diesen Workshop gebucht und kurz darauf in einem Anfall von Selbstüberlistung auch noch Shona angerufen und sein Kommen angekündigt. So als wollte er unbedingt sicherstellen, dass er keinen Rückzieher machen konnte. Er hatte ihr aber noch eindringlich eingeschärft, niemanden sonst aus der Familie zu informieren.

Das ergab alles keinen Sinn, nicht mal in seinem eigenen Kopf. Er starrte aus dem Fenster des Busses, der von Inverness aus in Richtung Kirkby zockelte und auf der Strecke schon einiges an Verspätung angesammelt hatte. Lennox sah auf die Uhr. Wenn es so weiterging, würde er es mit viel Glück einigermaßen pünktlich zum Workshop schaffen, hätte aber keine Chance, vorher noch bei seiner Familie vorstellig zu werden und bei irgendjemandem um Unterschlupf zu bitten. Irgendwie hatte er das alles nicht wirklich durchdacht. Und irgendwie würde er am liebsten auf der Stelle umdrehen und den ganzen bescheuerten Besuch abblasen. Was hatte ihn nur geritten? Lennox Fraser, zurück in Kirkby – das war eine Katastrophe mit Ansage. Doch nun war es zu spät.

In Drumnadrochit, dem letzten Halt vor Kirkby, waren zwei Frauen ausgestiegen, die sich die ganze Fahrt über lautstark über ihre Teenager-Kinder beklagt hatten. Ohne diese Soundkulisse war es im Bus beinahe gespenstisch ruhig. Der Bus tuckerte nun einen Hügel hinauf, und gleich würde vom mächtigen Loch Ness nichts mehr zu sehen sein. Danach kamen ein Waldstück, eine weitere Senke, und dann würde er den Kirchturm von Kirkby vor sich haben. Lennox konnte nicht verhindern, dass sein Herz schneller schlug. Gelassenheit, Ausgeglichenheit, Kreativität und Lebensfreude – seinetwegen müsste es nicht einmal alles sein. Eine der vier Zutaten zu einem glücklichen Leben würde ihm schon reichen.

Nun erspähte er die ersten Pferdekoppeln von Onkel Ruperts Reitanlage. Einige der mächtigen Clydesdale-Pferde standen auf den Wiesen und grasten. Kurz darauf fuhren sie an einem Gebäude vorbei, das er bislang nur von Fotos kannte: Islas Restaurant *The Scottish Thistle*. Auf dem Parkplatz standen etliche Fahrzeuge, von denen eines aussah, als würde es zu einem Fernsehsender gehören. Ob es wohl eine weitere Aufzeichnung für die Kochshow gab? Lennox war ziemlich erstaunt gewesen, dass seine Schwester bei einer Netflix-Produktion mitgemacht hatte, in der es um das beste Restaurant Großbritanniens und Irlands gegangen war. Nicht, dass er es ihr nicht zugetraut hätte, er war vielmehr verwundert, dass sie so ein Mainstream-Format in Erwägung gezogen hatte. Doch die Show, die er natürlich atemlos verfolgt und von der er sich speziell die Wettbewerbsepisoden mehrfach angeschaut hatte, war wirklich gut gemacht gewesen.

Und sie hatte gewonnen! Sie war letzte Woche bei einer Liveshow gekürt worden, bei der auch einige Familienmitglieder dabei gewesen waren. Ihr Vater Marlin, Alex, Colleen, Jon, Tante Alice, Tante Heather und Onkel Rupert. Isla hatte ihn gefragt, ob er dabei sein wollte, hatte sich sehnlichst gewünscht, dass er auch kam – doch er hatte abgesagt. Warum? Darauf hatte er keine Antwort. Offiziell war er in Italien gewesen. So dreist hatte er seine Schwester bis dahin noch nie angelogen, tatsächlich war er nämlich in London, wo auch die Show stattgefunden hatte. Vermutlich war er einfach zu feige gewesen. Nein, ganz sicher sogar. Aber er schätzte, dass ihn diese Tatsache mehr belastete als Isla, die ihm seine Flunkerei geglaubt hatte. Zumindest hoffte er das. Nun schien sie wieder im Rampenlicht zu stehen, aber vielleicht würde sie nachher einen Augenblick Zeit für ihn haben?

Zwei Minuten später war es endgültig nicht mehr zu leugnen: Lennox Fraser war wieder zu Hause! Er stand etwas verloren auf dem Dorfplatz von Kirkby, und das schottische Wetter entschloss sich just in diesem Moment dazu, ein paar Sonnenstrahlen durch die dicken grauen Wolken zu lassen. Wie im Spotlight stand er da – mit seinem riesigen Rucksack und seiner Gitarre auf dem Rücken. Vor dreizehn Jahren war er mit kaum mehr Gepäck nach London gegangen. Und nun war er wieder zurück.

Er schloss kurz die Augen und schluckte ein paarmal gegen das unsichere Gefühl an, das sich in seinem Hals gebildet hatte und das er nicht wirklich einordnen konnte. Er öffnete die Augen wieder und schaute sich um – alles wirkte viel lebendiger als früher. Der Pub war nicht mehr vernagelt, sondern strahlte frisch renoviert. Das Kneipenschild von *The Wise Pelican* glänzte in der Sonne. Unwillkürlich musste Lennox grinsen. Islas Freund schien Humor zu haben. Überhaupt war alles in Kirkby proper herausgeputzt. Bei seinem letzten Besuch war das Rathaus eingerüstet gewesen, heute sah es aus, als sei es erst kürzlich erbaut worden. Auf sämtlichen Fensterbrettern blühte es – wie bei fast allen anderen Häusern hier in der Ortsmitte –, und vor der geöffneten Eingangstür standen drei Frauen und plauderten angeregt. Er kannte sie nicht, doch er spürte, dass sie ihn heimlich musterten. Das hatte sich offensichtlich noch nicht geändert: Neuankömmlinge waren immer einen zweiten Blick wert.

In der Ferne machte er die *Old Bakery* aus, jene Bäckerei, an die er nur ganz verschwommene Kindheitserinnerungen hatte, weil sie dichtgemacht hatte, als er ungefähr fünf Jahre alt gewesen war. Vor Kurzem hatte ihr seine Cousine Kristie neues Leben eingehaucht. Er unterdrückte den Impuls, hinzulaufen. Soweit er wusste, hatte sie ohnehin nur vormittags geöffnet, und außerdem musste er sich beeilen. Ein Blick auf sein Handydisplay verriet, dass es schon kurz nach drei war und der Workshop wohl gerade anfing.

Entschlossen wandte er sich um und ging über die Straße in Richtung der ehemaligen Schule. Das war in seiner frühen Kindheit sein vertrauter Schulweg gewesen. Zwei Jahre lang hatte er dort Unterricht gehabt, ehe alle Dorfkinder der umliegenden Gemeinden täglich mit dem Bus zu einer neuen, großen Schule nach Drumnadrochit gefahren worden waren.

Als er durch die frisch lackierte mächtige Holztür trat, war er fast ein bisschen enttäuscht, dass von dem feuchten Mief, den er insgeheim erwartet hatte, nichts mehr wahrzunehmen war. Auch dieses alte Gemäuer war inzwischen wunderschön saniert worden und strotzte vor neuem Leben. Es sah auch ganz anders aus, als er es in Erinnerung hatte.

Statt Düsternis empfing ihn eine offene, lichtdurchflutete Aula mit zusammengeschobenen Faltwänden. An einer Schmalseite gab es sogar eine Bühne. Isla hatte erwähnt, dass das Erdgeschoss zu einem Veranstaltungsraum umgebaut worden war, in dem seit dem Sommer schon mehrere öffentliche Partys und private Feste stattgefunden hatten. Eine rollbare alte Tafel stand in der Mitte, und mit Kreide waren aktuelle Events in den Seminarräumen und die Öffnungszeiten des »Tauschladens« daraufgeschrieben worden, was auch immer das war. So erfuhr er, dass sein »Glücks-Yoga-Seminar« in Klassenraum drei stattfand, und langsam stieg er die Steintreppe zur oberen Etage hinauf.

Wenigstens die von vielen Kinderfüßen glatt polierten Stufen fühlten sich unter seinen Sohlen noch etwas vertraut an. Oben angekommen sah er als Erstes, dass sein ehemaliges Klassenzimmer zu einem Trödelladen umfunktioniert worden war – der ominöse Tauschladen? Zwei Kisten schleppende Jugendliche drängelten sich an ihm vorbei und steuerten zielstrebig auf den hell erleuchteten Shop zu, in dem Lennox zwei Frauen erspähte, die Waren sortierten. Wieder trafen ihn neugierige Blicke und ein freundliches Lächeln, doch weder die Frauen noch die beiden Jungs kamen ihm irgendwie bekannt vor. Irgendwie seltsam, dass er in diesem Kaff, in dem er früher jeden Grashalm, jedes Schaf und mit Sicherheit jeden Bewohner gekannt hatte, noch keinem vertrauten Gesicht begegnet war. Aber vielleicht war es auch gut so. Da konnte er womöglich einfach unbemerkt wieder abhauen, falls …

Lennox führte diesen Gedanken nicht zu Ende, denn

sein Blick war auf die nächste Tafel gefallen, die den Weg zu seinem Workshop anzeigte. Er würde sich nicht von den Gefühlen, die seine alte Heimat in ihm auslöste, davon abbringen lassen, Anna kennenzulernen und sich von ihr in die Geheimnisse des Glücks einführen zu lassen. Die Tür zum angezeigten Klassenzimmer war natürlich schon geschlossen, was ihn nicht wunderte, denn es war inzwischen Viertel nach drei, und vermutlich befand man sich schon in der ersten Meditation oder so. Er zögerte kurz, klopfte dann aber sachte an und schlüpfte, ohne auf eine Reaktion zu warten, in den Raum.

»Tut mir leid, ich bin zu spät dran«, sagte er zur Begrüßung, als er sich fünf Augenpaaren gegenüber fand. Immerhin standen alle noch und lagen nicht etwa schon tiefenentspannt auf ihren Yogamatten.

»Du musst Len sein«, erklang die Stimme, die ihm seit vielen Monaten so vertraut war, als sei sie eine enge Freundin. Allerdings sah Anna vollkommen anders aus, als er sie sich vorgestellt hatte. Wobei er sich nie ein konkretes Bild von ihr gemacht hatte, aber irgendwie hatte er eine dunkelhaarige, mysteriöse Frau erwartet. Die Anna, die ihn nun freundlich anlächelte, hatte jedoch gar nichts Geheimnisvolles an sich. Stattdessen wirkte sie mit ihren langen honigblonden Locken und den strahlenden blauen Augen fast engelhaft.

»Ja, der bin ich«, antwortete er und wunderte sich, dass seine Stimme plötzlich so brüchig klang. Er räusperte sich. »Der Bus hatte Verspätung. Sorry.«

»Kein Problem. Wir haben gerade erst angefangen.

Nebenan ist die Garderobe. Da kannst du deine Sachen deponieren und dich rasch umziehen. Wir warten auf dich.« Täuschte er sich, oder war sie irgendwie erleichtert über die Unterbrechung? Gerade wandte er sich schon wieder zur Tür, als er ihre Stimme noch einmal hörte. »Hast du eine eigene Yogamatte dabei? Falls nicht, findest du nebenan im Regal noch welche. Nimm dir eine, die dir gefällt, und auch eine Decke.« Er nickte kurz und verließ den Raum.

Das angrenzende Zimmer, das Anna so vollmundig als Garderobe angekündigt hatte, schien vor allem ein Materialspeicher für die diversen angebotenen Aktivitäten zu sein. Ein Regal war voller Tonfiguren, in einem weiteren stapelten sich Farbkästen und Papierblöcke. Auf der Tafel unten hatte er irgendwas von Töpfer- und Malkursen gelesen. Erstaunlich, was in Kirkby neuerdings alles angeboten wurde ... Lennox wuchtete seinen schweren Rucksack auf eine schmale Bank, die an der Längsseite des Raums an der Wand stand und ihn an alte Turnhallen erinnerte. Seinen Gitarrenkoffer schob er darunter. Dann schlüpfte er aus seinen schweren Schnürboots und seiner Jacke und hielt kurz inne. An ein angemessenes Outfit für das Seminar hatte er nicht gedacht. Er war davon ausgegangen, dass man für Yoga einfach normale Sportklamotten anziehen konnte, doch Anna trug eine hell gemusterte weite Hose, die ihn an Hippies erinnerte, und dazu einen weichen himmelblauen Pullover. Auch die anderen Teilnehmer waren in merkwürdige Gewänder gehüllt.

Mit derartiger Spezialkleidung konnte er jedenfalls nicht dienen. Seufzend öffnete er seinen Rucksack, verwarf die knappen Laufshorts, die er eigentlich hatte anziehen wollen, kramte tiefer und zog seine alte, ausgebeulte graue Lieblingsjogginghose und ein verwaschenes Langarmshirt hervor. Ja, das würde gehen. Rasch zog er sich um, griff sich eine der aufgerollten Yogamatten und eine gelbe Fleecedecke aus einem Regal und kehrte auf Strümpfen in den Seminarraum zurück.

»Schön, dass du wieder hier bist«, begrüßte ihn Anna freundlich. »Magst du dir auch noch einen Tee nehmen?« Sie deutete auf ein Sideboard an der Wand, auf dem eine große Thermoskanne und einige Tassen standen.

Die anderen Teilnehmer – drei Frauen und ein Mann – saßen inzwischen auf ihren Matten und hatte allesamt Tassen in den Händen. Lennox nickte nur, rollte seine Matte im hinteren Bereich des ehemaligen Klassenzimmers aus – alte Gewohnheit, in der Schule hatte er auch immer am liebsten in der letzten Reihe gesessen – und trat dann zum Sideboard. Er spürte die Blicke in seinem Rücken. Abschätzig, wertend. Zumindest die der anderen Teilnehmer. Nur Anna wirkte wirklich warmherzig.

»Tut mir echt leid, wenn ich den Ablauf durcheinandergebracht habe«, hörte er sich murmeln. Irgendwie fühlte er sich in Erklärungsnot.

»Schon gut. Wir waren gerade dabei, uns ein bisschen kennenzulernen.« Anna lächelte, doch er meinte in ihrem Blick ein nervöses Flackern auszumachen. Richtig tiefenentspannt kam sie ihm nicht vor.

Mit seinem Tee – leider keinem schwarzen, sondern einer exotisch duftenden Kräutermischung – ging Lennox zu seiner Matte zurück und nahm dort im Schneidersitz Platz.

»Jetzt, wo wir vollständig sind, noch einmal offiziell: Herzlich willkommen zum Highland-Happiness-Glücks-Yoga-Seminar«, begann Anna. »Ich freue mich wirklich sehr, dass ihr hierhergekommen seid, um euch mit mir auf die Suche nach dem Glück zu machen.« Sie trank einen Schluck aus ihrer Tasse, und Lennox konnte sich des Eindrucks nicht erwehren, dass sie darin Kräftigung und Halt suchte. »Wollen wir mit einer kleinen Fragerunde anfangen? Was ist Glück für euch?« Sie sah erwartungsvoll in die Runde, doch keiner schien den Anfang machen zu wollen.

Lennox ganz sicher auch nicht. Er hatte keine Antwort auf diese Frage. Was war Glück für ihn? War er nicht hierhergekommen, um das herauszufinden? Um seinen »inneren Glücksbrunnen anzuzapfen«, wie sie es in ihrem Podcast so vollmundig angekündigt hatte? Und überhaupt – war das nicht ein merkwürdiger Beginn? Sollten sich die Teilnehmer nicht erst mal vorstellen? Oder noch viel besser, die Gastgeberin? Gut, vermutlich war das alles schon passiert, als er noch nicht da gewesen war, und wenn er ehrlich war, interessierte es ihn auch nicht, ob sich unter den bunten Batikshirts und -hosen Hobbyerleuchtete oder Investmentbanker verbargen.

Mit einem Mal fühlte er den starken Impuls abzuhauen. Er passte nicht hierher. Das war nicht seine Welt. Er wusste nicht, was Glück war, er wollte kein Yoga machen, und ganz besonders wollte er nicht hier sein. Nicht hier in diesem Raum und schon gar nicht in Kirkby.

»Das ist eine sehr große Frage für den Einstieg«, meldete sich eine Frau und lächelte etwas verlegen in die Runde. »Ich fühle mich noch nicht sicher genug, um darauf zu antworten.« Die Frau neben ihr nickte bestätigend, und das Paar im Batik-Partnerlook murmelte etwas. Anna dagegen wirkte einen Moment lang ziemlich getroffen.

»Oh«, sagte sie und machte dann eine kleine Pause. »Vermutlich habt ihr recht.« Sie fuhr sich mit einer etwas hilflosen Geste durch die blonden Locken, und so unbehaglich Lennox sich auch fühlte, in diesem Moment tat sie ihm wahnsinnig leid. Ganz offensichtlich hatte sie sich den Einstieg in ihren Workshop anders vorgestellt. »Ihr habt wirklich recht«, betonte sie noch einmal. »Vermutlich ist diese Frage tatsächlich zu intim und zu groß, um sie offen zu beantworten, aber es schadet sicher nichts, darüber nachzudenken. Vielleicht wollen wir zum Abschluss am Sonntagnachmittag noch einmal darüber sprechen?« Sie lächelte nun ganz offen und schien ihre Fassung wiedererlangt zu haben. »Beginnen wir stattdessen mit einer ersten Yogarunde und Atemübungen, um erst einmal hier anzukommen. Len, du hast unsere Vorstellungsrunde vorhin versäumt. Wir können das in der Pause gerne wiederholen, aber nun legen wir los, wenn es allen recht ist.«

»Guter Plan«, sagte der andere Mann und stand auf. Er nahm seiner Frau die Tasse ab und positionierte sich dann wie ein sprungbereiter Tiger auf seiner Matte. Auch die anderen rappelten sich auf und stellten sich auf ihre Matten. Lennox ebenfalls. Er hatte es selbst noch nie mit Yoga versucht, aber er wollte der Sache nun doch eine Chance geben.